VdN

Ulrich Völkel

Adler mit gebrochenem Flügel

Roman um
Ernst Moritz Arndt

Verlag der Nation
Berlin

ISBN 3-373-00132-3

Teil I

Der Kampf der Völker

Auf, deutsche Menschen! bei so herrlicher Sache und so herrlichen Hoffnungen, auf mit dem kühnsten Stolze und dem reinsten Herzen! Es verstumme jeder Geiz und Ehrgeiz, es erröte jede Hoffart und Herrschsucht, es versinke jeder Unterschied und jede Schranke; ein *Bruderherz,* eine *Bruderliebe schlage in den Pulsen des ganzen deutschen Volkes! Keiner sei der Erste und keiner sei der Letzte, keiner der Oberste und keiner der Unterste, jeder sei zum heiligen Dienst und zur treuen Arbeit für das Vaterland willig, gehorsam, demütig! Hinweg jede Eitelkeit und Einbildung, hinweg jeder unselige Haß und Neid, der den einen Stand gegen den anderen entzweit hat, hinweg alle die leeren Ansprüche und ungerechten Forderungen der einen über die anderen! Darin aber lasset uns alle streben und streiten und wetteifern, welcher im Dienste des Vaterlandes der Frommste, Gehorsamste und Demütigste sein möge.*

Ernst Moritz Arndt in
»Geist der Zeit« III

Ein Mann sucht sein Vaterland

Sie näherten sich der Grenze, der schmierige Kaufmann und sein Kommis, ein ungleiches, ein seltsames Paar; denn der Herr war ein Spitzel und der Diener ein Patriot.

Sie hatten die letzte Station im österreichischen Galizien erreicht. Die Pferde mußten gewechselt werden. Ging es schnell weiter, konnten sie am frühen Nachmittag in Radziwilow eintreffen, der ersten Stadt auf der anderen Seite. Rußland! dachte der als Diener verkleidete Flüchtling. Ich muß in ein fremdes Land gehen auf der Suche nach dem eigenen, so sehr hat Napoleon, so sehr haben auch die feigen deutschen Fürsten die Welt durcheinandergebracht. Rußland! Wenn es noch Hoffnung gab, so war sie dort zu finden, obwohl die Grande Armée des Usurpators im Sommer dieses Jahres 1812 mit ungeheurer Wucht in das Zarenreich eingefallen war und trotz großer Verluste immer tiefer eindrang, auf Moskau zu, die heilige Stadt der Russen. Aber vielleicht war der schnelle Vormarsch nur der kürzeste Weg zum Ende Napoleons, der Europa in Unglück und Verzweiflung gestürzt hatte.

In Rußland hatten sich die meisten deutschen Patrioten wiedergetroffen, die aus ihrem Vaterland flüchten mußten oder von den Verhältnissen vertrieben worden waren. Am Hofe des Zaren Alexander und in seiner Residenz Sankt Petersburg sammelten sich die Gegner Napoleons, deren entschiedener Wortführer der Freiherr vom und zum Stein war. Zu ihm sollte er kommen, der sich verkleiden und verstellen mußte, um den französischen Häschern nicht in die Hände zu fallen; denn er wäre erschossen worden wie der Buchhändler Palm.

Es war ein Witz besonderer Art, daß ein Spitzel Metternichs ausgerechnet ihn durch die mit Napoleon verbündete Monarchie schleuste, weil man den Kerl glauben gemacht hatte, es handle sich um einen Geheimagenten des einflußreichen Ministers. Der

Spitzel kannte sich aus in solchen Geschäften. Während sich die Soldaten beiderseits blutige Köpfe schlugen, standen die Diplomaten der feindlichen Länder, freilich noch heimlich, im Kontakt miteinander, um Gewinn und Verlust ihrer Herren auszuhandeln.

Der wartende Kommis sah den krummbeinigen Spitzel aus der Tür der Wirtschaft kommen. Und weil er noch krummbeiniger daherstapfte als sonst, wußte er, daß sich der Mensch von dem Geld, das er für seine Dienste erpreßte, wieder einmal die Kehle geschmiert hatte. Der Diener verzog angewidert das Gesicht, und der Herr, der die Verachtung sah, grinste töricht. Mühsam kletterte er in die Kutsche. Das einzig Gute am Zustand des angeblichen Kaufmanns war, daß er jetzt erst seinen Rausch ausschlafen mußte. Und das hieß, er konnte die nächsten Stunden keine ebenso plumpen wie lästigen Fragen stellen, um die eigentliche Mission seines Begleiters herauszubekommen. Hätte der Spitzel gewußt, daß ein Eilkurier von Wien unterwegs war, um den angeblichen Kommis festzusetzen, er hätte ihn dennoch bis zur Grenze gebracht, um noch ein paar Dukaten aus ihm herauszupressen, und ihn erst im letzten Moment an die österreichischen Gendarmen verraten. Nun grunzte er, anders konnte man die Schnarchgeräusche nicht nennen, in seiner Ecke und war gewiß zufrieden mit sich, weil er seinen Dienst fürs Vaterland auf die einträglichste Weise in klingende Münze verwandelt hatte.

Die Kutsche hielt plötzlich. Der Spitzel schreckte auf. »Wo sind wir?«

»Keine Meile mehr bis zur Grenze«, antwortete ihm sein Reisebegleiter. »Und damit Ihr es wißt, ich bin nun nicht mehr Euer Diener, Herr Schmuggler, ich bin der Sprachmeister Allmann, in Geschäften unterwegs nach Moskau. Kann Er sich das merken?«

Die Worte hätten keinen Eindruck auf den Spitzel gemacht, wären sie nicht mit so viel Verachtung ausgesprochen worden. Diesen Ton kannte er. Unterwürfiges Grinsen überzog sein Gesicht. »Sehr wohl, der Herr!« Aber in seinem dukatengierigen Schädel war schon die nächste Idee geboren, wie er seinen gewesenen Diener noch einmal schröpfen konnte, der den kurzen Halt genutzt hatte, um die Kleider zu wechseln und wieder ein Herr zu werden. Schade, daß die Fahrt zu Ende ging. Es reiste sich gut mit einem Huhn, das so bereitwillig goldene Eier legte.

»Wenn Euer Wohlgeboren gestatten«, sagte der Spitzel, »will ich den Übergang nach Rußland besorgen. Ich weiß, wie man mit den Kerls umgeht. Gebt mir nur fünf Dukaten, und sie tragen Euer Wohlgeboren hinüber.«

»Warum soll ich Euch fünf Dukaten geben, von denen drei ohnehin in Eurer Tasche verschwinden, wenn ich die besten Papiere aus der eigenen ziehen kann?« Und dabei wedelte er mit einem versiegelten Schreiben vor der Nase des Spitzels herum, der begriff, daß die schöne Reise nun wirklich zu Ende war.

»Halt!« rief der Zöllner, als sie die Grenze erreicht hatten. Der Reisende, der sich Allmann nannte und der, dessen war sich der Spitzel nun ganz sicher, ein hohes Tier sein mußte, sprang behend aus der Kutsche, ließ sein Gepäck abladen und wandte sich dann noch einmal um. »Ade, Herr Schmuggler«, rief er gutgelaunt. »Retour werdet Ihr wohl auf eigene Kosten reisen müssen; denn ich glaube nicht, daß Ihr einen einzigen Russen findet, der zu Napoleon will. Wenn, dann kommen sie alle!«

Der Spitzel grinste, während er über den seltsamen Humor der hohen Herren nachdachte. Jedenfalls war er schlau genug, um sich einen Reim auf diese Bemerkung zu machen. Man rechnete also damit, daß die Russen bald kommen würden. Gut, wenn man sich darauf einstellte. »Angenehme Weiterreise, der Herr!«

Die Grenzbeamten verglichen die Angaben im Paß mit der Person. Fünf Schuh und vier Zoll groß, schwarze Haare, schwarzbraune Augenbrauen und ebensolchen Bart, braune Augen. Sie nickten, salutierten und ließen den Mann passieren. Auf der anderen Seite wurde er durch russische Zöllner empfangen. Denen aber zeigte er jenen Paß, den ihm der russische Gesandte in Berlin, Graf Lieven, vorsorglich beschafft hatte, obwohl er noch gar nicht wußte, daß er nach Rußland reisen würde.

»Ernst Moritz Arndt, geboren am 26. Dezember 1769 in Schoritz auf der schwedischen Insel Rügen, Professor der Philosophie an der Universität Greifswald?« fragte der Zollinspektor, dem er seine Papiere vorlegen mußte.

»Der bin ich.«

»Ich kannte einen Arndt, als ich in Jena studierte. Das war ein fröhlicher Kamerad – Friedrich Arndt.«

Da lachte der andere herzhaft, was sonst gar nicht seine Art war. In dieser befreienden Heiterkeit löste sich die Bedrückung der ungewöhnlichen und gefährlichen Reise. Jetzt erst wurde ihm bewußt, daß die Flucht gelungen war. Er hatte nicht nur irgendeine Grenze überschritten. Er befand sich nunmehr in dem Land, auf dem die Hoffnung aller deutscher Patrioten ruhte. Das russische Volk würde den Kaiser der Franzosen besiegen. Die Freiheit des Vaterlandes begann hier.

»Ja, ich bin Ernst Moritz Arndt. Und Ihr Kommilitone muß mein Bruder Fritz gewesen sein.«

Es war gewiß ein Zufall, daß der erste Mensch in Rußland, an dessen Tisch er sitzen durfte, mit dem Bruder befreundet war. Arndt nahm es für ein gutes Zeichen.

»In Ihrem Paß wird angeordnet, daß Sie einen Feldjäger zur Begleitung auf Ihrer Reise nach Moskau und Petersburg erhalten. Aber wenn man es besser haben kann, soll man es auch besser nehmen«, erklärte der Zollinspektor. »Ich muß Anstalten treffen für Angehörige der russischen Gesandtschaft in Wien, die morgen oder übermorgen kommen. In deren Gesellschaft reisen Sie sicherer und bequemer.«

Als sich Arndt zu später Stunde in sein Zimmer begab und sich in das von der Hausherrin persönlich bereitete Bett legte, konnte er lange nicht einschlafen. Zu viel ging ihm durch den Kopf. Die Gedanken eilten voraus. Die Mühsal der Flucht, die Angst vorm Entdecktwerden, der Ärger über den verschlagenen Spitzel waren wie weggeblasen. Er dachte an Sankt Petersburg, an den Freiherrn vom Stein und an die große Aufgabe, die seiner harrte. Ja, die Stunde war gekommen. Seine Hoffnung, an entscheidender Stelle alle Kraft für die Befreiung des Vaterlandes einzusetzen, würde sich erfüllen.

Überdachte er sein Leben, so schien ihm, daß alles Bisherige eine Vorbereitung gewesen war, ein Anfang von dem, was nun, da er die Vierzig schon überschritten hatte, erst wirklich beginnen sollte. O ja, das Schicksal hatte ihn gebeutelt und gestoßen. Er war auf seiner Suche nach dem Vaterland durch halb Europa gekommen und hatte geglaubt, in Schweden seine Erwartungen am ehesten verwirklichen zu können; denn er war nicht nur schwedischer Staatsbürger seines Geburtsortes wegen. Gustav IV. Adolf war ein Landesherr, der sich entschieden gegen Napoleon wandte. Als eine Offiziersverschwörung den König stürzte und dessen franzosenfreundlichen Onkel Karl XIII. inthronisierte, verließ Arndt enttäuscht Stockholm. Und der letzte Rest seiner Hoffnungen auf Schweden wurde ihm genommen, als die Reichsstände 1810 den französischen Marschall Jean-Baptiste Bernadotte zum Thronfolger ausriefen.

Er war als Sprachmeister Allmann von Karlshamn nach dem pommerschen Rügenwalde gesegelt und hatte sich als Gegner Napoleons bei Verwandten in Trantow verbergen müssen. Als er im Winter 1809 nach Berlin gegangen war, weil man sich in einer großen Stadt besser verstecken kann als in einem Dorf, hatte er durch seinen Freund und Verleger Andreas Reimer die Berliner Patrioten kennengelernt, unter ihnen den Theologen Schleiermacher, den Juristen Eichhorn, den entlassenen Polizeichef Gruner, die Offiziere Gneisenau, Grolmann und Boyen, die alle der vom Grafen Chasot, dem einstigen Stadtkommandanten Berlins, organisierten »lesenden und schießenden Gesellschaft« angehörten, wo er auch den Dichter Heinrich von Kleist wiederholt gesehen hatte.

Inzwischen hatten die Franzosen Greifswald an Schweden zurückgegeben, und er konnte sein Lehramt wieder ausüben, doch eine neuerliche Besetzung durch die Franzosen vertrieb ihn bald. Er hatte sich zunächst abermals bei seinen Verwandten versteckt, war dann nach Berlin gegangen und schließlich nach Breslau ausgewichen, wo er den greisen, aber noch immer draufgängerischen Blücher kennenlernte. Doch auch in Schlesien war er vor den Spürhunden Napoleons nicht sicher, zumal sich ihre preußischen Bastarde eifrig an der Jagd beteiligten.

Arndt lachte bei der Erinnerung an seine Flucht durch Deutschland kurz und böse. Gerechter Gott, wie tief ist unser Volk gesunken! Nein, korrigierte er sich, das deutsche Volk nicht, seine Fürsten, die zu willfährigen Lakaien des Emporkömmlings geworden waren. Er war in seinem »Geist der Zeit« noch viel zu glimpflich mit ihnen umgegangen.

Noch immer ziellos war er übers Riesengebirge nach Prag geflüchtet. Und wer weiß, wie sein Leben weiter verlaufen wäre, wenn er dort nicht Justus von Gruner wiedergetroffen hätte, der ebenfalls aus Preußen geflohen war. Durch ihn erfuhr er, daß der einstige preußische Staatskanzler Freiherr vom Stein den Verfasser des »Geistes der Zeit«, der dieses Buches wegen von Napoleon gejagt wurde, zum Mitarbeiter im Kampf für das deutsche Vaterland gewinnen wollte.

Der Ruf nach Petersburg eröffnete ihm die Möglichkeit, seine Vorstellungen von einem künftigen Deutschland, das sein Vaterland werden sollte, zu verwirklichen. Dafür hatte er die Strapazen und Gefahren der Reise gern auf sich genommen. Sie waren überstanden. Er befand sich in Rußland.

Jetzt erst, da er in einem fremden Bett lag, in dem er das erste Mal seit langem wieder sicher schlafen konnte, jetzt erst, da ihn nicht jeder Schritt zusammenfahren ließ, meinte er seine Aufgabe zu erkennen. Alles Bisherige war Vorgeschichte, sein eigentliches Leben begann in diesem fremden Land.

Er atmete tief durch und schickte ein Gebet zu seinem Gott, der ihm die Kraft gegeben hatte, glauben zu können, wo andere schon verzweifelten.

Der Gott, der Eisen wachsen ließ,
Der wollte keine Knechte,
Drum gab er Säbel, Schwert und Spieß
Dem Mann in seine Rechte,
Drum gab er ihm den kühnen Mut,
Den Zorn der freien Rede,
Daß er bestände bis aufs Blut,
Bis in den Tod die Fehde.

So hatte er gedichtet, kräftige Verse, die von seiner Gewißheit kündeten, den frechen Eroberer zu schlagen. Freilich, es war ein kriegerisches Lied, in dem auch schrille Töne aufklangen. Aber war es eine Zeit für Elegien und Hirtengedichte? Das Vaterland ließ sich mit frommen Sprüchen nicht retten. Sankt Petersburg! sagte er sich. Und Stein! Mit diesen Gedanken fiel er in einen festen, erholsamen Schlaf.

Die russischen Diplomaten kamen zwei Tage darauf. Arndt nutzte die Zeit, um mit seinem Gastgeber über den Krieg zu reden. Er hörte, daß die russische Armee sich zurückzöge, doch das beunruhigte ihn nicht. Er kannte den Befehl, sich zunächst auf keine entscheidende Schlacht einzulassen, denn dafür war Rußland nicht gerüstet, zumal es gerade einen Krieg mit der Türkei bestanden hatte. Die französische Armee sollte sich in den unendlichen Weiten zersplittern und verrennen. Napoleon aber, nicht eingerichtet auf einen langen Feldzug, erwartete einen schnellen Sieg. Noch vor dem Winter sollte die Sache ihr Ende haben, lautete sein Plan, der nicht berücksichtigte, daß die Russen ihr Vaterland gegen einen Eroberer verteidigten. Und sie wußten aus früheren Einfällen der Mongolen, wie sie die Größe des Landes, die undurchdringlichen Wälder, die riesigen Sümpfe und mächtigen Ströme nutzen mußten. Die Bauern verließen ihre Dörfer, nahmen das Vieh mit und vernichteten, was sie nicht auf Wagen laden konnten.

Napoleons Armee stieß ins Leere. Geschickt wichen die russischen Heerführer Barclay de Tolly und Bagration allen Schlachten aus und suchten statt dessen die rückwärtigen Verbindungen des Feindes zu zerstören, so daß die Grande Armée gegen Hunger, Krankheit und Hitze zu kämpfen hatte und wenig Gelegenheit erhalten sollte, ihre augenblickliche Übermacht im Gefecht zu beweisen.

»Es ist leicht, den Bären aus der Höhle zu locken«, zitierte Arndt ein Sprichwort, das er gerade gehört hatte, »aber es ist schwer, ihn wieder hineinzutreiben.«

»Das ist wahr«, bestätigte der Zollinspektor, »und es wäre ein guter Plan, wenn er wirklich befolgt würde. Mir scheint nur, es handelt sich weniger um einen taktischen Rückzug als um eine wilde Flucht. Und dann fürchte ich auch, daß sich unsere hohen Herren nicht ganz einig sind, wie der Kampf geführt werden müßte. Es soll sogar Stimmen geben in der Nähe des Zaren, die mehr französisch als spanisch klingen, wenn Sie verstehen, was ich meine, Professor.«

Arndt sah betroffen auf. »Ich denke schon«, sagte er. »Sie reden von Saragossa und dem Widerstand des spanischen

Volkes. Glauben Sie denn, Napoleon wird siegen in Rußland?«

Der Zollinspektor schüttelte entschieden den Kopf. »Nein, mein Freund. Wissen Sie, das russische Volk ist wie Quecksilber. Man kann es mit einem Schlag trennen, es wird die nächste Gelegenheit nutzen, sich wieder zu vereinigen. Rußland wird nicht besiegt werden, aber das Volk, das Volk vor allem wird schwere Opfer bringen müssen.«

Das war ein ernstes Wort. Es dämpfte für einige Zeit Arndts euphorische Stimmung. Er verstand den Zollinspektor nur allzugut. Er selbst war schließlich auch kein hochwohlgeborener Herr. Er hatte in seiner Heimat am eigenen Leibe erfahren, wo das Elend seine Nester baut. In herzöglichen Schlössern nicht. Es nistete in den Katen der Büdner und Häusler, den engen Stuben der Handwerker, den übelriechenden Gassen der Vorstädte. Aber dort wuchs auch der Wille zum Widerstand und die Kraft, der Not zu begegnen. Landwehr, dachte er, und Landsturm. Die schlesischen Weber, die Bauern Norddeutschlands, die armen Bürger am Rand der Städte werden es sein, die das Vaterland retten. Die Fürsten und Könige nicht. Und die Warnung war ihm wichtig, daß ihn in Sankt Petersburg am Zarenhof nicht nur Patrioten erwarteten. Leute, die lax waren, wenn es um die eigene Heimat ging, würde das fremde Vaterland der Deutschen schon gar nicht kümmern.

Dennoch, entmutigen ließ er sich nicht, nur hellhörig wurde er. Und auf der langen Reise nach Sankt Petersburg sollte er noch häufig Gelegenheit haben, an die ernsten Worte des Zollinspektors von Radziwilow zu denken.

Die Gruppe russischer Diplomaten, denen er sich anschloß, bestand aus drei Herren und einigen Dienern. Arndt nahm im Wagen des Legationsrates Graf Ramsay von Balmaine Platz. Sie fuhren durch Wolhynien. Ihm gefiel das Land, und ihm gefielen die Menschen. Nur eines machte ihm zu schaffen: die Flöhe, die in der Sommerhitze prächtig gediehen. Zwar waren sie nicht von so auserlesener Zucht wie ihre italienischen Verwandten, aber aufs Zwicken und Zwacken verstanden sie sich nicht minder. Wenn es zu arg wurde, blieb der Reisegesellschaft nichts übrig, als bei einem Waldstück anzuhalten, sich bis aufs Adamskostüm auszuziehen und die Wäsche im Wind flattern zu lassen.

Arndt beobachtete auch eine merkwürdige Art, die Pferde zu wechseln. Waren die Gäule vor der Postkutsche abgetrieben, schwärmten die sie begleitenden Feldjäger aus, fingen die besten Pferde von den Koppeln und spannten sie anstelle der müden Klepper vor die Kutsche. Die Hirten kannten diese Unsitte und flüchteten, wurden sie einer Extrapost ansichtig, samt ihren Pferden.

Rasteten sie unterwegs und es war ein Bauer in der Nähe, so nahm der seine Sense und schlug Klee oder Hafer für die Kurierpferde, als verstünde es sich von selbst. Das erinnerte Arndt an ein Sprichwort über die Araber, die »gebisch« im Zelt, aber »nehmisch« auf der Straße sein sollten. War es hier umgekehrt?

Je tiefer sie ins russische Reich hineinfuhren, desto öfter begegneten ihnen Wagenkolonnen mit Kriegsgerät und Proviant, mitunter auch marschierende Regimenter. Arndt hatte seine Freude an den Soldaten, die auch die ärgsten Strapazen ohne Murren ertrugen. Nein, dieses Volk wird ein Napoleon nicht besiegen, und wäre seine Heeresmacht doppelt so groß und furchtbar wie die Grande Armée.

Anfang August kamen sie nach Smolensk. Die beiden russischen Heere unter Barclay de Tolly und dem Prinzen Bagration sollten sich hier vereinigen. Napoleon war es nicht gelungen, sie einzeln zu schlagen. Smolensk war ein großes Kriegslager geworden. Wenn die ankommenden Reisenden gehofft hatten, sich endlich erholen zu können nach der erschöpfenden Fahrt durch die trockene, staubflimmernde Landschaft, so mußten sie zufrieden sein, sauren Donwein und hartes Schwarzbrot zu bekommen.

Arndt nutzte den Aufenthalt, um sich nach deutschen Offizieren zu erkundigen, die ihr Vaterland verlassen hatten, um in russischen Diensten den Kampf gegen Napoleon fortzusetzen. Und er hatte Glück, traf er doch auf einen Rüganer, den Hauptmann Barnekow, von dem man sich bereits Legenden erzählte. Verwegen wie der Teufel war er mit seinem kleinen Trupp immer wieder über einzelne Abteilungen der Großen Armee hergefallen, hatte sie auseinandergetrieben und Dutzende Gefangene gemacht.

Barnekow breitete die Arme aus, als er den Professor erblickte, drückte ihn an seine mächtige Brust, daß Arndt fürchtete, der Mensch breche ihm sämtliche Rippen, und rief aus: »Endlich mal ein deutsches Gesicht mittenmang all dei Kalmückens und Tatarens!«

Wie die meisten tapferen Menschen verstand sich Barnekow aufs Essen und Trinken. Er machte nicht viel Federlesens, als er einige Soldaten entdeckte, die sich ans Feuer gesetzt hatten, um ein am Spieß gebratenes Ferkel zu verzehren. Mit einem lästerlichen Fluch und grimmiger Gebärde jagte er sie davon, lachte dann dröhnend, schnitt ein mächtiges Stück aus dem Braten heraus und reichte es Arndt. »Eßt, Kamerad, vielleicht schlitzt Euch morgen schon ein Franzose den Bauch auf, und erzählen Sie, was Sie in dieses gottverflucht schöne Land treibt. Wollen Sie zur Legion?«

Arndt wußte von der Absicht, eine »Deutsche Legion« zu gründen, eine Formation, bestehend aus geflohenen deutschen Offizieren und willigen Gefangenen, die den Anfang einer künftigen Armee bilden sollte. »Wie weit ist es damit?« fragte er.

Barnekow winkte ab. »Es geht zu langsam, hol's der Kuckuck! Statt dreinzuschlagen, streiten sich die hohen Herren um den besten Platz in der Etappe. Dieser Oldenburger Prinz zum Beispiel – ein krummer Hund. Da ist mir Graf Chasot noch immer der liebste aus der Sippe, wenn er auch mehr das Kopulieren probiert als das Kommandieren.«

»Ist Graf Chasot in Smolensk?« wollte Arndt wissen.

»Gut, daß Sie nach ihm fragen, Professor. Ich habe mir schon überlegt, wo wir den Wein herbekommen, um das aasige Fleisch hinunterzuspülen. Chasot ist Generaladjutant beim Prinzen von Oldenburg und speist mit ihm an einer Tafel. Just das ist auch der Futterplatz unseres Divisionskommandeurs, des Herzogs Alexander von Württemberg. Dem Mann kann geholfen werden!« Dabei warf Barnekow eine volle Flasche Donwein hinter sich, als sei es Weihwasser und er Beelzebub.

Die Soldaten, die er von ihrem Braten vertrieben hatte, saßen etwas abseits und warteten geduldig, bis die hochwohlgeborenen Herrschaften satt waren. Das waren sie gewohnt und ertrugen es mit stoischer Langmut. Barnekow schnitt sich zwar noch eine Keule als Wegzehrung heraus, aber der Rest reichte allemal, die fünf nicht hungern zu lassen.

Arndt freute sich darauf, Chasot wiederzusehen. Der preußische König hatte den Berliner Stadtkommandanten entlassen, weil er den ausreitenden Offizieren Schills ihre Burschen mit den Pässen nachgeschickt hatte. Da zählte nicht mehr, daß der Graf wegen einer Majestätsbeleidigung sein Leben für Friedrich Wilhelms Ehre im Duell mit einem französischen Offizier gewagt hatte.

Chasot in Smolensk! Das war eine gute Nachricht. Arndt, ohnehin in guter Stimmung angesichts des gewaltigen Truppenaufgebots gegen Napoleon, konnte das Wiedersehen kaum erwarten.

Zwar begrüßte der Graf den Ankömmling nicht ganz so überschwenglich wie der rügensche Hauptmann Barnekow, aber auch er verhehlte seine Freude nicht, Arndt auf dem Weg nach Petersburg zu wissen. »Unser Freiherr ist schon recht ungeduldig, lieber Professor. Es warten große Dinge auf Sie. Solch eine Posaune, wie Sie sie zu blasen vermögen, wird auch den letzten Schläfer wecken im armen Vaterland.«

Arndt hielt sich nur so lange in Smolensk auf, bis er Pferde und Wagen beisammen hatte. Das war schwierig genug, da alles requiriert wurde für den großen Krieg. Er nutzte die Gelegenheit, um sich umzusehen. Tausende junge Burschen, die fürs Heer ausgehoben worden waren, lagerten vor der Stadt, ihre Mütter und Frauen und Bräute noch bei sich. Und obwohl sie wußten, daß es in den Krieg ging und das erste Gefecht vielleicht schon ihr letztes war, blieben sie zuversichtlich und gelassen. Die Russen liebten ihr Vaterland auf besondere Weise. Arndt bekam es immer wieder zu spüren. Allerdings erfuhr er auch, daß viele der jungen Burschen hofften, nach der Bewährung im Krieg aus der Leibeigenschaft entlassen zu werden.

Als er in Kiew abermals eine erzwungene Pause machen mußte, wanderte er vor die Tore der schönen Hauptstadt der einstigen Rus, setzte sich unter einer weit ausladenden Birke ins

Gras und blickte hinab auf den mächtigen Dnepr, der so breit war wie Elbe und Rhein zusammen. Dann legte er sich zurück, sah in den blauen Himmel und träumte offenen Auges, er sei auf Rügen, das Wäldchen Lülo hinter sich, in dem er als Kind gespielt hatte, und vor sich das Meer. Sogar das Wellenrauschen glaubte er zu hören. Aber es waren Musik und Gesang, die sich näherten. Als er sich aufrichtete, sah er eine lange Kolonne mit Wagen und Leuten, Landwehr vielleicht, die mit schwermütig-schönen Liedern in den Krieg zogen, oder auch Freiwillige; denn die Bauern flüchteten nicht mehr nur in die Wälder, sondern begannen sich nach spanischem Vorbild zu sammeln. Oberstleutnant Dawydow bildete die erste Abteilung von Armeepartisanen aus, die unter der Führung erfahrener Offiziere den Feind im Hinterland angreifen sollten. Barnekow hatte auch von einzelnen Bauernbataillonen erzählt, die Jagd auf Marodeure, Plünderer und Versprengte machten.

Arndt blickte auf den nicht enden wollenden Zug am Ufer des Dnepr. Er konnte sich nicht satt sehen an dem Bild und dachte: Wenn es nur meine lieben Deutschen wären!

Von Kiew kam er schneller fort als von Smolensk. Sein Begleiter, ein junger deutscher Offizier, der in Petersburg Bericht erstatten sollte, hatte eine Telega, bei Gott kein bequemes Gefährt, aufgetrieben. So gelangten sie holpernd und ständig von dichtem Staub umweht nach Moskau.

Während der Kremlkommandant die Pässe visitierte, ließ er dem Professor aus Deutschland und seinem Begleiter ein opulentes Frühstück vorsetzen. Dann lud er Arndt ein, ihn zum Gouverneur Rostopschin zu begleiten. Auch er rechnete es sich zur Ehre an, den Gast an seine Tafel zu bitten. Gemeinsam gingen sie in die Johanneskirche des Kreml zu einem Tedeum, in dem der Sieg des russischen Generals Wittgenstein über den französischen Marschall Oudinot gefeiert wurde. Es war keine bedeutende Schlacht, aber es war die erste größere Niederlage, die Napoleon in diesem Feldzug hinnehmen mußte.

»Sollte der Kaiser der Franzosen wirklich ins Herz von Mütterchen Rußland stoßen«, erklärte Rostopschin mit finsterer Entschlossenheit, »ich würde ihn höchstpersönlich auf ein Pulverfaß setzen, um ihn in die Luft zu sprengen. Und wenn ich die ganze Stadt dabei niederbrennen müßte!«

Von Moskau reiste Arndt in Richtung Twer. Die nächste Station sollte Nowgorod sein, und dann, endlich, würde er Sankt Petersburg sehen. Auf dieser Strecke begegnete ihm noch mancher Heereszug und bereits die ersten Scharen kläglich ausschauender Gefangener. Aber es war nicht mehr das Gewimmel, wie er es in der Nähe der zu erwartenden großen Kampfstätte gesehen hatte.

Die Dörfer, durch die sie fuhren, gefielen ihm. Das Land erinnerte ihn an Schweden. Die Ortschaften waren meist in einem weiten Halbkreis angeordnet, die Vorderseite der Häuser der Sonne zugewandt, die Fenster mit geschnitzten Rahmen versehen. Die Strohdächer glichen dem flachsigen Haar ihrer Bewohner. Und immer wieder entzückte ihn die Gastfreundschaft der russischen Menschen, die ihn und seinen Begleiter bei jeder Rast in ihre Häuser einluden und dann auftafelten, als hätten sie schon lange solche Gäste erwartet.

Die russische Küche fand Arndt einfach, aber kräftig und gesund. An den allgegenwärtigen Geruch von Knoblauch hatte er sich bald gewöhnt. Der kühle Kwas löschte den Durst vorzüglich, und bereits nach der herzhaften Vorsuppe war man satt. Aber es folgten der Okroschka oder dem Borschtsch Gang auf Gang. Die Tische wurden nicht abgeräumt. Man aß und redete und aß und trank und aß und sang. Nur von dem Wässerchen, das sie allerorten brauten, hielt sich Arndt fern, da er die verheerende Wirkung des Selbstgebrannten schon in Smolensk erlebt hatte.

War er zu Gast geladen, stellten sich bald die Nachbarn ein, zufällig, schien es, doch jeder brachte noch etwas zum Essen oder Trinken mit. Sie setzten sich und lauschten dem Fremden, der von weither gekommen war. Und dann sangen sie, Lieder, in denen die Schönheit ihres Landes auf besondere Weise lebte. Es war ein fremdes Volk, aber hätte es ihn nicht mit aller Macht nach Petersburg gezogen, hätte er länger in den gastlichen Häusern verweilt.

Nowgorod dagegen war eine Enttäuschung. Von der Großartigkeit der einstigen Hansestadt war nicht mehr viel geblieben, wahrscheinlich schon seit der Verwüstung durch Iwan den Schrecklichen. Ach, der Krieg, dachte er, der Krieg ist ein gefräßiges Tier. Vielleicht waren es aber auch nur die eigenartig hellen Nächte des Nordens, die ihn melancholisch stimmten, weil sie ihn wieder an Schweden erinnerten wie an eine Jugendliebe. Die zauberischen Lichterscheinungen verwandelten leblose Gegenstände, Häuser und Felsen, in seltsame Gebilde, gespenstisch schön.

In solcher Landschaft hausen die Geister.

Vier Tage war er unterwegs auf seiner Telega, durchgerüttelt und durchgeschüttelt; denn wenn die Straßen auch fest waren, so führte der Weg doch oft über mächtige Knüppeldämme, mitunter aus ganzen Bäumen gelegt, weil zahlreiche Sümpfe und Moore weite Flächen bedeckten.

Als Zarskoje Selo hinter ihm lag, sah er die Newa und die weithin glänzenden Kuppeln des neuen Palmyra: Sankt Petersburg. Die Mühsal der Reise war wie fortgeblasen. In spätestens einer Stunde würde er vor dem trefflichsten aller deutschen Patrioten stehen, vor dem Freiherrn vom Stein, der ihn gerufen hatte, ihn, den Professor aus Greifswald, den Verfasser vom »Geist der Zeit«.

Er war nicht übermäßig eitel, aber stolz war er über diese Auszeichnung mit gutem Recht, der Sohn eines Freigelassenen. Er, der Adler.

So kam er in die fremde Stadt mit hochgesteckten Hoffnungen und mit großen Plänen. Die Reise durch Rußland hatte ihn sicher gemacht. Noch keinem Eroberer war es gelungen, dieses Volk zu bezwingen. Auch Napoleon würde scheitern. Er dachte an den Vergleich mit dem Quecksilber. Er hatte gesehen, wie sich die Heeresmassen sammelten, er hatte erlebt, wie die einfachen Menschen füreinander einstanden. Der gallische Hahn hatte gewagt, den russischen Bären zu reizen. Der würde den frechen Eindringling verjagen. Und was er, Ernst Moritz Arndt, tun konnte, das sollte getan werden, um auch seinem Volk den Weg in die Freiheit zu weisen. Die Schlaffheit der Fürsten, ihre Eigensucht und ihr Verrat – was tat das, wenn das Volk sich erhob?

Laßt brausen, was nur brausen kann,
In hellen, lichten Flammen!
Ihr Deutschen alle Mann für Mann
Fürs Vaterland zusammen!
Und hebt die Herzen himmelan!
Und himmelan die Hände!
Und rufet alle Mann für Mann:
Die Knechtschaft hat ein Ende!

Sankt Petersburg

Karl Freiherr vom und zum Stein ging unruhig in seinem Petersburger Arbeitszimmer auf und ab. Er hatte den Schreiber hinausgeschickt, weil er sich noch nicht im klaren darüber war, was er diktieren sollte. Zar Alexander hatte ihn vom Ergebnis der Verhandlungen mit Schweden in Åbo unterrichtet. Stein hätte zufrieden sein müssen und war es nicht. Lag es nur am impertinenten Grinsen des Kanzlers Rumjanzew, von dem nie etwas Gutes zu erwarten war? Punkt für Punkt ging Stein das Gespräch mit dem Zaren noch einmal durch.

Alle geheimen Informationen deuteten darauf hin, daß der schwedische Kronprinz sehr eigene Interessen verfolgte, die wenig mit dem Kampf gegen den Usurpator zu tun hatten. Es ging ihm um den Besitz Norwegens.

»Wir haben ihm«, hatte Zar Alexander erklärt, »Unterstützung und Geld zugesagt, falls er gegen Seeland fahren will. Wir sind überzeugt, der dänische König wird kapitulieren, wenn er seine Hauptstadt verloren hat, und er wird Norwegen an Schweden abtreten. Geschieht das, haben wir uns Schweden gewogen gemacht und bedrohen auf diese Weise Napoleon vom Norden her.«

Stein hatte den Kopf geschüttelt. »Majestät, Friedrich VI. ist zu stolz und zu eigensinnig. Auch wenn er Kopenhagen verliert, wird er den Krieg fortsetzen und sich, was ich ihm nicht verdenken könnte, ganz in die Arme Napoleons werfen.«

Alexander, unsicher geworden, hatte nachgedacht. Aber erst, als der Zar zu seinem Kanzler geblickt hatte, als ob er sagen wollte: Das hätten wir bedenken müssen – und als Stein Rumjanzews arges Grinsen sah, kam ihm der Gedanke, daß in Åbo vielleicht mehr besprochen worden war, als ihm der Zar jetzt schon offenbaren wollte.

Die Weichsel also, rekapitulierte Stein das Gespräch mit dem Zaren. Sie haben ihn dahin gebracht, seine Mission in der Besetzung Polens zu sehen, statt in der Befreiung Europas. Zornig schlug er mit der Faust auf den Tisch. Der Diener trat ein. »Ich habe dich nicht gerufen!« herrschte ihn der Minister an.

»Exzellenz gaben Befehl, Sie auch nachts zu wecken, wenn Professor Arndt eintrifft«, entschuldigte sich der Mann.

Stein fuhr herum. War sein Gesicht eben noch von Ärger durchfurcht, entwölkte sich seine Stirn augenblicklich. »Der Adler ist da? Herein mit ihm!« Und er ging seinem Gast froh entgegen.

Ernst Moritz Arndt, von der Reise gezeichnet, da er sich unverzüglich zu Stein begeben hatte, verneigte sich knapp vor dem berühmten Mann, streckte sich aber gleich wieder und stand in gerader Haltung wie ein Soldat vor dem Minister, dem seine höchste Achtung galt. »Exzellenz, ich stehe zu Ihrer Verfügung.« Und mit schnellen, sicheren Blicken musterte er sein Gegenüber. Ja, war das nicht Fichte? Dieselbe gedrungene Gestalt, ein mittelgroßer, leicht nach vorn gebeugter Mann, dessen Haare bereits leicht ergrauten, dessen Augen aber klar und gütig blickten. Es war eine Ähnlichkeit mit dem Berliner Professor, die ihn lächeln machte. Arndt hatte vor Fürsten und Ministern, Grafen und gekrönten Häuptern gestanden, ohne zu zittern oder zu zagen. Die Jugendblödigkeit des Plebejers war ihm schon vor einem Vierteljahrhundert abgeklopft und abgerieben worden. Demut kannte er nicht. Er wußte um seinen Wert. Aber von diesem fünfundfünfzigjährigen Freiherrn wurde ihm das Herz warm.

Und Stein sah auf den ersten Blick, daß der Mann vor ihm wirklich kein Stubengelehrter war. Ein wohlproportionierter Körper, ein gescheites Gesicht, die Nase leicht gebogen, die Augen ohne Flackern. Er ist ein Adler, wie es sein Name sagt, dachte Stein heiter, er ist wirklich ein Adler. Da schloß er den Professor in die Arme. »Gut, daß Sie da sind. Wir können hoffen, daß wir hier Arbeit bekommen.« Und ohne Umschweife erläuterte Stein ihm die nächsten Aufgaben.

»Drei Dinge sind zu tun«, sagte er, ohne den erschöpften Zustand seines Gastes zu bemerken. »Erstens, und ich nenne es nicht zufällig an erster Stelle, muß das deutsche Volk zum Kampf gegen Napoleon aufgestachelt werden. Gelegentliche Gärungen reichen nicht aus. Schrecken Sie die Philister auf, Arndt! Sie müssen ein Feldprediger testamentarischer Wucht sein, wie es bei Jakob steht: Seid Täter des Wortes. Zweitens«, fuhr er fort, »müssen wir die verschiedenen Parteigänger in Deutschland unter eine Fahne bekommen. Das Unglück des Vaterlandes liegt in seiner Zerrissenheit. Beschwören Sie die Einigkeit wie Schiller im ›Wilhelm Tell‹. Drittens müssen die nichtfranzösischen Truppen, vor allem die deutschen, zum Abfall von Napoleon bewegt werden. Ich wüßte keinen Mann, der das besser könnte als Sie. Machen wir uns an die Arbeit.«

Arndt wurde sofort vom Eifer Steins mitgerissen. Der liebte es nicht, lange an einer Sache herumzudeuteln und unnötig abzuwägen, wo doch alles klar war. Der flüsterte nicht, der brüllte. Arndt hätte sich am liebsten gleich hingesetzt und unter diesem Eindruck das erste Pamphlet geschrieben, da sah er an sich herab. Seine Stiefel waren grau, die Kleider völlig derangiert. Und die Sommerhitze hatte ihm den Schweiß aus allen Poren getrieben. Er mußte stinken wie ein Wiedehopf. Darum bat er den Minister, sich erst ein wenig restaurieren und die Flöhe aus der Wäsche schütteln zu dürfen.

Stein blickte auf. Dann lachte er. »Tun Sie das, lieber Arndt. Aber machen Sie sich darauf gefaßt, daß Sie hier von ganz anderen Flöhen gepiesackt werden, Flöhen mit klingenden Titeln und glänzenden Namen!«

Arndt wußte, wovon die Rede war. Barnekow hatte ihm einiges davon ins Ohr trompetet. Und wenn er Chasots Andeutungen richtig verstanden hatte, mußten die Gegner des Zaren an seinem Tisch und nicht einmal weit von ihm sitzen. Nun, er war nicht gekommen, um sich in Petersburger Kabalen zu mischen. Der Minister hatte zudem ein klares Programm entworfen, und, bei Gott, er wollte tun, wozu er imstande war. An der Seite dieses Mannes jedenfalls war ihm nicht bange.

Er verabschiedete sich mit einer angedeuteten Verbeugung, denn es war nicht seine Art, den Rücken vor anderen Menschen zu krümmen. Von einem Freiherrn vom Stein ging man aufrechten Hauptes. Wahrhaftig, er sieht aus wie Fichte während seiner Reden an die deutsche Nation, dachte Arndt.

Er hatte im gleichen Haus Quartier bekommen, in dem Stein wohnte, bis das für den Freiherrn reservierte Palais eingerichtet war – im Hotel »Demut«. Welch seltsamer Name eines Logis ausgerechnet für diese beiden deutschen Patrioten, die alles andere als demütig waren.

Arndt, ohnehin ein Frühaufsteher, wurde von den ersten Sonnenstrahlen geweckt. Er langte nach der Uhr und ließ den Deckel aufspringen. Es war gerade fünf. Er wusch sich kalt ab, schabte sich den Bart vom Kinn, trank einen Schluck Wasser, kleidete sich rasch an und verließ das Zimmer. Der Portier blickte überrascht auf. Manchmal kamen Gäste um diese Zeit erst ins Haus, aber daß einer schon wieder munter war und ging … Von Arndt befragt, wie er zum Fluß käme, zur Newa, beschrieb ihm der Portier den Weg.

Eine frische Brise wehte vom Meer herüber. Tief sog Arndt die Luft ein. Nach den vielen Meilen staubiger Straßen und der stickigen Enge des Zimmers empfand er den unbeschreiblichen Duft des Meeres als heimatlichen Gruß. Die Stadt war ihm sogleich vertraut und nah. Rüstig ausschreitend, hatte er bald den Fluß erreicht.

Viele Menschen, die ihm begegneten, grüßten ihn, indem sie den Hut vor dem fremden Herrn zogen. Kutschen sah er in der Frühe noch nicht. Arndt war ein genauer Beobachter. Er blickte in die Gesichter der geschäftigen, oft unter schwerer Last gehenden Leute, und ihm schien es ein Gewimmel zu sein wie beim Turmbau zu Babel. Aus den entferntesten Ecken des unermeßlichen Reiches waren sie offenbar gekommen, um ihr Glück zu machen in der schnell gewachsenen Stadt auf den einstigen Sümpfen. Er sah Tataren und Kalmücken, Kaukasier und Mongolen, sehr viele Russen, aber auch Menschen deutscher Herkunft, ferner Polen, Finnen, Moldawier – die Völkerschaften des halben Kontinents durcheinandergewürfelt.

Immer wieder fielen ihm die breiten, runden, slawischen Köpfe auf mit den kurzen platten Nasen. Und er erinnerte sich der Behauptung, daß höhere Bildung und mächtiges geistiges Streben sich im Gesicht widerspiegelten, wonach man einen edlen Charakter schon an der Nase erkenne. Aber wie stand es dann mit Sokrates, dem rundköpfigen, plattnasigen Philosophen? Der hätte der Stammvater vieler Menschen sein können, die er auf den Gassen und Märkten, schließlich am Ufer der Newa beim Ausladen der Fische beobachtete.

Die frische Luft hatte ihn hungrig gemacht. Er ging ins Hotel zurück und fand einen Diener vor seiner Tür. »Euer Wohlgeboren, seine Exzellenz, der Minister Freiherr vom Stein, erwartet Sie. Darf ich vorausgehen?«

Nun denn, sagte sich Arndt, auch ein Frühaufsteher. Ich werde es mir merken und in Zukunft wenigstens ein Butterbrot essen, bevor ich an den Schreibtisch gerufen werde.

Aber Stein saß nicht in seinem Arbeitszimmer, sondern am Frühstückstisch. Er begrüßte Arndt herzlich und bat ihn, ihm Gesellschaft zu leisten. »Es ißt sich schlecht allein. Und bei der Gelegenheit«, sagte er, »können wir gleich ins Detail gehen, was Ihre Aufträge anlangt.«

Arndt war es recht. Er fand den Tisch beladen mit Speisen, die er entweder nicht kannte oder die ihm eher für das Mittagessen geeignet erschienen: eine dampfende Suppe, Kartoffelbrei mit gebackenem Fisch, gebratene Eier, eine Schale dicker Sahne, Lauch und Radieschen, zwei bläßliche Hühnerkeulen, große Stücken grobkörnigen Brotes, Teesud und, in einem Samowar, kochendes Wasser, eine Karaffe mit durchsichtiger Flüssigkeit – es war ein opulentes Mahl, von dem noch drei weitere Gäste satt geworden wären. Kaum hatte er Platz genommen, wurde noch einmal die gleiche Menge für Arndt aufgetragen. Es verschlug ihm die Sprache.

Stein lachte über das verdutzte Gesicht seines Sekretärs. »Das ist ein russisches Frühstück, Verehrtester. Und zum Nachtisch gibt es Napoleon in Scheiben!«

Arndt kostete von der Suppe. Sie schmeckte vorzüglich. Stein löffelte ihm noch reichlich Sahne auf den Teller. »Da wir gerade beim Ökonomischen sind«, erklärte er wie beiläufig, »Sie gehen noch heute vormittag zum Oberzahlmeister Worotschenko. Der wird Ihnen die Auslagen für die Reise erstatten. Außerdem bekommen Sie ein Gehalt von einem Friedrichsdor pro Tag. – Übrigens, tragen Sie keine Orden?«

»Orden?« fragte Arndt. »Ich habe keinen, und es verlangt mich nicht nach solchem Schmuck.«

Stein schüttelte den Kopf. »Darum geht es nicht. So ein Stück Metall ist hierzulande eine Eintrittskarte, sonst läßt Sie kein Pförtner passieren. Ich werde dafür sorgen.«

Arndt wehrte entschieden ab. »Was soll ich mit russischem Blech? Ich werde in keinen Schlössern und Palästen zu tun haben, in die Eure Exzellenz nicht eintreten. Und Ihr Name ist Bürgschaft genug.«

»Na schön«, erwiderte Stein, wobei sich seine Stirn umwölkte, weil er argwöhnte, der Professor wolle ihm schmeicheln. »Gehen wir in medias res. Kramen Sie alle Ihre Schriften zusammen, Gedrucktes und Handgeschriebenes, wenn es sich nur irgendwie eignet, gegen Napoleon verschossen zu werden. Ihren ›Geist der Zeit‹ habe ich bereits einer hiesigen Druckerei zugestellt. Er soll neu aufgelegt und als Konterbande nach Deutschland geschafft werden.« Bei der Erwähnung dieses Buches war sein Unwille bereits verflogen. »Es ist das beste und deutscheste, was ich in letzter Zeit gelesen habe.«

Nun wäre Arndt an der Reihe gewesen, unwillig dreinzublikken, hätte er Grund zu der Annahme gehabt, dies sei eine bloße Floskel. Aber zuletzt Gruner in Prag und vor ihm viele andere Gesinnungsfreunde hatten ihm mit beredten Worten ihre Anerkennung ausgesprochen. Schließlich wußte er auch, daß gerade die Lektüre dieses Buches den Freiherrn auf ihn aufmerksam gemacht hatte, so daß er den Verfasser unbedingt an seiner Seite haben wollte.

»Und nun zur Legion«, fuhr Stein fort, während sie noch immer am Tisch saßen. »Gneisenau hat so etwas Ähnliches 1809 den Österreichern empfohlen. Gruner nimmt die Sache wieder auf, wenn er dabei auch, was ich nicht verstehe, an die polnische Legion in der Armee Napoleons denkt. Wie auch immer — es muß uns gelingen, jene deutschen Offiziere und Soldaten, die nach Rußland gekommen sind, und dann auch alle anderen aus nichtfranzösischen Ländern zusammenzuschließen. Es ist an eine Formation von etwa zehntausend Mann gedacht.«

»Ich habe unterwegs davon gehört, Exzellenz. Und auch Gruner hat mir davon gesprochen. Der Gedanke ist großartig. Aber wer soll diese Armee führen? Wäre nicht Gneisenau, der aus dem kleinen Kolberg ein Gibraltar gemacht hat, der geeignete Mann?«

»Ich sehe, Professor, wir verstehen uns«, erwiderte Stein. »Ja, Gneisenau wäre der beste, wenn er nicht im fernen London säße und sich mit den hochnäsigen Engländern herumschlagen müßte, von denen Sie übrigens auch hier einige kennenlernen werden. Bei meinem Vortrag, den ich dem Zaren in dieser Angelegenheit gemacht habe, wurde der Herzog von Oldenburg als geeigneter Chef der Legion genannt.«

Arndt blickte erstaunt auf. »Der Herzog? Ist er ein Offizier von solchem Talent, selbst wenn er seinen einstigen Kommandanten Ahrentschild bei sich hat?«

Wieder lächelte Stein. Dieser Professor konnte bei Gott mehr als Gänsekiele anspitzen. »Mein lieber Arndt, ich stimme Ihnen zu. Aber das ist Diplomatie. Der Herzog von Oldenburg ist durch Napoleon von seinen Besitzungen vertrieben worden. Wer hätte größere Veranlassung, sein Land wiederzugewinnen?«

Das leuchtete ihm ein. »Außerdem«, setzte er den Gedanken Steins fort, »ist der Herzog verschwägert mit dem Zaren. Schwester Katharina wird ihrem Bruder Alexander schon soufflieren, welche Mittel der Oldenburger benötigt, um wieder zu seinem Herzogtum zu kommen.«

Stein nickte. Endlich hatte er das ausgedehnte Frühstück beendet, ohne daß Arndt dazu gekommen war, von allem auch nur zu kosten.

Im Kabinett des Freiherrn, der eine ganze Etage des Hotels belegt hatte, packte der Minister einen Berg Papier auf Arndts Schreibtisch, den er gegenüber dem seinen hatte aufstellen lassen. »Lesen«, sagte er, »übersetzen, abschreiben.«

Arndt nahm einige Bogen zur Hand, sah sie flüchtig an und blickte dann fragend auf. »Lesen? Euer Exzellenz haben eine sehr eigenwillige Schrift.«

»Natürlich lesen. Meinen Sie, ich kann meine Hieroglyphen immer entziffern?«

»Übersetzen? In welche Sprache? Mein Französisch ist dürftig.«

»Ins Diplomatische«, erklärte Stein. »Ich kann dem Grafen Münster in London doch unmöglich mitteilen, daß der Oldenburger zu senil, Rumjanzew zu verlogen und Walpole zu gehässig ist.«

»Schön«, sagte Arndt, »das wird sich finden. Aber wenn ich es selber abschreiben soll, brauchte Graf Münster wieder einen Schriftkundigen, um es entziffern zu lassen.«

Stein lachte. »Jetzt weiß ich endlich, warum die deutschen Autoren ihre Manuskripte zum Druck geben. Sie können das eigene Geschreibsel selbst nicht mehr lesen, halten es aber für so wichtig, daß es der Nation unbedingt offeriert werden muß.«

Arndt war nicht maulfaul. »Und was haben Sie nicht alles einrücken lassen, Exzellenz!«

Stein fuhr herum. »Potz Blitz!« wetterte er mit gespieltem Zorn. »Was nähre ich für eine Schlange an meinem Busen? Dafür beginnen Sie Ihre Antrittsbesuche beim Herzog von Oldenburg. Sie werden hundertmal Gelegenheit haben, Ihre spitze Zunge zu gebrauchen, und Sie werden in neunundneunzig Fällen ganz brav sein müssen. Lernen Sie die Kunst, uns den Mann bei Laune zu halten, ohne ihm in den ... Nun ja, die meiste Zeit sitzt er ohnehin darauf. Aber vorher lassen Sie sich Ihr Geld auszahlen. Wollen Sie nicht doch einen russischen Orden? — Ich gebe Ihnen Stülpnagel als Wegführer mit.«

Hauptmann Ferdinand von Stülpnagel war ein gebürtiger Uckermärker, den Steins Schwager, Graf Arnim-Boitzenburg, mit eigenem Geld ausgestattet, nach Petersburg gesandt hatte, weil er ihn für einen tüchtigen und vor allem vaterländisch gesinnten Offizier hielt. Hier diente er als erster Adjutant bei General Ahrentschild. Arndt faßte sogleich Zutrauen zu dem knapp dreißigjährigen Prenzlauer, der ihn auf Steins Geheiß ins Palais des ermordeten Zaren Paul führte, wo der Oberzahlmeister Worotschenko die Kasse verwaltete.

Die Reise hatte seine Barschaft angegriffen, und es war kein gutes Gefühl, mit abgezähltem Geld in einem fremden Land zu leben.

Das Palais befand sich südlich des Marsfeldes, die Hauptfront dem Sommergarten zugewandt. Ohne den kundigen Führer hätte sich Arndt rettungslos in dem Labyrinth verlaufen, das einem ungeheuren runden Bienenkorb glich und mit derart vielen Gängen, Türen, Treppen und Winkeln versehen war, daß sich wirklich nur der wieder herausfand, der die Irrwege lange und gründlich studiert hatte. So war es von Zar Paul gewünscht worden, der nicht wissen konnte, daß er sich damit seine eigene Gruft errichten ließ.

Stülpnagel kannte immerhin den Weg zum Oberzahlmeister. Als sie an einer der vielen Türen vorbeikamen, sagte er: »Hier hat Rostopschin gewohnt, der Generaladjutant und Zimmernachbar des Zaren.«

»Der nunmehrige Gouverneur von Moskau?« fragte Arndt.

Stülpnagel nickte. »Es war den Verschwörern gelungen, den gewaltigen Zerberus mit Intrigen und Elogen aus Sankt Petersburg zu entfernen. Und in diesem Zimmer«, sagte Stülpnagel, indem er auf die nächste Tür wies, »ist der Mord geschehen.«

Unwillkürlich trat Arndt einen Schritt zur Seite. Zar Paul war ein Despot gewesen wie viele seiner Vorgänger. Elternmord und Brudermord war keine Seltenheit im Hause Romanow. Arndt hatte das Gefühl, ein kalter Hauch wehe ihn an, als er an jenem Zimmer vorbeiging, wo Fürst Subow seinen Herrn mit der Schärpe Bennigsens erwürgt hatte, derselbe Bennigsen, der nunmehr den Oberbefehl über die Armee des neuen Zaren führte. Eine makabre Vorstellung, mit einem Zarenmörder verbündet zu sein, um einen Kaiser schlagen zu können.

»Ach, wissen Sie«, sagte Stülpnagel lachend, »unsere neuen Freunde haben ihre eigene Auffassung von Recht und Gerechtigkeit. Vielleicht kann man dieses ungeheure Reich auch gar nicht anders regieren. Es ist kein deutscher Kleinstaat. Was soll's? Wir haben sie nicht zu belehren, wir brauchen sie als Verbündete. Ohne sie frißt uns Napoleon.«

»Paul war ein brutaler Herrscher«, gab Arndt zu bedenken. »Plante er nicht, die Kaiserin sowie deren Söhne Alexander und Konstantin beseitigen zu lassen, um seinen Neffen, den Prinzen Eugen von Württemberg, adoptieren zu können? Um wieviel grausamer wäre das gewesen, Hauptmann?«

Stülpnagel zuckte mit den Schultern, doch er schwieg, denn er wußte nicht, wie mit diesem norddeutschen Professor umzugehen war, der von Stein überall als ein großer Mann gepriesen wurde. Ihm gegenüber konnte Arndt forsche Reden führen. Mal sehen, dachte Stülpnagel, wie tief er sich vor dem alten Oldenburger verneigte.

Der Herzog hatte nicht die geringste Lust, Ernst Moritz Arndt zu empfangen. Er hatte sich auch nie die Mühe gemacht, dessen Schriften zu lesen. Es war ihm berichtet worden, daß dieser Plebejer nur deshalb nicht das Lied der französischen Jakobiner sang, weil er einen eigenen Text gegen die gottgewollte Ordnung gezimmert hatte. Aber er war der neue Günstling Steins, gegen den man sich schwerlich stellen konnte. Der Herzog trank gemächlich die Schokolade aus und befahl dann seinem Diener: »Soll eintreten!«

Arndt war gewarnt durch Stein, und deutschen Fürsten gegenüber verhielt er sich ohnehin skeptisch. Dennoch schuf die Tatsache, daß der Herzog ebenso wie er von Napoleon vertrieben worden war, ein Gefühl der Verbundenheit. Außerdem hatte er in Smolensk am Tisch des Sohnes gesessen und erlebt, daß der Feuer und Flamme für die vaterländischen Dinge war.

»Durchlaucht, ich bringe Ihnen die herzlichsten Grüße des Prinzen August. Er erfreut sich bester Gesundheit und brennt darauf, für die Ehre Deutschlands zu kämpfen.«

Die Grüße stimmten den Alten versöhnlich. »Nehmen Sie Platz, meine Herren«, forderte er Arndt und Stülpnagel auf. »Nun, wie steht es daheim?« wandte er sich an Arndt.

»Das Volk besinnt sich auf seine Kraft, Durchlaucht.«

»Aha, das Volk«, konstatierte der Herzog gleich wieder grantig. »Die Fürsten müssen die Sache in die Hand nehmen, wenn etwas daraus werden soll. Was hat das französische Volk für ein Ungeheuer gezeugt mit seiner Revolution?«

»Nur dadurch, daß die Völker die Fesseln zerbrechen, erretten sie die Fürsten selber vom Untergang, Durchlaucht«, erwiderte Arndt ohne Zögern, fügte aber hinzu: »Sie und Ihre Söhne sind deutsche Fürsten, wie sie das Vaterland braucht.

Und wären sie alle so, dann könnten sie das Vaterland auch wirklich führen.«

Stülpnagel hatte die Luft angehalten, während der Professor sprach. Alle Achtung, der Mann hatte Courage und war zugleich diplomatisch.

Der Herzog ließ sich durch die Anerkennung Arndts nicht beirren. »Nein«, sagte er entschieden, »nicht das Volk, die Handwerker, Studenten, Bauern und Tagelöhner oder was immer das sein soll – der Adel ist zur Führung berufen. Das ist unser Auftrag von Gott. Gestützt auf die Kräfte der Untertanen, werden wir unser Territorium zurückgewinnen. Ich setze auf das Prinzip der Legitimität. Alles andere, Herr Arndt, ist jakobinisch und also von Übel.«

»Ich denke«, erwiderte Arndt ruhig, »daß das Haus Oldenburg wegen seiner Weisheit und Sittlichkeit völliges Vertrauen verdient, daß aber seine Kraft schwerlich hinreicht, um die Regenten anderer deutscher Häuser für denselben Weg zu gewinnen.«

Der Oldenburger lächelte ein wenig und erwiderte: »Von Diplomatie verstehen Sie entschieden mehr als Stein. Schmiert mir Honig ums Maul und läßt unter der Hand die Bienen los.«

Aber das Lächeln hielt nicht lange vor. Mit dem Stolz eines regierenden Herzogs fragte er: »Was sollte die deutschen Fürsten hindern, einheitlich zu handeln? Vielmehr bezweifle ich die Fähigkeit der Untertanen, geschlossen gegen einen Mann zu stehen, der die alten Gesetze umgestoßen hat und dessen neue anzunehmen sie gar nicht so abgeneigt sind. Wo sind Ihre Freiwilligen, Herr Arndt? Wer eilt zu unserer Legion? Nein, Napoleon hat die Fürsten, die sich ihm nicht unterwarfen, vertrieben und seine Brut auf unsere Throne gesetzt. Das mag Unruhe hervorgerufen haben bei den Untertanen, aber untertan sind sie geblieben. Wir deutschen Fürsten werden es sein, die das angestammte Land zurückerobern!« Der Herzog war erregt im Zimmer auf und ab gegangen, hatte mit dem Stock gefuchtelt und mußte sich nun erschöpft setzen.

Arndt war zu klug, um nicht einzusehen, daß die Auffassungen des Oldenburgers einer gewissen Logik nicht entbehrten, aber sie widersprachen seiner Überzeugung. »Ich befürchte, daß sich mancher deutsche Fürst nur um sein eigenes Fürstentum sorgt, Durchlaucht«, hielt er dagegen, »und nach einem Sieg über Napoleon vor allem darauf bedacht sein wird, sein Territorium zu vergrößern.«

»Unterstellen Sie mir solche Lust, Herr Arndt?« fuhr ihn der Herzog an.

»Nein, Durchlaucht, ich habe keinen Grund, Ihnen dergleichen zu unterstellen. Ich wäre sonst nicht hier.«

Der Herzog beherrschte seinen Ärger so weit, daß er seine Vorbehalte gegen Arndt scharf und klar zu äußern vermochte. »Napoleon ist Ihnen nur ein Vorwand. Sie meinen die deutschen Fürsten! Und haben Sie das Volk, wie Sie es nennen, erst einmal gegen den Kaiser der Franzosen geführt, wie groß ist dann der Schritt, es gegen die eigenen Herren zu verführen?«

Daran hatte Arndt nie gedacht. Es ging ihm ums Vaterland, in dem Fürsten wie Untertanen ihre angestammten Plätze haben sollten. Nicht gegen den Adel und seine Stellung richtete sich sein Zorn, sondern gegen jene Landesherren, die das Recht zu herrschen verwirkt hatten, indem sie Napoleon willig gefolgt waren. »Man jakobinisiert nicht die besetzten Länder, aber man organisiert die bewaffneten Massen«, zitierte er den Freiherrn vom Stein.

Den Text kannte der Oldenburger, und er begriff, daß Arndt keinen Schritt über die Auffassungen des Freiherrn hinausgehen konnte, selbst wenn er es wollte. Stein hat sich eine bissige Dogge zugelegt, dachte der Oldenburger, die bellen soll, aber nicht beißen darf. Und er hat ihn zu mir geschickt, weil er mich ein wenig aufschrecken will; denn es geht ihm mit der Legion zu langsam. Das verstanden zu haben erheiterte den schlauen Fuchs.

»Ich freue mich, Sie kennengelernt zu haben«, sagte der Herzog und beendete damit die Audienz. Arndt wußte, daß der Oldenburger nicht log, daß aber die Freude ihre engen Grenzen hatte. Sie verabschiedeten sich mit Respekt voneinander, wohl wissend, daß sie Verbündete waren, aber nur Verbündete auf Zeit.

Hauptmann Stülpnagel blies erleichtert die Luft aus, als sie wieder vor dem Palais standen. »Mein Gott, Professor, ich dachte ein paarmal, jetzt gehen sie aufeinander los. Glauben Sie, daß er Ihnen nachsieht, was Sie ihm präsentiert haben?«

»Darum geht es nicht«, erwiderte Arndt, »mir war nur wichtig, daß er meine Meinung erfährt.«

»Nun ja«, meinte der Offizier skeptisch, »aber sehr viel weiter hilft uns das auch nicht. Unter Männern wie ihm werden wir keinen geschwinden Schwerthieb führen können.«

Arndt faßte Stülpnagel an beiden Schultern. »Hauptmann, wie steht es um die Legion?«

Der Offizier hielt dem Blick des Professors stand. »Kläglich, Euer Wohlgeboren, kläglich. Ich kann's nicht anders bezeichnen. Wir haben etwa ein halbes Hundert Offiziere, Truppenführer kaum, Unteroffiziere kein Dutzend, Mannschaften eine Handvoll. Das ist die Kaiserlich Russisch-Deutsche Legion.«

»Aber der Zar ...« Arndt wollte es nicht glauben. »Stein hat mir gesagt, daß der Zar alle Anordnungen getroffen hat, die für eine schnelle Formierung der Truppe notwendig sind.«

»Es gibt ein Sprichwort hierzulande: Rußland ist groß, und der Zar ist weit.« Stülpnagel schüttelte den Kopf. »Machen Sie sich um Gottes willen keine Illusionen, Professor. Alexander will uns wahrscheinlich wirklich helfen. Er schätzt die Deutschen. Von Geburt ist er ohnehin ein halber Württemberger, noch dazu erzogen von einer deutschen Großmutter und einem Schweizer Lehrer. Und sein engster Berater ist unser Freiherr vom Stein. Jedoch, ihm steht eine starke Partei gegenüber. Diese Altrussen, angeführt von seinem eigenen Bruder Konstantin, seinem Kanzler Rumjanzew, dem Kriegsminister Araktschajew, dem Polizeiminister Balaschow und unterstützt von der Bevölkerung Petersburgs ...«

»Der Bevölkerung Petersburgs?« unterbrach Arndt.

»Natürlich. Die Altrussen nennen sich Friedenspartei, das macht Eindruck bei den einfachen Leuten. Vergessen Sie auch nicht die traditionsreichen Bindungen zwischen Rußland und Frankreich, Professor. Der Hof spricht französisch. – Sie sind mit großen Erwartungen hierhergekommen«, sagte Stülpnagel freundlich, »aber glauben Sie nicht, daß alle denken wie Sie und Stein oder ich.«

Sie setzten ihren Weg fort. »Macht das Beispiel Gneisenau, Chasot, Clausewitz, Dohna nicht Schule?« fragte Arndt.

»Ich will's nicht bestreiten. Ich selbst gehöre zu ihrem Gefolge. Aber es ist nur ein kleiner Kreis. Im übrigen – *noch* marschiert die Grande Armée vorwärts und siegt.«

»Sie meinen, erst wenn sich das Waffenglück gegen Napoleon wendet, können wir mit einem stärkeren Zulauf zu unserer Legion rechnen?«

»Gewiß nicht früher. Und ob dann ...?«

Doch solche Zweifel wollte Arndt nicht hören. »Es gibt eine Anordnung des Zaren, deutsche und andere nichtfranzösische Kriegsgefangene durch bessere Behandlung vor den Franzosen auszuzeichnen und ihnen anheimzustellen, bei gutem Sold und mit der Aussicht auf rasche Beförderung in die Legion einzutreten. Glauben Sie nicht, daß das Wirkung tut?«

»Vielleicht, denn Vaterlandsliebe vorauszusetzen bei solchem Wechsel ist eine heikle Frage. Im übrigen kenne ich diesen Befehl des Zaren auch. Er hat nämlich noch eine besondere Klausel.«

»Die wäre?«

»Wer sich nicht für die Legion erklärt, wird mindestens so miserabel behandelt wie die Franzosen und muß fürchten, nach Sibirien deportiert zu werden. Sind Ihnen solche Kolonnen nicht auf dem Weg nach Sankt Petersburg begegnet?«

»Doch«, gab Arndt zu, »aber meines Wissens waren es Verbrecher, Mörder, Diebe, Betrüger.«

Stülpnagel sagte nichts dazu, obwohl er es anders wußte. Er selbst hatte beobachtet, wie die Geheimpolizei am hellen Tage Menschen von der Straße weg verhaftete und abführte, die nichts anderes verbrochen hatten, als eine Meinung zu äußern, die für staatsgefährdend gehalten werden konnte.

»Von viertausendzweihundert sächsischen Gefangenen bei Kiew haben dreihunderteinundachtzig den Transport hierher überlebt. Von zweihundert, die bei Witebsk abgegangen sind, kamen zwei lebend an. Fragen Sie mich nicht, in welchem Zustand sich diese Menschen befinden«, sagte Stülpnagel. »Für die Legion ist kaum einer zu gebrauchen.«

Schweigend waren sie eine Strecke des Weges gegangen. Arndt war erschüttert. »Es geht so geschwind eben nicht«, schloß er seine Überlegungen ab. »Unser Problem sollten weniger die Gegner und Schwierigkeiten im russischen Lager sein, wir haben eigene Hemmschuhe genug.«

Sie waren wieder vor dem Hotel angekommen. Der Offizier reichte Arndt die Hand, der den Druck kräftig erwiderte. »Wir werden unser Gespräch fortsetzen, Herr Hauptmann. Ich glaube, die Jungen sind's, die befehlen müssen. Die Alten sind meist in Egoismus und Pedanterie versunken. Das ganze Leben soll dreingesetzt werden«, sagte er mit etwas erhöhter Stimme, »denn nur ein Flammenwirbelwind des vollsten Herzens kann Heil und Rettung bringen.«

Stülpnagel lächelte insgeheim über den Enthusiasmus Arndts, nickte aber zustimmend. »Ich wünsche Ihnen Erfolg in Ihrem neuen Amt. Leicht werden Sie es nicht haben.«

»Mit dem Amt oder dem Minister?« fragte Arndt.

»Frei heraus, Professor: mit beiden; denn unser Ritter Stein ist heftig und oft zu ergrimmt und ungeduldig.«

»Es ist ein Unglück, Waisenkind zu sein«, erwiderte Arndt. »Das größte Unglück aber ist, an seinem Volk verwaist zu sein.«

»Ich will's nicht bestreiten«, lenkte Stülpnagel ein. »Es geht uns allen so. Aber das darf kein Grund sein, die Ungeduld darüber, daß es nur mühsam vorwärtsgeht, als Laune an seinem Nächsten auszulassen.«

»Tut er das?« fragte Arndt.

»Er muß mich nur sehen, schon geht er auf mich los wie der Hammer auf den Nagel.«

»Auf den Stülpnagel!« Arndt lachte herzhaft. »Fassen Sie sich einen Ochsenmut gegen den Löwen«, empfahl er dem Offizier, »und werden Sie wieder grob.«

»Spotten Sie ruhig, Professor«, entgegnete Stülpnagel mit säuerlicher Miene. »Unsereiner hat nicht gelernt, höheren Herren Paroli zu bieten.«

»Sehen Sie«, erwiderte Arndt nun wieder ernst, »und ich nicht, Höheren nach dem Mund zu reden. Widersprechen Sie ihm, wenn er ungerecht oder heftig wird. Er bleckt noch dieses eine

Mal die Zähne, aber schelten wird er nimmer.« Arndt schlug Stülpnagel freundlich auf die Schulter. »Sie haben mich auf einen Gedanken gebracht, lieber Freund. Ich glaube, diese Legion und diese neue deutsche Armee kann nicht mehr nach altem Reglement gedrillt werden.«

Stülpnagel nickte nachdenklich. »Die Franzosen haben etwas, woran sie sich halten können: ihre Idee von Freiheit, Gleichheit und Brüderlichkeit. Und sie haben die Marseillaise.«

»Haben wir nicht die Idee vom Vaterland?«

»Ja«, sagte der junge Hauptmann, »aber jeder denkt sich sein Vaterland anders. Es müßte einmal niedergeschrieben werden, wie dieses künftige Deutschland aussehen soll und was die Pflicht eines deutschen Soldaten ist.«

»Ich habe es aufgeschrieben«, sagte Arndt. »Und ich darf mir schmeicheln, es so klar und deutlich wie keiner sonst gesagt zu haben.« Diese jungen Leute, dachte er etwas pikiert, ständig wollen sie neue Rezepte.

»Herr Professor«, erklärte Stülpnagel beschwichtigend, »Sie haben viel Gutes geschrieben, doch mitunter ist es zu ...« Er suchte nach dem passenden Wort.

»Zu geschwätzig?« fragte Arndt.

»Nein. Es ist sehr klug. Es ist mit großer Kraft gesagt. Es ist mitreißend, wenn man es liest, aber – die Masse liest nicht, Herr Professor. Und die Masse der Soldaten schon gar nicht.«

Arndt hätte ihm entgegenhalten können, daß viele seiner Flugschriften und Lieder auch beim einfachen Volk bekannt waren, doch er hatte, noch während sie redeten, an etwas anderes gedacht. Es stimmte schon, man mußte den Soldaten etwas in die Hand geben, das ihnen auf eindringliche Weise klarmachte, welch neuer Geist herrschen mußte, um zu siegen. Aber eben deshalb mußten die eigenen Ideen größer, erhabener und überzeugender sein als die des Feindes. »Sie müssen es herbeten wie ein Vaterunser«, sagte Arndt langsam, weil sich der Gedanke noch nicht zu Ende geformt hatte.

»Wie einen Katechismus«, warf Stülpnagel ein.

»Richtig!« Arndt stieß mit dem Zeigefinger vor, als stünde das Wort in die Luft geschrieben wie an eine Schultafel. »Richtig«, wiederholte er, »sie brauchen einen Katechismus, in dem steht, was sie tun und was sie lassen sollen, und den sie aufsagen können wie das Vaterunser. Ein Katechismus für den deutschen Kriegs- und Wehrmann, lieber Stülpnagel, den will ich euch machen.«

Als sie sich trennten, war jeder mit dem anderen zufrieden. Arndt wußte nun, daß er durch Hauptmann Stülpnagel erfahren konnte, was in der Legion, besonders unter den jungen Offizieren gedacht wurde. Und Stülpnagel hatte die Überzeugung gewonnen, daß der neue Mann in Petersburg nicht einfach ein Schreibgehilfe des großen Freiherrn vom Stein war, sondern ein ebenso tapferer wie wortgewaltiger Streiter im Kampf gegen Napoleon, im Kampf aber auch gegen die Laxen und Lauen in den eigenen Reihen.

Stein liebte es, mit seinem Vertrauten Arndt durch die weiten Parkanlagen von Sankt Petersburg oder am Ufer der Newa spazierenzugehen. Er hatte das Gefühl, die stickige Enge seines inzwischen hergerichteten Palais nähme ihm die Luft zum Atmen und die Fähigkeit, klar zu denken. Es war aber mehr die allgemeine Stimmung, die ihn nervös, mitunter sogar gereizt und ungerecht machte. Er benötigte mehr Raum für seine Gedanken, um sich nicht anstecken zu lassen von der weitverbreiteten Unsicherheit.

Die Dinge entwickelten sich nicht nach Wunsch und Notwendigkeit. Zwar wuchs der Volkszorn. Die Bauern zogen sich nicht mehr nur in die Wälder zurück mit Vieh und Vorräten, sie griffen selbst in kleinen Trupps verstreute Einheiten des Feindes an. Die immer drohendere Gefahr brachte sogar die Vermögenden in Bewegung. Aber das Vertrauen der Soldaten in ihre hochwohlgeborenen Generale war durch den oft chaotischen Rückzug und die ewigen Streitigkeiten der Heerführer erschüttert. Bagration bezichtigte Barclay de Tolly des Verrates, und der warf Bagration Unfähigkeit vor. Und immer offener wurde der Widerstand der altrussischen Partei gegen den Zaren.

Es blieb Alexander nichts übrig, als seinen einstigen Kriegsminister Barclay de Tolly zu opfern, den man verdächtigte, seine nichtrussische Herkunft mache ihn zu einem Gesinnungsgenossen des Feindes. Feldmarschall Kutusow, ein Parteigänger Rumjanzews und Suworows, wurde Oberkommandierender des Heeres. Der siebenundsechzigjährige General haßte den Eroberer — und er fürchtete ihn.

Die drohende Gefahr einer Niederlage allein war es jedoch nicht, die Stein zusehends gereizter machte, es war auch die mächtige, drängende Sehnsucht nach der fernen Heimat, für die er seine ganze Kraft einsetzen wollte, die Sehnsucht auch nach seiner Familie.

»Manchmal komme ich mir vor wie Antäus«, sagte Stein zu seinem Begleiter. »Ich fürchte, den Boden unter meinen Füßen zu verlieren.«

Deutlicher noch als aus den Worten hörte Arndt eine Verzagtheit Steins an der Art, wie er dies sagte, und er erschrak. Er durfte nicht zulassen, daß sein Herr zweifelte und mutlos wurde. »Selbst wenn Moskau fiele, Exzellenz, ich bin sicher, daß der Zar nicht die Waffen strecken wird.«

Als habe er nicht zugehört, fuhr Stein in seinen Gedanken fort: »Das Leben hat seine Farbe verloren. Alles läuft darauf hinaus, daß man sich von ihm trennen und auf die Trennung vorbereitet sein muß.«

Was waren das für Töne? Er durfte solche Resignation nicht zulassen. Mit Nachdruck, ja fast beschwörend sagte Arndt: »Haben Sie gesehen, Exzellenz, mit welcher Inbrunst die Menschen jeglichen Standes in den Kirchen beten und welche Kraft sie aus den Worten ihrer Priester schöpfen?«

»Der Wald daheim ist schöner und abwechslungsreicher«, fuhr Stein unbeirrt fort. »Hier dagegen immer nur Birken, Birken, Birken!«

»Graf Lieven hat uns doch berichtet, wie die vaterländischen Gedanken zunehmend Verbreitung finden in Deutschland. Die Jugend an den Universitäten und ihre Lehrer sind bereit, mit der Waffe zu kämpfen. Und hat er nicht«, versuchte es Arndt auf andere Weise, »geschrieben, daß gerade Ihr geliebtes Westfalen der dankbarste Boden für unsere Hoffnungen ist?«

Stein sah ihn lange und prüfend an. »Er hat von übereilten lokalen Rebellionen berichtet, die nur eine Menge braver und tatkräftiger Leute kompromittieren.«

Arndt wußte kein besseres Argument, darum wiederholte er seinen Satz, daß der Zar die Waffen nicht strecken werde. Nachdem sie eine Weile schweigend nebeneinanderher gegangen waren, sagte Stein, und es klang wieder fest und grimmig: »Diese Untätigkeit der Moskowiter! Wie weit sind Sie mit Ihrem Katechismus?«

Arndt atmete erleichtert auf. Das klang schon wieder anders als die melancholisch-sehnsüchtigen Gedanken an die ferne Heimat. »Exzellenz, ich werde ihnen noch heute meine Notizen dazu vortragen.«

Und wirklich, Stein hatte die Zweifel abgeschüttelt oder sie doch tief in sich verschlossen, denn er sagte mit der gewohnten Festigkeit: »Allem voran muß stehen, warum es den Franzosen gelungen ist, solche Herrschaft über unser Vaterland zu erringen, daß wir nämlich nicht durch größere Tugend und Streitbarkeit des Feindes, sondern durch die Faulheit und Treulosigkeit unserer Fürsten überwunden worden sind.«

»Der Herzog von Oldenburg wird sich freuen», erwiderte Arndt sarkastisch.

Der Spaziergang hatte beiden gutgetan. Als sie wieder an ihren Schreibtischen saßen, nahm Arndt seine Notizen zur Hand und bat, die Grundzüge seines Katechismus vortragen zu dürfen.

»Ich höre«, antwortete Stein knapp.

»Viele meinen«, begann Arndt, »ein Soldat sei einer, der für fremdes Geld einem fremden Fürsten dienen müsse, dessen Land und dessen Volk ihn nichts anginge, so daß ihn kein Gefühl und kein Gedanke ans Vaterland abhält, Unrecht zu tun im Namen seines Herren. Diesen tierischen Zustand und diesen blinden Gehorsam nennen sie Soldatenehre und meinen, Soldatenehre ist ein anderes Ding als Bürgerehre und Menschenehre.«

»Richtig«, pflichtete ihm Stein bei. »Wenn ein Fürst etwas anderes tut, als wofür Gott ihn eingesetzt hat, so muß der Soldat und Christ Gott mehr gehorchen als den Menschen. Sagen Sie ihnen das, Arndt!«

»Ich sage: Du sollst den Menschen nicht ausziehen, wenn Du die Montur anziehst. Das Land und das Volk sollen unsterblich sein, aber die Herren und Fürsten mit ihren Ehren und Schanden sind vergänglich.«

»Ausgezeichnet!« lobte der Minister. »Das wird denen in die Knochen fahren, die Vaterland und Freiheit hohle Worte nennen und die behaupten, wo es dem Menschen wohl geht, da ist sein Vaterland, und wo er am wenigsten geplagt wird, da ist schon Freiheit. Ich habe nur ein Vaterland, das heißt Deutschland. Mir sind die Dynastien in diesem Augenblick großer Entwicklung vollkommen gleichgültig.«

Arndt notierte sich den Gedanken. »Ich will mich sputen, Exzellenz, die Schrift in den nächsten Tagen abzuschließen. Wir wissen nicht, wie es bei Borodino ausgehen wird. Ein Sieg wäre dringend nötig. Seit sie ihm den Kutusow hingesetzt haben, ist der Zar nicht mehr der unbeschränkte Herrscher. Wir müssen auf Wechselfälle vorbereitet sein.«

Stein nickte. Und als wenige Tage darauf die ersten Nachrichten aus Borodino eintrafen, fanden sie sich in ihren Bedenken bestätigt. Kutusow hatte den Weg nach Moskau freigeben müssen.

»Wie kann man das einen Sieg nennen?« fragte Stülpnagel Arndt erregt. »Napoleon marschiert auf die russische Hauptstadt zu, Herr Professor.«

»Es war jedenfalls keine Niederlage«, suchte Arndt den aufgebrachten Hauptmann zu beruhigen.

»In der Zeitung steht Sieg!« beharrte Stülpnagel.

»Ja, in der Zeitung. Es ist der Bericht Kutusows.« Sollte er sagen, daß auch der noch einmal vom Zaren korrigiert worden war, ehe er veröffentlicht werden durfte? »Kutusows Absicht war es, den Feind zu schwächen. Das ist ihm gelungen. Napoleon wollte die Russen vernichtend schlagen. Das ist ihm nicht gelungen. Wenn man so will«, folgerte Arndt, »ist es tatsächlich ein russischer Sieg.«

Stülpnagel schüttelte den Kopf. »Solche Logik geht mir nicht ein, Herr Professor. Ich halt's für Sophisterei angesichts der ungeheuren Verluste an Verwundeten und Toten. Übrigens, Barnekow soll gefallen sein.«

Barnekow. Das ging Arndt nahe. »Gefallen?« fragte er. »Der hat schon ein Dutzend Blessuren überlebt. Ich würde mich nicht wundern, wenn er morgen wieder an der Spitze seines Bataillons stünde. Wir brauchten mehr Männer seiner Art.«

»Lieber im Kampf um Moskau gefallen, als im Sumpf von Petersburg verfault«, antwortete Stülpnagel niedergeschlagen. »Ich wollte, ich könnte Ihre Zuversicht teilen. Geben Sie mir Pulver und Blei statt Tinte und Streusand. Wer glaubt noch an die Legion? Viele ziehen es vor, in das russische Heer einzutreten, zumal es heißt, wir würden, wenn wir erst einmal formiert sind, die russischen Kastanien aus dem finnischen Feuer holen müssen, statt dem Napoleon aufs Haupt zu schlagen.«

Arndt hatte davon gehört. Er antwortete ausweichend. »Alles, was Napoleon schadet, nützt dem Vaterland.« Es klang zu schwach, um Stülpnagel überzeugen zu können.

»Gewiß«, erwiderte der Hauptmann sarkastisch. »Ich habe von einer Influenza erfahren, die er sich zugezogen haben soll.«

Arndt war nicht weniger beunruhigt als der junge Offizier, doch durfte er seine Zweifel nicht zeigen. Insgeheim hatte er sich in letzter Zeit oft gefragt, was geschähe, wenn es Napoleon gelänge, Rußland zu besiegen. Nein, nein, nein, das durfte nicht sein. Aber wenn es geschah?

Die Berichte aus Deutschland waren nicht ermutigend. Metternich hatte Gruner verhaften lassen. Scharnhorsts Einfluß auf Friedrich Wilhelm blieb gering. Hardenberg soupierte ausgiebig mit dem französischen Gesandten. Deutsche Professoren hielten zwar mutige Vorlesungen, aber was erreichten sie mehr, als daß ihre Studenten nur etwas hitziger miteinander disputierten? Lieven hatte recht: gelegentliche Unruhen kompromittierten nur ein paar brave Leute, sie entfachten nicht das Feuer, das erforderlich war, um das ganze Land gegen Napoleon zu entflammen.

Die Hiobsbotschaft, daß Napoleon Moskau erreicht und nahezu kampflos erobert hatte, schlug in Petersburg wie eine Bombe ein. Arndt, der bis zuletzt geglaubt hatte, es sei nur ein Gerücht, war zutiefst erschüttert. Es würgte ihn, als müßte sich sein Magen umdrehen. Er litt wie an einer Vergiftung. Er konnte es nicht fassen und war das erste Mal in seinem Leben nahe daran, aufzugeben.

Stein kannte seinen Sekretär gut genug. Er wußte, daß beschönigende oder beschwichtigende Worte nichts ausrichteten. Ihn, der das Unheil kommen sah, der mitunter niedergeschlagen gewesen war, wenn er die Halbherzigkeiten in den Salons des Petersburger Adels und im Kabinett des Zaren erfahren mußte, ergriff nun eine geradezu störrische Entschlossenheit, eine Wut und ein Zorn, der ihm ungeheure Kräfte gab. Und er wußte, daß nur eine Pferdekur helfen konnte, Arndts Kampfeswillen wiederherzustellen.

»Sie Kleingläubiger!« fauchte er ihn an. »Wo sind Ihre großen Sprüche? Genügt ein solcher Unfall, um Sie aus der Bahn zu werfen? Waren Ihre Reden vom Vertrauen in die Unbezwingbarkeit des Volkes nur Predigten eines Schamanen, der an die eigenen Worte nicht glaubt? Sie jammern, jetzt, da Jammern nur dem Sieger hilft? Im Unglück erweist sich, wer wirklich ein Mann ist und auf wen wir tatsächlich bauen können. Ja, Napoleon hat eine Schlacht gewonnen. Den Feldzug gewinnt er nicht. Der Fall von Moskau wird den Zorn der Russen erst recht anfachen. Es ist ein Pyrrhussieg, und Sie jammern!«

Arndt hatte das Donnerwetter über sich ergehen lassen wie ein Gottesgericht, aber so schnell war er aus seiner fatalistischen Stimmung nicht herauszureißen. »Ich glaube an die Kraft des russischen Volkes wie an die Kraft meines eigenen, Exzellenz«, sagte er. »Aber ich fürchte, die russischen Fürsten werden nicht mutiger sein als unsere. Napoleon wird dem Zaren einen Frieden nach seinem Gusto anbieten ...«

»Das hat er bereits«, unterbrach ihn Stein.

»Und?«

»Die Antwort Kutusows lautete, daß das Wort Frieden nicht in seiner Instruktion stünde.«

Arndt blickte überrascht auf. »Das hat er gesagt?« Und in die Verwunderung über solch entschiedene Abfuhr, die dem Sieger von Moskau erteilt worden war, mischte sich schon wieder etwas von der alten Hoffnung, daß es trotz dieser Niederlage am Ende gut ausgehen könne, weil es anders gar nicht auszudenken war.

Stein war's zufrieden. Das Medikament schlug an. So weit kommt es noch, dachte er insgeheim, daß ich mir meinen Adler in eine Krähe verwandeln lasse! Daß er selbst einen wesentlichen Anteil an der entschiedenen Haltung des Zaren hatte, verschwieg er. Und weil er wußte, daß weitschweifige Erörterungen der Moskauer Niederlage zu nichts anderem führen konnten als zu einer weinerlichen Hilfslosigkeit, ging er sofort zu praktischen Fragen über. »Wir müssen dahin wirken«, sagte er entschlossen, »daß die Legion wenigstens auf fünf- bis sechstausend Mann gebracht wird, denen die gleiche Anzahl Russen zur Seite gestellt werden soll. Dieses Korps muß unverzüglich nach Deutschland geschickt werden, am besten auf dem Seewege, und an den Küsten Mecklenburgs anlanden. Binnen kurzem wird aus diesem Häuflein ein stattliches Heer, weil die vaterländische Jugend, die Bauern und Handwerker, auf solche Weise ermutigt, sich in die Reihen der Soldaten stellen werden. Dann könnte man dem Drachen in den Schwanz beißen.«

»Ja, die Legion«, sagte Arndt gedehnt. »Warum nur weigert sich Chasot, die Führung zu übernehmen? Er ist durch Geburt, durch Alter und Rang, durch die Fähigkeit auch, mit den hiesigen Großen französisch zu reden und zu leben, nachgerade dazu verpflichtet, dem Ruf zu folgen. Warum hält er sich zurück?«

»Weil er nicht kann!« lautete Steins entschiedene Antwort. »Nicht der Ehrgeiz und der Stolz zu befehlen, nicht die unermüdliche Tätigkeit und Liebe zu den Menschen, die diese Zeit verlangt, mangeln ihm, auch nicht der treue und redliche Sinn, wohl aber die Siegeszuversicht. Dahin führt das Gewäsch!«

Arndt verstand sehr wohl, daß die Worte nicht allein auf Chasot gemünzt waren, und er schämte sich seiner Zweifel.

Stein lachte. »Ich sehe, wir verstehen uns, mein Bester. Übrigens, Sie hocken mir zu sehr in den Schreibstuben herum. Ein bißchen Konversation könnte Ihnen guttun.«

Diese Wendung des Gesprächs überraschte Arndt. Was denn, Moskau war gefallen, und der Freiherr dachte an Zerstreuung in den Petersburger Salons? »Wie meinen?« fragte er mit Erstaunen.

»Kommen Sie mit zu Antoinette von Württemberg. Ich verspreche Ihnen einen unterhaltsamen Abend.«

Arndt gab sich nicht die Mühe, seine Gedanken zu verbergen. Ich soll nur mitkommen, damit seine häufigen Besuche in ihrem Salon einen patriotischen Anstrich erhalten. Die Herzogin ist die Favoritin unter den Schönheiten von Sankt Petersburg. Wahrscheinlich ist auch die Gräfin Orlow bei ihr, deren Sirenengesängen zu widerstehen mein edler Ritter einige Mühe hat, dachte er und fragte keck: »Vor wem muß ich Sie diesmal schützen, Exzellenz?«

Stein ließ sich den Spott gefallen. »Germaine de Staël«, erwiderte er bedeutungsvoll.

Das überraschte Arndt abermals. »Die Staël in Petersburg? Was will das Frauenzimmer hier?«

»Sie ist auf der Durchreise nach Schweden. Heute abend liest sie aus ihrem vielgepriesenen Buch über Deutschland. Es ist für einen deutschen Professor kein Nachteil, wenn er hört, was sie über Deutschland denkt.« Und weil er wußte, daß die nächste Ankündigung noch böser kitzeln würde, sagte Stein, als ob er Arndt eine besondere Freude machen wollte: »Sie wird begleitet von August Wilhelm Schlegel.«

»Ein Unglück kommt selten allein«, kommentierte Arndt die Boshaftigkeit seines Herrn. »Gut. Da Sie es wünschen, begleite ich Sie, Exzellenz.«

Stein lachte polternd. »Was haben Sie gegen die Staël? Sie ist eine der geistreichsten Frauen Europas.«

»Sie ist vor allem eine der spektakulärsten hinsichtlich ihrer Amouren«, erwiderte Arndt. »Und hat sie nicht die Revolution begeistert begrüßt?«

»Das haben andere auch«, antwortete Stein. »Aber sie ist mehr und mehr von ihr abgerückt, je blutiger die Ereignisse wurden. Es heißt, daß sie der königlichen Familie einen Fluchtplan unterbreitet hatte und deswegen selbst ihr Land verlassen mußte. Und inzwischen ist sie bei Napoleon gänzlich in Ungnade gefallen, nicht zuletzt wegen ihres Buches über Deutschland. Es soll sehr gescheit geschrieben sein.«

Arndt zuckte mit den Schultern. »Was kann schon herauskommen, wenn ihr ein Schlegel seinen romantischen Ungeist eingeblasen hat?« Er blieb dabei, daß sie ein impertinentes Frauenzimmer war. Und ob sie nun für die Revolution oder gegen sie war, den Bourbonen helfen wollte oder Napoleon schaden: es genügte ihm, daß sie eine Französin und — was er nicht zugab — ein gescheites Frauenzimmer war, um ihn gegen sie einzunehmen. Und außerdem begleitet von Schlegel, gegen den er bereits in seinem »Geist der Zeit« gewettert hatte als gegen einen Fremdling, dem es am lebendigen Einwirken und Mitleben mit den Zeitgenossen mangelte.

»Hören wir es uns an, lieber Arndt. Mißfällt uns die Sache, können wir immer noch vom Leder ziehen oder gehen.«

Unter den Salons in Petersburg war der der Herzogin Antoinette von Württemberg der freisinnigste. Und wenn Stein gern den Einladungen folgte, dann nicht allein der hübschen Damen wegen, die sich um den Teetisch versammelten. In den Salons, und in diesem besonders, wurde eifrig über politische Dinge debattiert. Hier konnte man ziemlich unverblümt seine Meinung sagen, wovon Stein gern Gebrauch machte, zumal sehr oft die Zarin unter den Gästen weilte. Der Form halber trat sie aber stets als Hofdame verkleidet auf. Jeder wußte Bescheid, und jeder tat, als hielte er sie wirklich für eine Hofdame.

Bei aller Vertrautheit, die der Zar seinem deutschen Berater erlaubte, gab es doch Grenzen, die der Freiherr nicht überschreiten und Dinge, die er nicht sagen durfte. So wäre es zum Beispiel unmöglich gewesen, Alexander unumwunden zu erklären, daß der Patriotismus seines Volkes in einem schreienden Widerspruch zur Faulheit, Verschlagenheit und vor allem zur Bestechlichkeit seiner Herren stehe. Am Teetisch der Herzogin aber äußerte Stein seinen Ärger frei und offen, besonders wenn er die Zarin unter den Gästen wußte. Sie ihrerseits, das galt als sicher, unterrichtete Alexander davon, und der war froh, dem gescheiten Deutschen, dessen Ansicht er teilte, nicht darauf antworten zu müssen.

Arndt war solche Diplomatie fremd. Was er am geeigneten Ort nicht aussprechen konnte, schrieb er auf. Darum hielt er sich in den Salons zurück, was ihm allerdings bei den Damen den Ruf einbrachte, schüchtern zu sein. Doch gerade deshalb erregte er das nachdrücklichste Interesse der Schönen, die herausbekommen wollten, ob er nur in Gesellschaft so still war, was ihn gänzlich verwirrte.

Er hatte Stein zugesagt mitzukommen, außerdem war er neugierig auf die Staël. Der Besuch der französischen Schriftstellerin hatte sich schnell herumgesprochen, so daß sich um den Teetisch der ebenso schönen wie geistreichen Herzogin an diesem Abend besonders viele Gäste eingefunden hatten, unter ihnen die verkleidete Zarin.

Die Staël war nicht schön, eher männlich wirkend als weiblich zart. Sie trug einen abscheulichen Turban auf ihrem stolz erhobenen Haupt, der in einem Land, das gerade einen Krieg mit den Türken halbwegs überstanden hatte, ziemlich unpassend erschien. Dennoch ging von der Art, in der sie auftrat, eine Wirkung aus, der sich auch Arndt nicht entziehen konnte. Die Frau besaß Witz und Verstand, und wirklich schön waren ihr Charme und ihr Geist. In solchen widersprüchlichen Empfindungen befangen, entdeckte sich Arndt dabei, Passagen ihres Buches treffend formuliert zu finden.

Germaine de Staël hatte sich über das Selbstbewußtsein der Engländer, die gute Meinung, die die Franzosen von sich selber haben, und den Ehrgeiz der Spanier geäußert und sagte schließlich: »Die Deutschen sind Sachsen, Preußen, Bayern, Österreicher; aber der germanische Charakter, auf den die Kraft aller sich gründen sollte, ist zerstückelt wie das Land selber, das so viele verschiedene Herren hat.«

Stein blickte zu Arndt, als wollte er sagen: Noch widerspenstig, Professor? Doch der reagierte auf solches Signal gar nicht, weil ihn die Genauigkeit des Urteils betroffen machte.

Auch die weiteren Äußerungen der Staël über den »germanischen Charakter« beeindruckten ihn und besonders ihre Schlußfolgerung: »Die aufgeklärten Männer Deutschlands machen sich mit Lebhaftigkeit das Gebiet der Theorien streitig und dulden in dem Bereich keine Fesseln; aber sie überlassen den Mächtigen der Erde ziemlich willig die ganze Wirklichkeit des Lebens.«

Dieser Satz versöhnte ihn endgültig mit der Französin. Ein Jammer, daß es ausgerechnet August Wilhelm Schlegel war, der sie als getreuer Cicerone auf ihren Reisen durch alle Dachstuben der deutschen Literatur begleitete.

Stein, der sich mit Frau von Staël im Haß auf Napoleon einig wußte, stellte ihr seinen Sekretär vor. »Professor Arndt, Madame, der beste Trompeter unseres Vaterlandes. Übrigens ein halber Soldat; denn immerhin hat er sich schon aus patriotischen Gründen duelliert.«

Germaine de Staël lächelte und fragte mehr aus Artigkeit gegen Stein als aus Interesse an Arndt, von dem ihr Schlegel ein recht kantiges Bild gemalt und dessen Tiraden gegen das französische Volk sie mit Widerwillen gelesen hatte, ob der Herr Professor dabei ernstlich verwundet worden sei.

Arndt antwortete in seinem steifen Französisch, und es ging ihm wie immer gegen die Schnur, daß er sich im Land der Bundesgenossen nur in der Sprache der Feinde verständlich machen konnte: »Oui, Madame, j'ai été percé par un boulet.«

Verblüfft schaute die Baronin auf. Stein lachte dröhnend, und Schlegel zuckte verächtlich mit dem Mund. Arndt hatte die Vokabeln verwechselt. Statt von einer Flintenkugel war er seinen Worten nach vom Geschoß einer Kanone getroffen worden. Was blieb ihm anderes übrig, als über seinen Irrtum krampfig zu lächeln?

An Schlegel störte ihn alles. Während Arndt, dem Zeitgeist und der Mode entsprechend, gestiefelt und gespornt einherging, war der deutsche Romantiker wie ein französischer Abbé erschienen, geschniegelt und geputzt, mit goldenen Schnallen an den Schuhen, schneeweißen seidenen Strümpfen und einem blasierten Gesichtsausdruck. Arndt sprach laut und deutlich, was er für soldatisch hielt; Schlegel flüsterte eher und tat geheimnisvoll, als hätten in Sankt Petersburg alle Wände Ohren.

»Es ist ein Jammer«, sagte Stein zur Staël, »daß der Satan Ihr herrliches Buch über Deutschland vernichten ließ, Madame. Aber ich kann mir gut vorstellen, wie ihm Ihr Verständnis für mein Vaterland zuwider sein mußte. Erlauben Sie, daß mein Sekretär eine Abschrift des letzten Kapitels macht, damit ich in stillen Stunden meine Freude daran habe?« Und mit zweideutig-freundlichem Spott fügte er hinzu: »Es wird ihm helfen, besser französisch zu sprechen.«

Arndt wollte gerade antworten, daß die Franzosen eben dabei wären, Spanisch zu lernen, und nur die deutsche Lektion noch ausstünde, als ein hoher Offizier in den Salon trat, sich suchend umblickte und, als er die als Hofdame verkleidete Zarin entdeckte, verwirrt und bestürzt zu ihr trat. Er versuchte seine Nachricht zu flüstern, und vielleicht sprach er wirklich leise, aber da der unerwartete Auftritt alle aufmerksam gemacht hatte, verstand ihn jeder: »Majestät, Moskau brennt. Der Kreml, die Paläste, die Kirchen und Häuser und Speicher – alles ist ein Opfer der Flammen.«

Man konnte das Knistern der Kerzen hören, so still war es plötzlich im Salon der Herzogin von Württemberg. Die sprachlose Betroffenheit hielt nur wenige Augenblicke an, dann überschlugen sich die vor Entsetzen schrillen Fragen. Der Offizier stand bleich vor seiner Herrscherin und konnte nicht antworten.

»Er ist wahrhaftig der Teufel«, sagte die Zarin. »Er ist mit Pech und Schwefel gekommen. Und nun hat er das Höllenfeuer angezündet in der heiligen Stadt.«

»Majestät«, sagte der Offizier, »nicht Napoleon war es. Die Moskauer haben es getan, um sein Winterquartier und alle Vorräte zu vernichten.«

»Wer hat das befohlen?« Das Gesicht der Zarin verzerrte sich. War es Zorn oder Entsetzen oder beides zusammen? »Niemals hätten Wir dazu unsere Einwilligung gegeben!« Der Satz ließ keinen Zweifel, daß sie als Zarin sprach in der Überzeugung, daß Alexander nicht anderer Meinung sein konnte als sie.

»Es sind Barbaren«, flüsterte Schlegel.

Das Gesicht Steins war hart und kalt. »Sie räuchern ihn aus!«

Arndt erinnerte sich an Rostopschins Worte, als sie beim Tedeum für Wittgensteins Sieg darüber sprachen, was geschehen würde, wenn Napoleon bis nach Moskau gelangte. Der Gouverneur wollte den Korsen höchstpersönlich in die Luft sprengen. »Und müßte die ganze Stadt dabei niederbrennen!« hatte er gesagt.

Plötzlich faßte Stein seinen Sekretär bei den Schultern. In seinem Gesicht leuchtete eine Entschlossenheit, wie sie Arndt lange nicht an ihm gesehen hatte. »Mut, lieber Freund, Mut gilt's für den Mann im Leben. Und wenn wir noch ein paar hundert Meilen weiter nach Osten reisen müssen – ich habe mein Gepäck schon mehrmals verloren. Das schreckt mich nicht. Eins aber ist gewiß: wenn die Russen selber ihre Hauptstadt anzünden, so werden sie bald den korsischen Emporkömmling am Spieß braten wie eine wilde Sau, die ihre Äcker zerwühlt hat!«

Und während sich die russischen Aristokraten in den grellsten Farben ausmalten, welches Palais mit unersetzbarem Schmuck und herrlichen Ikonen nun für immer vernichtet sei, sahen Stein und Arndt die Eroberer wie Irre die tote Stadt nach einem Stück Brot und einem Fetzen Fleisch absuchen.

Die Flammen von Moskau, wer immer sie verursacht haben mochte, würden vom Volk für ein Zeichen Gottes gehalten werden wider den Antichrist. Und das mußte die Kraft der Russen vervielfachen. Arndt wußte: sie werden die Fremdlinge vertreiben aus ihrem Land, daß sie liebevoll Mütterchen Rußland nennen. Jetzt katte er keine Zweifel mehr.

Des Deutschen Vaterland

In dicke russische Pelze gehüllt, brachen sie am Abend des 5. Januar 1813 von Sankt Petersburg auf. Alle Kirchen der Stadt riefen die Gläubigen zum Gebet. Stein und Arndt nahmen es für Abschiedsgeläut, denn es ging nach Deutschland. Und es war eine große Sehnsucht in ihnen, die das Herz zusammenzog. Oder lag's an der Ungewißheit, weil sie nicht wußten, was kommen würde? Nein, Stein nicht und Arndt noch weniger fürchteten, ihre großen Hoffnungen könnten scheitern im Vaterland. Zwar sprachen auch die jüngsten Berichte nicht von einer allgemeinen Auflehnung gegen den Eroberer in Deutschland, aber in Preußen gärte es.

Ich will mich nicht umdrehen, nahm sich Arndt fest vor, wenngleich es nicht Sodom und Gomorrha war, das sie verließen. Er wollte von nun an nur noch vorausblicken – und drehte sich dennoch um: er ließ Freunde zurück und gute Erinnerungen.

Es war am Ende alles viel schneller gegangen, als sie gedacht hatten. Nach der Flucht Napoleons aus Moskau hatten die russischen Soldaten, hatten die russischen Bauern die ehemals Große Armee zerschlagen. Mit weniger als vierzigtausend Mann erreichten die Flüchtenden die Beresina, nur knapp neuntausend gewannen das andere Ufer. Wären die russischen Truppen rechtzeitig am befohlenen Ort gewesen, hätte Kutusow die ganze feindliche Armee vernichten können. Das war kein geordneter Rückzug mehr, wie Napoleon es befohlen hatte, bevor er die Trümmer der Armee im Stich ließ und nach Paris jagte. Den Feldzug hatte er verloren, den Krieg noch nicht. Frankreich verfügte über genug Ressourcen, um ein neues Heer aufstellen zu können. Verlor er den Krieg, das wußte der Kaiser, verlor er auch den Thron.

Kurz vor ihrer Abreise aus Petersburg hatten Stein und Arndt eine Nachricht erhalten, die sie in ihrer Erwartung, Preußen würde sich bald gegen Napoleon erheben, nachdrücklich bestärkte. General Yorck, der das preußische Hilfskorps im Norden Rußlands befehligte, hatte am 30. Dezember 1812 bei Tauroggen eine Konvention unterzeichnet, in der er sich verpflichtete, an weiteren Kampfhandlungen gegen die Russen nicht mehr teilzunehmen. Damit war eine Entscheidung gefallen, die als Signal wirken mußte.

Ernst Moritz Arndt lehnte sich in seiner Ecke zurück. Der Minister schlief. Das Klingen der Schellen am Geschirr der Pferde und gelegentliche Rufe der begleitenden Feldjäger waren die einzigen Geräusche. Am wolkenlosen Himmel glänzte das kalte Licht der Sterne. Das Land lag unter einer dichten weißen Schneedecke, die alle Laute verschluckte. Die Luft klirrte vor Kälte. Wer jetzt keinen warmen Ort gefunden hatte, wer jetzt durch die Nacht irrte, hungrig, in zerschlissenem Schuhwerk und verschlissener Montur, kam nicht weit. Nicht einer, Hunderte, Tausende mußten in dem fremden Land verenden wie Vieh. Und wen nicht Hunger oder Kälte tötete, wer nicht das Glück hatte, durch eine Kugel schnell erlöst zu werden, den streckte Krankheit nieder.

Arndt schauderte, als er daran dachte. »Nicht Schlachten müßt ihr erwarten, aber Mordgemetzel!« hatte er den Soldaten der Legion zugerufen. O ja, predigen ließ sich dergleichen leicht. Haß ist bitterer als Wermut. Haß vergiftet die Seele. Aber mit frommen Sprüchen war der Eroberer nicht zu besiegen. Wer darüber grübelt, ob er die Gebote des Herrn befolgte, wenn er einen Feind erschlägt, wird selbst erschlagen. Wer zweifelt, stirbt zuerst. Süß und ehrenvoll ist es... Nein, ist es eben nicht. Fürs Vaterland zu leben ist ehrenvoll, sollte der Spruch heißen.

An der Einsamkeit der russischen Nächte lag es, sagte sich Arndt, wenn ihm solche Gedanken durch den Sinn gingen. Nur eine Überlegung durfte Raum in seinem Kopf haben: Rache! Doch gleich fiel ihm das Wort aus der Heiligen Schrift ein: Die Rache ist mein, spricht der Herr. Nein, wir müssen das Werkzeug Gottes sein; denn wer das Arge hasset, hanget dem Guten an.

»Der Teufel soll den Oldenburger holen!« sagte Stein plötzlich mit geschlossenen Augen. Er hatte nicht geschlafen, sondern ebenfalls seinen Erinnerungen nachgehangen. »Was hat der Kerl uns Kraft gekostet! Wegen Ihres Katechismus soll er Krämpfe bekommen haben.«

»Er hat uns Krämpfe genug besorgt«, erwiderte Arndt, »da ist es nur gerecht, wenn ihm Gleiches widerfährt. Besehe ich, was auf Grund seiner Einwände von meinem ursprünglichen Entwurf geblieben ist, so erscheint mir der Katechismus für deutsche Soldaten in seiner jetzigen Fassung wie ein Buch zur Erbauung empfindsamer Seelen.«

Stein lachte. »Deine Herren und Fürsten waren Schwächlinge und Weichlinge und wußten nichts von der Ehre und Hoheit, die in Fürstenseelen blühen soll«, zitierte er. »Wenn das Erbauungsliteratur ist!«

»Dennoch«, entgegnete Arndt, »die besten Stellen haben sie mir gestrichen. Ich werde mich hüten, in Petersburg noch einmal etwas drucken zu lassen.«

Stein nickte und schloß wieder die Augen. »Ohne Sie, lieber Arndt, wäre Petersburg nur halb so schön gewesen.« Es war das erste und einzige Mal, daß der Freiherr seinem Sekretär anerkennende Worte für die Hilfe sagte, die er ihm in dem fremden und nicht immer nur freundlichen Land erwiesen hatte. Arndt hatte sich als ein selbständiger, gescheiter, wortgewandter und vor allem furchtloser Helfer bewährt, dem keine Aufgabe lästig war. Durch Arndts Schriften und Reden war vielen ein starker Halt gegeben worden. Nie hatte er es ihm gesagt. Ihm schien auch nicht, daß Arndt auf solches Lob aus war. Jetzt, da sie zurückblikken konnten, da sogar etwas wie Abschiedsschmerz ihre Gemüter bewegte, schien es dem strengen Minister angezeigt, ein Wort des Dankes zu äußern. »Schade, daß Sie keine Orden lieben. Ich hätte Ihnen doch einen an die Brust heften lassen sollen.«

Sie wechselten nur die Pferde vor den Schlitten, auf die Reisekutsche und Packwagen gesetzt worden waren, vertraten sich in der kurzen Pause die Beine, und weiter ging es. Am Morgen überquerten sie die Luga. Ihr erstes Ziel, die Stadt Pleskau am Südende des Peipus-Sees, erreichten sie gegen Abend.

In Pleskau war ein Sammellager für Gefangene und Überläufer eingerichtet worden. Graf Chasot sollte unter ihnen für die Legion werben. Mit Bestürzung erfuhren Stein und Arndt, daß er sich am Lazarettfieber angesteckt habe und auf den Tod krank darniederliege. Hauptmann von Tidemann pflegte ihn. Als sie den Grafen entdeckten, erschraken sie zutiefst angesichts des aussichtslosen Zustandes des einst so lebenslustigen, geistreichen Mannes. Stein trat zu ihm. »Graf Chasot«, redete er ihn leise an.

»Er kann Sie nicht hören, Exzellenz.« Hauptmann Tidemann wollte den Minister hindern, zu nahe an den Sterbenden zu treten, damit er sich nicht auch anstecke. Aber Stein schob ihn unwirsch zur Seite, beugte sich über Chasot und küßte ihm die Stirn.

Arndt legte dem Grafen die Hand auf das verschwitzte Haar. »Verzeiht«, bat er ihn; denn er schämte sich, ihm vorgeworfen zu haben, er hätte den Freuden des Lebens mehr Aufmerksamkeit gewidmet als den Pflichten gegen das Vaterland.

»Es ist etwas Bittres«, sagte er, »daß wir unsere Kampfgefährten oft härter beurteilen als unsere Feinde. Gott sei seiner armen Seele gnädig. Er war ein braver Mann.«

Und ich? fragte sich Arndt. Vielleicht liege ich schon morgen im Stroh wie er. Was eigentlich treibt dich zu tun, was du tust? Reizt dich nicht irgendeine versteckte Eitelkeit, Moritz Arndt? Willst du etwas Besonderes vorstellen?

Chasot stöhnte, von Fieber und Krämpfen geschüttelt. Die Krankheit hatte sein einst lebenslustiges Gesicht gezeichnet.

Arndt schnürte die traurige Szene fast das Herz ab. Um wieviel glücklicher könnte ich sein, dachte er, wenn ich mich in meine Träume zurückzöge, in irgendeinen verborgenen Winkel, wohin kein Kriegsgeschrei, kein Kanonendonner und das Gebot keines Staatsministers dringt.

Geld und Gut waren nicht zu gewinnen im Kampf ums Vaterland. Er war auch gar nicht darauf aus. Aber so enden wie Chasot? Und so endeten viele und manche noch schlimmer, vielleicht morgen schon mein Herr und Minister. Er hat dem Sterbenden die Stirn geküßt. Vielleicht bin ich es, denn auch ich habe ihn berührt. Ist es überhaupt sinnvoll, die Fahne für das Glück kommender Generationen zu schwingen? Da liegst du nun, Chasot. Wenn du morgen oder übermorgen stirbst – wird dir das Vaterland Kränze flechten?

Und wie zum Schabernack hatten plündernde Haufen, während er mit Stein am Sterbelager des Grafen stand, den Packwagen ausgeraubt. Leid war es Arndt besonders um seinen großen Mantelsack, in dem er Wäsche und wichtige Dokumente, Lebensmittel und liebe Erinnerungsgeschenke Petersburger Freunde verstaut hatte. Den Geldwert, um die zweihundert Reichstaler, konnte er verschmerzen. Unwiederbringlich dahin aber war mancher Brief und mancher Vers, ein Strauß Lavendel, von lieber Hand gepflückt, ein kleines Bild der Orlowa, ein Gruß Vergißmeinnicht.

Arndt schrie die pflichtvergessenen Feldjäger an und bedachte sie mit allen wilden Flüchen, die er in Rußland gelernt hatte. Er hätte heulen mögen vor Wut. Und plötzlich lachte er bitter und sang verächtlich: »Fürs Vaterland den Mantelsack! Warum nicht alles für das Pack?« Wütend trat er gegen die Kufen des Schlittens.

Stein schwieg zu dem Zornesausbruch seines Sekretärs. Er wußte zwar nichts von den bitteren Gedanken, die Arndt durch den Kopf gegangen waren, aber auch ihn hatte das Elend Chasots tief erschüttert. Er hatte zu überstürztem Aufbruch gedrängt, weil er den Zaren erreichen wollte, bevor heimtückische Berater all seine Anstrengungen zunichte machen konnten. Wie dünn war das Eis, auf dem er stand?

Keine Stunde länger als unbedingt erforderlich hielten sie sich in Pleskau auf. Mit einem Gefühl der Ohnmacht verließen sie die Stadt. Weder Chasot noch einem der vielen anderen in den notdürftig eingerichteten Lazaretten konnte geholfen werden. Es mangelte am Notwendigsten. Verbandszeug und Medikamente, Pfleger und Strohsäcke, Lebensmittel und sauberes Wasser waren rar geworden. Der Krieg fraß das Land kahl.

Das russische Hauptquartier unweit von Wilna, in dem sich der Zar aufhielt, war das Ziel Steins und Arndts. Je näher sie der Stadt kamen, desto deutlicher zeigten sich die Folgen des Krieges. Unterwegs begegneten ihnen endlose Kolonnen erschöpfter, gespenstisch anmutender Gefangener, die sich nur vorwärts bewegten, weil Kosaken sie mit Peitschen trieben wie eine Herde Vieh. Wer entkräftet liegenblieb, war des Todes. Wer das Ziel erreichte, lebte nur wenig länger.

»Aus diesen Jammergestalten wollen wir eine Legion rekrutieren?« fragte Arndt kopfschüttelnd.

»Wenn die kläglichen Trümmer jener einstmals Großen Armee heimkehren«, sagte Stein, »wenn die Sachsen und Preußen, die Bayern und Württemberger sehen, was ihren Söhnen widerfahren ist, muß das den Volkszorn nicht anstacheln? Werden die Menschen, denen Napoleon in allen Zeitungen vorgaukelt, es sei ein geplanter Rückzug, nicht endlich begreifen, daß sie einem falschen Propheten aufgesessen sind? Es gibt keine andere Hoffnung als diese. Oder es gibt keine mehr.«

Als sie die Düna überquerten, beobachteten sie, wie ein Dutzend Bauernwagen ihre Lasten in den Fluß kippten. Es waren nackte, steifgefrorene, zu Skeletten abgemagerte Leichen. Sie trieben den Fluß hinab dem Meer zu. Arndt drehte es den Magen um.

Das Land, ohnehin schon ein armes Gebiet, war durch den Krieg völlig verwüstet, die Dörfer verödet, die Häuser zerstört. Kein Mensch, kein Tier, kein streunender Hund, kein krähender Hahn. Nachts kamen die Wölfe, bei deren Geheul die Pferde vor den Schlitten scheuten. Ratten und Krähen gehörte das Land.

»Oh, könnte ein stolzer Eroberer weinen«, flüsterte Arndt angesichts des Elends, »wie er die Mütter von Hunderttausenden weinen macht. Die Neunmalklugen und Alleswisser werfen mir vor, ich hasse die Franzosen ohne Grund. Ich wollte, ich könnte die satten französischen Bürger an den Haaren herbeischleifen und sie mitten unter das Entsetzen werfen.«

Je mehr sie sich Wilna näherten, desto dichter lagen die Leichen wie Wegweiser am Straßenrand; dazwischen die Kadaver verendeter, von gierigen Menschen und huschendem Ungeziefer gleichermaßen verstümmelter Pferde. Zerbrochene Wagen, im Stich gelassene Kanonen. Man konnte die Stadt nicht verfehlen.

Da klang plötzlich ein Lied aus der Ferne wie ein Hoffnungsschimmer im Jammertal des Krieges. Arndt spähte voraus und entdeckte ein Regiment russischer Soldaten, die forsch und fröhlich sangen.

»Was singen sie?« fragte Arndt einen der sie begleitenden Feldjäger, der halbwegs deutsch sprach.

»Ich kann's schlecht verstehen«, erwiderte der Mann ausweichend. »Ein Soldatenlied eben, Euer Wohlgeboren.«

Arndt glaubte ihm nicht. »Heraus mit der Sprache!«

»Halten zu Gnaden, Euer Wohlgeboren«, entschuldigte sich der Feldjäger. »Es ist ein Lied, wie es Soldaten singen. Sie denken sich nichts dabei. Es marschiert sich nur besser.«

»Was singen sie?«

»Auf, ihr russischen Soldaten, denn die Deutschen gilt's zu retten«, übersetzte der Feldjäger.

»Was ziert Ihr Euch, das ist doch ein gutes Lied!« sagte Arndt erfreut.

»Die Deutschen sind gar zu feige, also kämpfen wir für sie«, vollendete der Feldjäger die Strophe. Dann hatte er es eilig, wieder an die Spitze der kleinen Kolonne zu kommen.

»Da haben Sie's!« kommentierte Stein. »Die Stimme des Volkes. Und es ist ein Lied auf die Deutschen, wenn Sie verstehen, was ich meine. Sie machen keinen Unterschied.«

Arndt schwieg. Der Kehrreim verklang: »Wir brauchen keine Hilfe, kommen ohne Preußen aus!« So dachten also die russischen Soldaten.

Später als vorgesehen kamen sie nach Wilna. Die mageren, abgetriebenen kleinen litauischen Pferde, sechs bis acht vor einen Schlitten gespannt, mußten bei jeder Steigung anhalten und verschnaufen. Unter anderen Umständen wäre das Arndt recht gewesen. Er wäre ein Stück vorausgelaufen oder hätte sich während der Rast die Beine vertreten. Doch seitdem er einmal schwungvoll aus der Kutsche gesprungen war und auf einem nur dünn von Schnee bedeckten Leichnam landete, blieb er sitzen und fror.

Am Abend des 11. Januar, die Finsternis hatte sich bereits herabgesenkt, ein eisiger Wind pfiff durch alle Ritzen der Kutsche und wehte Schneekristalle herein, waren sie direkt vor Wilna, der Hauptstadt Litauens. Plötzlich fuhr sich der Packschlitten in einer Eisrinne fest. Nach ihren Pleskauer Erfahrungen hielt es Arndt nicht für angezeigt, den Feldjägern die Bagage zu überlassen. »Exzellenz, fahren Sie voraus«, schlug er Stein vor. »Ich kümmere mich um den Wagen. Wir sehen uns in Wilna.«

Der Minister hätte ohnehin nicht helfen können. Also eilte er mit dem Hauptschlitten voraus, um im Gasthof eines Deutschen namens Müller Quartier zu machen.

Arndt stemmte sich gemeinsam mit dem Kutscher und den zurückgebliebenen Feldjägern gegen das Gefährt. Endlich gelang es ihnen, die Kufen wieder frei zu machen. Da sauste ein großer Schlitten an ihnen vorbei, schlug gegen den ihren und warf ihn in die Eisrinne zurück.

Arndt fluchte lästerlich. Und als der Kerl auch noch die Stirn hatte, anhalten zu lassen und zu fragen, ob etwas passiert sei, da fuhr er ihm an den Kragen. Es war ihm gleichgültig, wen er in der Dunkelheit zu packen bekam. Die Wut stieg ihm in den Kopf wie seinerzeit, als er sein deutsches Vaterland von einem schwedischen Offizier beleidigt glaubte und ihn dafür zum Duell gefordert hatte.

Der andere, überrascht zunächst, war auch nicht faul und packte Arndt am zottigen Fell seines Mantels. »Seid Ihr des Teufels, Mann?« fuhr er ihn an.

Verblüfft, deutsch angeredet zu werden, suchte Arndt im fahlen Licht der Laterne das Gesicht des Mannes zu erkennen und schrie vor Freude auf. »Oberst Pfuel? Seid Ihr's oder neckt mich der Satan?«

»Satan, bist du's oder neckt mich der Arndt?« antwortete mit gleicher Freude der Oberst. Dann fielen sie sich, die sonst so herzlichen Verkehr gar nicht miteinander gepflegt hatten, in die Arme und beklopften sich gegenseitig die Schultern, als hätten sie einander lange gesucht.

Sie waren sich in der »Lesenden und schießenden Gesellschaft« begegnet. Pfuel, ein deutscher Patriot vom Scheitel bis zur Sohle, war 1812 als Chef des Generalstabes von Tettenborn in russische Dienste getreten, um mitzuwirken im Kampf gegen Napoleon.

»Was treiben Sie?« fragte Arndt.

»Militärisches Geheimnis!« entgegnete Pfuel lachend. »Ich

muß die Verpflegung und den Wein fürs Hauptquartier requirieren und hoffe, daß die Juden in Wilna noch nicht alles verramscht haben. Weiß der Henker, wie sie's machen, aber sie sind die einzigen, bei denen noch etwas zu holen ist. Und Sie?«

»Arm wie eine Kirchenmaus, bin selbst bestohlen worden«, entgegnete Arndt.

Der Oberst lachte über das Mißverständnis, dann rief er seine Eskorte herbei und befahl ihr, den Packschlitten wieder flott zu machen.

Arndt erzählte inzwischen, daß er mit Stein unterwegs war. Pfuel freute sich, den Freiherrn sehen zu können. Und als sie dann im Gasthaus zu Tische saßen, vergaßen Arndt und Stein für wenige Stunden das Elend, das ihnen unterwegs begegnet war. Pfuels Talent hatte die besten Schinken und festesten Würste, dazu den süffigsten Wein auf den Tisch gezaubert.

Aber es hätten drei andere Zecher sein müssen, wenn nicht bald die Rede auf ernstere Dinge gekommen wäre. »Sie hocken im Hauptquartier des Zaren, Oberst, Sie hören viel«, sagte Stein. »Ich weiß von einem Angebot Alexanders an Friedrich Wilhelm, ihn zum Gevatter zu nehmen gegen Napoleon. Hat der König geantwortet?«

»Geantwortet?« Pfuel lachte böse. »Und wie er geantwortet hat, unser allergnädigster König von Preußen! Wenn die Russen die Weichsel überschritten hätten, wolle er unter Umständen Berlin verlassen und nach Schlesien gehen. Vorher könne er nicht Partei ergreifen.«

»Was sind das für Umstände?« fragte Arndt.

»Sie werden es nicht glauben, meine Herren«, wandte sich Pfuel an beide, »aber er stellt Bedingungen und hat Forderungen. Er, der die Konvention von Tauroggen zerrissen und dem tapferen Yorck mit dem Kriegsgericht gedroht hat, dieser deutsche König verlangt Danzig und große Teile des Herzogtums Warschau als Draufgeld, sofern er hilft, Deutschland von seiner Schande zu befreien. Ist das nicht großartig?«

Stein schlug mit der Faust auf den Tisch, daß die Teller und Gläser sprangen. »Ich muß auf dem schnellsten Weg zum Zaren. Arndt, Sie warten hier in Wilna den Rest unserer Bagage ab und folgen mir dann. Oberst Pfuel, Sie hauen mir den Weg frei. Wir fahren morgen früh, noch ehe der erste Hahn kräht.«

»Exzellenz«, erwiderte der Oberst, »es dürfte auch in Wilna keinen lebendigen Hahn mehr geben. Im Krieg wird man von Kanonen geweckt.«

Stein und Pfuel fuhren gleich nach dem Frühstück aus der Stadt hinaus in Richtung Hauptquartier.

Der erwartete Packschlitten traf wenige Tage später in Wilna ein. Arndt machte sich unverzüglich auf den Weg, um seinen Herrn einzuholen. Er nahm eine Erfahrung mit, die ihn sehr nachdenklich, ja traurig gestimmt hatte.

Stülpnagel, inzwischen zum Major befördert, war an jenem Tag nach Wilna gekommen, an dem Stein die Stadt verlassen hatte. Arndt hatte mit dem jungen Offizier verschiedene Gefangenenlager aufgesucht. Es war ihnen gelungen, einige hundert Soldaten zu bewegen, in die russisch-deutsche Legion einzutreten, aber sie spürten beide immer wieder, daß vaterländische Gründe selten den Ausschlag gaben, nicht einmal die Aussichten auf gutes Geld und schnelle Beförderung. Einer sagte zu Arndt: »Wenn ich die Wahl habe zwischen Sibirien und der Legion, dann wähle ich das kleinere Übel.«

»Was ist daran Übles, fürs Vaterland zu kämpfen?« fuhr ihn Arndt an.

Der Soldat lachte. »Vaterland? Euer Wohlgeboren, das Land, das meinem Vater gehört, ist gerade so groß, daß er längelang hineinpaßte, nachdem ihn eine preußische Kugel durchlöchert hatte. Ich komme aus Sachsen.«

Bei den Offizieren sah es schon etwas anders aus. Zwar waren Patrioten auch unter ihnen rar, aber dafür hatten sie keine besonderen Skrupel, den Herrn zu wechseln. Es war noch der Geist der alten Söldnerheere, wonach man dem diente, der einen gerade brauchte. Und die Aussicht, wieder eine Kompanie zu bekommen, war natürlich verlockender, als irgendwo weit im Osten des russischen Reiches Fronarbeit leisten zu müssen.

Arndt kehrte von solchen Gesprächen oft unzufrieden zurück. Er begriff die Taubheit nicht, mit der die meisten Soldaten geschlagen sein mußten, weil sie die Stimme der Freiheit und Gerechtigkeit nicht hören wollten. Predigte er denn umsonst? War sein Katechismus ein leerer Wahn?

Stülpnagel tröstete ihn. »Lieber Arndt, was verlangen Sie? Gefiele es Ihnen besser, wenn eben die, die gestern noch einem Napoleon folgten, schon heute ›Vivat Alexander!‹ riefen? Alles braucht Zeit.«

»Zeit!« ereiferte sich Arndt. »Haben wir denn Zeit? Sollen wir wahrhaftig warten, bis uns die Russen das Vaterland gereinigt haben von dem welschen Ungeziefer? Sind wir nicht Manns genug, uns selber zu befreien?«

»Urteilen Sie gerecht?« fragte Stülpnagel. »Die Legion ist inzwischen auf gut achttausend Mann angewachsen. Ich weiß, viele sind noch nicht einsatzfähig und zu viele haben sich einfach zwischen Gefangenschaft und Freiheit entschieden. Aber unter meinen Kameraden, Euer Wohlgeboren, befinden sich durchaus tapfere und entschlossene Patrioten. Denken Sie an Clausewitz und Pfuel, Leo von Lützow, die beiden Natzmers, denken Sie an Tidemann, an Horn, von der Goltz, Graf Dohna, an Mohnhaupt und Kursell. Ich könnte die Liste fortsetzen. Der Geist *dieser* Kameraden ist die Legion, und *sie* werden die Legion prägen.« Berechtigter Stolz klang aus den Worten des Majors.

Arndt nickte nachdenklich. Die Entschiedenheit, mit der Stülpnagel gesprochen hatte, überzeugte ihn. Er durfte nicht kleingläubig sein. Er durfte nicht an den täglichen Schwierigkeiten verzagen. Ja, wenn er schrieb, da spürte er nichts von solchen Zweifeln und fühlte sich stark. Das war sein Feld. Und sprang etwas über von seinen Idealen auf die Jüngeren, so hatte er das Gefühl, wieder eine Festung erobert zu haben.

»Ich mußte sehr viel Elend sehen die letzten Tage«, sagte er, »und das in einem fremden Land. Wie wird es daheim aussehen? Werden die lieben Deutschen endlich begreifen, daß sie *ein* Volk sind, daß sie *einen* Gott haben und *einen* Herrn brauchen statt hundert verschiedener? Es ist allemal leichter«, fuhr er fort, »Menschen gegen etwas zu stimmen als für etwas. Gott soll das welsche Pack strafen für den frevlerischen Übermut. Also predige ich Haß gegen die Franzosen. Aber wird es auch gelingen, die verschiedenen deutschen Stämme für das eine große Ziel zu gewinnen, für die Einigkeit des deutschen Vaterlandes? Wird nicht jeder Landesfürst, ist Frankreich erst einmal bezwungen, nur wieder die eigene Macht sehen und vergrößern wollen, wie er es immer getan hat? Davor fürchte ich mich am meisten, Stülpnagel, daß der Sieg vertan und verzettelt wird, wenn nicht die Völker selber sprechen und handeln, wenn sie nicht schwören wie die Eidgenossen in Schillers Tell: Wir wollen sein ein einzig Volk von Brüdern, in keiner Not uns trennen und Gefahr! Wir wollen frei sein, wie die Väter waren, eher den Tod, als in der Knechtschaft leben! – Werden sie so sprechen?«

Arndt war aufgestanden und von einem Ende des Zimmers ins andere gelaufen, hin und zurück. Er hatte seine Rede mit ausladender Gestik begleitet wie ein Prediger, der seine Gemeinde in Bann schlagen will, und es war doch nur einer im Raum außer ihm, einer, dem er nicht predigen mußte.

Stülpnagel hatte ihn fasziniert beobachtet. »Euer Wohlgeboren, heute ist eine neue Kolonne Gefangener gekommen. Sprechen Sie zu ihnen, reden Sie so, wie Sie eben zu mir gesprochen haben. Es ist vielleicht ein Fehler gewesen, daß wir uns mit jedem einzeln und allenfalls mit kleinen Gruppen beschäftigt haben. Predigen Sie zu Tausenden, ja, predigen Sie ihnen das Vaterland unser! Die Masse ist schwer zu packen, weil sie namenlos ist. Aber wenn es gelingt, sie zu überzeugen, dann ist sie auch mehr als die Summe vieler einzelner. Predigen Sie, Herr Professor. Sie können es wirklich.«

Der Gedanke war so übel nicht. Und je länger Arndt darüber nachdachte, desto besser gefiel er ihm. »Einverstanden«, sagte er schließlich. »Aber wenn schon predigen, dann muß es auch wie in der Kirche sein. Suchen Sie mir einen möglichst großen Saal, Major. Geben Sie jedem, der dorthin kommt, eine warme Mahlzeit. Und alles andere lassen Sie meine Sorge sein.«

So geschah es. In Erwartung des großen Auftritts war Arndt unruhig. Aber Stülpnagel hatte natürlich recht. Man begeistert die Menge nicht, indem man einzelnen zur Einsicht verhilft. Wirklich neue Ideen wachsen außerdem nur in wenigen Köpfen. Hatten die Pariser die Bastille gestürmt, weil sie plötzlich alle

Rousseau verstanden? Das war es: die ruhende Masse ist träge, man muß ihr einen Stoß in die richtige Richtung geben, dann überrollt sie alles.

Leeren Mägen predigt man das Vaterunser vergeblich. Stülpnagel ließ große Kessel mit dampfender Suppe aufstellen und ein Stück Brot dazu reichen. Das zog viele an. Der Saal war mäßig geheizt. Im Lager hatten sie nur kleine Feuerchen, an denen sie sich bestenfalls die Hände wärmen konnten, während ihnen der Rücken zu Eis fror. Die Stimmung unter den Versammelten war nicht überschwenglich, aber sie waren auch weniger gereizt als sonst.

Arndt trat auf ein Podest. »Deutsche Männer!« rief er sie an. Seine Stimme übertönte das allgemeine Gemurmel. Sie horchten auf. »Deutsche Brüder!«

Man hörte ihm zu. Am Anfang einfach, weil einer zu ihnen redete, ohne zu befehlen. Dann auch, weil er sprach wie ein Prediger. Interessiert schließlich, weil sie etwas über den augenblicklichen Stand der Dinge erfuhren. Daß Napoleon sein Heer im Stich gelassen und nach Paris geflohen war, wußten sie bereits. Aber sehr nahe konnte ihm der Verlust der Armee nicht gegangen sein, sonst hätte er nicht trotz aller Eile Zeit gefunden, die polnische Geliebte aufzusuchen. Neu war ihnen auch, daß überall in Europa Aufstände aufflammten und daß es selbst in Paris eine Revolte gegen den Kaiser gegeben haben sollte. In den Zeitungen und Bulletins Napoleons hatte das alles ein bißchen anders gelautet. Man mußte wohl beide Seiten hören, um die Wahrheit zu finden. Gegen die Franzosen wetterte der Mensch da vorn ziemlich heftig. Wie heißt er? Arndt? Nie gehört. Aber irgendwie steckte sein Eifer an.

»Was müssen wir Deutschen jetzt tun?« fragte Arndt und gab die Antwort selbst. »Was kann dich erlösen, deutsches Volk, was kann deine beschmutzte Ehre wieder weiß waschen? Was kann dich wieder als echten Sprößling der edlen Germanen in der Weltgeschichte hinstellen? Nichts als der Glaube an Gott, der Glaube an deine Väter, der Glaube an deutsche Redlichkeit und die gemeinsame Liebe und Treue gegen das ganze Vaterland.«

Unruhe kam auf. Er mußte sie herauslocken aus ihrer Lethargie. Er mußte sie reizen, bis sie die Zähne bleckten wie wilde

Tiere. Die Peitsche hielt er bereits fest. Er wollte ihnen schon zeigen, wohin sie ihren Zorn lenken sollten.

Die Unruhe nahm zu. Er frohlockte. Es war, als hätte er ein stilles Meer erregt. Noch war es sich seiner Kraft nicht bewußt. Er mußte es sagen.

Arndt atmete schwer. Nicht nur rednerisches Geschick verlangte eine Pause. Sein Blick glitt über die Menge. Da erkannte er Stülpnagel. Der stand gegen eine Säule gelehnt, und in seinem Gesicht war ein Ausdruck, den Arndt nicht zu deuten wußte, den er nur spürte als ein Widerwort. War das Zweifel? Es machte ihn unsicher, deshalb fuhr er mit besonderem Nachdruck fort, als wolle er den einen beschwören, und wurde eigentlich nur laut gegen sich selber.

»Deutsches Volk!« rief er schrill. »Damit dieser glückselige Haß werde und bleibe, dazu bedarfst du Krieg, heißen, blutigen, gemeinsamen Krieg aller Deutschen gegen den Überzieher.« Die Halle dröhnte.

Er hatte sein Predigeramt in Altenkirchen aufgegeben vor fast fünfzehn Jahren, obwohl er eine fette Pfründe zu erwarten hatte. Hier war seine Kirche, das war jetzt seine Gemeinde. Er reckte sich. Seine Stimme gewann wieder an Festigkeit und Ruhe. Am Ende breitete er die Arme aus, als ob er sie alle segnen wollte.

Die Menge, eine Zeitlang wie ein Kessel voll brodelnden Wassers, war wieder ruhig und fügsam. Auch Stülpnagels Gesicht hatte sich entwölkt. Ihm war zu viel von Blut und Rache und Tod und Verderben die Rede gewesen. Der Eifer Arndts, schien ihm, risse alles mit in den Höllengrund seiner Verachtung. Es konnte eigentlich nicht darum gehen, das französische Volk wie Ungeziefer zu vertilgen. *Napoleon* mußte besiegt werden. Aber dies, da wußte er sich mit Arndt völlig eins, dies konnte nur mit der Kraft aller Völker geschehen. Und Stülpnagel war lang genug Offizier, um zu wissen, daß es ohne Haß nicht ging. Jedoch, wenn das Geschäft getan ist – Blut wäscht man wieder ab, wie aber bekommt man den Haß aus dem Herzen?

Die Menge wollte sich schon zerstreuen, da hob Arndt noch einmal die Arme und rief wie ein Schulmeister, als müßte er seine Zöglinge prüfen, ob sie auch verstanden hatten, was er ihnen mit Liebe und Strenge beizubringen gedachte. »Was ist des Deutschen Vaterland?« Er hatte ein Gedicht geschrieben in Wilna, das er nun an das Ende seiner Ansprache setzte, wie Orgelmusik nach der Predigt den Schlußchoral einleitet.

Er hatte seine Vision von Deutschland, das größer sein sollte als jedes kleine Land für sich, größer als Schwaben und Preußen, Bayern, Pommern und Westfalen – er zählte sie alle her, um seine Forderung zu bekräftigen:

»So weit die deutsche Zunge klingt
Und Gott im Himmel Lieder singt,
Das soll es sein!
Das, wackrer Deutscher, nenne dein!«

Die letzte Zeile rief er mit besonderer Inbrunst: »Das ganze Deutschland soll es sein!« Dann schloß er für einen Moment die Augen, stieg von dem erhöhten Platz wieder herunter, lächelte zufrieden, fast glücklich, und wollte gerade zu Stülpnagel treten, als er hörte, wie einer der Gefangenen zu seinem Kameraden sagte: »Für eine warme Suppe und ein Stück Brot nimmt man solches Pfaffengeschwätz schon mal in Kauf, was?« Und der andere lachte häßlich.

Arndt hatte die Kraft nicht, den Kerl zur Rede zu stellen, und verließ schnell den Raum. Die Menge teilte sich, als wiche sie vor ihm zurück. Keiner sagte ein Wort der Zustimmung. Sie schlürften ihre Suppe. Sie schlaangen das Brot. Arndt fror.

Die Erinnerung daran begleitete ihn, als er am 14. Januar 1813 das traurige Wilna durch das Minsker Tor verließ. Wenige Stunden hinter Grodno erreichte er das russische Hauptquartier und traf dort Stein wieder. Als sie am 17. Januar die Grenze passierten, sprang Arndt vom Schlitten, beugte sich nieder und küßte die preußische, nein – die deutsche Erde. Unbeschreibliches Glück, Freude und Zuversicht durchströmten ihn. Er war angekommen im Vaterland.

Stein fand Arndts Rührung zwar etwas übertrieben, zwinkerte ihm aber fröhlich zu, um die eigene nicht zu zeigen. »Nun wollen wir die Probe aufs Exempel machen«, sagte er. »Nun wollen wir sehen, was die Deutschen können!«

Königsberg

Von Wilna aus hatte Arndt einen Brief an seinen Freund Wilhelm Motherby geschrieben, mit dem er vierzehn Jahre zuvor durch Österreich und Ungarn gereist war. Motherby hatte sich inzwischen in seiner Heimatstadt Königsberg als Arzt niedergelassen. Wer hätte ihnen damals, als sie auf der Schiffsbrücke bei Preßburg standen, vorausgesagt, über wie viele Brücken und Wässer sie noch springen und fahren sollten und wo sie sich einst wiederfinden würden? Wie hatte die Zeit sie verändert. Und änderten sie nunmehr die Zeiten?

Königsberg war frei. Zwei Stunden, nachdem die letzten Franzosen unter dem großspurigen Murat die Stadt verlassen hatten, waren die ersten Kosakenabteilungen und kurz darauf General Wintzigerode mit seiner Armee eingetroffen. Die Bevölkerung, so hieß es in den Heeresberichten, hatte die Befreier mit Ovationen begrüßt. »Vivat Alexander! Vivat Kutusow!« sei gerufen worden. Arndt war nur zu gern bereit, solchen Darstellungen zu glauben. Sie entsprachen seiner Hoffnung, und er wollte, das deutsche Volk dächte wie er. Die Königsberger jedenfalls waren Patrioten, und Wilhelm Motherby würde gewiß einer der hervorragendsten sein. Arndt freute sich auf das Wiedersehen, obwohl er keine Antwort auf seinen Brief bekommen hatte.

Sie waren am Abend des 20. Januar in Königsberg eingetroffen. Der Minister hatte beim Verleger Nicolovius, sein Sekretär bei dessen Bruder Quartier genommen. Stein beorderte Arndt noch für den gleichen Abend zu sich. Jede Stunde Müßiggang wäre beiden wie Verrat erschienen.

Arndt nahm sich nicht die Zeit, seine Reisetasche auszupakken, sondern beeilte sich, alsbald vor seinem Herrn zu erscheinen. Er war verwundert, schon den ersten Besucher vorzufinden, den Bürgermeister von Königsberg, Heidemann.

Arndt sah sofort, das Stein in Rage war, und er staunte sehr, als er erfuhr, daß sich der Zorn des Freiherrn gegen Auerswald, den Regierungspräsidenten von Ostpreußen, richtete.

»Der Regierungspräsident«, wandte er ein, »ist, denke ich, ein Mann, der unseren Idealen nahesteht. Sie selbst, Exzellenz, haben ihn während Ihrer Amtszeit mit sehr diffizilen Aufgaben betraut.«

«Ja, aber jetzt ist er ein Zauderer, eine Schlafmütze, ohne Mut und Feuer«, fuhr ihn Stein an, da er von Heidemann erfahren hatte, daß sich Auerswald nicht ohne alles Zögern für ein sofortiges Bündnis Preußens mit Rußland einsetzte.

Vergeblich bemühte sich Arndt, seinen Herrn davon zu überzeugen, daß eine solche Haltung einigermaßen verständlich war, da selbst General Yorck von offizieller preußischer Seite noch immer als Verräter und Aufrührer bezeichnet wurde, wenn auch vielleicht nur, um vor den Franzosen den Schein zu wahren.

Von solchen diplomatischen Finessen wollte Stein nichts wissen. Er verlangte eine klare, eindeutige Haltung, besonders von führenden Persönlichkeiten. Auerswald aber war soweit gegangen, wie ihm Heidemann berichtet hatte, den Grafen von der Gröben verhaften zu lassen, der den Text zu einer Einberufung der ostpreußischen Landstände verfaßt hatte. Schon am 24. Januar sollten sie zusammentreten, um zu beraten, was zum Wohle Preußens unternommen werden müsse.

Nun war Arndt im Bilde. Jetzt erst verstand er den Zorn seines Herrn. Es ging Stein weniger um den Grafen von der Gröben. Seine Vollmachten reichten aus, ihn umgehend aus der Haft zu befreien. Es war vielmehr die Erfahrung, daß auch Auerswald, auf den er so große Hoffnung gesetzt hatte, ihn wie mancher andere enttäuschte.

»Schreiben Sie!« sagte Stein.

Ganz der Sekretär des Ministers, legte sich Arndt Papier zurecht, fragte aber, während er die Feder schnitt, gar nicht im Ton eines gewöhnlichen Schreibers: »An wen?«

»Auerswald«, erklärte Stein.

Arndt nickte. Und während er den Gänsekiel eintauchte, wandte er sich an Heidemann: »Warum ausgerechnet am 24. Januar? Das ist ein Freitag. Oder gibt es dafür einen besonderen Grund?«

Da lachte Stein plötzlich. »Ja!« rief er. »Jetzt weiß ich erst, warum dem Auerswald das Herz so tief in die Hose gerutscht ist. Der 24. Januar ist der hundertunderste Geburtstag Friedrichs II. Das Datum ist natürlich eine bewußte Aufforderung, der jetzige Herrscher möge der Größe seines Ahnen eingedenk scin.« Er lachte erneut, heftig und böse. »Dieser Auerswald! Arndt, sind Sie endlich soweit? Dann schreiben Sie: ›Im Augenblick der Gefahr und Krise kommt es darauf an, den Gemeingeist zu erhalten, zu beleben, das Interesse und die Tätigkeit vieler Männer und Staatsbürger in die große Gelegenheit des Kampfes der Guten gegen die Schlechten zu verflechten.‹ «

In dem Moment wurde die Tür aufgestoßen, ein Diener stolperte rückwärts herein, den ein Offizier mit seinen Krücken traktierte. Stein fuhr, ungehalten über die Unterbrechung, herum. »Was soll das?«

Der Offizier kümmerte sich nicht um den barschen Ton. Ein breites, unschuldiges Grinsen im Gesicht, begrüßte er die Anwesenden mit den Worten: »Meine Herren, hei lewet noch!« Es war der bei Borodino schwerverwundete, inzwischen zum Oberst beförderte Haudegen Gustav von Barnekow. Um zu beweisen, wie sehr er lebe, warf er dem Diener, der den unangemeldeten Besucher aufhalten wollte, die Krücken ins Kreuz.

Arndt freute sich, den tapferen Rüganer wiederzusehen, von dem es eine Zeitlang geheißen hatte, er sei in der Schlacht gefallen. Als bekannt wurde, daß der verwegene Offizier, aus vielen Wunden blutend, von der Walstatt getragen worden war, begannen sich Legenden um ihn zu weben. Sein Schicksal, sein Mut, sein Draufgängertum entzündeten die Phantasien der Petersburger Damenwelt. Und da sie ihn nicht selbst umgarnen konnten, sammelten sie eine erkleckliche Summe Geldes, um ihrem Helden die Bewunderung zu bezeigen, die manch eine von ihnen, wäre sie seiner habhaft geworden, viel lieber in anderer Weise ausgedrückt hätte.

»Wenn die Frauenzimmer Vaterland sagen«, hatte Stein damals spöttisch kommentiert, »müssen sie einen Kerl haben, an den sie dabei denken können.«

»Ist das nicht gut?« hatte Arndt gefragt. »Wir Mannsleute denken dabei nur an die Sache. Das macht unsere Unternehmungen gelegentlich herzlos.«

Stein eilte, sobald er den Besucher erkannt hatte, dem schwankenden Barnekow entgegen, stützte ihn und schalt ihn einen unverbesserlichen Raufbold, der sich sofort ins Krankenbett begeben solle, um seine Kräfte für den bevorstehenden Frühjahrsfeldzug zu sammeln. »Sie sollen nicht meine Diener verprügeln, Oberst, sondern den Bonaparte!« wies er ihn mit gespielter Strenge zurecht.

»Exzellenz«, erwiderte Barnekow, um soldatische Haltung bemüht, »ich hörte von etwas Kleingeld, das die Petersburger Kätzchen für mich zusammengeschnurrt haben. Ich will mit Freunden meine Auferstehung feiern, aber meine Börse leidet an chronischer Auszehrung.«

Stein konnte nicht ernst bleiben. »Barnekow, Sie sind der verrückteste Teufel, der mir je begegnet ist. Aber gut, der Professor wird Ihnen das Geld auszahlen. Doch nur unter der Bedingung«, erklärte er, »daß Sie sich von einem guten Chirurgus die Knochen wieder so zusammenflicken lassen, daß Sie für keine Verrichtung mehr eine Krücke brauchen!« Stein wußte, daß die Freunde, von denen Barnekow gesprochen hatte, wohl lange blonde Haare haben würden.

Mit einem Gesichtsausdruck, der das Gegenteil bezeugte, versprach Barnekow, sich an diese Bedingung zu halten. Dann erklärte er mit großer Geste: »Meine Herren, Sie sind auf das herzlichste eingeladen. Dreitausend Taler wollen durchgebracht sein!« Er vollführte eine soldatische Kehrtwendung, die ihn fast umgeworfen hätte. Den Diener aber, der ihm die Krücken reichen wollte, stieß er weg. »Willst du mich beleidigen, Affe?« Und hinkte fröhlich hinaus.

Stein blickte ihm schmunzelnd hinterher. »Verdammt sollen wir sein, wenn wir mit solchen Kerls nicht die Franzosen schlagen. Dem Auerswald mache ich Beine. – Arndt«, fragte er seinen Sekretär, »haben Sie nicht einen Medikus zum Freund in dieser Stadt?«

»Doktor Motherby, Exzellenz. Er ist ein guter Arzt.«

»Ausgezeichnet. Der soll sich um diesen Verrückten kümmern.«

Arndt nickte. »Gleich morgen in aller Frühe gehe ich zu ihm, denn für zehn Uhr bin ich schon beim Grafen Dohna angemeldet.«

Stein kniff ein Auge zu und blickte mit dem anderen spöttisch auf seinen Sekretär. »Beim Grafen – oder bei der Gräfin?« fragte er hintergründig.

»Beim Grafen, Exzellenz«, entgegnete Arndt leicht pikiert. Der Minister liebte mitunter recht grobe Scherze. »Die Gräfin ist die Tochter von General Scharnhorst!«

»Das macht sie nicht häßlich«, stichelte Stein weiter.

»Nein«, sagte Arndt, »aber heilig.«

Der Freiherr hatte seine eigene Meinung von der Heiligkeit hübscher Frauenzimmer und wußte auch nicht recht, ob Arndts Worte ernst zu nehmen waren. Aber was ging es ihn an, wenn das Vaterland dabei nicht ins Hintertreffen geriet? »Zu unserem Text!« erinnerte Stein an den Brief, den er diktieren wollte. »Herr Bürgermeister, assistieren Sie mir, wenn ich mich in der Sache irre.« Das klang wesentlich freundlicher als zuvor. Barnekows Auftritt hatte den Minister davon überzeugt, daß die gute Sache trotz aller Schwierigkeiten in den besten Händen war.

Arndt mußte in der Frühe des folgenden Tages fast die ganze Stadt durchqueren, um seinen Freund Wilhelm Motherby aufzusuchen, da der Arzt in der Königsberger Vorstadt wohnte.

Es war ein kalter Morgen. Arndt schloß seinen Pelz fester und drückte den Hut tief ins Gesicht. Als er sich dem Kneiphof näherte, der vom Pregel gebildeten fast viereckigen Insel, hörte er schon die Rufe der Marktweiber, Budenbesitzer und Köchinnen. Er ging langsamer, um das bunte Treiben aufzunehmen.

»Na, Schmand!« rief ein Milchmann. »Schmandche!« Dabei klopfte er mit der Kelle gegen seine Blechkannen, die ein klappriger Gaul auf einem noch klappigeren Gefährt durch die holprigen Straßen zog.

Auf dem Markt zwischen Fisch- und Krämerbrücke standen große Holzbottiche mit saurer Sahne. Wer Hunger hatte, kaufte sich eine Kelle voll.

»Na, Fleckche!« tönte es von der nächsten Ecke. Eine dicke

Alte bot in großen Kesseln frisch gekochte Kutteln an, das billigste, was man beim Metzger bekommen konnte. In der Nacht schon war aus Kartoffeln und würzigen Kräutern eine Suppe gebraut worden, mit den eßbaren Eingeweideteilen als Zutat. Und wenn die Tagelöhner, Markthelfer, Reisigverkäufer und Austräger frühmorgens zur Arbeit gingen, kauften sie sich für einen Kupfergroschen die vielleicht einzige warme Mahlzeit des Tages; denn viele von ihnen hatten kein eigentliches Zuhause, sondern nur eine Schlafstelle, die sie zudem noch oft mit einem teilten, der des Nachts im Hafen oder in einem Speicher gearbeitet hatte. Keiner stellte ihnen am Morgen eine Tasse Kaffee hin, wenn sie aufstanden.

»Mannche, Töpke!« warb die Nächste für ihr irdenes Geschirr.

»Na, Töpke binde!« rief die Frau des Topfflickers.

Arndt amüsierte sich über den Dialekt der Königsberger, die ohne besonderen Grund ein »Na« oder »Na und« vor jeden Satz stellten und die es liebten, möglichst alle Hauptwörter mit der freundlich werbenden Verkleinerungsform zu gebrauchen. Der Bäcker rief Brotche aus, nicht Brot. Die Fischfrau bot in ihrer Bude »Karpe, na Karpeken!« feil oder hielt den Frauen in Streifen geschnittenen Lachs mit dem Ruf »Fett Streem-Laß, Fruus! Fresche Laß, Marjelche!« vor.

Es war ein ununterbrochener Chor kreischender, werbender, prahlender, bittender, zeternder, schluchzender, fordernder und fröhlicher Stimmen. Arndt schloß für einen Moment die Augen, um dieses morgendliche Konzert in sich aufzunehmen.

Der Kneiphof, die Altstadt und der Löbenicht, jene drei Stadtteile, die erst vor einem knappen Jahrhundert zu Königsberg zusammengewachsen waren, erschienen Arndt heimatlich-vertraut, denn ähnlich wie Greifswald oder Stralsund waren sie im Stil der Hanse errichtet, die Straßen oft so eng, daß man aus dem einen Fenster in das des Nachbarhauses hinüberlangen konnte. Platz für einen Hof fehlte meist, also wurde in die Höhe gebaut, und, in der Altstadt am häufigsten, die zurückspringenden Stockwerke besaßen oft geteerte balkonartige Vorsprünge mit eisernen Geländern, auf denen die Betten gelüftet, Wäsche getrocknet, Lebensmittel zum Frischhalten im Winter gelagert oder den Alten im Sommer ein Stuhl zum Sonnen hingestellt wurde.

Die Vorstadt machte einen weniger malerischen Eindruck. Die Häuser waren klein, ein zweites Stockwerk gab es selten, meist fehlten auch Keller oder Unterbauten. Zu den wenigen Häusern, die einen nicht ganz so dürftigen Eindruck machten, gehörte das des Arztes Wilhelm Motherby.

Arndt klopfte an die schmucklose Tür. Da niemand antwortete, drückte er die Klinke herunter und trat ein. Der durch ein kleines Fenster schwach erhellte Hausflur wurde offenbar als Wohnraum genutzt. Die Stühle um den blankgescheuerten Eichentisch und die Tellerborde an der Wand ließen darauf schließen.

Rechter Hand entdeckte Arndt die nur mit einem leichten Bretterverschlag abgeteilte, vom Herdfeuer in ein rötliches Licht getauchte Küche. Er hörte Kinderstimmen, trat weiter in den Raum hinein und blieb überrascht stehen. Eine junge Frau, deren dichtes Haar von einem Knoten gebändigt war, wusch ihre beiden Kinder und lachte übermütig dabei, obwohl sie ihre liebe Not hatte, die Rangen zu bändigen. Da sie mit dem Rücken zu Arndt stand, konnte er ihr Gesicht kaum erkennen. Lag es an der mäßigen Beleuchtung, am unbefangenen Lachen der Frau, ihren rötlich schimmernden Haaren, vielleicht war es nur der ungezwungene Umgang mit den Kindern – das Bild wandelte sich, verwob sich in Arndts Erinnerung mit seiner niedergerungen geglaubten Sehnsucht nach häuslichem Glück, mit der Vorstellung von deutscher Familieninnigkeit. Und da flüsterte er ihren Namen. »Lotte«, sagte er leise, »Charlotte.«

Die Frau drehte sich um, erschrak, umschlang mit den Händen ihre Kinder und fragte: »Bitte?«

Arndt mußte sich erst räuspern, bevor er antworten konnte. »Verzeihen Sie, die Tür war nicht abgeschlossen. Ich wollte Doktor Motherby sprechen.«

»Sind Sie Professor Arndt?« Sie stand noch immer schützend vor ihren Kindern.

»Ja, ich bin Professor Arndt. Ich hatte geschrieben, daß ich komme.«

»William ist nicht zu Hause. Er ist schon immer sehr früh unterwegs. Die Lazarette, die Krankenhäuser, die Irrenanstalt, Sie wissen ja.«

Es war Wilhelm Motherbys Frau, die er einen Moment für seine Charlotte gehalten hatte, die ein halbes Jahr nach ihrer Hochzeit am Kindbettfieber gestorben war.

Sie wollte, daß er ablege, etwas Warmes trinke, vielleicht eine Kleinigkeit esse, doch er lehnte ab, so gern er geblieben wäre. Er hätte nicht sagen können, weshalb er sich unsicher fühlte.

»Ich wollte mich nur anmelden. Natürlich hat Wilhelm viel zu tun. Der Krieg. Es ist ein Elend in der Welt.« Er sah sich um. Seine Augen hatten sich an das schwache Licht gewöhnt. Überall entdeckte er frisches Tannengrün. »Schön haben Sie es. Es duftet noch wie Weihnachten.«

»Na, Weihnachten ist längst vorüber. Wir schmücken das Haus das ganze Jahr über. Wenn keine Blumeken mehr sind, nehmen wir Tanne. Gefällt es Ihnen?«

Vor allem gefiel ihm ihre Art zu sprechen. Er hätte doch die Einladung zu einem Glas Punsch annehmen sollen. »Ich komme heute abend wieder. Grüßen Sie bitte William inzwischen von mir.« Es war das erste Mal, daß er den Namen seines Freundes englisch aussprach, weil auch sie es getan hatte.

In der Tür drehte er sich um. Sie lächelte ihm zu, die Kinder stumm an ihrer Seite. Das Bild stand ihm noch vor Augen, als er bereits in der provisorisch eingerichteten Kanzlei angelangt war.

Stein schnarrte ihn an, weil er es beim Vortrag über die eingelaufenen Briefe an der notwendigen Kürze fehlen ließ. Der Freiherr erhielt Anträge, Vorschläge und Beschwerden aus ganz Deutschland. Je länger und umständlicher solche Schreiben waren, desto ablehnender reagierte Stein, weil er überzeugt war, der Verfasser verberge sein eigentliches Anliegen hinter vielen Floskeln.

Da schlug ein deutscher Professor eine neue Kriegsmaschine vor, einen riesigen, walzenförmigen Magneten, der, vor dem Heer gegen den Feind geführt, dessen Granaten und Kugeln anziehen und damit unschädlich machen sollte. – Unversehens verfiel Arndt, mit den Gedanken noch immer bei der Frau seines Freundes Motherby, in die Weitschweifigkeit des Antragstellers.

»Warum dozieren Sie ebenso langatmig wie dieser lächerliche Erfinder?« unterbrach ihn Stein unwirsch. »Papier! Weg mit dem Fetzen. Er soll sich die Antwort bei einem Genie seinesgleichen holen, magnetischer Pinsel, der er ist. Weiter!«

Immer wieder blickte Arndt im Laufe dieses Tages auf seine Uhr und hob sie prüfend ans Ohr. Die Zeit bis zum Abend verstrich ihm zu langsam. Er redete sich ein, daß er es kaum erwarten könne, seinen alten Freund Motherby wiederzusehen, und entrüstet hätte er jeden zurückgewiesen, der ihm den wahren Grund genannt oder auch nur angedeutet hätte.

Endlich konnte er gehen. Er kleidete sich sorgfältig, kämmte sein glattes, in der Mitte gescheiteltes Haar ausgiebig, strich sich den Backenbart dreimal zurecht und war noch immer viel zu früh fertig. Da er es im Zimmer nicht mehr aushielt, machte er einen großen Umweg durch die Stadt.

Wilhelm Motherby begrüßte ihn mit großer Herzlichkeit, stolz darauf, seinen Gast den Patrioten Königsbergs vorstellen zu können.

Arndt war der Empfang peinlich. Ihm schien auch, Wilhelm wolle die Königsberger Zwerge mit seiner Hilfe zu preußischen Riesen machen. »Laß es genug sein mit den Elogen. Ich habe nur getan, was jeder aufrechte Deutsche tut. Es kommt weniger auf das Verdienst an, das sich der einzelne macht, sondern vielmehr auf die Wirkung des Ganzen.«

»Ihre Bescheidenheit in allen Ehren, Herr Professor«, sagte Bürgermeister Heidemann, »aber wenn es nicht Menschen wie Sie gäbe, hätte die Menge keinen Kopf.«

Bei aller Freude über Arndts Besuch entging Motherby die Unruhe des Freundes nicht, der enttäuscht darüber war, die Hausfrau nicht unter den Anwesenden zu sehen. Dagegen mußte er sich mit einem Mann abfinden, dessen Gesellschaft er nicht gesucht hätte, obgleich an dessen antinapoleonischer Gesinnung nicht zu zweifeln und er überdies ein eifriger Verfechter russischer Interessen war. Es handelte sich um den Komödiendichter und Herausgeber satirischer Zeitschriften August von Kotzebue.

Arndt war nicht voreingenommen gegen den Mann. Ihm lag

nur die Art seiner Späße nicht, das war es. Doch da man ihn allerorten lobte, wollte er gerecht sein und Kotzebue zugute halten, was er in Wort und Schrift für die gemeinsame Sache unternahm. Die Art und Weise aber, in der dieser Mensch auftrat, mißfiel Arndt gründlich.

Kotzebue bewegte sich, als sei die Versammlung seinetwegen eingeladen. Er schwätzte unbedenklich drauflos und duldete nicht, daß ein anderer als er das letzte Wort hatte. Er ist lästig wie eine Schmeißfliege, dachte Arndt.

Es war eine Männerversammlung. Und natürlich gab es nur ein Thema: die Befreiung des Vaterlandes. Heidemann war bemüht, dem Sekretär Steins deutlich zu machen, daß die Königsberger die ersten Patrioten des Reiches waren. »Die Franzosen«, sagte er, »dessen dürfen Sie gewiß sein, haben keine Freunde gewonnen in unserer Stadt.«

Ganz so euphorisch sah es Wilhelm Motherby nicht. Er räumte ein, daß es die Franzosen arg getrieben, daß sie das Land ausgepreßt und ausgesogen hätten, aber das dürfte doch wohl nicht heißen, unter russischer Besetzung müsse nun alles besser werden. »Im übrigen«, sagte er, »ist das menschliche Gedächtnis recht schwach. Gemessen an den neuen Plagen erscheinen einem die alten gering. Ich will nur hoffen, die Königsberger sehnen sich nicht wieder nach der Franzosenherrschaft zurück, sondern suchen endlich ihr Heil im eigenen Vaterland.«

»Was die Russen betrifft«, erklärte Arndt, »so sind sie gekommen, uns zu helfen, die deutschen Angelegenheiten nach besten Kräften selbst zu ordnen. Das hat sich auch der Minister Stein beim Zaren ausbedungen — und als Zusicherung erhalten.«

»Mag sein, daß es so verkündet wurde«, gab Motherby zu, »in praxi läuft es auf Besetzung hinaus. Oder?«

»In praxi«, entgegnete Arndt akzentuiert, »läuft es auf Befreiung hinaus.«

»Um Ihnen ein Beispiel zu geben, Herr Professor, vom patriotischen Sinn unserer Bürger«, sagte Heidemann, der die aufkommende Spannung spürte und wieder auf ein unverfänglicheres Thema zu kommen wünschte, »will ich Ihnen folgende Geschichte erzählen. Am ersten Tag dieses Jahres hat ein französischer Gendarm einen preußischen Rekruten öffentlich mißhandelt. Da sind ein paar beherzte Bürger unserer Stadt hinzugesprungen und haben den Franzosen vor den Augen Murats, des theatralisch herausgeputzten Schwagers von Napoleon, erschlagen. Ich kann mir eine solche Szene in Berlin nicht vorstellen!« behauptete der Bürgermeister.

»Welch kriegerisches Geschlecht!« spottete Kotzebue. »Wäre es nicht besser gewesen, den Murat zu erschlagen?«

Der Einwurf gefiel Arndt, auch wenn er von Kotzebue stammte. Dennoch reizte ihn das mokante Lächeln des Komödiendichters zum Widerspruch. »Man darf vom einzelnen nicht mehr fordern, als er wirklich geben kann. Ja, die Bürger dieser Stadt haben unter der französischen Herrschaft gelitten. Man muß die Erinnerung daran wachhalten, meine Freunde, und man soll nicht besserwissen. Gebt diesen Bauern, Handwerkern, Tagelöhnern und Leinewebern Waffen, so werden sie die tapfersten Soldaten des Vaterlandes. Ich habe es bei den Russen gesehen. Volkskrieg muß sein! Verlassen wir uns auf die Fürsten und ihre Diener, so sind wir verlassen!«

»Hört, hört, die bösen Fürsten!« warf Kotzebue ein. »Wollen Sie uns vielleicht weismachen, daß der Pöbel führen soll wie in Frankreich die Sansculotten?«

Arndt wollte eben heftig erwidern, als Johanna Motherby in den Raum trat. »Meine Herren, es ist angerichtet. Darf ich Sie zu Tische bitten?«

War es ein Zufall, daß er neben ihr sitzen durfte? Noch steckte der Stachel des Widerwortes von Kotzebue in ihm. Er hatte die Entgegnung parat, doch es schien ihm unpassend, in Gegenwart der Hausfrau heftig zu reagieren. Deshalb sagte er nur zu Wilhelm Motherby, der links von seiner Frau saß: »Was muß es dem Menschen gekostet haben, aus dem letzten E seines Namens nicht wieder das ursprüngliche B machen zu lassen!«

Arndt, der sich ein wenig vorgebeugt hatte, um seinem Freund ins Gesicht sehen zu können, blickte in die großen, tiefbraunen Augen Johannas. Er vergaß seinen Ärger über den Dichter und hantierte, von seinen Empfindungen für die Frau des Freundes beunruhigt, umständlich mit dem Besteck. Bei der Suche nach einem möglichst unverfänglichen Thema, über das er mit Wilhelm reden konnte, kam er aufs entlegenste. »Sag mal, was hat es mit dieser Pockenimpfung auf sich?«

»Ich weiß nicht, ob du einmal einen Blick in unsere Spitäler getan hast«, erwiderte Motherby. »Wir haben bereits wieder Fälle von schwarzen Pocken. Mischt sich nämlich der eitrige Inhalt der Pusteln mit dem Blut des ...«

»William!« unterbrach ihn Johanna. »Wir essen noch. Professor Arndt wollte schließlich keine Leichen sezieren.« Und weil sie fürchtete, ihr Mann könne unverzüglich von seinen medizinischen Erfahrungen reden, denn das war nach dem Vaterland Motherbys Lieblingsthema, bat sie Arndt, er möge ihnen doch ein wenig von seinen Erlebnissen in Rußland berichten.

»Es ist ein stolzes, großartiges Volk«, ging Arndt auf ihre Frage bereitwillig ein. »Und wenn ich von einer Sitte erzählen darf, die wir bei uns einführen sollten, so möchte ich von einer hübschen Erfindung reden, mit der jedes Festmahl gekrönt wird.« Der Teufel mußte ihn geritten haben, oder wie kam er sonst gerade auf dieses Thema?

»Na, das wäre?« fragte Johanna.

»Die Weiber küssen die Männer nach dem Essen«, erklärte Arndt.

Johanna zögerte nur einen Moment, dann nahm sie Arndt beim Kopf und rief: »Wenn wir siegen wollen wie die Russen, müssen wir auch lieben wie die Russen!« — und küßte den völlig Überraschten.

Die Tafel lachte, zuerst über Motherbys Frau, dann über den verdutzten Arndt. Der Hausherr lachte am lautesten. Nie war ihm der Gedanke gekommen, die zahlreichen Besucher erschienen wegen Johanna. Es waren allesamt ernste Männer, die die Not des Vaterlandes zusammenrief. Und wenn Johanna seinen Freund Moritz Arndt küßte, so war er überzeugt, es geschähe aus der gleichen Begeisterung, die Weiber hätten nur eine andere Art, sie kundzutun.

Arndt aber wußte, daß es der Blick aus diesen dunklen großen Augen gewesen war, den er den ganzen Tag nicht vergessen hatte. Johanna, dachte er, Charlotte. Und ihm ward bang und leicht in einem. Sie ist heiter wie die römische Göttin Furina. Den Freund anzusehen wagte er nicht.

Zu später Stunde brach er auf. Wilhelm Motherby, der nicht duldete, daß er allein durch die dunkle Stadt ging, begleitete ihn. Ein kalter Nordost blies ihnen ins Gesicht. »Wir werden wieder Schnee bekommen«, sagte Arndt.

»Und neue Kranke mit gräßlichen Erfrierungen«, erwiderte Motherby. Dann gingen sie eine Weile schweigend nebeneinander her.

»Du hast dich verändert«, sagte Arndt schließlich.

»Ich habe zu viel gesehen, Moritz«, erwiderte Motherby bitter.

»Glaubst du nicht, daß wir siegen werden?«

Wieder gingen sie eine Weile, ohne daß ein Wort fiel. Arndt meinte schon, der Freund habe gar nicht hingehört, als ihm Motherby die Hand auf die Schulter legte. »Du mußt mich verstehen. Ich bin Arzt. Ich treffe die wieder, die deinen patriotischen Aufrufen begeistert gefolgt sind. Es sind meine Patienten geworden. Einem Dichter fällt es leichter, für den Krieg zu sein, als einem Arzt, und sei es der gerechteste Kampf fürs Vaterland. Du weißt mich ganz entschieden auf deiner Seite. Manchmal beneide ich euch. Manchmal macht ihr mir Angst.«

»Angst?«

»Wohin mit dem Haß, wenn der Feind besiegt ist? Ich bin der Sohn englischer Einwanderer, aber vom vielzitierten kritischen Geist Königsbergs angesteckt oder angekränkelt. Nenne es, wie du willst. Kant mit seiner kritischen Philosophie kam nicht von ungefähr aus dieser Stadt.«

Arndt verstand den Freund. Er hatte in Pleskau und Wilna, er hatte auf dem ganzen Weg das schlimmste Elend gesehen. Aber es war in einem fremden Land, es war ein fremdes Leid, und er konnte sich abwenden, wenn es ihm zu unerträglich wurde. Motherby konnte das nicht, und er hatte recht: man sah die Dinge anders, wenn man täglich als Arzt mit dem bittersten Elend zu tun hatte.

»Ja«, sagte Arndt nachdenklich, »manchmal möchte man fliehen. Um wieviel lieber sänge ich von Blumen und Blüten als von

Blut und Haß. Wohl dem, der wie du ein Zuhause hat und eine Frau, so schön und verständig wie deine Johanna.«

Motherby lachte, als bäte er um Nachsicht. »Johanna, na, sie ist gut zu leiden, versieht den Haushalt mit Umsicht und ist den Kindern eine liebe Mutter. Die große Leidenschaft – was soll's, ist halt vorbei. Ich habe meine Arbeit. Weißt du, die Sache mit der Irrenanstalt ...«

Arndt hörte nicht hin. Was es mit der Irrenanstalt auf sich hatte, interessierte ihn wenig. Er war erschrocken über die Art und Weise, wie Wilhelm Motherby von seiner Frau sprach. Er hätte ihn zurechtweisen müssen für die Herzlosigkeit. Als ob sie die billigste Magd des Hauses wäre! Und er fühlte sich nachträglich gerechtfertigt, ihr mehr als bloße Aufmerksamkeit geschenkt zu haben. Den Kuß spürte er noch immer auf den Lippen.

Seine Gedanken schweiften ab. Er erinnerte sich eines Gerüchtes, wonach Wilhelm von Humboldt, als er 1809 in Königsberg weilte, eine heftige Liebe zu Johanna Motherby hingezogen haben sollte. Arndt hatte kein Interesse an solchem Klatsch, die Leute wußten in der Regel mehr als die Beteiligten. Er hatte es vergessen. Jetzt fiel es ihm wieder ein. Wenn Motherby schon damals so von seiner Frau gedacht hatte, wäre es ihr nicht einmal zu verdenken, wenn sie die Liebe des als nüchtern geltenden Humboldt erwidert hatte. Und er ertappte sich bei dem Gedanken, daß auch er – aber diese Überlegung versuchte er schnell zu verdrängen.

»Hörst du mir überhaupt zu?« fragte Motherby.

»Verzeih, ich war mit den Gedanken weit fort. Was hast du gesagt?«

»Königsberg ist im permanenten Zustand des Beinahe«, erklärte Motherby. »Es ist beinahe Residenzstadt, denn Herzöge, Kurfürsten und sogar ein König haben hier residiert. Es ist beinahe eine industrielle Stadt, denn es hat einige Fabriken. Es ist beinahe eine Seestadt, denn die Zwei- und Dreimaster können fast bis in die Mitte des Ortes segeln.«

»Und es ist beinahe eine patriotische Stadt. Das wolltest du damit sagen?« ergänzte Arndt.

»Ich will dich vor dem Irrtum bewahren, die bloße Erscheinung schon für die Wirklichkeit zu halten, Moritz. Man irrt sich schnell, wenn man glauben will.«

»Ist die patriotische Gesinnung, die ich überall antreffe in Königsberg, auch in deinem Haus, auch bei dir – nicht echt?« fragte Arndt.

»Echt oder nicht«, erwiderte Motherby, »beständig muß sie sein. Und da habe ich meine Zweifel. Vielleicht bin ich mit dieser Stadt, mit dem Land noch nicht so verwachsen, als wenn die Wiege meiner Urahnen hier gestanden hätte. Aber vielleicht sehe ich gerade deswegen manche Dinge schärfer. Die Königsberger, das will heute bloß keiner mehr wahrhaben, jubelten über den Einzug der Franzosen nicht weniger als über den der Russen jetzt. Allerdings, wenn du sie heute fragst, so waren sie schon von Anfang an gegen Napoleon und immer für Alexander.«

»Glaubst du nicht, daß auch wir Deutschen begreifen werden, was Vaterland bedeutet?«

Motherby hätte viel darauf erwidern können, aber es war zu spät, und er war zu müde. Er hatte auch nicht die Gewißheit, daß Arndt ihn wirklich begriff. Er hätte sagen können, daß das Vaterland etwas tatsächlich Faßbares, etwas Handhabbares sein mußte und nicht einfach eine Idee. Er hätte sagen können, daß die Kaufleute und die Manufakturbesitzer ein Land brauchten, in dem ihr Handel nicht durch Zollschranken und die Ausbreitung ihres Gewerbes nicht durch enge Landesgrenzen behindert wurde, denn das verstanden sie unter Vaterland. Doch er schwieg, aus Müdigkeit, aus Freundschaft. Im Grunde seines Herzens beneidete er Arndt um den Idealismus, den er selbst schon lange nicht mehr hatte.

»Du bist ein seltsamer Patriot«, sagte Arndt nachdenklich.

»Ich bin Arzt. Mein Kollege Weymann hat einmal gesagt, Frieden sei die Gesundheit der Welt. Von der Art ist mein Patriotismus, Moritz.« Er reichte Arndt die Hand. »Gute Nacht. Wenn du Zeit hast – du weißt ja, wo mein Haus steht. Du bist immer herzlich willkommen.«

Arndt bedankte sich. Er dachte an Johanna. »Ich komme gern, William.«

Aus dem Versprechen wurde vorerst nichts. Es gab so viel zu tun in Königsberg, daß jeder Gedanke an private Angelegenheiten Arndt bereits wie Verrat am Vaterland erschien.

Ganz unrecht, stellte Arndt fest, hatte Wilhelm Motherby mit seiner Skepsis nicht. Zwar lobte man in den Salons wie in den Schenken gleichermaßen die Tapferkeit der Russen, aber sollte es nicht genug damit sein, daß die Franzosen verjagt waren aus Königsberg? Vom heiligen Krieg fürs Vaterland sprachen die am lautesten, die es nicht unmittelbar anging. In den Armenvierteln, in den Vorstädten und den umliegenden Dörfern war die Stimmung wesentlich verhaltener; denn diese Menschen betraf es persönlich, wenn von Landwehr und Landsturm geredet wurde.

Als die französischen Truppen am 5. Januar in wilder Flucht Königsberg verlassen hatten — zehntausend Verwundete blieben der Gnade und Barmherzigkeit der Sieger ausgeliefert —, warteten die Bürger aller Stände in großer Erregung auf den Einzug der russischen Truppen. Und als die ersten gegen Mitternacht die Stadtgrenze erreichten, strömten sie ihnen lachend und singend entgegen. Sie feierten sie als ihre Befreier.

Die Freiheit hatte ihren Preis. Auch die neuen Truppen mußten versorgt werden. Da meldeten sich die ersten Stimmen, ob Preußen, nachdem es viele Jahre Franzosenland gewesen war, etwa jetzt Russenland werden sollte. War es ein Wunder, daß die, die noch jeden Krieg bezahlen mußten, argwöhnten, es seien nur andere Herren, denen sie zu dienen hatten, aber Herren seien auch die?

Die anfängliche Begeisterung ließ nach. Man kann nicht eine Woche lang Vivat rufen und nachts vor Hunger keinen Schlaf finden. Die Stimmung drohte umzukippen, an die Stelle der Begeisterung trat Gleichgültigkeit.

Eben deshalb arbeiteten die Patrioten fieberhaft. Sie setzten Aufrufe und Proklamationen in die Zeitungen, sie hielten Reden und verteilten Flugblätter. Aber das half wenig, da der König an seinem Bündnis mit Napoleon festhielt und seinen Beamten schwere Strafen androhte, wenn sie sich zu ähnlicher Eigenmächtigkeit verleiten ließen wie General Yorck. Trotz dieser unpatriotischen Haltung des Königs mußte die Bevölkerung überzeugt werden, daß der Kampf fürs Vaterland notwendig war, weil er ihren ureigensten Interessen entsprach.

Arndt schlief in diesen aufregenden, kräftezehrenden, ständig Entscheidung fordernden Tagen und Nächten kaum. Er mußte Verhandlungen protokollieren, träge Beamte durch Drohungen zwingen, Steins Anordnungen zu befolgen. Er mußte Bittsteller abfertigen, Beschwerden nachgehen, Geld eintreiben, Nachrichten überbringen, Verwundete trösten und Unruhen beschwichtigen. Er kam nicht dazu, das Haus in der Vorstadt aufzusuchen.

Während seiner wichtigsten Arbeit, dem Verfassen aufrüttelnder Aufrufe, schloß er oft die Augen vor Erschöpfung und schlief am Schreibtisch ein. Dann sah er das Bild, das er an jenem Morgen gesehen hatte: Johanna, die Hände schützend vor ihren Kindern, vom schwachen Herdfeuer angestrahlt, die großen Augen auf ihn gerichtet und erleichtert aufatmend, daß kein Fremder unvermittelt in ihr Haus getreten war, sondern ein Freund. Doch nie konnte er das Bild länger als wenige Sekunden festhalten. So wuchs das Verlangen nach Johannas Gegenwart in ihm, obwohl ihm eine warnende Stimme sagte, daß es die Frau des Freundes war: Du sollst nicht begehren deines Nächsten Weib.

Stein und Arndt wußten, daß die Gefahr drohte, der Zar könne das Interesse an einem Bündnis mit Preußen verlieren, sich vielleicht mit Polen arrangieren, die Grenzen des russischen Reiches bis an die Weichsel ausdehnen und Preußen seinem Schicksal überlassen. Dann ade, du liebes Vaterland!

Daher hatte sich Stein auch für die eigenmächtige Einberufung der Provinzialstände eingesetzt, die die Errichtung von Landsturm und Landwehr beschließen sollten. Er scherte sich nicht darum, daß das Einberufungsrecht nur dem König zustand. »Wir müssen das ganze deutsche Volk zu einem Aufstand gegen den Feind bewegen. Und wenn der König der letzte ist, der es begreift«, hatte er zum Regierungspräsidenten Auerswald gesagt. Der gehorchte schließlich und berief die Stände ein, erschien aber selbst nicht auf der Sitzung und erreichte, daß im eigentlichen Sinne kein Landtag zusammentrat, sondern sich lediglich die Ständedeputierten versammelten. Aber an solchem bürokratischen Firlefanz, wie er es nannte, hielt sich Stein nicht auf. Wichtig war ihm nur, daß die Abgeordneten als deutsche Patrioten die Forderung des Tages begriffen. Das geschah.

Stein bewirkte, daß General Yorck sich bereit erklärte, die Versammlung zu eröffnen, die am 5. Februar in Königsberg zusammentrat. Der General hielt eine begeisternde Rede, mit der er sich und seine kühne Tat von Tauroggen übertraf.

Die Versammlung beschloß, Ostpreußen zu bewaffnen, Landsturm und Landwehr zu bilden, das Yorcksche Korps durch Aushebungen aufzufüllen und an der Seite der Russen für die Ehre des Vaterlandes zu kämpfen.

Jetzt war erreicht, wovon Stein und Arndt, wovon Scharnhorst und Gneisenau, wovon alle deutschen Patrioten die letzten Jahre geträumt, worauf sie gehofft, woran sie ihre ganze Kraft gesetzt hatten. Das Volk, das deutsche Volk, griff, zunächst in seiner östlichsten Provinz, zu den Waffen. Das Beispiel mußte Schule machen, die anderen Provinzen mitreißen.

Der König zauderte noch immer. Ein Volk in Waffen! Das war ihm suspekt. Er klammerte sich an das Bündnis mit Frankreich aus Furcht vor Napoleon, den er für unbezwingbar hielt. Unterderhand freilich ließ er sich über Frankreichs Stärke unterrichten, erkundete Österreichs Verhalten und machte halbe Zusagen an Rußland.

Stein hatte in Königsberg durchgesetzt, was dringend geboten war. Die Beschlüsse zur Bewaffnung der Provinz waren kaum gefaßt, da machte er sich auf den Weg, um dem Zaren die wichtige Botschaft selbst zu überbringen und ihn bei den weiteren Schritten zu beraten.

Eine Abordnung unter dem Grafen Dohna reiste zu Friedrich Wilhelm, der inzwischen Berlin verlassen hatte und nach Breslau gegangen war, um ihn von den geplanten Maßnahmen zu unterrichten. Es ging darum, den Herrscher von der Entschlossenheit zu überzeugen, mit der die Patrioten notfalls auf eigene Faust handeln würden.

Arndt blieb in Königsberg. Stein hatte ihn beauftragt, die Ausführung der Landtagsbeschlüsse zu überwachen und ihn davon zu unterrichten.

Er ging, als er die erste freie Stunde seit drei Wochen hatte, in die Vorstadt, um seinen Freund Wilhelm Motherby zu besuchen. Auf sein Klopfen öffnete Johanna. Er hätte mit Blindheit geschlagen sein müssen, hätte er nicht gesehen, wie sehr sie sein Besuch freute. »William ist nicht zu Hause«, sagte sie, und dabei blickten ihre großen dunklen Augen ohne Flackern in die seinen.

»Dann komme ich ein andermal.« Es war ein untauglicher Versuch, wenigstens den Schein zu wahren.

Johanna schüttelte den Kopf. Drei Wochen lang hatte sie sich vorgestellt, Arndt käme wie jenen Morgen, stünde in der Tür, brächte die Frische des Wintertages mit ins Haus und lächelte etwas ungeschickt, weil er denken mußte, er habe sie erschreckt.

»Bitte«, sagte Johanna, »bleib.«

Reichenbach

Nur wenige Wochen währte das Glück. Stein holte Arndt nach, dessen Mission in Königsberg beendet war.

Ein letztes Mal traf er sich mit Johanna Motherby. Unter Tränen bat sie ihn: »Nimm mich mit, Moritz, bitte. Wohin du auch gehst, laß mich an deiner Seite sein. Nur fort, fort aus dieser kalten Ehe.«

Die Leidenschaft, mit der sie ihn anflehte, erschreckte ihn. Hatte er das wirklich gewollt? Es war weniger das schlechte Gewissen, dem Freund die Frau entfremdet zu haben. Es war die Furcht, Johanna könne ihn beim Wort nehmen; denn immer wieder hatte er ihr, wenn sie von der Insel des Glücks sprach, auf der nur er und sie leben sollten, fern allen Kämpfen und des Vaterlandsgeschreis, von seinem Rügen erzählt. Und sie hatte seine Bilder, seine Visionen vom freien Leben eines Landmannes für das Versprechen auf eine gemeinsame Zukunft gehalten.

Er streichelte Johannas Haar. »Furina, Liebste, es darf nicht sein. Wir haben genug Sünde auf uns geladen.«

»Sünde, sagst du?« fuhr sie auf. »Sünde? Was ist denn schon geschehen, das du Sünde nennen kannst? Oder bin ich«, fragte sie plötzlich, indem sie die Hände abwehrend ausstreckte, weil dieser Gedanke zu schrecklich war, »bin ich deine Marketenderin in Königsberg gewesen?«

Arndt traf diese Frage wie ein Schlag ins Gesicht. Er konnte mit Gelehrten streiten und wortgewaltige Aufrufe verfassen, aber nicht mit einer Frau rechten. »Ich liebe dich, Johanna, ich liebe dich«, flüsterte er. Und dachte doch: Fort, fort, ehe ich mich selber um den Verstand gebracht habe.

Kaum hatte er Königsberg verlassen, zog es ihn zu Johanna zurück. Da griff er zu seinem bewährten Mittel: er arbeitete mit einem Eifer und einer Verbissenheit, als hinge von ihm allein das

Wohl und Wehe des Vaterlandes ab. Und wenn sein Herz Liebe sagte und Johanna, schrie sein Mund Haß und Napoleon.

Der Zufall wollte es, daß Arndt, als er Stein nach Dresden gefolgt war, beim Vater des jungen Verseschmiedes und freiwilligen Jägers Theodor Körner, dem Appellationsgerichtsrat Christian Gottfried Körner, einquartiert wurde. Im Hause dieses außerordentlich gebildeten Mannes hatte Arndt eine Begegnung mit Goethe, die ihm unvergeßlich blieb. Der Olympier aus Weimar wollte nicht glauben, daß es je gelingen könnte, Napoleon zu schlagen, ja er hielt es sogar für unsinnig, sich gegen den Kaiser der Franzosen zu stellen. Und als ihm Arndt seine vaterländische Überzeugung dawiderhielt, schüttelte Goethe nur unwillig den Kopf und sagte mit Überzeugung: »Der Mann ist euch zu groß!«

Zwanzig Jahre früher hatte Arndt während seiner Studentenzeit in Jena Goethe einige Male gesehen, zuerst auf der Geleitsbrücke, wo der schöne stattliche Dichter einen grünen Jägerrock trug, ein imposanter Anblick zweifellos. Jetzt aber, da Goethe es trotz des patriotischen Aufschwunges ringsum nicht wahrhaben wollte, daß sich die Zeiten gründlich geändert hatten, hielt Arndt ihn zwar noch immer für einen großen, vielleicht für den bedeutendsten Dichter deutscher Zunge, doch wenn er Unsinn redete, mußte man ihm widersprechen. Und Arndt tat's, aus Ärger sogar etwas zu grob. »Alles, was gegen die Wand pissen kann, ist zum Kampf gegen die welsche Plage aufgerufen«, erklärte er. Wenn man den Alten schon nicht umstimmen konnte, wissen sollte er, wie man in deutschen Landen dachte und handelte.

Der schönste Beweis für die Tapferkeit der Jugend saß mit am Tisch. Arndt hatte die Verse Theodor Körners mit Begeisterung gelesen. »Steh auf, mein Volk, die Flammenzeichen rauchen!« Ja, war das nicht der Schwung eines Schiller? Und der Aufruf an die Sachsen, den Körner gerade verfaßte, gerechter Gott im Himmel, ein Bruchteil solcher Vaterlandsliebe hätte dem Geheimen Rat nicht schlecht gestanden.

Als die Armeen am 2. Mai bei Groß-Görschen in der Nähe von Leipzig das erste Mal aufeinanderstießen, war es den verbündeten Russen und Preußen trotz aller Tapferkeit nicht gelungen, den überlegenen Feind zu schlagen. Und als in einer zweiten Schlacht Ende Mai bei Bautzen Napoleon wieder Sieger blieb, trugen die Verbündeten dem Kaiser einen Waffenstillstand an.

Waffenstillstand war ein Wort, daß Arndt nicht hören wollte. Es roch ihm nach Verrat, es schmeckte nach Unterwerfung, es fühlte sich an wie Ölzweig statt Schwert. Wofür sollte er seine Rügener und die Pommern, wofür die Mecklenburger begeistern, wenn er statt siegreicher Schlachten und überzeugender Taten von einer Waffenruhe berichten mußte, von der er fürchtete, daß sie der Anfang eines faulen Friedens sein könnte. Hatte nicht der preußische König immer wieder davon gesprochen, man müsse sich mit dem Kaiser der Franzosen arrangieren, ihm notfalls einige Gebiete opfern, den Rhein als Grenze anbieten, um ihn sich gewogen zu machen?

Und was kochte man im russischen Oberkommando für eine Suppe, wenn man Stein vom bevorstehenden Waffenstillstand nichts gesagt hatte und der Zar ihm ohnehin in letzter Zeit nur noch spärliche Nachrichten zukommen ließ, ihn damit deutlich auf deutsche Angelegenheiten beschränkte?

So laut und unverdrossen Arndt seine Reden auch weiterhin führte – war er mit sich allein, kamen die Zweifel wie die Gespenster in der Nacht. Scheinbar lief alles zum Besten, und wo es Schwierigkeiten gab, da konnte man Erklärungen finden, notfalls holte man sie etwas weiter her. Sich selbst konnte Arndt nichts vormachen. Und der unerwartete Tod Scharnhorsts hatte ihn viel betroffener gemacht, als er es in seinen Briefen an die Gräfin Julie Dohna darstellte. Plötzlich wurde ihm bewußt, daß er auf die fünfzig zuging, ohne etwas erreicht zu haben, von dem er sagen konnte: Das ist es, um dessentwillen Gott mich in die Welt geschickt hat. Das Dutzend Bücher würden die Würmer fressen, seine Lieder sang man vielleicht in irgendeiner rauchigen Kaschemme zu weinerlichen Erinnerungen an die Zeit, in der man ein Held gewesen sein wollte. Aber sind es die Helden, die einen Krieg überleben? Er hatte kein Haus gebaut, er hatte keinen Baum gepflanzt. Er hatte einen Sohn, seinen Karl Treu, der ihm fremd geworden war. Als er ihn bei seinem kurzen Aufenthalt in der Heimat wiedergesehen hatte, war er zwar stolz gewesen, o doch, das war er wirklich, aber sein Herz schlug kaum schneller als sonst.

Er hatte die Lebensmitte überschritten und nicht einmal das Glück gehabt, ein Weib länger als ein halbes Jahr sein eigen nennen zu dürfen. Wenn er ging, so plötzlich wie Scharnhorst, welche Lehren könnte er seinem Sohn hinterlassen, wenn es schon kein Reichtum war, der ihm den Weg leichter gemacht hätte als dem Vater? Da setzte er sich hin und schrieb sein Testament. Ihm war danach leichter ums Herz, als ob er, da er die Dinge nun geordnet wußte, unverletzlich, unverwundbar sei.

In dieser Stimmung erledigte er auch ein paar liegengebliebene Briefschaften. »Ich bin auf dem Sprung nach Schlesien«, schrieb er an Stülpnagel. »Wenn der napoleonische Teufel uns nicht mit Frieden bescheißt, so wird alles gut gehen; das ist meine innerliche Überzeugung. Der Geist und der Mut der Menschen und Heere ist vortrefflich und verdient und verspricht ein besseres Schicksal. Meine Überzeugung steht fest, daß der Satan fallen wird. Dafür spricht die Stimmung des ganzen Volkes, ein paar hundert Schelme abgerechnet, die einen Hammelsgalgen haben sollten, weil sie alles Kräftige zu hemmen suchen und alle redlichen und kühnen Männer unverhohlen für Jakobiner ausschreien.«

Ach ja, der Stülpnagel! Das war schon mal einer, an den man gern dachte, wenn auch aus der Legion nicht das geworden war, was sie sich einst versprochen hatten. Dafür hatten der alte Oldenburger und seinesgleichen gesorgt. Die meisten deutschen Offiziere, die ernstlich etwas fürs Vaterland erreichen wollten, traten nun, da sich der preußische König endlich erklärt hatte, in ihre alten Verhältnisse zurück. Der Stülpnagel, ja, an den erinnerte sich Arndt gern.

Vor allem aber war es Johanna, zu der seine Gedanken immer wieder zurückkehrten. Es verging kein Tag, an dem er nicht wenigstens ein paar Zeilen an sie geschrieben hätte. Seine Briefe glichen Romanen in Fortsetzungen. Ich könnte auch einen »Werther« hinlegen wie Goethe, dachte er manchmal, wenn er die am Vortag verfaßten Abschnitte durchlas, um den Anschluß zum neuen Teil zu finden. Auch Verse fielen ihm zu in der Art, wie er lange nicht mehr gereimt hatte. In seinen Briefen war die Rede nicht von Rache und Tod, von Feuer und Schwert, von Haß und Krieg; in romantischen, schwärmerischen Blumen- und Traumtändeleien äußerten sich seine Wünsche und Sehnsüchte. Ließ ihm der Tag keinen Platz für seine Gedanken an die Geliebte in Königsberg, die Nacht blieb ihm. Manchen Brief schrieb er zwischen dem letzten Eulenschrei und dem ersten Hahnenruf.

»So klingst du wieder, längst verklungner Klang?
So blüht ihr wieder, längst verblühte Rosen?
So wollt ihr, Fantasien, mit mir kosen,
Wie mit dem Lenz der muntre Haingesang?«

Die Liebe zu Johanna und vor allem ihre leidenschaftliche Erwiderung hatte ihn mit einer Heftigkeit erfaßt, wie er sie bisher nicht gekannt hatte. Manchmal horchte er tief in sich hinein, ob es nicht nur die Ahnung des alternden Mannes war, vielleicht zum letzten Mal mit solcher Hingabe lieben zu können. Er gestand sich nicht ein, daß es vor allem Sehnsucht nach einem Idyll war, das zu den lauten Worten von Krieg und Vaterland und Gerechtigkeit keinen Reim ergab.

»Ja, meine süßeste Kleine, Du bist wohl bei mir, wie nie ein Mensch gewesen ist; oft rankst Du Dich so um mich, nicht als ein Traum, sondern als eine Lebendigkeit und Leibhaftigkeit bei wachendem Leben, daß mir ist, als hätte ich Dich selbst. Gewiß, Du liebst mich sehr und sendest mir in solchen seligen Augenblicken alle Deine Geister herüber; o hätten die meinigen auch Flügel, die zu Dir fliegen könnten! Und doch, unser Schicksal – wird es uns je wieder anders zusammenbringen als durch die Geister? Gottes Wille geschehe! Er soll auch geschehen, und auch durch redliche Arbeit, durch schlummerloses Streben nach dem Rechten und Guten will ich es verdienen, daß ich noch so träumen darf.«

Er las die Briefe nicht noch einmal, die er wie im Fieber an sie schrieb. Hatte er Angst vor den Zweifeln, die ihm dann an der Aufrichtigkeit seiner Empfindungen kommen mußten? War Johanna am Ende nur das Medium für seine – Phantasien?

Anfang Juli begab sich Arndt zu Stein ins schlesische Reichenbach. Er wohnte zunächst bei einem Nachtwächter nahe der Stadtmauer. Ein kurzer Besuch im Hauptquartier bei Blücher beruhigte ihn über die Zweifel, die der Waffenstillstand in ihm geweckt hatte. Die Stimmung der Soldaten gab ihm die alte Zuversicht zurück. Napoleon würde ihnen keinen faulen Frieden aufschwätzen können. Freilich, in den Zeitungen las sich das alles anders. Und Arndt, Stein auch darin nicht unähnlich, warf manches Blatt mit wildem Fluch in die Zimmerecke, wenn da wieder etwas stand von baldigem Frieden.

Die Stimmung war gereizt. Stein konnte man nur auf die Gefahr hin ansprechen, eine patzige Antwort zu bekommen. Keiner traute keinem mehr. Deshalb vermied es Arndt tunlichst, dem Freiherrn ungerufen über den Weg zu laufen. Lieber versammelte er junge Leute um sich, die ihm gern zuhörten und an deren Tatendurst er sich aufrichten konnte. Der liebste unter allen war ihm Theodor Körner, der nach seiner schweren Verwundung in dem Gefecht bei Kitzen nunmehr in Reichenbach bei seinem Patenonkel, dem Grafen Karl von Geßler, Genesung suchte.

Am 10. August lief der Waffenstillstand ab. Das böse Warten war überstanden. Österreich trat dem russisch-preußischen Bündnis bei. Die Patrioten jubelten. Stein lachte wieder. Er verließ Reichenbach mit dem Hauptquartier, während Arndt als sein getreuer Korrespondent zurückblieb. Der wäre viel lieber mit von der Partie gewesen, wenn das Hauen und Stechen wieder beginnen sollte.

Graf Geßler holte ihn aus seinem höchst unbequemen Quartier. Er hatte seine Freude an dem aufrechten Mann, und es war ihm, nachdem Stein davongeflogen war, zu einsam geworden; denn auch Theodor Körner hatte sich trotz seiner noch nicht ganz verheilten Wunde auf den Weg gemacht, um seine Kameraden zu suchen, die irgendwo im Mecklenburgischen stehen sollten.

Sie waren von ihrem täglichen Spaziergang über Land zurückgekehrt. »Sehen wir noch bei Pastor Tiede ein?« fragte Arndt.

Der Graf nickte. »Soll mir recht sein.«

Als sie den Hof überquerten, begegnete ihnen ein gefangener

französischer General. Der grüßte zwar gehörig, indem er den Hut zog, aber Geßler beachtete ihn nicht. Die vielen Gefangenen, die nach Blüchers großartigem Sieg an der Katzbach in Schlesien interniert worden waren, fraßen nach Meinung des Grafen die letzten Reserven aus den ohnehin leergefegten Scheuern.

»Was macht der Franzmann in einem deutschen Gotteshaus?« fauchte Geßler den Geistlichen an.

»Er hat um die Erlaubnis gebeten, auf den Kirchturm steigen zu dürfen, Exzellenz«, erwiderte Tiede.

»Auf den Kirchturm?« krächzte der Graf. »Will er uns die welsche Pest herangaffen? Wißt Ihr nicht, wie man mit solchen Kerls umgehen muß? Das Hausrecht! Wofür wachsen denn Stöcke und Hanf?«

»Gott sei's geklagt«, bestätigte der Pastor, »die Franzosen benehmen sich, als wären sie eben nach gewonnener Schlacht als Sieger heimgekehrt.«

Geßler schlug mit der Faust auf den Tisch. »Das soll ein Ende haben! Arndt, kommen Sie mit. Noch bin ich Feldmarschall des schlesischen Landsturms!«

Arndt konnte dem Grafen nur mit Mühe folgen, so flink war der plötzlich, als hätte ihm der Zorn die Gicht aus den Gliedern geblasen. Auf seinem Schloß angelangt, rief der Graf den Diener. »Meine Montur, die blaue!«

Arndt wunderte sich über die Verkleidung. Im goldbetreßten, blauen Kammerherrenrock, den Dreispitz schräg aufgestülpt, hatte der Alte etwas von der Verwegenheit seines Großvaters. Der war bei Hohenfriedberg an der Spitze seiner Dragoner über die böhmischen und österreichischen Grenadiere hergefallen, hatte gut zwanzig Bataillone niedergeritten und mehr als sechzig Fahnen erobert. So berichtete es jedenfalls die Familienfama.

Gestiefelt und gespornt, zwei mächtige Pistolen im Gürtel, Arndt wie seinen Adjutanten im Gefolge, begab sich Graf Geßler zum Markt, wo der schon etwas senile Oberst Graf Lusi im Kommandantenhaus residierte. »Diesem Italiener will ich ordentlich die Ohren waschen. Und wehe, er sträubt sich oder wird grob!« Dabei klopfte Geßler auf beide Pistolenläufe. »Einen Kommandanten, der sich vor den Feinden fürchtet, brauchen wir nicht!«

Die Attacke, die der Graf gegen den Stadtkommandanten ritt, hatte wirklich eine gewisse Ähnlichkeit mit dem Bravourstück seines Großvaters bei Hohenfriedberg. Noch ehe der Oberst dazukam, den Mund aufzumachen, um einen guten Tag zu wünschen, war er bereits überrannt. »Ich befehle!« herrschte ihn Geßler an. »Morgen Mittag haben Sie ein halbes Hundert Bauernwagen auf den Markt beordert. Auf die werden die Franzosen vom General bis zum Gemeinen mitsamt den Korporalen, Trommlern und Tambouren verfrachtet. Und ab nach Oberschlesien! Bis zum Abend ist die Stadt sauber von dem Ungeziefer!«

»Die Kranken und Verwundeten auch, Exzellenz?« fragte der eingeschüchterte Lusi.

»Die nicht«, lenkte Geßler ein. »Aber sobald einer von den Kerls auf zwei Beinen stehen kann«, er krächzte schon wieder, »avanti, wenn Sie verstehen, was ich meine.« Dabei schielte er zu Arndt, der beifällig nickte.

Lusis Gesicht zuckte. Diese Anspielung auf seine italienische Abstammung ging ihm gegen die Ehre. Er wollte etwas erwidern, da herrschte ihn der Graf abermals an: »Machen Sie die Sache gründlich. Es ist ohnehin Ihre letzte Amtshandlung in Reichenbach.« Sprach's, drehte sich um und verließ erhobenen Hauptes die Stadtkommandantur, noch immer grimmig und furchterregend, beide Hände auf den Pistolenknäufen.

Krachend schlug der Graf die schwere Tür ins Schloß. Jetzt erst entwölkte sich seine Stirn. »Das hat gut getan! Dergleichen ist das beste Mittel gegen das Zipperlein und andere Gebrechen.«

Arndt lachte. »Schade, daß Stein nicht mit von der Partie war. Ich hätte ihm den Spaß gegönnt.«

»Sie können's ihm ja schreiben«, sagte Geßler. »Dafür hat er sie schließlich hiergelassen. Oder?«

Arndt schluckte, schwieg aber. Und Geßler spürte, daß es nicht sehr fein war, den Professor an seine zweitklassige Rolle zu erinnern. Also schwieg er auch.

Wieder im Schloß, warf der Graf den Hut schwungvoll auf den Tisch. »Man müßte eine Stange auf den Marktplatz stellen und meinen Dreispitz obenauf. Wehe, ein Franzose erwiese dem Hut nicht die gebührende Achtung!«

»Sind Sie verwandt mit dem Landvogt aus Schillers ›Wilhelm Tell‹?« fragte Arndt verwundert.

»Nach Namen und Stand soll ein kluger Mensch nicht zuviel fragen«, erwiderte Geßler. »Wir kommen der Familiensage nach wirklich aus dem alten Schwabenland vom Bodensee. Die Geßler sollen mit anderen Rittern im Kreuzzug gegen die litauischen Heiden nach Preußen gelangt sein. Mein Großvater war jedenfalls ein Preuße!« erklärte Geßler stolz. »Freilich hat er keinen frommen Bauern einen Apfel vom Haupt seines Sohnes schießen lassen.«

Man sah's dem Alten an, wie stolz er auf die Heldentat seines Vorfahren war, den General des großen Königs. Und aus dieser Tradition bezog Graf Karl seine Verachtung für die damals unterlegenen Österreicher, die Schlesien zurückgewinnen wollten.

Der Diener meldete einen Kurier, der von Leipzig gekommen war.

»Leipzig?« fragte Geßler, und er wie Arndt waren gleichermaßen neugierig auf die Botschaft. »Herein mit ihm!«

Ein junger Leutnant in der schwarzen Uniform der Lützower Jäger trat ein. Arndt und Geßler hatten den gleichen Gedanken: Wenn es doch Körner wäre!

»Exzellenz«, meldete der Offizier und salutierte, »wir haben gesiegt!«

»Gesiegt?« rief Arndt, der vor Freude aufgesprungen war.

»Gesiegt«, wiederholte der Leutnant, dem man die Strapazen eines Gewaltrittes ansah und den berechtigten Stolz; denn er gehörte zu jenen, die das Glück gehabt hatten, dabeigewesen zu sein in der großen Völkerschlacht zu Leipzig.

Auch der Graf wollte sich erheben. Aber da zwickte ihn das Podagra niederträchtig, so daß er das Gesicht vor Schmerz verzog. Und um den eigentlichen Grund seiner Grimasse zu verbergen, tat er, wie häufig in solchen Fällen, recht mürrisch. »So, so, gesiegt. Alles andere wäre auch eine Schande gewesen. Und in welcher Festung sitzt der Herr Napoleon ein?«

Der Leutnant glühte noch immer vor Begeisterung, endlich an

einer großen Schlacht beteiligt gewesen zu sein, nachdem die Lützower wie eine wandernde Herde von einem Ort zum anderen geschickt worden waren, statt selber dreinhauen zu dürfen. Er nahm den grantigen Ton des Grafen nicht wahr und berichtete arglos: »Der Kerl ist uns entwischt. Aber wir fassen ihn noch, das weiß Gott!«

Geßler lachte trocken und böse. »Er ist ihnen entwischt! Aber sie fassen ihn noch! Wenn es weiter nichts ist, Napoleons fangen wir alle Tage! Ein großartiger Sieg, was, Arndt?« Und er spie Tabakreste ins Zimmer. »Ein großartiger Sieg.«

Der Leutnant, der mit dem Unmut des Hausherrn nichts anzufangen wußte, blickte überrascht vom Grafen zu dessen Gast. »Habe ich die Ehre, mit Professor Arndt zu sprechen?«

»Der bin ich«, antwortete der Gefragte. »Nehmen Sie es Seiner Exzellenz nicht übel, Leutnant, aber der Kaiser der Franzosen hat uns schon zu oft genarrt. Berichten Sie, junger Freund, wie sich die Unseren geschlagen haben.«

Geßlers Schmerz hatte nachgelassen. Ihm tat sein barscher Ton gegen den Lützower leid. Er rief den Diener. »Bring dem Leutnant zu essen, reichlich und vom Besten. Und Wein! Immerhin, wir haben wenigstens nicht verloren.«

Der Leutnant mußte essen und reden und trinken zugleich. Weil dem Grafen der Bericht zu wirr durcheinanderging, stellte er kurzerhand die Fleischschüssel in die Mitte des Tisches. »Leipzig!« sagte er.

Der Leutnant begriff, und er benutzte Gläser, Geschirr und Besteck, um die militärische Lage darzustellen, so gut er es wußte. In einem weiten Halbkreis, die stumpfen Enden gegen die Schüssel gerichtet, brachte er Napoleons Truppen östlich von Leipzig in Stellung, die Hauptmasse südöstlich. Er stellte ein Glas hin. »Wachau«, sagte er. »Auf unserer Seite Preußen und Russen.«

»Wo sind die Österreicher? Ist Schwarzenberg schon heran?« wollte Geßler wissen.

»Sie bilden die Flanken«, erläuterte der Lützower. »Merveldt bei Gautzsch und Klenau bei Seifertshain.« Er stellte links und rechts mehrere Gläser hin.

»Wo ist denn mein Freund Bernadotte?« fragte Geßler lauernd.

»Noch weit vom Schuß, hinter Taucha.« Der Leutnant stellte eine Weinflasche in den Nordosten.

Geßler lachte böse. »Der Gascogner ist ein schlauer Hund. Er will den Bären waschen, ohne ihm das Fell naß zu machen.«

»Und Blücher?« fragte Arndt. »Wo steht die schlesische Armee?«

»Ja!« rief der Leutnant. »Da muß sich Napoleon verrechnet haben. Er nahm wohl an, von Norden drohe ihm keine Gefahr, weshalb er Marmont von Möckern abzog und an seine Seite befahl.« Er gruppierte einige Messer um. »Aber unser Feldmarschall kam mit seiner schlesischen Armee völlig unerwartet herangeflogen und hielt den Franzosen fest.«

»Welcher Feldmarschall?« fragte Arndt.

»Ah, das wissen Sie noch nicht. Nach dem großen Sieg hat der Zar Alexander unseren General Blücher seinen Marschall Vorwärts genannt, und der König hat ihm den Rang offiziell bestätigt.«

»Ich kann mir das Gesicht Friedrich Wilhelms dabei gut vorstellen«, spottete Geßler.

»Also, Blücher hatte wenige Tage zuvor Halle befreit. Das war ein Jubel in der Stadt! Napoleon dachte wohl, er nähme den Weg über Merseburg, doch er kam im Eilmarsch direkt von Halle.« Schnell schob der Leutnant ein paar Gabeln heran.

»Hm«, sagte Geßler, »sieht gar nicht so schlecht aus, unser Schlachtfeld.« Aber dann zeigte er mit der linken Hand auf den Platz westlich der Fleischschüssel. »Wer deckt den Fluchtweg?« rief er.

Der Leutnant kratzte sich am Hinterkopf. »Das war eben die schwache Stelle. Gyulai stand bei Klein-Zschocher, aber die Junge Garde des Kaisers der Franzosen hielt Lindenau und damit die Straße frei nach Westen.«

Geßler schlug wütend auf den Tisch, daß die Teller und Gläser sprangen, als wären es wirklich Truppen, die verbissen aufeinander losstürmen wollten. »Hat das Oberkommando wieder einmal seine Schulaufgaben nicht gemacht? Da hocken Kaiser und Könige, Fürsten und Marschälle beisammen, haben die Übermacht an Waffen und Soldaten, der Näppel sitzt in der Falle. Sie brauchen nur schnapp machen, und das Ding ist zu. Was aber machen sie?« schrie Geßler wütend und trommelte mit beiden Fäusten auf die Tischplatte. »Sie lassen ihn entwischen. Sie ziehen die Schlinge nicht zu! Arndt, muß man je eine Kompanie geführt haben, um das zu begreifen?«

Ernst Moritz Arndt schüttelte enttäuscht den Kopf. Es war zu offensichtlich. Die Verbündeten hatten so gut wie nichts unternommen, um dem Kaiser der Franzosen den Rückweg ernstlich zu verlegen. Und weil das mit den Händen greifbar war, konnte es sich nicht um eine Fehlentscheidung der Militärs handeln. Hier mußten andere Gründe vorliegen, Gründe, die nur zu gut zu dem paßten, was er von den eigennützigen Interessen der Potentaten wußte. »Das ist kein Krieg, von dem die Kronen wissen«, hatte Theodor Körner gedichtet. Nein, denn die kannten nur ein Ziel, nämlich jeder Fürst nur seine eigenen Interessen.

Der Zar von Rußland, der Kaiser von Österreich, der König von Preußen, der Kronprinz von Schweden, der Prinzregent von England – sie alle hatten sich nicht verbündet, um Napoleon zu schlagen. Mit dem hätten sie leben können. Zar Alexander wollte das Herzogtum Warschau und kollidierte dabei mit Österreich. Kaiser Franz spekulierte auf Italien und Gebiete in Deutschland, wobei ihm Preußen im Weg war. Friedrich Wilhelm hoffte, seine Macht im Rheinland zu vergrößern, Sachsen zu kassieren und Norddeutschland zu beherrschen, den Engländern aber ging es um Hannover und das Welfenreich, während Schweden danach trachtete, Dänemark das norwegische Besitztum abzujagen.

Arndt kam die Galle hoch. »Die Soldaten kämpfen tapfer, das Volk bringt ungeheure Opfer. Aber die Herren würfeln um den größten Anteil der Beute. Und sie würden sich eher mit dem Feind verbünden als dem Freund einen Vorteil gewähren.«

Bedrückende Stille herrschte im Raum. Dem jungen Offizier wurde unheimlich in der Gesellschaft dieser beiden Männer. Was waren da eben für Worte gefallen? Wovon redeten sie? Glaubten sie, obwohl sie doch laut vom Vaterland sprachen, nicht an die gute Sache? »Soll ich weiterberichten?« fragte er unsicher.

»Bring's zu Ende, Leutnant«, sagte Geßler. Arndt nickte ihm aufmunternd zu.

»Es war«, setzte der Lützower fort, »es war eine große und mörderische Schlacht. Am Morgen des 18. Oktober, an dem keiner wußte, ob er den Abend erleben würde, begann die Entscheidung. Der Prinz von Hessen-Homburg sollte auf Connewitz und Markkleeberg halten, um die Pleiße zu gewinnen. Barclay de Tolly zielte auf Wachau. Bennigsen marschierte gegen Holzhausen. Es war vereinbart worden, daß alle drei gleichzeitig losschlagen sollten. Bennigsen verspätete sich erheblich, der Kronprinz von Schweden erschien erst am Nachmittag auf dem Feld. Die Reserven wurden zurückgehalten.«

»Ich hätt's soufflieren können«, kommentierte Geßler. Arndt bat ihn mit einem Blick, den Leutnant nicht zu verwirren; denn daß ihm nicht sonderlich wohl war bei seinem Bericht, sah man ihm deutlich an.

»Die Verbündeten rückten vor, langsam, aber unaufhaltsam.« Der Leutnant brachte die Geschirrteile in Bewegung. »Die Sachsen liefen bei Paunsdorf über. Die Württemberger folgten ihnen. Endlich, gegen fünf Uhr, war das Nordheer zur Stelle. Paunsdorf wurde erobert, dann Stötteritz.«

Flaschen, Gläser, Schüsseln, Teller, Messer und Gabeln rückten immer näher an die große Fleischschale heran. »Ihr seid gut unterrichtet«, lobte Arndt.

Der Leutnant war dankbar für die Anerkennung. »General Gneisenau hat mich zu sich gerufen und gesagt, der Alte, bitte um Nachsicht, Exzellenz, es sind die Worte des Generals, der Alte wird dir ein Loch in den Bauch fragen. Und er hat mir die Details an der Karte erläutert.«

Geßler grinste zufrieden. »Du hast deine Lektion gut gelernt, Leutnant. Weiter!«

»Marmont verteidigte Schönefeld, Ney versuchte ihn zu entlasten. Aber die Russen gingen zum Angriff über und rissen alles mit sich. Gegen Abend war die Schlacht entschieden.«

»Entschieden?« fragte Geßler. »Entschieden wäre sie gewesen, wenn sie das Loch verstopft hätten, durch das die Ratte entkommen ist. Hat man denn nicht wenigstens versucht, die Flüchtenden einzuholen?«

Der Leutnant nickte. »Marschall Blücher hat einen Teil seiner Armee hinterhergeschickt, aber die Franzosen waren nicht mehr aufzuhalten.«

Der junge Offizier hatte seinen Bericht beendet. Erwartungsvoll blickte er zu Arndt und dem Grafen. Sie mußten doch zugeben, daß es bei Leipzig gelungen war, dem Kaiser der Franzosen eine schwere Niederlage beizubringen. Und wahrhaftig, es war die größte Schlacht, an der die Lützower teilnehmen durften. Ach, die hohen Herren, niemals sind sie zufrieden!

Geßler blickte noch immer auf die Stelle links der großen Schüssel und schüttelte heftig den Kopf. »Nein«, meinte er, »das kann kein Zufall gewesen sein.«

Das Fleisch war aufgegessen. Nur die abgenagten Knochen blieben auf dem Tisch zurück. Arndt zeigte darauf. »Leipzig«, sagte er. Und das klang nicht weniger bitter als die Worte des Grafen.

Nachdem der Leutnant die Lage geschildert hatte, kam er zu seinem eigentlichen Auftrag. »Herr Professor«, wandte er sich an Arndt. »Seine Exzellenz, der Minister vom Stein, schickt mich zu Ihnen. Sie sollen so schnell wie möglich nach Leipzig kommen. Er sagte, dort wären Sie jetzt am nötigsten. Sie wüßten schon, was er damit meine.«

»Ja«, erwiderte Arndt nachdenklich, »die Waffen haben gesprochen und ein gutes Stück Arbeit geleistet. Nun ist die Feder gefragt. Wahrlich«, sagte er, und seine Stimme bekam die gewohnte Festigkeit, »ich will der Welt Nachricht geben, damit auch der letzte Zweifler begreift, was die Stunde geschlagen hat und was das Vaterland von jedermann fordert. Es wirbeln die Trommeln: Heraus, heraus! Zum Kriege der Rache ins Feld hinaus!«

Geßler war ein zu nüchterner Mann, als daß er sich von Arndts Poesie hätte anstecken lassen. Deshalb fiel er ihm spöttisch ins Wort: »Das Dichten, lieber Arndt, besorgt mein Patenkind Körner besser.«

»Theodor Körner?« fragte der Leutnant überrascht.

»Mein Patenkind!« erklärte Graf Geßler stolz. »Wie geht es ihm? Ihr seid doch auch einer von der Schwarzen Schar.«

Nichts leuchtete mehr von der stolzen Freude im Gesicht des jungen Offiziers, bei Leipzig dabeigewesen zu sein. »Er ist gefallen, Exzellenz. Im Sommer schon in Mecklenburg. Unweit von Gadebusch. Wußten Sie das nicht? Verzeihen Sie dem Boten die schlimme Nachricht.«

»Gefallen?« fragte Arndt mit hoher Stimme. »Seid Ihr sicher, Leutnant? Bei Kitzen hatte man ihn auch schon tot geglaubt.«

»Ich war dabei, als er vom Pferd geschossen wurde. Wir haben ihn unter einer Eiche bei Wöbbelin begraben.«

Geßler schrie plötzlich den Leutnant an: »Und da laßt ihr diesen Hundsfott entkommen bei Leipzig?« Seine Stimme kippte über. »Laßt den Hurensohn laufen, ihr?« Dann riß er einen Degen von der Wand, Schmerz und Wut entstellten sein Gesicht, wild fuchtelte er mit der Waffe durch die Luft und schlug die flache Klinge auf den Tisch. Die Fleischschüssel zersplitterte in tausend Scherben. »Leipzig!« krächzte er böse. Und: »Hoho!« Damit fegte er das Kompott und die Gläser von der Tafel. »Schwarzenberg!« Messer und Gabeln flogen hinterdrein. »Der Zar aller Reußen!« Und: »Bernadotte, der wurmstichige Apfel!« Da hatte er das Obst zu Mus gehauen.

Arndt fiel dem Rasenden in die Arme. Er war nicht viel größer als der Graf, doch kräftiger und gut fünfzehn Jahre jünger. Es bedurfte keiner Anstrengung, den kranken alten Mann festzuhalten. Dessen Glieder zuckten, das Gesicht verzerrte sich zur Grimasse, die Augen richtete er vorwurfsvoll in die Höhe. »Vater im Himmel, wo bist du gewesen? Schläfst du?«

Arndt führte den Grafen behutsam zum Stuhl zurück und bedeutete dem völlig verstörten Leutnant, sich zu entfernen.

Auch Arndt war die Nachricht von Körners Tod wie kaltes Eisen in die Brust gefahren, aber er hätte nie gedacht, daß eine solche Botschaft den Grafen dermaßen erschüttern könnte.

Geßler saß, ein zerbrechlicher Greis plötzlich, in seinem hohen Stuhl. Arndts Hände umkrampften die Lehne. Mit einer mächtigen Stimme, die klang, als stünde er auf der Kanzel, sagte er: »Ich schwöre dir, Napoleon Bonaparte, die Rache der Nation wird dich bis in die Hölle verfolgen. Und du sollst schmoren, welscher Hund samt deiner Brut, in allen Feuern, die du angezündet hast. So wahr ich Ernst Moritz Arndt heiße!«

Noch in der Nacht hatte er seine Habseligkeiten gepackt. Es war nicht viel, Reichtümer besaß er nicht. In der Frühe wollte er aufbrechen. Der Graf hatte ihm eine Kutsche mit vier Pferden gegeben.

Sie saßen ein letztes Mal beisammen. Schweigsam aßen sie. Arndt ließ die Wochen in Reichenbach mit all ihren Hoffnungen und Zweifeln in Gedanken noch einmal aufleben. Selten blickte er zu Geßler. Der kaute lustlos. Mit keinem Wort erwähnten sie Theodor Körner.

»Haben Sie eine Nachricht für Stein, Graf, die ich mitnehmen kann?« fragte Arndt.

Geßler blickte ihn lange durchdringend an, als müsse er, von weither kommend, seine Gedanken erst sammeln. »Ich habe an den König geschrieben«, sagte er. Und obwohl er leise sprach, mangelte es seiner Stimme nicht an Festigkeit.

»An den König von Preußen?« fragte Arndt.

Geßler nickte. »Ich bin dieses Jahr sechzig geworden, und ich habe für jedes Jahr meines Lebens tausend Mann schlesischen Landsturms auf die Beine gestellt. Jetzt will ich mich selbst von meinem Amt als Feldmarschall entbinden.«

Mit einer knappen Handbewegung wehrte der Graf jeden Einwand ab. »Es ist wohlüberlegt, lieber Arndt. Freilich haben sich unsere Jungen an der Katzbach prächtig geschlagen, doch haben der Platzregen Gottes und die zu Strömen und Seen gewordenen Bäche und Wiesen auch ihr Teil dazugetan. Wie viele von meinen Landeskindern sind geblieben nach Leipzig? Und was sollte ich, wenn es gälte, mit meinen Webergesellen von Reichenbach, Peterswalde und Langenbielau wohl ausrichten? Diese armseligen Kartoffelfresser«, sagte er mit freundlich-müdem Spott, »würden ihren Feldmarschall bald in die schmählichste Flucht mit fortreißen.«

Arndt hatte weniger auf die Worte als auf den Klang der Stimme gehört, und er begriff, daß jede Gegenrede sinnlos war.

»Ich gehöre nicht zu denen«, fuhr Geßler fort, »die ihr Alter benutzen, um sich zäh und störrisch an einem Generalstabstisch oder an einer Diplomatentasche festzukrallen, weil sie sonst vor Schwachheit oder Schwachsinn umfallen würden. Man muß wissen, wann es Zeit ist zurückzutreten, oder man macht sich lächerlich. Was jetzt zu tun ist, ist euer Geschäft. Ihr Jungen müßt ihm aufs Haupt schlagen. Meine Kraft reicht nur noch, um Tassen und Teller zu massakrieren.« Er kicherte wirklich wie ein Greis.

Arndt erhob sich. »Exzellenz, kein Mensch hätte das Recht, Ihnen Müßiggang vorzuwerfen. Was Sie geleistet haben, sucht seinesgleichen. Ich hoffe, der König läßt Sie nicht frei.«

Geßler lächelte müde. »Der? Lieber gestern als heute. Graf Joseph de Maistre, Gesandter Sardiniens in Petersburg, soll bei Gelegenheit der neuen Gesetze des Zaren Alexander gesagt haben, daß jedes Volk die Regierung hat, die es verdient. Dem deutschen Volk wären bessere Fürsten zu wünschen. Leben Sie wohl, Professor, und verzeihen Sie einem alten Mann, daß er Sie nicht zur Kutsche begleiten kann. Das Podagra, Sie verstehen.«

Arndt drückte die Hand des Grafen. Er verstand ihn. Es war das Podagra nicht. Geßler wollte nicht zugeben, daß ihm der Weggang des Federfuchsers, wie er ihn mit freundlichem Spott oft genannt hatte, leid tat. Schnell verließ Arndt den Raum. Die Kutsche stand im Hof bereit, der Leutnant saß auf seinem Pferd und wartete. Er hatte Ordre, Arndt sicher und schnell nach Leipzig zu geleiten.

Die Pferde zogen an. Arndt drehte sich nicht um. Sein nächstes Ziel hieß Görlitz, wo er dem dortigen Landpfleger Graf Reisach, der sich Generalgouverneur nennen ließ, einen Auftrag zu überbringen hatte. Die Kutsche rollte aus Reichenbach hinaus, als die Sonne aufging. Arndt straffte sich. Was vor ihm lag, bedurfte seiner ganzen Kraft.

»Leutnant!« rief er den jungen Lützower an seine Seite.

Der war gleich zur Stelle. »Euer Wohlgeboren?«

»Sind viele entkommen mit dem Bonaparte?«

»Nein, Euer Wohlgeboren, viele waren es nicht.«

Arndt nickte. »Dennoch: einer zuviel.« Der Leutnant blieb eine Weile an Arndts Seite, ritt dann aber wieder voraus.

Die Morgensonne hielt ihr Versprechen nicht. Es trübte sich ein, als sie über Schweidnitz und Goldberg nach Görlitz fuhren. Aber wenn der Himmel auch wolkenlos geblieben wäre, der triste Eindruck, den die Landschaft machte, wäre nicht erfreulicher geworden.

Der Krieg hatte tiefe Wunden gerissen. Die Felder lagen aufgewühlt vom Marschtritt Tausender und Abertausender Soldaten aus aller Herren Länder. Zwar waren die Toten begraben, verscharrt mitunter nur wie verendete Tiere, doch von Granaten aufgerissene Pferde, selbst einige Kamele, auf denen die Kalmücken und Kirgisen gekommen waren, lagen wie Gespenster aus einem wüsten Traum am Wegrand. Ratten und hungrige Menschen stritten sich um die Kadaver. Und in den Ortschaften säumten Ruinen, zerstörte Gärten und niedergerissene Bäume die Straßen. Die Erde war wüst und leer. Aber wo schwebte der Geist Gottes?

Wenn Arndt gedacht hatte, dieses Bild des Schreckens sei nicht mehr zu überbieten, so mußte er sich eines Schlimmeren belehren lassen, als er nach Görlitz hineinfuhr. Was war aus der reichen Stadt geworden, aus deren Manufakturen zwölf- bis vierzehntausend Stück Tuch pro Jahr nach Dänemark, Italien und der Levante versandt worden waren, Leinwand, Zwillich und Damast im Wert von dreihunderttausend Talern nach England, Holland und Spanien, nach Italien und Amerika, ja sogar bis Surinam? Napoleons Politik der Kontinentalsperre ebenso wie seine furchtbaren Kriege hatten Görlitz gleich anderen blühenden deutschen Handelsstädten zugrunde gerichtet. Kaum daß es noch ein heiles Haus gab. Und von den Wänden der meisten gaffte ihn ein weißes Kreuz an, Zeichen der Seuche, die in der Stadt herrschte, seit täglich bis zu hundert Bauernwagen voller Verwundeter gebracht wurden. Lazarettfieber, Ruhr und Scharlach wüteten.

Arndt hatte auf der Fahrt durch Rußland viel Elend gesehen. Was ihm hier begegnete, schmerzte ihn noch tiefer, denn es war sein Vaterland, und es waren seine Landsleute.

Er hielt sich nirgends auf. Geradewegs dirigierte er den Kutscher zum Haus derer von Schrickel in der Langestraße. Hier residierte Graf Reisach-Steinberg. Arndts Auftrag war dringend. Wie dringend, das war ihm auf der Fahrt erst ganz deutlich geworden.

Er brauchte nicht zu warten. Kaum hatte er den jungen Diener weggeschickt, um sich melden zu lassen, trat der kleine, adrett gekleidete, vor Liebeswürdigkeit strahlende Graf heraus, ereiferte sich fast vor Artigkeit und, wie Arndt argwöhnte, geheuchelter, Freude. Sie kannten sich seit Dresden und Reichenbach. Der Mensch war ihm stets verdächtig gewesen, wenngleich er keinen Grund dafür nennen konnte. Es war die schmalzige Art und die devote Haltung, die ihm mißfielen.

Ernst Moritz Arndt, die Bilder der Reise noch deutlich vor Augen, antwortete auf die Einladung zu einem bescheidenen Essen mit der Frage: »Haben Sie die von Feldmarschall Blücher geforderte Kontribution zusammen?«

Reisachs Miene war nicht anzusehen, wie sehr ihn Frage und Ton verletzten. Er lächelte zuvorkommend. »Feldmarschall ist er geworden, unser Blücher? Oh, das gönne ich dem braven Mann wahrhaftig!«

»Das Geld!« verlangte Arndt ungerührt.

»Geld, Geld!« erwiderte Reisach, der begriffen hatte, daß Arndt mit Schmeicheleien nicht zu gewinnen war. »Als wenn es drei Taler wären, die Blücher von meinem Kreis verlangt, statt der dreihunderttausend. Drei-hun-dert-tau-send! Ich wäre nicht einmal in der Lage, sie zu stehlen; denn wo nichts ist, hat auch der König sein Recht verloren. Der Kaiser war nämlich schon dagewesen. Haben Sie sich umgesehen in der Stadt und auf dem Land, Herr Arndt? Wissen Sie nicht, daß hierorts die Besatzungen und die Belagerungen einander abwechseln wie Sturm und Orkan? Haben Sie die Lazarette und die Massengräber nicht schon meilenweit gerochen? Sind die Mühlen nicht niedergebrannt, die Scheuern leergefegt, die Felder unbestellt? Ja selbst in den Gärten wurden die letzten Mohrrüben geplündert und das bißchen Obst gleich mit den Ästen von den Bäumen gerissen.«

»Ich habe es gesehen«, erwiderte Arndt, von der plötzlichen Heftigkeit des kleinen Mannes überrascht. »Aber eben deshalb der Befehl des Feldmarschalls, Graf. Wovon soll Brot gebacken werden, wenn kein Geld da ist, um Mehl zu kaufen? Woher die Medikamente bekommen, um die Pestilenzen zu bändigen, wenn man die Heilmittel nicht bezahlen kann? Wie die Äcker bestellen, solange es an Zugvieh mangelt? Mit dem guten Willen allein besiegt auch das tapferste Heer den Feind nicht.«

»Ehe ein Soldat verhungert, müssen zwanzig Bürger verhungern«, sagte Reisach mit kaltem Gesicht.

»Was?« fuhr ihn Arndt an. »Was sagen Sie da?«

»Es sind nicht meine Worte, sondern die des Generals Gressot. Aber ich finde keinen Unterschied zur Forderung unseres Freundes Blücher. Geplündert, Herr Arndt, haben nicht nur die Franzosen.«

»So?« fragte Arndt mit hochgezogenen Brauen, dem eine Bemerkung Steins einfiel, wonach man auf den Grafen, der unter dubiosen Umständen aus Bayern gekommen war, ein Auge haben müßte. Stein hatte an Reisachs Patriotismus nie recht geglaubt. Aber es gab Dringenderes, als die Loyalität des kleinen Grafen zu überprüfen.

»Ich habe nicht den Auftrag, mit Ihnen über die Verfehlungen einzelner Soldaten zu disputieren. Wieviel Geld haben Sie zusammen?« wiederholte Arndt seine Frage.

Reisach verzog die Mundwinkel zu einem mokanten Lächeln. Verfehlungen einzelner, dachte er böse. Die Herren machen es sich leicht. Aber weil es ihm darum zu tun war, diesen plebejischen Adlatus des Freiherrn vom Stein möglichst friedlich zu stimmen, ging er auf das Thema nicht weiter ein. Es waren noch keine zehntausend Taler beisammen. Blücher hatte mit Plünderung gedroht. Reisach war sich im klaren darüber, daß Arndts Besuch eine letzte Warnung sein sollte.

»Wir haben zusammengesessen und beraten, fünfzehn Deputierte. Die Stadt selber müßte etwas über fünfzigtausend Taler aufbringen. In Friedenszeiten hätte es damit keine Not. Und fast die gleiche Summe ist von den zu Görlitz gehörenden Ortschaften gefordert. Ich bitte Sie, der Sie das Elend doch gesehen haben, verwenden Sie sich in unserem Sinne bei Seiner Exzellenz, dem Feldmarschall, er möge uns etwas Zeit lassen. Natürlich wissen wir, wie dringend die Armee das Geld benötigt. Glauben Sie uns, die Görlitzer sind nicht weniger vaterländisch gesinnt als die Königsberger oder die Bürger von Breslau, aber sie sind um das Vielfache ärmer und durch das Elend des Krieges ausgeblutet.

Ich bitte Sie, helfen Sie der Stadt. Ich selber wäre gern bereit, meine gesamte Barschaft in die Stadtkasse zu werfen, wenn davon wenigstens der Boden bedeckt würde. Oder glaubt man, ich bereichere mich am Unglück dieser leidgeprüften Menschen?«

Arndt wußte nicht mehr, ob der Graf den Verzweifelten nur spielte oder ob er es tatsächlich war. Aber selbst wenn er ihm nur etwas vormachte, die Gründe für die Verzögerung beim Eintreiben der Kontribution waren nicht von der Hand zu weisen. Auch ein anderer als Graf Reisach hätte nicht besseren Erfolg gehabt nach Lage der Dinge, aber einem anderen wäre vielleicht gleichgültig gewesen, ob nach den Franzosen und Polen, Sachsen und Württembergern, den Russen auch – ja, ja, er wußte davon –, ob nach all den Fremden jetzt die Preußen plünderten. Not kennt kein Gebot. Die Androhung Blüchers hatte auch Arndt erschreckt, weil sie, führte man sie aus, zunichte machen würde, woran ihm und den Freunden am dringendsten lag, nämlich an der Gewinnung des ganzen Volkes für den Kampf gegen den Eroberer.

»Ich will sehen, was sich machen läßt, Herr Graf«, sagte er. »Werden Sie Ihrerseits nicht müde, die Forderung zu erfüllen.« Das klang längst nicht mehr so barsch.

Reisach atmete hörbar auf. »Ich danke Ihnen. Und nun, da die fiskalischen Dinge besprochen sind, darf ich Sie bitten, mein Gast zu sein. Vor morgen früh können Sie ohnehin nicht weiterreisen. Mein Stallbursche ist unterwegs, wenigstens eine Schütte Stroh für Ihre Pferde zu besorgen. Wie kann man aber auch«, sagte er mit einem harmlos scheinenden Lächeln, »in diesen Zeiten vierspännig reisen?«

Arndt hatte die Anspielung verstanden und schwieg beschämt. Er selbst hätte darauf kommen müssen. Zwei Pferde und eine kleinere Kutsche hätten es auch getan. O ja, man gewöhnt sich der Annehmlichkeiten wegen schnell daran, zu den Bevorrechtigten zu gehören.

Reisach seinerseits war gewitzt genug, seinen Triumph nicht offen zu zeigen. »Darf ich Sie also zu einem kleinen Essen einladen, lieber Herr Arndt? Ich muß Sie allerdings um Nachsicht bitten, es ist wirklich nur ein frugales Mahl. Die Zeiten, Sie wissen.«

Nun war bei dem kleinen Grafen alles klein, das wußte Arndt. Die Pferde waren klein, die Kutsche war klein, selbst die Kutscher und die übrige Dienerschaft nur von knabenhafter Größe. Aber ein kleines Essen, nein, das gab es bei Reisach gewiß nicht. Der hatte seine geheimen Quellen und mußte nicht auf Zunge in Rotweinsauce, Wildbret mit Heidelbeeren, Bachforelle und südländisches Obst verzichten. Zum Erstaunen Arndts aber, der an Geßlers ausgiebige Tafelei gewöhnt war, wurden ihm nur zwei Scheiben zähen Rindfleischs vorgelegt, während sich Reisach mit einer einzigen begnügte und um Nachsicht bat, wenn er seinem Gast nur einen dünnen Wein anbieten könne.

Arndt wußte nichts von dem prallen Kapaun, den Reisach eine Stunde später verspeiste. Er war nach dem kärglichen Mahl überzeugt, daß es der Graf ehrlich meinte. Eine Ahnung davon, welcher Arglist er aufgesessen war, bekam er erst am nächsten Morgen, als er, der Frühaufsteher, eine verblüffende Entdeckung machte.

Als er das Zimmer verließ, um nach den Pferden zu sehen, erblickte er eine kleine Gestalt, die aus dem Zimmer des Grafen huschte. Es war der Page, der ihnen beim Abendessen aufgewartet hatte, ein Knabe von allenfalls vierzehn Jahren.

Arndt hätte nichts Arges dabei gedacht, wäre der Bursche korrekt bekleidet gewesen. Und selbst eine gewisse Nachlässigkeit hätte sich damit erklärt, daß der Graf zu nachtschlafender Zeit seinen Diener gerufen habe. Als aber der Page erschreckt, weil er mit einer Begegnung um diese Stunde nicht gerechnet hatte, eilig die Knöpfe seiner Bluse schloß, sah Arndt, welcher Art Verkappung und Verpuppung unter den Reisachschen Liliputanern herrschte; denn es war ein hübscher Jungmädchenbusen, der dem Pagen aus der Wäsche schielte.

Der Blick in die Bluse des Dieners hatte Arndt ein paar Lichter aufgesteckt. Er beobachtete den Kutscher des Grafen, als er ihm beim Anschirren zur Hand ging. Auch der war klein und hübsch, rosenwangig und mit glattem Kinn. Wenn dies Stein erführe, dachte Arndt, halb belustigt, halb zornig, der würde dem Herrn Landpfleger Beine machen. Besser, ich behalte es für mich, beschloß er, und unvermittelt mußte er an Johanna denken, seine Furina, Wilhelm Motherbys Frau. Es wäre schließlich auch nicht gut, wenn Stein von ihr erführe.

Die Kutsche stand bereit, und auch der Leutnant fand sich ein. Er hatte die Nacht in einem elenden Quartier zwischen Verwundeten und Sterbenden zubringen müssen.

»Auf nach Leipzig!« rief Arndt. Das war ein hoffnungsvoller Ruf, denn dort hatten sie dem Urheber aller Schrecken und Nöte eine entscheidende Niederlage beigebracht, auch wenn es ihn ebenso wie Geßler ärgerte, daß es Napoleon abermals geglückt war, den Hals aus der Schlinge zu ziehen. Sei's drum, am Ende würden sie ihn fassen. Es mußte gelingen, die Enttäuschung der Soldaten über das Entkommen des Erzschelms in neuen Zorn umzumünzen. Auch sollten sie, das wollte er ihnen predigen, weniger auf ihre Fürsten setzen denn auf Gott. Gott war gerecht, deshalb mußte man ihn lieben und ihm vertrauen. Fürchten sollten ihn die Franzosen, und fürchten sollten sie die Rache des geschändeten Volkes.

»Und mit Posaunenschalle
Ertost es durch die Welt:
Ihr Völker, kommet alle!
Gott führet an, der Held.
Hinein, hinein mit Freuden!
Hinein ins blut'ge Feld,
Für Recht und Licht zu streiten!
Gott führet an, der Held.«

Leipzig

Arndt konnte nicht den kürzesten Weg von Görlitz nach Leipzig nehmen. Saint Cyr hielt Dresden mit fünfunddreißigtausend Mann besetzt. Die russischen Truppen unter Bennigsen belagerten die Stadt an der Elbe. Jede Stunde verlorener Zeit schmerzte Arndt, denn er brannte darauf, Leipzig zu sehen, wo Napoleon geschlagen worden war. Und jede Meile, die er der Messestadt näher kam, stimmte ihn hochgemuter. Während der Wartezeit in Reichenbach war er trotz Geßlers Gastfreundschaft zunehmend nervöser geworden, gereizt und unsicher. Der Elan, mit dem er aus Petersburg gekommen war, hatte durch die patriotische Stimmung in Königsberg neuen Auftrieb erhalten, und nicht zuletzt dank Johannas Liebe war seine alte Zuversicht zurückgekehrt. Die deutsche Sache gedieh prächtig. Aber dann war der lähmende, unrühmliche Waffenstillstand gekommen, bis schließlich der Sieg bei Leipzig allen Zweifeln ein Ende bereitete.

Die Erwartungsfreude machte ihn nicht stumpf und blind gegen die Greuel, die er unterwegs sah. Aber er richtete seinen Blick auf die kommende Zeit. Vor allem sah er, welche Wirkung der Sieg über die Franzosen im sächsischen Volk hatte, das lange Zeit mit seinem König auf der Seite Napoleons, ganz gewiß aber gegen Preußen gestanden hatte. Nicht nur die Soldaten hatten dem Eroberer die Gefolgschaft aufgekündigt; die Bauern, die Handwerker, die Bürger und selbst die Adligen besannen sich darauf, Deutsche zu sein, wenn Arndt die Fürsten und Grafen auch sehr im Verdacht hatte, es wäre mehr die Sorge um das eigene Wohl, die sie plötzlich patriotisch werden ließ. Sei's drum, der Sieg bei Leipzig hatte das Blatt endlich gewendet, und er, Arndt, wollte sein Bestes tun, damit eine neue Seite in der Geschichte des deutschen Volkes beschrieben werden konnte. Alle deutschen Stämme mußten lernen, mehr zu sein als kleine, in partikularem Denken verhaftete Teile eines zersplitterten und zerstrittenen Reiches. Der Traum, über lange, schwere Jahre genährt und gewachsen, begann Gestalt anzunehmen.

Sie waren keine Tagesreise mehr von ihrem Ziel entfernt. Arndt rief den jungen Leutnant immer wieder an seine Seite, weil er darauf brannte, einem Menschen zu erzählen, wovon ihm das Herz voll war, und er hatte in dem Lützower einen begeisterten Zuhörer. Hoch aufgerichtet saß Arndt in seiner Kutsche, immer wieder angestrengt vorausblickend, ob die Türme der Messestadt nicht bald zu sehen wären. Prüfend sog er plötzlich die Luft ein und verzog das Gesicht dabei. »Was ist das?«

Der Leutnant sah ihn fragend an.

»Wonach riecht das?«

Jetzt begriff der Lützower. »Es ist der Krieg, Euer Wohlgeboren. Wir nähern uns den Schlachtfeldern. Der Krieg stinkt.«

»Jetzt noch?« fragte Arndt. »Die Schlacht liegt gut zwei Wochen zurück.«

»Als ich hier aufbrach, waren die Felder und Wälder mit Toten und Verwundeten, mit verendeten Pferden und zerstörtem Kriegswerkzeug übersät. Es heißt, mehr als fünfzigtausend Soldaten der verbündeten Armeen und fast ebenso viele Franzosen wären gefallen. Wie viele Verwundete inzwischen an Typhus und anderen Seuchen zugrunde gegangen sind, wird sich erst später herausstellen. Die Lazarette, fünfzig allein in der Stadt, sind sämtlich überfüllt. Man nimmt die Toten aus den Fichtensärgen, um die noch Lebenden hineinzulegen, weil es an Betten, an Decken und Strohsäcken mangelt. Ich habe gesehen, wie in Schloß Störmthal, das zu einem Lazarett umgewandelt worden ist, die Leichen aus den Fenstern des ersten und zweiten Stockwerks geworfen wurden, um Platz zu machen für das nächste Bataillon Sterbender.«

»Begräbt man sie nicht nach Christenart?« fragte Arndt, der solche Bilder selbst schon oft genug gesehen hatte, seit er durch Wilna gekommen war.

Der Leutnant schüttelte den Kopf. »Man verscharrt sie wie Vieh, oft dreißig, vierzig Tote in einer Grube, die mit ungelöschtem Kalk zugeworfen wird. Die Priester reichen nicht aus, um sie christlich zu bestatten.«

Eine Kolonne Bauernwagen kam ihnen entgegen, hoch befrachtet mit Unrat und Fäkalien aus der Stadt. Dieselben Fuhrwerke wurden, wenn sie sich der stinkenden Last entledigt hatten, mit Verwundeten und Toten beladen, um sie in die Lazarette zu fahren oder zu den Massengräbern. Um welchen Preis war der große Sieg errungen worden?

Wie wird die Stadt aussehen, fragte sich Arndt bekümmert. Je näher sie Leipzig kamen, desto stiller und nachdenklicher wurden sie beide. Der Leutnant ritt wieder voraus. Vierspännig fuhr Arndt durchs Tor. Die Wache schaute nur flüchtig in seine Papiere und ließ ihn passieren. Wer auf solche Weise reiste, mußte ein hoher Herr sein. Arndt bemerkte die abschätzenden Blicke. Reisach hatte sich eine ironische Bemerkung nicht verbeißen können. Wie glaubwürdig war einer, der so herrschaftlich vorfuhr? Als erstes werde ich Wagen und Gespann abgeben, beschloß Arndt.

Vor dem Hause, in dem Stein zeitweilig residierte, verabschiedete sich der junge Leutnant. Er holte ein paar farbige Zettel aus der Satteltasche und gab sie Arndt. »Es sind die Lieder von Theodor Körner, Euer Wohlgeboren«, sagte er. »Ich sammle sie seit Breslau. Sie haben gute Verbindungen. Vielleicht kennen Sie einen Buchhändler, der sie verlegt. Wer weiß, ob ich nicht schon morgen auch auf einem solchen Karren liege oder steif in der Elster treibe. Nehmen Sie sie, bitte. Er war ein guter Kamerad.«

Arndt kam nicht dazu, etwas zu erwidern. Der Schwarze salutierte, wendete rasch das Pferd und verschwand in der Finsternis der Nacht.

»Du Schwert an meiner Linken, was soll dein heitres Blinken, habe meine Freude dran«, las Arndt im schwachen Licht, das aus der geöffneten Tür des Hauses drang. Der ist nun schon tot, dachte er wehmütig. Keine zweiundzwanzig Jahre alt ist er geworden. Hätte er das Zeug gehabt, ein neuer Schiller zu werden? Wer weiß. Die welsche Pest hatte ihn viel zu früh dahingerafft. Wie viele noch? Wie lange noch, Napoleon?

»Wer da?« rief ein Soldat in die Dunkelheit hinaus. »Parole?«

»Deutschland!« erwiderte Arndt dem verdutzten Posten, der auf ein anderes Wort vergattert worden war.

Der Reichsfreiherr vom Stein saß mit seinem neuen diplomatischen Adjutanten, Johann Albrecht Eichhorn, und mit dem Chef der Lazarette, dem Arzt Johann Christian Reil, beim Tee. Arndt trat ein, und sofort verflüchtigten sich die düsteren Bilder vor seinen Augen. Er begrüßte Stein mit geziemender Achtung und schloß dann die beiden Freunde in die Arme.

Er hatte kaum Platz genommen, da fuhren sie in ihrem Gespräch fort, als habe er nur für einen Moment das Zimmer verlassen und wisse, worum es gehe. Wirklich bedurfte es nur weniger Sätze, um Arndt mit dem Thema vertraut zu machen, denn es ging wie überall in diesen Tagen um die Folgen des Sieges über Napoleon. Und es hätten andere Männer sein müssen als diese, wenn es dabei nicht heiß und herzhaft, begeistert und zornig zugegangen wäre.

Arndt fühlte sich in seinen Beobachtungen und Mutmaßungen bestätigt. Auch Stein war der Ansicht, daß mehr herauszuholen gewesen wäre aus dem Sieg. Die einzigen, die dem Eroberer wirklich den Garaus machen wollten, waren Blücher und Gneisenau mit ihrer schlesischen Armee, und sie hatten sich auch am tapfersten geschlagen.

Der Ostfriese Reil, schon immer karg im Disputieren, hielt sich in dem Gespräch merklich zurück. Er sah wesentlich müder aus und abgespannter als Stein und Eichhorn. Arndt bemerkte auch beim flüchtigen Mustern, daß die Augen des Arztes, die früher vor Unternehmungslust geblitzt hatten, stumpf wirkten.

»Eine militärische Glanzleistung war die Schlacht bei Leipzig nicht«, äußerte sich Reil schließlich doch, weil ihm Eichhorns Lob auf den großartigen Sieg der Verbündeten zu unkritisch ausfiel.

»Kommt es auf einen Schönheitspreis an?« fragte der. »Entscheidend ist doch nur der Sieg.«

»Wir dürfen nicht am Detail herummäkeln, lieber Reil«, sagte Stein, «wenn es ums Ganze geht. Wir müssen das Heft in der Hand behalten, meine Freunde. Wir müssen das Gewissen der Nation sein und die Potentaten zu gemeinsamem Handeln zwingen, indem wir das deutsche Volk zum Handeln bewegen. Wir müssen diese Schlacht feiern als eine Völkerschlacht, damit die

Völker an ihre Kraft glauben. Wir müssen«, sagte er entschieden, »unserem deutschen Volk die Überzeugung geben, daß es fähig ist, aus eigener Kraft die Fremdherrschaft abzuschütteln, um sich in einem neu erstarkten, einigen deutschen Reich zusammenzufinden.«

Auf Arndt und Eichhorn machten diese Worte Eindruck, auf Doktor Reil weniger. »Woran liegt es«, fragte er, »daß die Menschen, die die hohe Politik betreiben, so wenig Sinn für die Niederungen der Wirklichkeit haben?«

»Weil sie«, antwortete Stein, »sonst nur Niedrigkeiten produzieren würden. In der Politik ist das Ganze nicht einfach die Summe des vielen Kleinen, sondern das viele Kleine Folge des Ganzen. Man muß einen Plan haben, eine Vorstellung von dem, was man erreichen will. Daraus leiten sich alle anderen Dinge ab. Ich habe keine Zeit für Details.«

Arndt blickte Stein nachdenklich an. Er widersprach nicht, aber er war anderer Meinung.

»Napoleon wird sich von dieser Niederlage nicht wieder erholen«, sagte Eichhorn in die Pause hinein, die nach Steins Worten eingetreten war. »Er befindet sich in einer aussichtslosen Lage. Überall fallen seine Verbündeten von ihm ab.«

Arndt unterbrach ihn. »Fassen wir Napoleon?« Das war die nach seiner Meinung alles entscheidende Frage.

»Schwer zu sagen«, erwiderte Eichhorn. »Blücher, der ihm am dichtesten auf den Fersen ist, wird überall mit Jubel empfangen. Unsere lieben Deutschen haben sich allerorten endlich ihres Vaterlandes besonnen. Aber die Armee des Feldmarschalls ist durch die Strapazen der letzten Wochen erschöpft. Ich weiß nicht, ob wir Napoleon noch vor dem Rhein stellen können. Gut wär's. Aber ob es gelingt?«

»Denn fassen wir ihn nicht«, folgerte Arndt, »gewinnt er das linke Rheinufer, befestigt seine Stellungen und hebt neue Truppen aus, mit denen er wiederkommt.«

Stein bestätigte Arndts Auffassung. »Ich habe Sie nach Leipzig gerufen«, sagte er, »weil Ihre Stimme hier vonnöten ist. Wir wollen nicht vergessen, daß der Feind noch an vielen Orten wie ein Pfahl im deutschen Fleische steckt. Napoleon behauptet sechzehn Festungen und Plätze von Erfurt bis Danzig, darunter die wichtigen Elbestädte Hamburg, Magdeburg, Wittenberg, Torgau und Dresden. Reden Sie den Deutschen ins Gewissen, Arndt, verfassen Sie Flugschriften und Aufrufe, was die Feder hergibt. Leipzig verfügt über achtzehn Druckereien. Den Setzern muß es doch eine Freude sein, endlich wieder etwas Deutsches stecken zu können. Und das muß unter die Leute gebracht werden, damit sie, wenn nötig, die Festungen mit Dreschflegeln bearbeiten, bis die Franzosen herausfallen.«

»Exzellenz, ich stehe zu Ihrer Verfügung. Ich habe auch in Reichenbach die Zeit genutzt. Ich habe meinen Katechismus für deutsche Soldaten überarbeitet und zum Druck gegeben. Es hat mir zwar leid getan um ein paar hübsche Wahrheiten über unsere deutschen Fürsten, aber die Umstände erlauben es nun einmal nicht, ihnen zu arg auf die Finger zu klopfen. Sie ziehen sich sonst gleich ganz aus der Sache. Und ohne sie geht's leider nicht.«

»Was denn?« fragte Reil. »Der rügensche Adler hat sich selber die Krallen stumpf gemacht?«

»Die Krallen vielleicht«, verteidigte sich Arndt, »aber den Verstand deswegen nicht.«

Stein nickte. Es gab für ihn keinen Zweifel, daß Ernst Moritz Arndt genau der rechte Mann für solche Schriften war. Man mußte ihn nur gewähren lassen, selbst wenn er in seinem Haß auf die Franzosen zu weit ging.

Es war spät geworden. Stein hob die Runde auf. Erst jetzt erinnerte er sich, daß noch gar nicht für ein Quartier Arndts gesorgt war. Da erbot sich Reil, den Freund mit zu sich zu nehmen. »Ich bin ohnehin mehr in den Lazaretten als in meinem Logis. Wenn Ihnen ein Strohsack genügt?«

Arndt sagte ohne Zögern zu. Stein gab ihnen noch zwei Kosaken zur Begleitung mit. »Plünderer und Marodeure treiben sich in der Stadt herum«, erklärte er. »Ich will zwei so tapfere Vaterländler nicht wegen eines Talers und halbwegs heiler Schuhe an den Geist der Zeit verlieren.« Damit verabschiedete er seine Gäste.

Reil und Arndt, von den beiden Kosaken eskortiert, gingen eine Weile schweigend durch die dunkle Stadt. Beide beschäftigten sich in Gedanken mit dem vorangegangenen Gespräch. Plötzlich fragte Arndt: »Was ist mit Stein?«

»Mit Stein?« Reil war überrascht, doch dann nickte er. »Sie haben ihm die Flügel erheblich gestutzt.«

»Ich verstehe nicht«, sagte Arndt, «was ist denn geschehen, während ich in Reichenbach saß?«

»Geschehen ist allerhand«, erklärte Reil. »Unser Freiherr hat wieder einmal zu spüren bekommen, wie unbequem er den herrschenden Häusern ist. Zwar steht er an der Spitze des Zentralen Verwaltungsdepartements, aber er hat nicht mehr wie früher als Leiter der Zentralverwaltung für die befreiten deutschen Gebiete eine nahezu unumschränkte Macht. Jetzt ist er an die Weisungen eines Diplomatenrates unter Vorsitz Hardenbergs gebunden.«

»Hardenberg? Dann kann freilich nur Halbherziges zustande kommen. Hat Stein wenigstens Sitz und Stimme in diesem Rat?«

Reil lachte böse. »Gott bewahre! Er darf im übrigen nur in jenen deutschen Gebieten Anordnungen treffen, die gewissermaßen herrenlos geworden oder der Allianz noch nicht beigetreten sind. Wenn *bei* Leipzig noch die Völker gesiegt haben – *in* Leipzig waren es bereits die Fürsten.« Plötzlich faßte Reil Halt suchend nach Arndts Arm, blieb stehen und atmete schwer.

»Sind Sie krank?« fragte Arndt erschreckt, der sich an die stumpfen Blicke Reils erinnerte, die ihm gleich zu Beginn des Abends aufgefallen waren.

Der Arzt erholte sich schnell. »Wer ist schon gesund in diesem kranken Land!« sagte er. »Ich habe mich am Totenbett eines Berliner Freundes infiziert. Es liegt mir wie Blei in den Gliedern.«

»Was treiben Sie sich dann in Lazaretten herum, wenn Sie selber ins Bett gehören?« schalt Arndt.

»Mehr als einmal anstecken kann ich mich nicht. Und wenn meine Zeit bemessen ist, so will ich sie nicht müßig verbringen«, antwortete Reil ruppig. Inzwischen waren sie vor dem Haus angekommen, in dem er ein kleines Zimmer bewohnte.

Arndt lag noch lange wach auf seinem Strohsack. Obwohl er von der strapaziösen Reise erschöpft war, gelang es ihm nicht, Schlaf zu finden. Zu viel ging ihm durch den Kopf. Kämpften sie, die glaubten, in der vordersten Reihe zu stehen, inzwischen bereits auf verlorenem Posten?

Und wie oft bei solchen Gedanken, in solcher Ungewißheit, mußte er an Johanna denken. In ihrer Liebe, in ihren Briefen gab es weder Falsch noch Hinterhalt. War die Vorstellung, mit ihr das kleine, aber sichere Glück zu leben, nicht doch erwägenswert? Das Vaterland flicht nur seinen toten Helden Lorbeerkränze. Den Lebenden bringt es nichts als Ungemach.

Ach, Johanna, Furina, vielleicht bedarf es nur eines kleinen Schrittes, vielleicht gibt es unsere Insel wirklich. Ein sanftes Wort nur, um es zu betreten, das Blumenland, das Reich Glückseligkeit.

Schlief er schon? Träumte er bereits? Der Adler ist eine Taube geworden. Wo sie sich niederläßt, herrscht Frieden. Die Sintflut Gottes hat alles Übel fortgespült.

Am liebsten hätte Arndt am nächsten Morgen schon erste Überlegungen für einen Aufsatz festgehalten. Es durfte auf gar keinen Fall geschehen, daß man sich mit dem Rhein als der Grenze Deutschlands zufriedengab. Gelang es nicht, Napoleon noch vorher zu fassen, so mußten die Fremdlinge auf eigenem Grund und Boden vernichtet werden, und der Rhein sollte Deutschlands Strom sein, aber nie Deutschlands Grenze.

Reil, der spöttisch-wohlmeinende Freund, hielt ihn von der Arbeit ab. »Begleiten Sie mich bei meinem Rundgang durch die Lazarette, lieber Arndt. Wenigstens Sie dürfen die Augen nicht verschließen.«

Arndt war einverstanden. Im anbrechenden Licht des Novembertages sah er dem Freund die Krankheit deutlich an. Vielleicht brauchte er Hilfe. Dann wollte er an seiner Seite sein.

Als sie aus dem Haus traten, kam ihnen ein Bauernwagen entgegen, hoch beladen mit Leichen, die wie umgehauene Bäume aufgeschichtet waren.

»Sie fahren Tag und Nacht«, sagte Reil. »Immer noch, drei Wochen nach der glorreichen Schlacht. Ja, Schlacht ist das richtige Wort.«

Arndt hörte die Bitternis sehr wohl. Wäre es nicht Reil gewesen, er hätte wie bei Reisach gesagt, daß eine große Sache eben auch große Opfer verlange, aber angesichts des Elends in dieser Stadt schwieg er.

Es war eine bittere, nachhaltige, böse, aber heilsame Lektion, die ihm der Arzt an diesem Morgen erteilte. Die Verwundeten lagen in dumpfen Spelunken, in fensterlosen Schulen und Kirchen, durch die der Regen und der eisige Nordwind ungehindert eindringen konnten. Sie lagen, wenn sie Glück hatten, auf dünnem Häcksel, zitternd in ihren zerfetzten Hemden, von Frost und Fieber geschüttelt, denn Decken gab es nicht. Trotz des Mangels an öffentlichen Gebäuden war nicht ein einziges Bürgerhaus zum Spital erklärt worden. Die verwundeten Franzosen hatte man auf das blanke Straßenpflaster gelegt, um wenigstens die Verletzten der verbündeten Armeen einigermaßen unterzubringen.

»So ehrt die Stadt ihre Befreier, lieber Arndt«, sagte Reil bitter. »Alle Kranken mit Knochenbrüchen, und davon gibt es viele, sind verloren. Hier, sehen Sie!« Er zeigte auf einen Soldaten, der zum Erbarmen wimmerte. »Die Glieder sind furchtbar angeschwollen, daher der Kinnbackenkrampf. Viele sind noch gar nicht, andere werden nicht täglich verbunden. Die Verbände selbst«, er hob mit zwei Fingern einen schmutziggrauen Fetzen hoch, »sind aus Dürenberger Salzsäcken geschnitten, die die Haut zerfressen.«

Als sie zum Gewandhaus kamen, sahen sie, wie der Inhalt der Fäkalienfässer sich langsam über die Treppe hinabwälzte. Arndt würgte es. Unmöglich konnte man diese widerlichen Dünste ertragen. Er wandte sich entsetzt ab. Und auf dem Hof der Bürgerschule erblickten sie einen Berg aus Kehricht und nackten Leichen, von Hunden und Krähen umschwärmt.

»Das ist der Krieg«, sagte Reil. »Das ist er. Das sind die Überreste der Helden, die fürs Vaterland gefallen sind. Verzeihen Sie, lieber Freund, aber das mußten Sie gesehen haben. Und nun verfassen Sie Ihre Schriften.«

Als Arndt abends am Tisch saß, starrte er auf das vor ihm liegende Papier, und es stellte sich kein Wort ein, mit dem er den bösen Spuk hätte bannen können, der kein Teufelswerk war, sondern der wirkliche, von Menschen gemachte Krieg. »Laßt, die ihr eingeht, alle Hoffnung fahren«, flüsterte Arndt die Verse aus Dantes »Göttlicher Komödie«. Die Bilder ließen ihn nicht los.

Wie schwach sind doch meine Worte gewesen, wie kraftlos. Hatte Graf Geßler nicht recht mit seiner Frage, wieviel Franzosen er mit seinen Schriften vertrieben, wieviel Elend er mit seinen Versen verhindert hatte? Und weil man mit dem Entsetzen nicht leben kann, das einen lähmt, suchte er in seiner Bedrängnis einen Gegenstand, an dem er seine Ohnmacht auslassen konnte. Er zerbrach die Feder. Er zerknüllte das Papier. Er knirschte mit den Zähnen. »Napoleon!« rief er schließlich, ähnlich dem Fluch Moses über die Ägypter. »Hasset das Arge, hanget dem Guten an«, stand geschrieben. Napoleon! Auf ihn konnte er seinen Zorn richten und mußte sich keine Gewissensbisse machen, wenn er Haß und Rache predigte; denn wer solches Elend verschuldet hatte, auf den sollte der Fluch des Elends zurückfallen.

Es klopfte schwach ans Fenster. Reil hatte sich schon auf seinem Strohsack ausgestreckt. Arndt zögerte. Wußte man, ob der da draußen, ein Bettler vielleicht, der die Hand um ein Stück Brot ausstreckte, in der anderen nicht das Messer führte, um zuzustechen? Erst als er ein dumpfes Geräusch hörte, öffnete er, vorsichtig noch immer. Er sah jemand daliegen, doch das Licht aus dem Zimmer reichte nicht aus, ihn zu erkennen.

Arndt leuchtete mit einer Kerze hinaus und erblickte einen auf allen vieren kriechenden, mit einer dreckverschmierten Montur notdürftig bekleideten Soldaten. So viel konnte er sehen: es war die Uniform des Feindes. Und für einen Moment empfand er eine Genugtuung, als sei es Napoleon selbst, der winselnd vor ihm kröche. Soll er bleiben, wo er ist! — dachte er.

»Wer ist da?« fragte Reil, der sich aufgerichtet hatte. Da erst begriff Arndt, wie unmenschlich sein Gedanke gewesen war, und er rief mit fremder, von Entsetzen über sich selbst gepreßter Stimme: »Ein verwundeter Soldat!«

Reil war sofort auf den Beinen und lief nach draußen, während Arndt noch immer wie festgewurzelt dastand. »Fassen Sie mit an!« rief der Arzt ungeduldig. »Ich kann ihn nicht allein schleppen.«

Nun erst vermochte Arndt sich aus seiner starren Haltung zu

lösen. Er faßte den Soldaten vorsichtig unter die Arme und half ihm ins Haus.

»Heißes Wasser!« verlangte Reil. Arndt lief, um die Hausfrau zu holen. Der Arzt zerrte ein Hemd aus seinem Tornister, das letzte, und riß Streifen davon ab.

Die Wirtin kam. »Herr Jesus, ein Franzose!« rief sie.

Arndt beobachtete, wie der Arzt dem Soldaten das Blut aus dem Gesicht wischte, und wunderte sich, daß er angesichts des schwerverwundeten Franzosen keinen Haß mehr empfand.

»Wir müssen ihn dem Stadtkommandanten melden«, sagte die Frau.

»Schwätzen Sie nicht! Helfen müssen wir ihm!« fuhr sie Reil an. »Geben Sie mir das Tuch.«

Die Frau, noch immer unsicher, gehorchte, reichte dem Arzt das Tuch und ging ihm, als er sie nachdrücklich dazu aufforderte, zur Hand. Der Verwundete stöhnte leise.

Reil untersuchte ihn, entdeckte eine tiefe Wunde am rechten Bein, schnitt den Hosenstoff auf und tupfte sie mit einer scharf riechenden Essenz ab. Danach blickte er sich suchend im Zimmer um. »Den Stuhl!« verlangte er. »Brechen Sie ihn auseinander, ich brauche zwei Schienen.«

Arndt gehorchte. Mit einem kräftigen Ruck riß er die Stuhlbeine ab und reichte sie dem Arzt.

»Halten Sie ihn.«

Als Reil dem Verwundeten die Schienen anlegte, erwachte der Soldat aus seiner Ohnmacht und öffnete die Augen.

»Votre nom?« fragte der Arzt.

Der Soldat flüsterte etwas.

»Je n'ai pas compris«, sagte Reil.

»Oswald«, wiederholte der Befragte mit Anstrengung. »Ich heiße Frieder Oswald.«

»Ein Deutscher!« Arndt hätte nicht erklären können, warum er sich freute, daß es kein Franzose war.

»Ich heiße Frieder Oswald und komme aus Mainz«, sagte der Soldat nun etwas deutlicher. »Ich habe Hunger.«

Der Arzt blickte die Frau an. Sie nickte. »Ich habe noch etwas Suppe, die will ich ihm aufwärmen.«

Reil richtete sich auf. Der Schweiß lief ihm über die Stirn, die Wangen glühten, Kinn und Nase schimmerten dagegen kalkigweiß. Erschöpft setzte er sich auf einen Hocker. »Wenn er Glück hat, schafft er es.« Und als er sich etwas erholt hatte, fragte er Arndt lauernd: »Was hätten Sie gemacht, wenn es ein Franzose gewesen wäre?«

Arndt verzog das Gesicht. »Immerhin trägt er die Uniform des Feindes«, antwortete er ausweichend.

»Wenn wir ihn melden«, sagte Reil, »ist er ein toter Mann mit dieser Wunde.«

»Ja«, antwortete Arndt, »das wäre er.«

Eine Woche, nachdem Arndt in Leipzig angekommen war, verließ Stein, von Eichhorn begleitet, die Stadt, um nach Frankfurt am Main zu gehen, dem neuen Sitz der deutschen Zentralverwaltung. Er ließ sich nicht dadurch entmutigen, daß nur Sachsen, die Großherzogtümer Berg und Frankfurt sowie einige unbedeutende Territorien der Zentralverwaltung unterstanden. Er schimpfte und wetterte zwar, tat aber alles, was ihm für die zukünftige Gestaltung Deutschlands gut und richtig schien.

Auch der in Leipzig zurückgebliebene Arndt ließ sich auf die Dauer nicht niederdrücken. Er arbeitete wie ein Besessener, auch wenn, mit nüchternem Verstand betrachtet, die Saat so trefflich nicht gedieh. Nachts schrieb er beim schwachen Schein der Kerze an Johanna. Seine Sehnsucht nach ihr und seine Hoffnungen auf das zukünftige Vaterland verwoben sich dann miteinander, flossen zusammen in das Bild jenes Morgens, an dem er in den Vorraum des kleinen Hauses in Königsberg getreten war.

Reil war es, der ihn wieder in die Wirklichkeit zurückführte. An den langen Herbstabenden saßen sie zusammen, während der Verwundete still in seiner Ecke lag, und erörterten die Ereignisse, suchten auch zu ergründen, wie es dazu gekommen war. »Ohne den gewaltsamen Umsturz in Frankreich«, sagte Arndt, »hätte nie ein Ungeheuer wie Napoleon Europa unterjochen können.«

Weder Arndt noch Reil hatten auf den Dritten im Raum geachtet, doch plötzlich sagte der Verwundete: »Ist dieses Ungeheuer nicht ein rechtes Glück für die deutschen Gelehrten? Nun haben Sie endlich den Beweis, daß die französische Nation die Revolution nicht hätte machen dürfen.«

Überrascht drehten sich beide um, denn zum ersten Mal mischte sich Oswald in ihr Gespräch. Reil freute sich: »Da haben Sie es, lieber Arndt! Meine Medizin scheint gut gewirkt zu haben.«

Arndt, dem es mehr um das ging, was Oswald gesagt hatte, erwiderte: »Ich war nie ein Anhänger der Französischen Revolution, noch habe ich ihre Grundsätze je gebilligt und anerkannt, aber ich bin nicht ungerecht und gestehe ein, daß wir dieser wilden und tollen Revolution einiges verdanken.«

»Das sagen Sie?« fragte Reil überrascht.

»Ja«, erwiderte Arndt, »denn sie hat Ideen in die Herzen und Köpfe gebracht, die zur Begründung der Zukunft die notwendigsten sind und die zu fassen vor zwanzig, dreißig Jahren die meisten Menschen noch zitterten.«

»Also fort mit Napoleon, aber Achtung vor Rousseau?« fragte Frieder Oswald.

Arndt wollte ihn zurechtweisen, aber Reil legte ihm die Hand auf den Arm und schüttelte den Kopf. Arndt verstand die Geste. Oswald hatte sich zurückgelegt und schien bereits wieder zu dämmern.

Reil blickte auf seine Taschenuhr. »Ich muß morgen in aller Frühe hinaus. Es fällt mir jeden Tag schwerer, das Elend sehen zu müssen, ohne viel dagegen tun zu können. Das beste wäre, man schliefe ein und wachte nicht wieder auf.«

Arndt schwieg. Billigen Trost hätte der Freund am wenigsten verdient. Es war nicht zu übersehen, wie die heimtückische Krankheit mehr und mehr Besitz von ihm ergriff. Reil legte sich auf seinen Strohsack. Arndt blies das Licht aus, blieb im Dunkeln sitzen und starrte in die Finsternis der Nacht hinaus.

Der König von Sachsen, der bis zuletzt an Napoleons Zusicherung geglaubt hatte, ihn im entscheidenden Moment zu retten, war gleich nach dem Sieg der Verbündeten aus seinem Versteck in der Leipziger Residenz barhäuptig und zitternd weggeführt worden. Das Land wurde dem russischen Fürsten Repnin zur vorläufigen Verwaltung übergeben.

Eines Tages erschienen zwei Kosakenoffiziere und fragten nach Gospodin Ernst Moritz. Arndt erschrak, denn er glaubte, es ginge um Frieder Oswald. Die beiden erklärten ihm, Seine Durchlaucht Fürst Repnin wünsche ihn zu sprechen. Das beruhigte ihn, denn der Gouverneur beschäftigte sich gewiß nicht mit solchen Lappalien wie dem Verbergen eines verwundeten Feindes.

Repnin empfing ihn freundlich. »Sie sind mir empfohlen worden. Sie haben gute Freunde in Frankfurt.« Er sprach französisch.

Stein, dachte Arndt erleichtert. Er wird mich in seiner Nähe brauchen. »Ich stehe zu Ihrer Verfügung, Durchlaucht.«

Aber der Fürst liebte es nicht, gleich zur Sache zu kommen. Oder wollte er, vorsichtig wie die Russen Fremden gegenüber aus böser Erfahrung waren, erst herausfinden, ob die Empfehlung berechtigt war? Jedenfalls bat er seinen Gast zunächst an die üppige Tafel.

Arndts Augen weiteten sich. Die Russen verstanden zu leben, das wußte er seit Petersburg. Aber nach den kärglichen Mahlzeiten der letzten Wochen und den dürftigen Angeboten in den Geschäften Leipzigs war dies überwältigend. Er aß vorsichtig, um seinen an schmale Kost gewöhnten Magen nicht zu überfordern. Und noch wußte er nicht, weshalb ihn der Fürst gerufen hatte. Selbst ein solch opulentes Mahl mußte nicht unbedingt etwas Gutes bedeuten. Repnin nötigte ihn fortgesetzt, zuzulangen.

»Essen Sie! Trinken Sie!«

Als der Fürst aus einer großen Karaffe eine kühle klare Flüssigkeit in Arndts Glas goß, blieb ihm wirklich nichts anderes übrig, als tüchtig zuzulangen, denn dieses Destillat, auf nüchternen Magen genossen, hätte eine verheerende Wirkung gehabt.

Der Fürst hob das Glas, hielt es gegen das Licht, als müsse er die Reinheit des Wodkas prüfen, und sagte, ohne Arndt dabei anzublicken: »Rußland hat sehr viele Soldaten verloren. Was wir jetzt machen, ist eigentlich nicht mehr unsere Sache. Sie haben gehört vom ›Banner der freiwilligen Sachsen‹, Monsieur Arndt?« Bei dem letzten Satz sah er seinen Gast mit hochgezogenen Brauen an.

Das war es also. Arndt nickte. Noch während der Schlacht von Leipzig waren die Sachsen übergetreten. Er wußte auch von den Bestrebungen der Bürgerschaft und der studentischen Jugend, ein Freiwilligenkorps aufzustellen nach dem Vorbild der Lützower Jäger, die im Frühjahr in Leipzig Quartier genommen hatten. Hier war Körners Lied entstanden von der wilden verwegenen Jagd.

»Sehr wohl, Durchlaucht, ich weiß davon. Ich darf mich glücklich schätzen, nicht ganz unbeteiligt daran zu sein.«

»Verfassen Sie einen Aufruf an die Sachsen.«

Arndt sagte sofort zu. »Nicht nur an die Sachsen, alle deutschen Stämme müssen sich erheben. Bonaparte wird fallen!«

Repnin hatte kein besonderes Interesse an dem deutschen Professor. Er war ihm empfohlen worden als ein Mann, der diesen Auftrag mit Aussicht auf Erfolg ausführen konnte. Das patriotische Credo des Mannes interessierte ihn weniger. Sie sind allesamt Schwärmer, dachte er. Dabei scheint es ihnen wenig auszumachen, wofür sie sich begeistern. Hauptsache, sie können Vivat rufen. Komisches Volk! Repnin erhob sich. Wenn sie siegen, sind sie gute Soldaten; dachte er und lächelte dabei.

Arndt ging in hochgemuter Stimmung. Den Aufruf hatte er schon so gut wie beisammen. Reil sollte als erster hören, wie gut ihre Sache sich entwickelte; denn wenn der Arzt auch ständig den Skeptiker spielte, als ginge ihn das ganze Vaterland nicht viel an, so war er doch einer der zuverlässigsten und treuesten Verbündeten.

Reil war nicht da. Vielleicht hielt er sich bei Frieder Oswald auf, dachte Arndt. Die Wirtin hatte den Genesenden in einer Dachkammer untergebracht, wo er mehr Ruhe hatte als bei seinen beiden Rettern.

Arndt stieg die Treppe hinauf. Frieder Oswald lag allein in seiner Kammer, aber kurz zuvor mußte jemand bei ihm gewesen sein, jedenfalls dampfte der Tee noch in der Tasse.

»Wie geht es Ihrem Bein?« fragte Arndt, ließ Oswald aber

keine Zeit zum Antworten. »Sachsen erhebt sich!« verkündete er. »Ich komme soeben vom Fürsten Repnin.«

Oswald blickte ihn an, sagte aber nichts. Arndt meinte, er müsse dem jungen Burschen nachdrücklich vorstellen, was diese Botschaft bedeute, und fuhr fort: »Wenn wir wieder ein ganzes Volk werden wollen, müssen wir wie ein ganzes Volk handeln. Nun haben es auch die Sachsen begriffen. Jetzt sind die Mainzer dran. – Wo ist eigentlich Doktor Reil?« fragte er beiläufig, denn er wollte sogleich weiterreden von Gottes Hilfe, die den Geist der Völker und Herrscher geweckt habe. Da sagte Frieder Oswald: »Er ist tot.«

Arndt starrte ihn an, als habe er ihn nicht begriffen. »Wer?«

»Doktor Reil ist tot«, wiederholte Oswald.

Arndt mußte sich hinsetzen. Gerechter Gott im Himmel, dachte er, wie dicht säst du den bitteren Samen neben dem guten aus. Sein Blick ging ins Leere. »Er hätte sich darüber gefreut«, sagte er tonlos. »Reil bestimmt. Er war ein wackerer Deutscher.«

Der Tod Reils hatte beide tief getroffen. Wenn sie von nun an beieinandersaßen und miteinander redeten, war es immer so, als säße er neben ihnen.

Frieder Oswald sagte nicht einfach ja und amen zu den Ideen und Hoffnungen des Professors, der die Gelegenheit gern nutzte, seine Manuskripte und deren Wirkung an dem Mainzer auszuprobieren. Der hatte seinen eigenen Kopf und seine eigenen Vorstellungen von Freiheit und Vaterland. In ihm wurzelte die Erinnerung an jene Mainzer Republik, die er zwar nur als Kind erlebt, die ihm aber sein Vater als eine verheißungsvolle Zeit geschildert hatte. Deshalb fragte er Arndt genau, wie das künftige Deutschland aussehen sollte, von dem er mit so vielem Enthusiasmus redete. Was ihm die großen Worte verdächtig machte, war der nahezu blinde Eifer und der maßlose Haß Arndts gegen alles, was er wegwerfend »welsch« nannte.

»Wenn das Glück des deutschen Volkes begründet werden soll auf dem Unglück des französischen Volkes, wie sicher sind dann eigentlich die Fundamente?« fragte Oswald. »Ist damit nicht der Keim zum nächsten Krieg gelegt?«

»Auge um Auge, Zahn um Zahn!« erwiderte Arndt.

»Die Rache ist mein, spricht der Herr«, spottete Frieder Oswald.

Arndt lächelte hintergründig. »Ihr Herr ist doch der Kaiser der Franzosen, nicht wahr? Jedenfalls ist er es gewesen. Einen Gott wollen Sie nicht kennen. Soll Bonaparte das Weltgericht sein? Wer sich an der Freiheit einer Nation vergeht, übrigens auch an der der eigenen, ist der Feind aller Nationen. Er ist sogar mehr als ein Feind. Es ist ein Räuber, ein Verbrecher an der Menschheit überhaupt. Hat das nicht Robespierre gesagt?«

»Volney«, korrigierte Frieder Oswald, »Volney. Und den hat Robespierre einsperren lassen. Wie aber, Herr Professor, wenn die Republik ein fremdes Volk beschützen will, das sich wie einst Mainz eine Verfassung gegeben hat, und wenn es dann in seiner wohlerworbenen Freiheit und Souveränität bedroht wird? Nicht Frankreich hat den Krieg nach Europa getragen, sondern die Monarchien des Kontinents haben das revolutionäre Frankreich angegriffen.«

»Den Krieg erklärt hat schließlich Frankreich!« erwiderte Arndt. »Aber lassen wir die Spitzfindigkeiten. Gibt es eine Rechtfertigung für Napoleons Anmaßung, die halbe Welt erobern zu wollen?«

»Eine Nation würde unrecht handeln«, sagte Oswald, »wenn sie anderen Nationen nicht die eigenen Errungenschaften mitteilen wollte.«

Arndt lachte. »Mitteilen! Die Welt in einen Krieg stürzen, das nennen Sie mitteilen? Wie nun, wenn die andere Nation eine andere Vorstellung von ihrer Freiheit hat, da ihre Geschichte, ihre Kultur eine ganz andere ist? Nur jener Krieg ist zu billigen, der die Selbständigkeit, die Freiheit, das Eigentum verteidigt. Einen solchen heiligen Krieg führen wir. Und ich sage Ihnen, der Sieg von Leipzig ist nicht allein ein Sieg der Waffen gewesen, es war vor allem der Sieg unserer Idee von Freiheit. Und es war eine Völkerschlacht!«

»Ja«, sagte Oswald und blickte auf seinen zerschundenen Körper, »geschlachtet wurde gewaltig.«

Arndt schwieg. Er hatte sich wieder einmal hinreißen lassen, von oben herab über Dinge zu reden, die, wenn sie den einzelnen betrafen, wie Frieder Oswald zum Beispiel, gar nicht mehr so heroisch aussahen. In seinen Schriften, gut und schön, da war es richtig zu verallgemeinern und die großen Zusammenhänge zu betonen, aber wenn er mit den Menschen sprach, die schließlich die Betroffenen waren, mußte er sich mäßigen. »Verzeihen Sie«, entschuldigte er sich, »ich schwätze mit Ihnen, als stünden wir auf dem Leipziger Markt und Sie wären so gesund wie ich. Dabei weiß ich noch gar nicht, was aus Ihnen wird, wenn ich in wenigen Tagen Leipzig verlasse. Ich kann Sie nicht mitnehmen, und Sie können nicht hierbleiben.«

Oswald grinste verlegen. »Das wird sich schon finden, Herr Professor. Unsere Wirtin, also ich glaube nicht, daß sie mich der Polizei meldet. – Wohin soll's denn gehen?«

Arndt begriff. »Ich wußte gar nicht, daß Sie schon wieder so gesund sind!« sagte er lachend und beantwortete dann seine Frage. »Ich gehe nach Frankfurt. Napoleon ist über den Rhein geflohen wie einst über die Beresina. Ihm nach, heißt die Parole. Hier bin ich zu weit vom Schuß.«

Es war einfach, vom Feind zu reden, wenn man Napoleon sagen konnte oder ganz allgemein Frankreich. Aber auf welcher Seite stand eigentlich dieser Frieder Oswald? Noch lag er mit geschientem Bein im Dachstübchen seiner Leipziger Wirtin, aber wohin würde er gehen, wenn er wieder gesund war? Wäre es nicht doch seine Pflicht gewesen, den Rheinbündler zu melden? Aber da hätte er gleich sagen können: Da habt ihr ihn, schlagt ihn tot. Oder noch schlimmer: Steckt ihn in eure Lazarette, er ist ein Welscher.

Wenn der Feind ein Gesicht bekommt, wenn er keine Fratze mehr ist, wenn er stöhnt vor Schmerzen, nichts als ein leidender Mensch ist – wohin dann mit den großen Worten?

Arndt rückte Frieder Oswald die Kissen zurecht. »Ich reise in einer Woche. Noch sind ein paar Dinge hier zu erledigen. Aber ich denke, Ihr braucht micht nicht mehr. Ich weiß Euch in guten Händen.« Er lächelte, denn der Eifer der Wirtin war ihm nicht entgangen.

»Wenn Sie nach Mainz kommen sollten, Herr Professor, nehmen Sie bitte eine Nachricht an meine Eltern mit? Die wissen nicht, wo ich bin, und werden sich sorgen.«

Arndt nickte und dachte an die Eltern Theodor Körners. Ihnen hatte er keine freudige Botschaft mitteilen können. »Mach dir den Kopf nicht schwer. Werde gesund. Natürlich gehe ich zu deinen Eltern. Es kann nicht mehr lang dauern, bis Mainz befreit ist.«

Als er dann in den ersten Tagen des Januars 1814 Leipzig verließ, wurde es ihm wahrhaftig weh ums Herz, sich von Frieder Oswald trennen zu müssen. »Wenn man sich genauer kennenlernt«, sagte er, »lernt man sich auch besser verstehen, selbst wenn man in wesentlichen Fragen nicht übereinstimmt.«

»Das Unglück sind die großen Sprüche«, entgegnete Frieder Oswald. »Ich wünsche Ihnen Erfolg, Professor. Ich würde mich freuen, Sie wiederzusehen. Vielleicht in Mainz?«

»Wir sehen uns wieder!« antwortete Arndt überzeugt. »Leben Sie wohl.« Er drückte ihm die Hand.

Oswald, vielleicht nur, um seiner Rührung Herr zu werden, gewiß auch aus Spaß am Widerspruch, verabschiedete sich auf französisch. »Bon voyage!« Aber das kam ihm nicht besonders forsch über die Lippen.

Arndt verließ die Mansarde mit einem Lächeln.

Teil II

Die unheilige Allianz

Es ist viel Getümmel, Lärm, Geschrei und Verwirrung in der Zeit, Klage der Zweifelnden und Freude der Hoffenden, Jauchzen oder Wehgeheul, Jammer der Verwundeten und Besiegten und Jubel der Frischen und Siegreichen; und darunter spielt und schreit und jauchzt und jubelt und heult und flucht und horcht und lauscht und kriecht und schleicht und läuft und rennt ein gedungenes, unter mancherlei Larven und Masken verkapptes, immer erscheinendes und immer wieder verschwindendes Gesindel, das die Verwirrung noch vermehren soll. Das kann ja nicht anders sein, wo eine vergangene Zeit zu Grabe gegangen ist oder doch zu Grabe gehen soll und eine neue durch die Wehen der Verwandlung geboren werden und die Stelle jener einnehmen soll. Daß diesem wirklich so sei, wird keiner leugnen, am wenigsten ein solcher, den viele beschuldigen, er gehöre mit zu den Schreiern und Verwirrern. Aber was sagen gewisse Leute über das Geschrei und die Verwirrung? Welche Folgerungen ziehen sie daraus? Jene gewissen meine ich, welche den alten Moder und die faulen Leichen der Vergangenheit einbalsamieren und aufrichten und verzieren möchten, als ob noch Leben in ihnen wäre, damit wir alle des langsamen Todes daran mit verfaulen und verwesen.

Ernst Moritz Arndt in
»Geist der Zeit« IV

Frankfurt

Es war ein kalter, unwirtlicher Januarmorgen, an dem er aus Leipzig hinausfuhr. Und es war fast auf den Tag genau vor einem Jahr, daß er, in den dicken russischen Pelz gehüllt, Petersburg verlassen hatte. Aber was alles war in dieser Zeit geschehen! Napoleon war nicht nur aus Rußland vertrieben und in Leipzig schwer geschlagen worden, er hatte auch den Rhein hinter sich lassen müssen, und es bedurfte nur noch einer einzigen großen Anstrengung, den Eroberer in seinem eigenen Land zu schlagen. Der Sieg war nah, das Vaterland frei. Arndt hätte zufrieden sein müssen.

Er war es nicht. In einem Brief an seinen Berliner Freund und Verleger Andreas Reimer schrieb er: »Die Idee hat Flügel, aber Faulheit und Dummheit zerstören täglich so viel Glück der Menschen und Segen Gottes. Es ist allenthalben so viel Faules und Verdorbenes, daß man verzweifeln möchte, wenn das Volk nicht so gut wäre. Dahin sind wir gekommen, daß in einem philosophischen Kauderwelsch alles, fürs Volk klar und wahr fast nichts geschrieben werden darf!«

Leipzig war das Weltgericht, war der Höhepunkt der patriotischen Bewegung in Deutschland gewesen. Nunmehr, und Arndt spürte es besonders deutlich, flaute der Sturm wieder ab. Zu viele glaubten, das Ziel sei mit Napoleons Vertreibung über den Rhein erreicht. Aber der Rhein, er hatte es seinen lieben Deutschen ins Stammbuch geschrieben, der Rhein war Deutschlands Strom, Deutschlands Grenze durfte er nicht sein.

Noch ehe der Sieg ganz errungen war, brach schon der Streit über den Anteil der Beute aus, und an die Stelle des Kampfes der Bajonette trat der Krieg der Kabinette. Statt zu handeln, verhandelten die Potentaten wieder einmal, einer dabei den anderen belauernd aus Furcht, von dem Verbündeten im Bündnis mit dem Feind verraten zu werden. Widerlich der Versuch Metternichs, dem Schwiegersohn seines Kaisers den Thron von Frankreich zu retten. Unverständlich gar die Absicht des Zaren, dem schwedischen Kronprinzen Bernadotte die französische Krone aufzudrängen, um einen gewogenen Herrscher in Paris zu haben. Von Preußen und Bayern und den wieder zu Macht gelangten Fürsten am Rhein ganz zu schweigen. Nein, einen Grund zu überschwenglicher Freude gab es nicht.

In Leipzig hatte Arndt wenig Zeit gehabt, all den Kabalen auf die Schliche zu kommen, die an den Höfen gesponnen wurden. Nun aber, in der Kutsche nach Frankfurt unterwegs, zu Untätigkeit verurteilt, beunruhigten ihn die Nachrichten, die er erhalten hatte, als wären es giftige Pfeile, die ihm um die Ohren flogen. Am Ende wußte er nicht mehr zwischen Wahrheit und Gerücht zu unterscheiden. Die Erfahrung hatte ihn gelehrt, daß das unglaublich Scheinende der Wahrheit meist am nächsten kam, aber seine Überzeugung von der Unbestechlichkeit des Volkes ließ ihn stets wieder hoffen. Am Ende mußte sich doch alles zum Guten wenden. Wozu sonst der ganze Aufwand?

Er freute sich, Stein wiedersehen und sich an seiner festen Haltung aufrichten zu können. Er wollte Blüchers Donnergrollen und Gneisenaus gescheiten Rat hören. Er freute sich sogar auf den spitzköpfigen, heidnischen Wilhelm von Humboldt, obwohl er ihm nicht verzieh, sein Vorgänger bei Johanna Motherby gewesen zu sein. Ausgerechnet Humboldt! Und der Wahrheit die Ehre, was hatte Johanna eigentlich an diesem stets kühlen, diesem bis zur Starrheit beherrschten Mann finden können?

Ach, Johanna, dachte Arndt, meine Zärtliche, meine Furina, meine schöne Geliebte, könnte die Weltgeschichte nicht um ein paar Lot leichter sein? Da treibe ich mich durch die kalte Winterlandschaft des aus tausend Wunden blutenden Vaterlandes, statt mit dir im warmen Zimmer zu sitzen, deine gute Stimme zu hören, die Nähe deines Körpers zu spüren, die Lust einer in des anderen Armen auskostend. Man wirft Pamphlet um Pamphlet aufs Papier und jagt wie ein ruheloser Hund von einem Ort zum nächsten, jault gelegentlich getroffen auf und beißt wie toll um sich. Wofür das alles? Fürs Vaterland, fürs Vaterland, in dem man keine Heimat hat; denn eine Heimat haben, das bedeutet doch: irgendwo zu Hause sein.

Vierundvierzig Jahre war er vor wenigen Tagen geworden. Überdachte er sein Leben, was blieb unterm Strich? Seine Frau war gestorben am Kindbettfieber, der Sohn Karl Treu lebte fern von ihm, das Lehramt hatte er aufgeben müssen, die Geliebte war die Frau des Freundes, an die Stelle gerade erwachter vaterländischer Gesinnung drohte schon wieder schachernder Ungeist zu treten. Nein, nachdenken durfte man nicht, nicht zur Ruhe kommen und sehen, was unterderhand geschah; immer nur vorausblicken, auf die Zukunft setzen, Hoffnungen ausstreuen wie Sand aufs gerade beschriebene Papier. Und glauben müssen, wo man wissen sollte.

Ich lebe in einer Welt, dachte Arndt bitter, in der man irre werden könnte, obgleich ich mich vom Tand vergeblicher Worte rein zu halten suche, wie sie allerwegen durch die Luft fliegen. Und ganz ungefährlich war seine Lage auch nicht. Aber darum scherte er sich wenig, denn wer andere zum Kämpfen ermunterte, sollte sich nicht zu gut sein, Ärger und Verdruß, mitunter auch Mißdeutung von Neidern und Dummköpfen zu ertragen.

Ging es ihm darum, die Gunst der Großen zu erwerben? Arndt schüttelte entschieden den Kopf. Von dort war das wenigste zu erwarten, und einige gab es immer, die merkten, welchen Sperlingen die Steine galten in der Hand. Es war besser, sich auf Gott zu verlassen als auf die Menschen: denn die meisten wollten nichts anderes als ihren alten Mist aufwärmen. Dafür brauchten sie das vaterländische Feuer.

Grimmig dachte er an die vielen Kleingläubigen, aber noch grimmiger an die großen Verleugner. Er hatte in seinem neuen Buch, dem dritten vom »Geist der Zeit«, nicht mit biblischem Zorn gespart. Zwar hätte der Band schon vergangene Ostern erscheinen sollen, aber die Druckereien hierzulande waren die schnellsten nicht. Oder lag es nur daran, daß die Herren Zensoren zu langsam lasen?

Da plötzlich, er überquerte den Thüringer Wald, stürzten Kutsche und Pferd auf der abschüssigen, eisglatten Straße, alles kopfüber und kopfunter, ein Krachen und Bersten und Schlagen. Und

Arndt, nach dem ersten Schrecken sich wieder aufrappelnd, die wachsende Beule am Kopf spürend – ein Zahn war ihm locker geschlagen, sonst glücklicherweise nichts Arges geschehen –, Arndt dachte noch aus seinen trübsinnigen Fragen heraus: Und wenn ich mir auf die unvaterländischste Weise den Hals gebrochen hätte, wenn ich mit zerschlagenen Gliedern im Schnee liegengeblieben und erfroren wäre – was hätte die Welt nun wirklich an mir verloren? Hatte er sie wenigstens ein Stückchen besser, ein Stückchen gescheiter, ein Stückchen heller gemacht? Ein paar Tränen würde man ihm nachweinen, aber ach, ans Sterben hatte man sich inzwischen gewöhnt.

Drei Bauern halfen der Kutsche wieder auf. Arndt bat sie, sich zu beeilen, denn er müsse dringend weiter an den Rhein. Für ein gutes Aufgeld flickten sie ihm das Gefährt wieder zusammen, aber an ihren Gesichtern sah er, daß sie nicht verstanden, wie es einer eilig haben konnte, den Krieg einzuholen, wo man doch froh sein sollte, keinen Flintenschuß mehr zu hören. Ja, wenn die Weltgeschichte sich nach den Wünschen der einfachen Leute richtete!

Am frühen Abend des 8. Januar 1814 langte Arndt in der alten Kaiserstadt Frankfurt am Main an. Es war zu spät, um sich bei Stein zu melden, aber es gelang ihm noch, sich die kürzlich veröffentlichte Erklärung der Verbündeten zu beschaffen, von der er bereits in Leipzig recht Wunderliches gehört hatte. Es war die Rede von einem seltsamen Anerbieten gewesen, als hätten die Verbündeten die Schlacht verloren und bäten nun um gut Wetter bei den Franzosen. Arndt hatte es für Übertreibung gehalten und mußte, da er den Text nun endlich in den Händen hielt, feststellen, daß es sich nicht um ein Gerücht handelte. Er las und las, und sein Zorn wuchs von Zeile zu Zeile.

»Nicht gegen Frankreich, sondern gegen jene laut verkündete Übermacht, welche der Kaiser Napoleon zum Unglück Europas und Frankreichs nur allzulang außerhalb der Grenzen seines Reiches ausgeübt hat, führen die verbündeten Mächte Krieg. Der Sieg hat die verbündeten Heere an den Rhein geführt. Der erste Gebrauch, den auch hier die kaiserlichen und königlichen Majestäten von dem Sieg machten, war, Sr. Majestät, dem Kaiser der Franzosen, Frieden anzubieten.«

Was denn, fragte sich Arndt verblüfft, sie fordern nicht, wie es ihr Recht ist, sie bieten an? Wollte man tatsächlich kurz vor dem ersehnten Ziel, den Satan in der Hölle auszuräuchern, stehenbleiben, die ungeheuren Anstrengungen und Verluste der Völker verspotten, als stünde man in der Schuld des Eroberers, dem man einen kleinen Kummer zugefügt hatte wie einem ungezogenen, etwas übermütigen Buben, der übers Maß gescholten wurde?

»Die verbündeten Monarchen wünschen, daß Frankreich groß und stark und glücklich sei, weil die französische Macht, groß und stark, eine der Hauptgrundlagen des europäischen Staatsgebäudes ist. Sie wünschen, daß Frankreich glücklich sei, daß der französische Handel wieder auflebe, daß Künste und Wissenschaften, diese Wohltaten des Friedens, wieder aufblühen, weil ein großes Volk nur dann ruhig sein kann, wenn es glücklich ist. Die verbündeten Mächte bestätigen dem französischen Reiche eine Ausdehnung des Gebietes, wie Frankreich sie nimmer unter seinen Königen hatte, weil eine tapfere Nation deswegen nicht herabsinkt, daß sie nun in einem hartnäckigen und blutigen Kampfe, in welchem sie mit gewohnter Tapferkeit gefochten hat, auch Unfälle erlitten.«

Arndt las den Passus noch einmal. Die kalte Wut schoß ihm ins Gesicht. Dem Räuber auch noch die goldene Uhr hinterhertragen, die er zu stehlen vergessen hatte? Das Reich des frechen Eroberers für Unfälle entschädigen, die es das Pech gehabt hatte, erleiden zu müssen? Ja, waren denn die Felder von der Moskwa bis zum Rhein nicht übersät mit Tausenden und Abertausenden Erschlagener, Erschossener, Erfrorener und Verhungerter? Waren die Soldaten und Bürger, die Bauern und Kaufleute, die Alten und Jungen, die Städte und Dörfer nicht gemordet, gemeuchelt, gewürgt und geschändet worden?

Ernst Moritz Arndt begriff die Welt nicht mehr. Nein, solchen Text konnte man nicht mehr als diplomatische Annonce bezeichnen. Das ließ sich nicht mehr erklären mit der Behauptung, hier sollte ein Keil getrieben werden zwischen das französische Volk und seinen Kaiser. Es war Verrat, glatter, häßlicher, schamloser

Verrat am Kampf der Völker gegen den Eroberer. Die bösesten Gerüchte waren von der Wirklichkeit auf unglaubliche Weise übertroffen worden.

Fassungslos starrte Arndt auf das Blatt in seiner Hand. Nun hielt ihn keine Rücksicht mehr, daß es unschicklich sei, zu später Stunde noch ins Haus eines hochgestellten Mannes einzudringen. Er mußte seinen Zorn aus sich herauswettern. Luft, Luft! Er eilte zum Freiherrn vom Stein.

Dem Diener warf er den Mantel hin. Mit dem Bulletin in der Hand stürmte er ins Zimmer, ehe er angemeldet war. Und sein erster Gedanke lautete, als er den Minister in froher Runde sah: Wie kann er heiter sein?

Stein, vom heftigen Auftritt Arndts überrascht, wollte sich Respekt ausbitten, sah aber das Flugblatt in der Hand seines einstigen Sekretärs und begriff. Diese Erklärung der verbündeten Monarchen hatte schon Ruhigere außer Fassung gebracht. Stein war, als er gelesen, was selbst der Zar Alexander ihm nicht vorher zugespielt hatte, rot angelaufen. O ja, er begriff Arndt. Den mußte solcher Text rasend machen. Statt also wegen des unangemeldeten Eindringens unwillig zu werden, ging er rasch auf Arndt zu, nahm ihm das Blatt aus der Hand und sagte, so grob er eben konnte: »Damit, mein Lieber, sollte man sich nicht einmal den Arsch wischen. Aber leider muß die Sache ernst genommen werden. Seien Sie dennoch herzlich willkommen!«

Die Derbheit des Ausdrucks brachte zuwege, was lange Erklärungen nicht vermocht hätten. Arndt, für einen Moment verblüfft, lachte befreit auf. Stein und seine Gäste stimmten mit ein.

Gneisenau nahm das Flugblatt und hielt es über eine brennende Kerze. Humboldt sagte: »Soeben ist eine ganze Armee durch die Tür gekommen.«

»Wo sich der Adler einfindet«, ergänzte Stein, »sind die Tage des Fuchses gezählt. Nehmen Sie Platz in unserer Runde, wir sind gerade dabei, die Jenaer Brücke zu Paris in die Luft zu sprengen. Dies«, er zeigte auf die Handvoll Asche der Verlautbarung, »war Metternichs Werk. Mehr sollte davon nicht übrigbleiben.«

Arndt konnte nicht wissen, daß Stein zunächst geglaubt hatte, daß es sich um eine Finte handelte, um Napoleon zu täuschen, dann aber einsehen mußte, daß alles so gemeint war, wie es dastand. Die Fürsten Europas, die Sieger von Moskau und Leipzig, liefen einem Usurpator wie Napoleon Bonaparte lieber hinterdrein, als daß sie gemeinsame Sache mit ihren Völkern machten. Stein war nicht der Mann, sich von solchen Machenschaften beirren zu lassen. Er kämpfte weiter, vielleicht verbissener als vorher, vielleicht entschiedener noch als früher, denn er wußte, was auf dem Spiel stand. Es ging wirklich um alles. Es ging ums Vaterland, jetzt noch mehr als je zuvor.

»Sie wollten die Jenaer Brücke in die Luft sprengen«, sagte Arndt. »Wo ist die Lunte?«

»General Gneisenau ist eben dabei, uns seine Vorschläge für die notwendige Weiterführung des Krieges gegen Frankreich zu erläutern«, erklärte Stein. Und er bat Gneisenau, die militärische Lage noch einmal grob zu skizzieren, damit auch Arndt unterrichtet sei.

Bereitwillig rollte der General die Karte auf. Mit schnellen Bewegungen beschrieb er die augenblickliche militärische Situation und die Maßnahmen, die er für erforderlich hielt.

Arndt verfolgte die Ausführungen und nickte nachdrücklich. »Die vorgeschlagenen Operationen scheinen mir klug und richtig«, sagte er. »Liegt bereits fest, wann diese Schläge geführt werden sollen?«

Gneisenau verzog bitter das Gesicht. »Man wartet ab. Ich weiß nicht, auf welche bessere Gelegenheit, aber die hohen Herren warten ab.«

»Es gibt noch einen zweiten Plan«, sagte Humboldt.

Erneut wandte sich Gneisenau der Karte zu, um auch diese Variante zu erläutern. »Die Hauptarmee operiert am Oberrhein, dringt westlich von Basel in die Schweiz und nach Frankreich, bedroht Napoleon vom Süden her und gewinnt Verbindung zu Wellington und den Italienern. Ihre rechte Flanke wird gesichert durch den Kronprinzen von Württemberg und General Wrede.«

»Wrede!« rief Stein aus. »Dieser Spitzbube hat doch nichts anderes im Sinn, als silberne Löffel zu stehlen.«

Betretenes Schweigen folgte diesem Ausbruch. Es gab Behauptungen, wonach der bayrische Feldmarschall, als er noch ein Vasall Napoleons gewesen und von ihm zum französischen Reichsgrafen ernannt worden war, das Tafelsilber auf Schloß Oels in Schlesien hatte mitgehen lassen.

Stein beharrte auf seinem Vorwurf. »Feine Verbündete haben wir! Wrede ist nicht besser als Soult und Massena. Aber als er Napoleon den Weg verlegen sollte, hat er kläglich versagt.«

»Sehr schöne Pläne«, kam Humboldt auf Gneisenaus Lagebeschreibung zurück und machte dem peinlichen Schweigen ein Ende. »Aber der Zar wird schwerlich Paris allein erobern können. Seine Generale und Staatsmänner sind des Krieges überdrüssig. Sie haben ihr eigentliches Ziel erreicht: Polen. Und dort haben sie sich inzwischen so festgesetzt, daß, melden auch Preußen und Österreich Ansprüche an, ein Krieg zwischen den derzeitigen Verbündeten kaum zu vermeiden ist.«

Alle in diesem Zimmer wußten, daß Humboldt von seinem einstmaligen Freund Friedrich Gentz, der früher preußischer Staatsbeamter und nunmehr Sekretär Metternichs war, ausgezeichnete Informationen erhielt.

Da machte Gneisenau seinem Unmut Luft. »Diplomatie!« rief er aufgebracht und schlug mit der flachen Hand auf die Karte, die noch aufgerollt auf dem Tisch lag. »Auf dem Schlachtfeld müssen Entscheidungen fallen, und nicht in den Kabinetten! Wir werden marschieren. Wir werden unsere Nationalrache bis Paris tragen. Und wir werden die anderen Heere einfach mitreißen, wenn sie selber loszuschlagen nicht Manns genug sind. Ich sage Ihnen, meine Freunde, wir könnten unaufhaltsam vordringen. Und wir werden es tun. Der Frieden, den wir dann machen, wird so sein, wie Deutschland ihn wirklich braucht.«

»So soll es sein«, bekräftigte Arndt, dem Gneisenaus Unmut über die diplomatischen Häkeleien aus der Seele gesprochen war. »Wir dürfen nicht eher ruhen, bis die Nattern und Schakale, die Wölfe und Skorpione vernichtet und zertreten sind. Und ich will so lange von nichts anderem reden und schreiben und beten, bis das Werk vollendet ist.«

»Ja, Napoleon muß vernichtet werden!« bekräftigte Gneisenau. »Übrigens, Professor Arndt, Sie machen sich vermutlich kein Bild, welchen Eindruck Ihre Schrift über den Rhein unter uns Soldaten hinterlassen hat. Zwar mangelt es an Waffen und Schießpulver, die Monturen stammen durchweg aus dem Jahre 1811 und sind längst verschlissen, von Winterkleidung und Schuhwerk will ich gar nicht erst reden, aber der Geist der Truppe ist hervorragend. Besuchen Sie uns! Der Feldmarschall lädt Sie durch mich ein. Ihr Wort vom deutschen Rhein, das haben wir im Blut. Das da«, er wies auf die verkohlten Überreste des Bulletins der Verbündeten, »taugt nicht einmal als Makulatur, seit es Ihre Schrift gibt. Tu, was du mußt, sieg oder stirb!« zitierte Gneisenau. »Man kann es nicht genauer auf den Punkt bringen.«

Humboldt schwieg. Auch er hatte Arndts neueste Schrift gelesen und konnte sich gut vorstellen, welche Wirkung sie, einer wortgewaltigen Predigt nicht unähnlich, gerade auf die einfachen Leute ausüben mußte, wenn sie auch weitschweifig und streckenweise einfach geschwätzig war. Bitter war nur, daß Arndt Haß predigte gegen ein Volk von hoher Kultur, und das hieß Niedrigkeit predigen und alles in den Staub werfen, was doch licht und hoch am europäischen Himmel geglänzt hatte.

Stein dachte anders darüber. Immer noch war es wichtig, aufzurütteln und mitzureißen, und das verstand Arndt, wenn er sich dabei auch manchmal im Ton vergriff. Aber später, wenn der Kampf beendet war, würde man da noch Männer wie Arndt brauchen können? Er hatte mit Hardenberg über die zukünftige Verwendung des Professors gesprochen. Seiner Anstellung im preußischen Staatsdienst stand seither nichts mehr im Wege. Doch war es vielleicht besser, dachte Stein, ihm wieder ein Lehramt zu geben; denn die Jugend für hohe Ziele zu begeistern, das war allzeit gut und richtig.

Als Arndt zu später Stunde in seine Herberge zurückkehrte, hatte er sich längst beruhigt, vor allem dank Gneisenaus fester Haltung. Wenn sie doch alle so wären, dachte er, aber sie waren eben nicht alle so, auch Humboldt nicht. Diese hochfeinen Gelehrten und Ästheten zögerten oft und selbst da, wo eine schnelle Tat oder ein unbedenklicher Schlag notwendig waren. Oder lag es nur an Johanna, wenn er an Humboldts Haltung soviel zu mäkeln hatte?

Doch er wollte nicht ungerecht und nicht unzufrieden sein. Er befand sich bereits in Frankfurt und war vor einem knappen Jahr erst aus Rußland gekommen. Wenn es ihm manchmal zu langsam ging, so mußten eben alle Gutgesinnten, mußte auch er selbst noch angestrengter fürs Vaterland wirken, damit mehr von den guten Ideen unters Volk kam. Und er war zuversichtlich trotz aller Hemmnisse, die er sah. Sein Kopf steckte voller Pläne, sein Herz war voller Hoffnung. Es mußte alles gut werden.

Daß sich die Armeen der Verbündeten endlich nach Frankreich hinein in Bewegung setzten, war dem Starrsinn Napoleons zu danken. Er nutzte die Chance nicht, die ihm im Frankfurter Bulletin eingeräumt worden war. Er wollte nicht durch Metternichs Gnaden König von Frankreich werden, solange er noch Kaiser sein konnte. Eine an ihn gerichtete Adresse mehrerer Abgeordneter in Paris, die verlangten, er solle Frieden schließen, um das Land zu retten, wies er herrisch ab.

Blücher marschierte inzwischen, ohne entsprechenden Befehl abzuwarten, entschlossen nach Frankreich hinein und brachte damit die ganze Front wieder in Bewegung. Ende März näherten sich die verbündeten Armeen der französischen Hauptstadt. Zar Alexander befahl seine Garde an die Spitze. Er wollte als erster in Paris einmarschieren. Napoleon befand sich viel zu weit entfernt, um in den entscheidenden Kampf eingreifen zu können.

Am Abend des 30. März 1814 streckte Paris die Waffen. Die Kaiserin floh mit ihrem Sohn, ebenso der Generalstatthalter Napoleons, König Joseph, und sein Bruder Jérôme.

Mit Gewaltmärschen versuchte Napoleon, die Hauptstadt zurückzugewinnen. Zu spät. Der Senat erklärte den Kaiser für abgesetzt. Marmont trat mit zwölftausend Mann auf die Seite der Bourbonen über. Die Generale Ney, Lefèbre, Oudinot und Macdonald zwangen Napoleon, zugunsten seines Sohnes zurückzutreten. Der Kaiser ergab sich in das Unvermeidliche. Wieder zu spät. Denn als Ney die Urkunde vorlegte, hatte der Senat bereits beschlossen, den Grafen Artois als Ludwig XVIII. zum König von Frankreich ausrufen zu lassen.

Napoleon behielt durch die Intervention Österreichs den Kaisertitel, schließlich war er mit einer Tochter Franz I. verheiratet. Die Insel Elba wurde ihm als selbständiges Herrschergebiet zugewiesen, vierhundert Mann Garde bewilligt.

Diese Nachricht verbreitete sich in Windeseile. Als Arndt die Siegesbotschaft erfuhr, war er glücklich: das Vaterland befreit, der Eroberer besiegt. Aber er wußte, daß an Ausruhen nicht zu denken war. Und er war auch nicht der Mann dafür.

Während Stein mit dem Hauptquartier nach Paris gelangt war, reiste Arndt mit Aufträgen der Zentralverwaltung von Frankfurt nach Koblenz, Mainz, Worms und anderen Orten des Rheinlandes. Dem Norddeutschen sagte das Klima am Rhein ebenso zu wie die Aufgeschlossenheit der Menschen, so daß er erwog, sich in diesem Landstrich endgültig niederzulassen.

Als er wieder einmal unterwegs war, um säumige Beamte an ihre Pflichten zu erinnern, kam ihm unweit von Höchst ein Wagen entgegen, schon von fern als Extrapost zu erkennen. Während er sich noch ärgerte, weil er ausweichen mußte, wurde er aus der rasch an ihm vorbeifahrenden Kutsche angerufen. »Umgekehrt! Mit mir nach Frankfurt!« Arndts Züge hellten sich zu freudiger Überraschung auf, als er die Stimme des Freiherrn vom Stein erkannte, der aus Paris zurückgekommen war. Neben ihm entdeckte er Gneisenau. Ohne Zögern ließ er wenden und folgte dem anderen Gefährt nach Frankfurt.

Vor dem Römischen Kaiser machten sie Halt. Behend sprang Arndt aus seiner leichten Kutsche, um den Minister zu begrüßen, der sich freute, seinem einstigen Sekretär und wortgewaltigen Prediger als erstem in Frankfurt die Hand schütteln zu können.

»Herr Wirt!« rief Stein den Hotelier, der beflissen herbeieilte. »Bring Er uns zuvörderst einen guten Wein, Elfer, wenn ich bitten darf.«

Arndt freute sich über die gute Stimmung des Freiherrn, und er erfuhr, daß es Stein gelungen war, die Vertreter der verbündeten Mächte wenigstens teilweise von seinen Ideen zu überzeugen. Wo ihm das nicht glückte, hatte er geschickt die unterschiedlichen Positionen genutzt, um das Beste fürs Vaterland daraus zu machen.

»Ich bin sicher«, sagte Stein, als sie an der Tafel beisammensaßen, »daß wir eine Konstitution erhalten und daß der Willkürherrschaft aller dieser erbärmlichen Despoten, die Deutschland bedrücken, Zügel angelegt werden. Es ist ein Komitee gebildet worden von Österreich, Preußen, Hannover und Bayern.«

»Wer hat den Vorsitz?« fragte Arndt.

Stein hob beschwichtigend die Hände. »Gemach, mein Freund. Das heben wir uns für später auf. An diesem Eifer erkenne ich meinen Adler. Humboldt ist dabei, die Details zusammenzutragen.«

Arndt sah die Zufriedenheit Steins. Er bedauerte jedoch, auch diesmal nicht an der Seite des Ministers gewesen zu sein. Und daß es Humboldt war, der den ehrenvollen Auftrag ausführte, gab ihm wiederum einen Stich.

»Sie haben ein großes Stück Arbeit geleistet, Exzellenz«, erklärte Gneisenau. »Das ganze schreibende Hauptquartier mußte von der Notwendigkeit überzeugt werden, die souveränen Fürsten Europas in einer Föderation zu vereinigen.«

»Ja, dachtet ihr Generale vielleicht, das bißchen Paradieren durch Paris sei alles gewesen, was wir uns zum Ziel gesetzt hatten?« fragte Stein fröhlich.

Das war das Stichwort für Arndt, sich an den General zu wenden. »Ich habe jede der Schlachten, so gut das möglich war, im Nachhinein mitgeschlagen. Meine Hochachtung, Exzellenz, es waren großartige Siege. Endlich ist der Würger niedergerungen. Es muß ein erhebendes Gefühl gewesen sein, siegreich in die Hauptstadt des frechen Eroberers einziehen zu können.«

Gneisenau nickte nachdrücklich. »Das war es auch, Professor, aber wissen Sie, was unser König zu sagen hatte, als er die Parade abnahm? Schlecht angezogen, die Leute, hat er befunden. Riechen nicht gut. – Aber, was auch der König zu bemäkeln hatte: wir haben gesiegt. Und das zählt.«

»So ist es«, bestätigte Stein. »Dank unseren tapferen Soldaten. Und Dank dem Zaren Alexander. Er hat entschlossen gehandelt und wird es auch in Zukunft tun. Er wird handeln und die Sache erfolgreich zu Ende führen.«

»Ein deutscher Bund, Exzellenz, wie lange haben wir davon geträumt!« sagte Arndt. »Ich gebe zu, in letzter Zeit etwas kleingläubig gewesen zu sein. Und es schien mir zweifelhaft, ob sich wirklich erfüllen würde, worauf wir alle gehofft haben. Das ganze Deutschland sollte es sein. – Und was geschieht nunmehr mit Frankreich?« fragte er den Minister.

»Ja«, erwiderte Stein gedehnt, »Frankreich ...«

Arndt blickte ihn überrascht an. War an der Sache doch etwas faul?

»Das Frankfurter Bulletin«, erinnerte Gneisenau bitter. »Die Verbündeten waren genötigt, sich an die gemachten Zusagen zu halten. Frankreich wird in den Grenzen von 1792 wiederhergestellt.«

»Nein!« rief Arndt.

»Es ist noch nichts entschieden, und verloren ist schon gar nichts«, fuhr Stein mürrisch dazwischen. Er selbst hatte um Landau und Straßburg gekämpft, während Gneisenau das Elsaß für das verlorene Belgien verlangt hatte. Und Humboldt war mit seiner Forderung, eine Kriegsentschädigung für das ausgeplünderte Preußen zu erhalten, gescheitert. »Warten wir den Kongreß ab, der in Wien zusammentreten soll«, sagte Stein. »Wir geben uns nicht geschlagen.«

»Als ob ich es geahnt hätte«, sagte Arndt grimmig. »Mit diesen Fürsten kommen doch nur Halbheiten zustande.«

Stein machte eine herrische Gebärde. »Unken Sie nicht! Ich denke, Sie sind ein nordischer Adler? Ist ein deutscher Bund etwa eine Halbheit? Wirt!« rief er. »Bring Er uns noch drei Flaschen von dem Elfer. Aber achte Er darauf, daß uns keiner Wermut in die Gläser träufelt.« Und als er Arndts säuerliches Gesicht sah, war er wieder versöhnt und lachte. »Das deutsche Gewissen, Professor? Oder hängen Sie neuerdings Ihr Herz an andere Gegenstände?«

Arndt wurde verlegen. Glücklicherweise enthob ihn der Wirt der Peinlichkeit, indem er drei neue Flaschen auf den Tisch stellte.

Die Nachricht von der Ankunft des Freiherrn hatte sich mit Windeseile in Frankfurt verbreitet, und so kamen Freunde, Verehrer, aber auch Kriecher und Ängstliche, um den mächtigen Mann zu begrüßen. Arndt nutzte die Gelegenheit, um Gneisenau einen kleinen Verdauungsspaziergang vorzuschlagen. Der General erfüllte die Bitte gern.

Kaum hatten sie sich einige Schritte von der Tafel entfernt, kam Arndt ohne Umschweife auf sein Thema. »Exzellenz, Sie wissen, es ist nicht meine Art, um etwas zu bitten, weshalb ich Sie lieber um etwas nicht bitten möchte.«

»Sprechen Sie frei heraus, Professor. Sie haben so viel fürs Vaterland getan, daß es eine Schande ist, wie wenig das Vaterland für Sie tut. Als ich den unbeschreiblichen Jubel miterleben durfte, mit dem Blücher in England begrüßt wurde, wo ihm die Universität Oxford die Würde eines Doktor honoris causa verlieh, da habe ich gelegentlich an Sie gedacht.«

Arndt wollte abwehren, aber Gneisenau ließ es nicht gelten. »Jawohl, an Sie, Professor Arndt. Ohne Ihre Schriften, ohne Ihr unermüdliches, unerschrockenes, uneigennütziges Wirken wären Tausende hinter dem Ofen sitzen geblieben. Und wenn ich nächste Woche nach Berlin fahre, weil mir die dortige Universität eine gleiche Auszeichnung angedeihen lassen will wie die Oxforder dem Feldmarschall, so müßten eigentlich auch Sie die Ehrendoktorwürde erhalten.«

»Ich bin auf Geld und Orden nicht aus. Den deutschen Mann schmückt Bescheidenheit«, entgegnete Arndt. Das klang ein wenig trotzig und verriet, daß es ihn im Innersten doch kränkte, bei der Verteilung von Ehrenzeichen und Ämtern vernachlässigt worden zu sein; vernachlässigt, nicht vergessen, wie er überzeugt war.

»Nur die Lumpen sind bescheiden, sagt Goethe«, erwiderte Gneisenau gutgelaunt. »Also, was kann ich für Sie tun? Wenn es ein Staatsamt ist, das Ihren Talenten entspricht, so weiß ich, ohne indiskret sein zu wollen, daß die Sache in guten, sagen wir besser in den zuständigen Händen ist. Der Staatskanzler Hardenberg hat sein Placet bereits gegeben. Zufrieden?«

Zu Gneisenaus Überraschung schüttelte Arndt den Kopf. »Eben nicht, Exzellenz. Ich habe darüber nachgedacht und finde, daß ich mich für ein solches Amt nicht eigne.«

»Sondern?«

»Ich will auf der Bahn bleiben, auf der ich bis jetzt gewesen bin. Durch Lehren und Schreiben kann ich am besten nützen. Wenn ich beides nebeneinander tun könnte, so würde das meinen Fähigkeiten am ehesten entsprechen. Ich denke, um es frei heraus zu sagen, an eine außerordentliche Professur.«

Gneisenau breitete die Arme aus, als handelte es sich um eine Bitte, deren Erfüllung sich von selbst verstand. »Lieber Arndt, es wird mir eine Freude sein, den Berliner Professoren einen so verdienstvollen Mann zu empfehlen. An welches Fach haben Sie gedacht?«

»An die vaterländische und politische Geschichte, wenn's konveniert, Exzellenz. Aber nicht in Berlin.«

Gneisenau blickte ihn fragend an.

»Es ist die Rede davon, daß in den neuen Gebieten Preußens am Rhein eine Universität eingerichtet werden soll, Bonn oder Köln, habe ich gehört. Bonn wäre mir lieber, aber daran soll es nicht liegen. Gerade hier am Rhein tut es bitter not, die Geister zu erfrischen und wieder zu verdeutschen. Und es sollte keine ordentliche Professur sein, weil ich dann, täglich mit mancherlei Geschäften und mit Vorlesungen beladen, keine Zeit hätte, etwas Gutes zu schreiben. Die Wissenschaft ins Leben führen und Leben in die Wissenschaft bringen, das scheint mir ein lohnender Beruf.«

Gneisenau legte Arndt freundschaftlich die Hand auf die Schulter. »Die nächste Gelegenheit werde ich in Ihrem Sinne nutzen, Professor. Sollten das schon alle Wünsche sein, die Sie haben?«

»Ich bitte um nichts, was man mir nicht freiwillig gibt, Exzellenz. Und was ich brauche, nehme ich mir selbst«, fügte er hinzu. »Sie haben Goethes Meinung über die Bescheidenheit zitiert.«

Gneisenau lachte und wollte sich zur Tafel zurückbegeben, als Arndt ihn mit einer ganz anderen Frage zurückhielt. »Dieser Kongreß, der nach Wien einberufen werden soll – ich habe noch keine Gelegenheit gehabt, unseren Minister darüber zu befragen, aber ich hoffe doch sehr, daß Sie gewissermaßen als Anwalt Preußens dort gerechte Ansprüche vertreten werden?«

»Ich weiß nicht, ob in Wien gelingen kann, was in Paris bereits fehlschlug«, sagte Gneisenau. »Von den territorialen Fragen sind nur diejenigen geregelt, die die Vereinigung Belgiens und Hollands betreffen, die italienischen Entschädigungen Österreichs und die Wiederherstellung des Königreiches Sardinien.«

»Was ist mit Sachsen und dem Herzogtum Warschau?« fragte Arndt.

Gneisenau hob die Hände und ließ sie wieder fallen. »Es ist noch nichts entschieden, lieber Professor«, sagte er. »Ein ehrliches Schlachtfeld wäre mir jedenfalls lieber. Man hätte in Paris gleich Frieden machen sollen. Der nunmehrige Zustand ist weder Fisch noch Fleisch. Wir wollen an die Tafel zurückkehren«, schloß er das Gespräch ab, »man könnte sonst glauben, wir konspirierten miteinander. Es ist ja leider schon dahin gekommen, daß keiner keinem mehr vertraut. Ich nehme mich dabei gar nicht aus.«

Als sie sich der Runde wieder näherten, die sich bei dem schönen Wetter im Freien versammelt hatte, sagte Arndt zu Gneisenau: »Ich bin glücklich, unseren Freiherrn in einer solch vortrefflichen Laune zu sehen. Das beweist mir, daß er mit dem Erreichten einigermaßen zufrieden ist.«

Gneisenau erwiderte nichts darauf. Er hatte in Paris erlebt, daß Steins Bemühungen beinahe in letzter Minute noch gescheitert wären und wie tief es den Freiherrn gekränkt hatte, nur einen Bruchteil seiner Vorstellungen verwirklichen zu können. Der General sah die Dinge klarer als die Politiker, denn er würde mit den Folgen der vielen Kompromisse am ehesten zu tun bekommen. Doch er schwieg.

Das Wiedersehen mit Stein und das Gespräch mit Gneisenau hatten Arndt in gute Stimmung versetzt. Als er zu später Stunde in sein Logis zurückkam, fand er einen Brief auf dem kleinen Tisch vor seinem Zimmer. Die Handschrift war ihm wohlbekannt. »Furina«, flüsterte er. Hastig brach er das Siegel auf und las, daß sie kommen wollte. Da schloß er die Augen und drückte den Brief an den Mund. Komm, Furina, mein Liebling, komm schnell!

Johanna

Johannas Abreise aus Königsberg glich einer Flucht, einer Flucht ins Ungewisse. Trotz aller Hoffnungen, aller Sehnsüchte, die sie in die Reise setzte, war ihr der Gedanke gekommen: Und wenn es ihm nicht recht ist? – Denn sie wußte zwar, wovor sie floh, aber das Ziel lag im Vagen, Verschwommenen. Von Wilhelm Motherby wollte sie, mußte sie sich trennen. Würde Ernst Moritz Arndt sie aufnehmen? Sie hätte seine Antwort abwarten müssen. Sie konnte es nicht.

Da war ein Bild, entstanden aus seiner Erzählung. Sie sah die Insel, sie hörte das Meer, sie roch den Duft der Weizenfelder. Ein sanfter Wind wellte das Gras. Sie ging einen Hügel hinan. Kühe weideten. Hoch oben zog ein Adler seine Kreise. Von der Anhöhe blickte sie zurück ins Dorf: rohrgedeckte, saubere Bauernhäuser, an den Enden der Firstbretter geschnitzte Figuren. Eine kleine Kirche aus Backstein, der Turm nicht zu mächtig, ein Wetterhahn obenauf. Und ringsum Stille. Sie ging die andere Seite des Hügels hinab, einen geflochtenen Korb im Arm, frisches Brot darin, einen Krug klaren Brunnenwassers. Zwei kräftige Pferde zogen einen Pflug. Möwen umschwärmten das Gespann und ließen sich in den frischen Furchen nieder. Der Mann am Holm sah sie kommen und hielt die Pferde an. Mit einem großen blauweiß gewürfelten Tuch wischte er sich den Schweiß von der Stirn, lächelte ihr entgegen. Sie ging zu ihm und küßte ihm die salzigen Lippen. Er fuhr mit der rechten Hand über ihr Haar. Sie sagte: Es ist Vesper, Mann.

Er schirrte die Pferde aus, setzte sich ins Gras. Sie reichte ihm den Krug. Während er in langen, genüßlichen Zügen trank, fragte sie: Störe ich auch nicht? Er lächelte. Nein, es ist gut, daß du gekommen bist. Da nahm sie an seiner Seite Platz, legte sich neben ihn ins Gras, das dicht und hoch stand an dieser Stelle. Er beugte sich zu ihr, küßte sie, löste ihr das Mieder.

Seine rauhe Hand streichelte ihre Brüste. Da nahm sie ihn zu sich.

Johanna schreckte auf, als sie seinen Namen flüsterte. Die Kutsche rollte über den steinigen Weg. Beflissen blickten die Mitreisenden nach draußen. Hatte sie im Schlaf gesprochen? Das Blut schoß ihr ins Gesicht. Aber Scham empfand sie nicht, nur ein leichtes Erschrecken.

Johanna Motherby war eine Schwärmerin. Der frühe Tod ihres Vaters hatte die Familie hart getroffen. Wenn schon vorher nicht viel Geld im Haus war, die Witwe hatte noch weniger. Was blieb dem empfindsamen Mädchen, das gern hübsche Kleider getragen hätte und statt dessen in abgetragenen Sachen gehen mußte, die ihr mitleidige Verwandte schenkten, als von seidenen Bändern zu träumen? Wie oft hatte sie sich des ärmlichen Haushalts geschämt, wenn sie bei ihren Freundinnen weilte. Das Geld reichte nicht für eine gediegene Erziehung.

Vielleicht hätte sie das alles nicht gestört, wenn sie nicht mit wachem Verstand und reicher Phantasie ausgestattet gewesen wäre. Und als sie erwachsen war, spürte sie zwar die begehrlichen Blicke der jungen Männer, doch wer wollte sie schon heiraten, da sie außer ihren schönen Augen und dem sinnlichen Mund keine Mitgift in die Ehe einbringen konnte? Die Freundinnen waren längst unter der Haube, fuhren bereits stolz ihre Kinder aus, aber für Johanna fand sich keiner, den auch sie gewollt hätte.

Dann war sie die Frau des Königsberger Artzes Wilhelm Motherby geworden und hatte geglaubt, ihn zu lieben. Er war gescheit, besaß gute Manieren, sah stattlich aus. Und er war, wenn schon nicht vermögend, so doch in der Lage, sie aus ihrer Ärmlichkeit zu holen. Aber kaum hatte sie geheiratet, kühlte seine Leidenschaft ab. Zunächst meinte sie, es läge an der vielen Arbeit, die ihm, dem angesehenen Arzt, aufgebürdet wurde in der schweren Zeit. Noch wußte sie nicht recht, was ihr wirklich fehlte.

Johanna genoß es, Menschen um sich zu haben, und Motherby gefiel ihr Talent, Gäste zu bewirten. Ihr Haus wurde ein Treffpunkt aufgeschlossener Königsberger Bürger. Fast jeden Abend versammelte sich eine kleine Gesellschaft bei ihnen. Johanna redete, sprudelte alle Gedanken aus sich heraus, die sie sonst zurückhalten mußte. Motherby lächelte dazu, war zerstreut oder in seine Gedanken versunken, hörte kaum hin. Und war die Zeit heran, schlafen zu gehen, reichte es häufig nur zu einem flüchtigen Kuß. So wurde die Ehe zu einer Enttäuschung für sie, die sich nach Leidenschaft sehnte und oft vor Verlangen zitterte.

Dabei spürte sie, wie selbst gesetzte Männer in ihrer Gegenwart unruhig wurden. Man war nicht prüde in Königsberg, wenn die Frauen auch nicht nach Pariser Sitte die Brüste freigebig zeigten. Johanna wagte nicht, Versuchungen nachzugeben, aber es kränkte sie, daß Motherby so gar keinen Anstoß nahm an den kühnen Komplimenten, die ihr gemacht wurden.

Im April des Jahres 1809 war Wilhelm von Humboldt als Geheimer Staatsrat und Leiter der Sektion für Kultus in Königsberg eingetroffen, da Friedrich Wilhelm III. in die Hauptstadt Ostpreußens geflüchtet war vor Napoleon. Mit dem Hofstaat zog königlicher Glanz in die Provinz ein, brachte Aufregung, Gerüchte, Klatsch und Skandälchen. Die Kavaliere flanierten durch die engen Straßen, die Hofdamen präsentierten sich auf den zahlreichen Bällen. Königsberg war unversehens aus seinem Dornröschenschlaf geweckt worden.

Im Haus des stadtbekannten Arztes drehten sich die Gespräche in jener Zeit vorwiegend um Politik. Auch der geistvolle Humboldt zählte bald zu den abendlichen Gästen. Die Philosophie Kants und die pädagogischen Ideale Pestalozzis brachten Humboldt und Motherby einander nahe.

Johanna lebte sichtlich auf. Die galanten Anträge der Männer gaben ihr das Gefühl, begehrenswert zu sein. Das ließ sie den Kummer über Motherbys Gleichgültigkeit vergessen. Als sie spürte, daß Wilhelm von Humboldt nicht nur wegen der Gespräche mit ihrem Mann kam, sondern immer häufiger das Wort an sie richtete, ihre Hand nicht nur flüchtig küßte und Gelegenheiten suchte, an ihrer Seite zu sein, fühlte sie sich geschmeichelt und ging auf sein Spiel ein. Humboldt, sonst ein kühler, nüchterner Denker, wurde bald von Leidenschaft überwältigt. Johanna wehrte sich nicht lange, wollte sich auch gar nicht wehren.

Es wurde ein kurzes, gestohlenes Glück. Humboldt mußte

nach wenigen Monaten Königsberg wieder verlassen. Noch unterwegs, sandte er ihr zärtliche Botschaften. Der erste längere Brief kam von Burgörner, jenem Gut, das seine Frau Karoline in die Ehe eingebracht und wo er mit ihr einst eine glückliche Zeit verlebt hatte.

Es war ein eigenartiger Liebesbrief. Man mußte Wilhelm von Humboldt schon gründlich kennen, um zu ahnen, daß sich hinter dem fast spröden Ton Innigkeit und Zärtlichkeit verbargen.

»Wie eine Pflanze, die der Milde des Himmels nicht traut, unter den sie versetzt ist, bedürfen Sie einer eigenen schonenden Pflege«, schrieb er ihr. »Ich hasse alles, was den inneren Frieden der Seele stört. Und ich kann in keinem Verhältnisse ruhen, bis ich es nicht dahin gebracht habe, daß es harmonisch in alle übrigen eingreift.« Dann fuhr er, es gewiß gut meinend, fort, ihr Ratschläge zu geben, was sie zu ihrer Bildung und Erziehung unternehmen müßte, Seite um Seite.

Manche Passagen hatte Johanna nicht verstanden oder nur an der Oberfläche erfaßt. Wohlgeformte Sätze, gescheite Phrasen, tiefsinnige Betrachtungen – aber wo stand, daß er sie begehrte, daß er sie hingebungsvoll liebte, daß er ihrer Zärtlichkeiten gedachte?

Nein, verwirrt hatten sie seine Briefe nicht, doch zusehends befremdet. Sie las sie immer wieder und kam sich wie eine Schülerin vor, die weise Lehren von ihrem Erzieher erhielt. Und sie hatte das Empfinden, diesen Wilhelm von Humboldt gäbe es zweimal. Der eine hatte in ihren Armen gelegen, der andere zerpflückte den Strauß wilder Blumen wie ein Botaniker. Da verschloß sie allmählich ihr Abenteuer in sich, bereute nichts, empfand aber auch keine Sehnsucht nach einer Fortsetzung. Außerdem, wohin sollte es führen? Humboldt war ein verheirateter Mann, sie eine verheiratete Frau. Das nächste Mal, wenn er sie besuchen werde, hatte er geschrieben, würde er mit Karoline kommen.

Sie antwortete ihm kurz. Er schrieb wiederum einen langen Brief. Sie antwortete immer seltener. Sie konnte mit seinen Episteln nichts anfangen. Wilhelm von Humboldt war eine Episode in ihrem sonst tristen Leben. Ihre Liebe zu ihm hatte sich eigentlich gegen Motherbys Gleichgültigkeit gerichtet. Der große Mann war gegangen. Und als bald darauf auch der König wieder abreiste, kehrte die alte Langeweile in die Stadt zurück. Doch Johannas Sehnsucht nach Liebe und Zärtlichkeit war größer geworden.

Dann war Ernst Moritz Arndt gekommen. Johanna schloß, sich erinnernd, die Augen. Auch er blieb nicht lange in der Stadt. Aber diesmal hatte sie die Leidenschaft heftiger aufgewühlt. Alle seine Briefe trug sie in einer kleinen Schatulle bei sich. Johanna sah sich verstohlen in der Kutsche um. Keiner der Mitreisenden achtete auf sie. Da langte sie in das Kästchen und zog einen der Briefe heraus.

»Es war ein schöner warmer Tag, und Gewitterwolken schienen am Himmel zu hängen; es kam aber kein Wetter. Ich nach meiner Fasanerie und ließ mich von Busch zu Busch ergehen und die Blüten rauschen und die Vögel singen und die Gedanken spielen, und sie spielten in manchen Busch hinein und unter manchen schattigen Baum und bekränzten sich mit Liebe und Freude und umhalseten sich mit anderen süßen Gedanken, die aus der Ferne kamen; und sie sprachen viel Süßes und wußten viel Süßes, und zuletzt stand das wehmütig lächelnde Bildnis, das Furina heißt, vor mir und winkte und weinte wie eine rosige Frühlingswolke nach dem Regen, und mir schwoll das Herz fast über. Und ich kam endlich wandernd an die Stelle, wo ich zuerst bei meiner Ankunft in Dresden im Fasanenhain gelagert hatte und die kleinen blauen Blümlein für Furina gepflückt; und ich mußte mich wieder dahin legen und träumen, und jetzt standen keine zarten Blümlein da, sondern grobe; deswegen konnte ich keine pflücken; und ich sah in das Blaue des Himmels und entschlief endlich und träumte einen süßen Traum; und Kosaken erweckten mich durch ihren Lärm, und ich in mein Haus und fand zu Hause den alten feierlichen und furchtsamen Goethe und andere, die meine Wirte besuchten, und verbrachte so den Abend. Und nun sitze ich hier und finde, daß das Leben ein schales Ding ist ohne Liebe und Träume. Schlafe und träume süß, meine Furina!«

So waren Arndts Briefe alle, die er ihr über gemeinsame Freunde zukommen ließ, und die ihren waren nicht weniger innig und überschwenglich. Er schrieb ihr nahezu täglich, erzählte auch von seinen Geschäften und den Dingen des Vaterlandes, wie sie gediehen oder stockten, aber aus den Berichten brach er immer wieder aus, um von seiner Liebe zu ihr zu reden, sich nach ihr zu erkundigen, vergangener glücklicher Tag zu gedenken und kommendes Glück an den Himmel ihrer Hoffnung malend. Das ging fast ein Jahr so.

Dann wurden die Briefe seltener. Er bat sie um Nachsicht, zu viel Arbeit stürme auf ihn ein. Aber es waren nicht nur die großen, manchmal wochenlangen Pausen, es war der zunehmend kühlere, fast sachliche Ton, der sie beunruhigte. Was war geschehen? Da schlich sich Eifersucht in ihr Herz. Eine andere Frau mußte zwischen ihnen stehen, anders konnte sie es sich nicht erklären. Sie wurde nervös, gereizt, machte ihm Vorwürfe, weil er sie vernachlässige, und bat im nächsten Brief inständig um Verzeihung. Sie sei eben nur ein schwaches Weib, und sie liebe ihn.

Arndt antwortete beruhigend, beschwichtigend. Sie erfand Ausreden und Erklärungen, aber die Furcht wuchs, daß er sie vergessen könne. Da hielt sie es nicht mehr in Königsberg aus. Die Angst machte sie klein. Sie bat ihn, sie bettelte um Briefe. Sie flehte und verlor jeglichen Stolz. Und weil sie die Zweifel nicht mehr ertragen konnte, erfand sie einen Vorwand, um reisen zu können. Motherby ahnte den wahren Grund – und ließ sie fahren.

Sie floh aus der häuslichen Enge und Begrenztheit. Lieber wollte sie an Ort und Stelle eine bittere Wahrheit erfahren, als von quälenden Fragen hin- und hergerissen zu werden. Es war viel Trotz im Spiel – und Hoffnung. Ein Wort von ihm, redete sie sich ein, und ich bleibe für immer. Sagt er es nicht, so werde ich ihn darum bitten, und wenn ich nichts als seine Magd im Haus sein darf. Stößt er mich aber fort, so will ich nicht mehr leben.

Sie hatte ihrem Mann erklärt, sie wolle zu Freunden. Arndt hatte ihr die Adresse des Regierungsrates Hoffmann in Rödelheim gegeben, ganz in der Nähe Frankfurts. Am 1. Juli 1814 kam Johanna Motherby dort an.

Arndt hatte ein schlechtes Gewissen, wenn er an Johanna dachte. Die Erklärung, er käme nicht zum Briefeschreiben, war eine Ausrede. Ähnlich wie sie, hatte auch er sich ihre gemeinsamen Stunden immer wieder wachgerufen, aber die Erinnerung beunruhigte ihn, weil er nicht wußte, was geschehen sollte mit ihm und ihr, zumal sie offensichtlich entschlossen war, den braven Motherby zu verlassen, um ganz ihm zu gehören. Dazu kam die Unsicherheit der Zeitläufte mit ihren Tücken, Irrungen und Verwirrungen, denn nach all den großen Hoffnungen und Siegen stellte sich keine Ruhe ein, die Aussicht auf eine erfolgreiche Laufbahn war trotz der Zusicherung Gneisenaus gering.

Zwischen Hoffnung und Unsicherheit schwankend, war Arndt dennoch glücklich, als Johanna in Rödelheim anlangte, obwohl er nicht wußte, wie er ihr gegenübertreten sollte. Vielleicht hatte sie recht mit ihren flehentlichen Briefen, in denen sie ebenso wie er von einem stillen Glück zu zweit träumte. Er war es, der in Königsberg das Bild von dem Bauern auf der Insel Rügen beschworen hatte, der jenseits des Weltgetriebes hinter dem Pflug ging, der säte und erntete und am Sonntag nach dem Gottesdienst mit seiner Frau und den Kindern die Flur abwanderte. Ihn kümmerten die Herren nicht mit ihren häßlichen Streitigkeiten. War es denn abwegig, sich vorzustellen, selbst ein solcher Bauer zu sein?

Er fuhr nicht sofort nach ihrer Ankunft zu ihr; er wollte vor Hoffmanns wenigstens den Schein wahren und nicht vor aller Welt offenkundig machen, wem Johannas Besuch wirklich galt. So war ihm ein Auftrag Steins recht, der ihn nach Mainz führte, wo er die Gelegenheit benutzte, die Eltern von Frieder Oswald zu besuchen. Er hatte wenig Zeit, sich bei ihnen aufzuhalten, hörte aber mit Freude, daß sie bereits Nachricht von ihrem Sohn hatten. Die Wunde war fast zugeheilt, und sobald er sich reisefähig fühle, erzählten die glücklichen Eltern ihrem Besucher, käme Frieder heim nach Mainz, ob es nun bayrisch, preußisch oder wieder französisch werde. Mainz bliebe es auf jeden Fall.

Als Arndt zu später Stunde von seiner Reise zurückkam, fand er drei Briefe Johannas vor, sehnsüchtige, flehentliche Bitten, er möge doch endlich zu seiner ungeduldig wartenden Furina kommen. Morgen in aller Frühe fahre ich zu ihr, beschloß er.

Er schlief schlecht. Gespenstische Träume suchten ihn heim, die er nicht deuten konnte. Er ging auf das Gutshaus Schoritz auf Rügen zu, in dem er geboren worden war. Die untergehende Sonne beleuchtete es auf seltsame Weise, es war, als ob die Ziegel auf dem Dach glühten. Als er näher kam, sah er plötzlich helle Flammen emporschießen. Er rannte und keuchte vor Anstrengung, um beim Löschen zu helfen, doch er kam nicht näher. Unvermittelt stand er seinem Vater gegenüber, der ihn fragte: »Warum bist du erst jetzt gekommen?«

Leute liefen herbei. Die Kirchenglocken dröhnten. Weshalb löschte niemand? Endlich erreichte er das brennende Haus. Er lief hinein. »Die Bücher!« rief er. »Ich habe alle meine Bücher und Manuskripte im Haus!« Und er suchte zu retten, was zu retten war. Keiner half ihm.

In der großen Diele hing ein Bild. Die Farben warfen bereits häßliche Blasen, so daß man nicht mehr erkennen konnte, was es darstellte. Er rannte ins Wohnzimmer, wo ihm Rauchschwaden das Atmen erschwerten. Aber er mußte die Bücher retten. Er hatte sie nach Hause geschickt, weil er kein eigenes Heim besaß. Wahllos griff er in die Regale und schleppte den ersten Stapel nach draußen. Und wieder lief er ins brennende Haus, um die nächsten zu holen. Noch immer standen die Leute da und rührten keine Hand. »So helft mir doch!« schrie er.

Jetzt hatte die Hitze alle Farbe auf dem Bild in der Diele zu einer zähflüssigen Masse geschmolzen, die absurde Figuren bildete. War das sein eigenes Konterfei? Nein, es stellte das Lazarett in der Petrikirche zu Leipzig dar! Die Funken brannten Löcher in die Leinwand. Das sah aus wie die aufgerissenen Münder jammernder Verwundeter. Ein Grauen durchfuhr ihn. War das nicht Frieder Oswald? Als er wieder mit einem Arm voller Bücher vor dem Haus anlangte, sagte sein Vater, und die Stimme klang merkwürdigerweise ruhig und freundlich, als geschähe nichts Außerordentliches: »Du mußt deine Stiefel holen, mein Junge. Du hast noch einen weiten Weg vor dir. Da wirst du sie brauchen.«

Plötzlich war das Feuer erloschen. Die verkohlten Dachsparren standen gleich einem Skelett gegen den Abendhimmel. Nun erst bewegten sich die Leute. Sie schleppten Ried in Bündeln herbei, legten Leitern ans Haus und begannen, das Dach notdürftig zu decken. Warum nahmen sie Ried, das doch viel eher brannte als Ziegelsteine? »Wir haben keine mehr«, sagte der Vater. »Es muß auch so gehen. In den alten Zeiten wurden alle Dächer auf diese Weise gedeckt. Erinnerst du dich an die Kate deines Großvaters?«

Er sah dem Treiben fast unbeteiligt zu. Neben ihm lagen Bücher, längst nicht alle, die er im Laufe der Jahre zusammengetragen hatte. Und ein Rahmen lehnte dagegen. Das Bild selbst war verbrannt. Es quälte ihn, daß er nicht wußte, was darauf dargestellt gewesen war.

»Mach dich auf den Weg, mein Sohn«, sagte der Vater. »Ein Glück, daß du die Stiefel gerettet hast. Mach dich auf den Weg und suche, was du hier nicht finden kannst.«

Da wandte er sich ab und ging. Eine fremde Stimme rief ihm nach: »Du wirst nie wieder hierher zurückkommen, denn du bist nicht mehr der, der du gewesen bist, als du gingst?« Da erkannte er, daß es seine eigene Stimme war. Ein Lied erklang. Er sang gern, wenn er wanderte.

Ja, weine nur und schau zurück
In goldne Jugendferne,
Ja, suche nur das alte Glück,
Die alten hellen Sterne,
Den alten Lenz im Blütenkranz –
Was blieb von jener Wonne ganz?
Ach ferne! Ach ferne!

Plötzlich wachte er auf. Die Kerze flackerte. Er hatte vergessen, sie auszublasen. Seine Stiefel standen neben der Tür. Ein paar unbeschriebene Blätter lagen auf dem Tisch. Es war ein Artikel unter der Überschrift »Wahrheit und Zweifel«, den er einer Frankfurter Zeitung versprochen hatte.

Er erhob sich, schüttete Wasser in die Schüssel und wusch das heiße Gesicht. Er ging zum Fenster. Ein neuer Tag begann, der Tag, an dem er hinüber nach Rödelheim fahren wollte zu Johanna. Er schüttelte sich, als könne er damit den wirren Traum abwerfen.

Es klopfte. Ein Bote brachte einen versiegelten Brief. Arndt sah mit einem Blick, daß Johanna ihn geschrieben hatte.

»Mein Liebster, heute kommst Du. Heute! Heute! Heute! – jubelt mein Herz, das doch ängstlich zittert. Heute sehen wir uns wieder. Wie ich mich freue! Hörst Du, Deine Furina freut sich, weil du kommst, obwohl sie voller Furcht ist, Du könntest ihr fremd geworden sein.«

Er preßte den Brief an seine Lippen, Tränen standen ihm in den Augen. »Nein«, flüsterte er, »du sollst dich nicht ängstigen. Dein Adler fliegt.«

Johanna wartete. Sie war früh aufgestanden in der Hoffnung, er käme zeitig. Ihren freundlichen Gastgebern ging sie aus dem Weg, weil sie Fragen nach Arndt vermeiden wollte. Der Morgen versprach einen schönen Tag. Immer wieder trat Johanna ans Fenster, von dem aus sie den Weg sehen konnte, auf dem er kommen mußte – wenn er kam. Waren die Geschäfte, um derentwillen er nach Mainz gereist war, wirklich so unaufschiebbar gewesen? Sie fieberte dem Wiedersehen entgegen und fürchtete sich ebensosehr davor.

Da kam er. Nur er konnte es sein in der Kutsche, die über den Sommerweg zwischen den Wiesen aufs Haus zurollte, eine Staubfahne hinter sich herziehend. Es war ein offener leichter Wagen, zwei fuchsbraune Pferde davor.

Johanna eilte die Treppe hinab. Sie trat aus dem Haus und wollte ihm entgegenfliegen. Aber eine plötzliche Schwäche hielt sie fest. Sie mußte sich am Türrahmen anlehnen. Die Knie waren ihr weich wie vor einer Ohnmacht. Das Herz schlug ihr bis in den Hals.

Die Kutsche rollte durchs Tor. Auch Arndt hatte sie schon von weitem erkannt. Es hielt ihn nicht auf seinem Platz. Er sprang aus dem fahrenden Wagen. Mit ausgebreiteten Armen lief er ihr entgegen. Da fiel alle Furcht von ihr ab. Er war gekommen. Er liebte sie. Es war ihr gleichgültig, ob sie von Fremden gesehen werden konnte. Auch sie lief ihm entgegen, umfing ihn und war nicht fähig, ein Wort der Begrüßung zu sagen.

Arndt fühlte, wie sie zitterte. Sanft streichelte er ihr Haar und

Nacken. »So sehr freust du dich?« flüsterte er. »So sehr, meine Furina?« Da waren alle Zweifel weg, die ihn in den letzten Wochen und Monaten heimgesucht hatten. Sie gehörten zueinander, mochte kommen, was da wollte, mochten die Zeiten bitter und die Aussichten trübe sein. Sie waren ein Mann und eine Frau, und die Welt existierte nur um ihrer beider willen.

Johanna beruhigte sich unter seiner zärtlichen Hand, tupfte sich mit einem Seidentuch die Tränen aus den Augen. Ihre Lippen zitterten. Sie wollte ihn küssen. Aber gewiß hatte man die Kutsche kommen hören und beobachtete sie. »Du bist da«, sagte sie mit belegter Stimme. »O Gott, ich muß ein Jahrhundert lang auf dich gewartet haben.«

Hoffmanns, die sie vom Fenster aus gesehen hatten, wandten sich ab, gerührt von dieser Wiedersehensfreude. Der Regierungsrat lächelte seiner Frau zu. »Sie werden es nicht leicht haben«, sagte er.

»Wenn man sich liebt, ist alles leicht«, erwiderte die Rätin. Nachdenklich fügte sie hinzu: »Ich hätte es ihm nicht zugetraut. Mir schien, er habe nur das Vaterland im Kopf.«

Hoffmann lachte. »Dort wird er es auch behalten. Sie hat er im Herzen. Wir wollen die beiden nicht stören, meine Liebe. Sagtest du nicht, daß wir wieder einmal zu unserer Tochter und Solms-Laubach, unserem gräflichen Schwiegersohn, fahren sollten?«

Arndt und Johanna gingen in den Park. Als sie weit genug vom Haus entfernt waren, nahm er sie bei der Hand. Und als sie sich unbeobachtet wußten, blieben sie stehen. Lange und innig blickten sie sich in die Augen. Dann zog er sie an sich. Johanna spürte sein Begehren. Er hob sie auf und trug sie ins nahe Gras. Hohe Büsche verbargen sie vor allen Blicken. Er zögerte nicht. Sie liebten sich, bis sie erschöpft, aber unsagbar glücklich voneinander ließen.

Er streichelte sie. Johanna lag mit geschlossenen Augen und genoß seine Zärtlichkeit. Noch nie hatte sie sich so glücklich gefühlt. Noch nie hatte sie so geliebt.

Ein kleiner See war in der Nähe. Das Wasser kühlte ihre erhitzten Körper. Mit langen kräftigen Zügen schwamm Arndt bis in die Mitte des Sees. Er fühlte eine ungeheure Kraft in sich, als wäre er nicht über vierzig, sondern ein junger Bursche. Nach dem Bad kam er erneut zu ihr. Sie liebkoste ihn ohne Scham, wanderte mit ihren Lippen über seinen Körper, biß ihn sanft und nahm ihn wieder zu sich. Es war, als wolle sie alle Sehnsucht des vergangenen Jahres auf einmal stillen.

Die Sonne stand bereits hoch im Zenit, als sie sich ankleideten. Johannas Lippen waren noch schöner als sonst. Ihre sinnliche Nase zitterte leicht. Auf ihrem Gesicht lag ein Schimmer, wie ihn nur glückliche Frauen haben. Er sah es: Johanna war schön.

Sie gingen zum Haus zurück. Als sie hörten, daß Hoffmanns weggefahren waren, ließen sie das Essen auf die Veranda bringen. Sie waren ausgelassen und fröhlich wie Kinder. Johanna suchte die besten Bissen von ihrem Teller und fütterte ihn, Arndt wählte die schmackhaftesten von seinem für sie. Zwischendurch küßten sie sich, lachten bei den nichtigsten Anlässen, sahen sich verträumt und weltvergessen in die Augen und genossen die sommerliche Mittagsstille.

»Wirst du noch lange in Frankfurt bleiben müssen?« fragte Johanna unvermittelt.

Er hörte den bangen Unterton heraus. In Frankfurt bleiben, das ahnte sie, bedeutete für ihn ständiges Umherreisen im Auftrag der Steinschen Verwaltung. Gestern war er in Mainz gewesen, morgen mußte er nach Köln.

»Es ist eine mühsame Arbeit, Furina«, antwortete er ausweichend. »Es gibt Stunden, da könnte ich verzagen, weil die Milch der frommen Denkart zu dickem Quark gerührt wird in den Kabinetten. Aber würde ich nicht Verrat an mir selbst begehen, wenn ich mich jetzt zurückzöge von den Geschäften?«

Johanna sah ihn schweigend an. Er hat nur einen kurzen Urlaub genommen, begriff sie. Mit seinen Gedanken ist er schon wieder weit fort von mir. Aber sie war entschlossen, um ihr Glück zu kämpfen. Das mußte sie geschickt tun. Einfach fordern, daß er bei ihr bliebe, darüber war sie sich im klaren, würde ihn am Ende störrisch und gewiß nicht gefügig oder gar einsichtig machen.

Johanna war klug genug, nicht weiter in ihn zu dringen.

»Komm, ich zeige dir den Park. Hoffmanns haben eine wunderbare Fasanerie.«

Arndt war froh, daß sie sich mit seiner Antwort zufriedengab und ging gern auf ihren Vorschlag ein. Aber während sie den weiträumigen Park durchwanderten, klang ihre Frage noch in ihm nach.

Sie setzten sich auf eine Bank. Arndt legte den Arm um ihre Schultern.

»Es ist schön hier«, sagte sie leise. »Es ist der schönste Tag meines Lebens.«

Er küßte ihre Stirn, dann lehnte er sich zurück und schloß die Augen. Eine andere Landschaft stieg aus seiner Erinnerung herauf, sein Rügen, seine säute Insel. Machte es die Nähe Johannas, daß er plötzlich solche Sehnsucht nach seiner Heimat empfand? Er sah sich über die Hügel wandern, dem Meer zu, das mit mächtiger Stimme nach ihm rief, das kleine Wäldchen Lülo im Rükken. Er stellte sich Johanna an seiner Seite vor, er versuchte es jedenfalls, aber seltsam, es gelang ihm nicht.

»Hast du Motherby gesagt, daß du zu mir fährst?« Er wußte selbst nicht, warum er diese Frage stellte.

Überrascht blickte Johanna auf. Aber gleich lächelte sie wieder. »Du mußt dir meinetwegen keine Gedanken machen, Liebster. Ich werde mich von ihm trennen.« Nie hatte sie es so klar gedacht. Und sie war nicht im geringsten erstaunt, daß sie es so leicht aussprechen konnte.

Er erschrak. »Und eure Kinder?« Die Frage war nur ein Vorwand, um Zeit zu gewinnen, die Überraschung zu meistern; denn es war eine Sache, die Geliebte zu umarmen, und eine ganz andere, plötzlich Verantwortung für sie zu tragen. Ja selbst die Vorstellung, Johanna könne sich von Wilhelm trennen, war noch immer etwas anderes als der Gedanke, dann mit ihr zu leben. Wie konnte sie dem allen so gelassen entgegensehen?

Johanna verstand ihn, ohne daß er sich näher äußern mußte. Was will er, fragte sie sich betroffen, nur meinen Körper – und meine Seele nicht? Hatte sie sich geirrt, als sie glaubte, sie hätte ihn nun ganz gewonnen? Entglitt er ihr bereits wieder, schob er abermals seine Pflichten fürs Vaterland vor?

»Moritz«, sagte sie mit dünner Stimme, »willst du nicht, daß ich von nun an immer bei dir bleibe?«

»Johanna«, bat er, »wollen wir unser Glück begründen auf dem Unglück eines anderen?«

Ungläubig starrte sie ihn an. Dann stand sie heftig auf und rief: »So, an sein Unglück denkst du! Und an meines? Wer denkt an mein Unglück an der Seite eines Mannes, der mich nicht liebt? Und du selber? Hast du nach Motherby gefragt, als wir im Gras lagen? Hast du an ihn gedacht, als du mir zärtliche Briefe schriebst? War dir Motherby im Weg, wenn wir uns in Königsberg heimlich trafen? Nein, natürlich nicht! Und ich frage mich jetzt, ob du überhaupt an mich und nicht allein an dich gedacht hast. Gut«, rief sie mit wilder Entschlossenheit, und ihre Augen blitzten gefährlich, »dann nimm mich so, wie du mich brauchst. Ich werde deine Mätresse sein, deine Geliebte, wenn du es willst, aber stoße mich nicht zurück, bitte, Moritz, stoße mich nicht zurück!« Sie war wie von Sinnen, sie riß ihr Mieder auf, sie raffte die Röcke hoch. »Nimm mich!« rief sie mit überschnappender Stimme. »Gebrauche mich wie eine Hure, aber schicke mich nicht fort. Du würdest mich in den Tod schicken.« Den letzten Satz brachte sie nur noch mit Mühe über die Lippen.

Arndt stand diesem Ausbruch hilflos gegenüber. »Johanna«, stammelte er, »Furina, Liebste, was redest du da? Wofür hältst du mich? Ich liebe dich doch, Johanna. Warum glaubst du mir nicht?«

Da fiel sie vor ihm auf die Knie, umklammerte seine Beine, überschüttete ihn mit wilden Küssen und schluchzte, als hätte er sie geschlagen.

Er wollte sie aufheben, aber es gelang ihm nicht. Da kniete auch er nieder, streichelte sie, küßte ihr wirres Haar und das tränennasse Gesicht. »Johanna«, bat er, »so fasse dich doch. Liebste Furina, verzeih mir. Ich wollte dich nicht kränken.«

Er sprach zu ihr wie zu einem kranken, verstörten Kind. Und langsam beruhigte sie sich, wimmerte nur noch, ließ sich von ihm aufrichten. Er führte sie zur Bank zurück, legte seine Arme um sie und streichelte sie. Vater im Himmel, ich wußte nicht, was ich tat, als ich ihre Liebe zu mir weckte, betete er. Sie hat recht. Ich habe nur an mich gedacht und nicht an sie. Ich habe nicht geahnt, wie sehr sie mich liebt. Was soll nun werden?

Hätte sie jetzt verlangt, er solle mit ihr fliehen, weit weg in ein fremdes Land, er solle alles hinter sich lassen, er wäre bereit gewesen, ihre Bitte zu erfüllen und fortzugehen wie Lot aus der verlorenen Stadt. Nie wieder sollte sie seinetwegen weinen, nie wieder sollte sie so verzweifelt sein wie eben. Und in diesem Moment haßte er Wilhelm Motherby, der sein Freund gewesen war.

Er hatte eine schwere Schuld auf sich geladen. Mußten sie nun beide für ihre Sünde bezahlen? Er hatte die Wahrheit geschrieben in seinen vielen Briefen. Er liebte sie, er begehrte sie; denn wozu leben, wenn man zu lieben nicht imstande ist? Jedoch, er war frei, sie eine verheiratete Frau. Und wenn er sich schon in Königsberg von seinen Empfindungen hatte hinreißen lassen, so hätte die Entfernung ihn zu Verstand bringen müssen. Eitelkeit, ja, Eitelkeit hatte ihn gehindert, vernünftig zu handeln.

»Johanna«, bat er noch einmal, »verzeih mir. Ich bin deiner Liebe nicht wert. Ich werde Motherby schreiben. Er muß dich freigeben. Erst dann kannst du selber frei entscheiden.«

Sie blickte zu ihm auf, unsicher noch, aber bereits wieder hoffend. »Nur wenn du mich liebst, Moritz, sonst will ich nichts fordern und haben. Ich darf dir nicht hinderlich sein.«

»Ich schreibe ihm, morgen. Oder übermorgen«, sagte er. »Ich muß für zwei Tage nach Köln. Aber gleich danach, meine Furina, schreibe ich ihm.«

Eine Kutsche fuhr auf das Haus zu. Wahrscheinlich kamen Hoffmanns zurück. »Wir wollen deine Gastgeber begrüßen«, schlug Arndt vor. Schwang nicht auch Erleichterung in seiner Stimme, das verfängliche Gespräch beenden zu können, ohne sich endgültig festlegen zu müssen?

Johanna sah ihn genau an. Sie wußte, daß er so sicher nicht war, wie er sich gab. »Ja, gehen wir zu ihnen«, sagte sie. »Aber ich muß mich vorher noch ein wenig zurechtmachen.«

Er fuhr ihr zärtlich über die Wange. »Du bist schön, Johanna.«

Sie lachte. »Gewiß. Das Haar zerzaust, das Mieder zerrissen, das Kleid voller Gras, und die Augen verheult. Eine Göttin der Häßlichkeit bin ich!«

»Nein«, widersprach er, »du bist schön.«

Sie gingen zum Haus. Als Arndt in den Salon trat, hatte er seine gewohnte Sicherheit zurückgewonnen. Und als Johanna die Treppe herunterkam, versuchte er nicht, seine Liebe zu verbergen. Er war stolz auf sie.

Das Versprechen, Motherby zu schreiben, war schon fast so gut wie die Tat. Jedenfalls hatte er damit die drängenden Fragen erst einmal abgewiesen. Er würde sich schon noch hinsetzen und den Brief verfassen, er brauchte nur etwas mehr Zeit dazu. Solche Worte schrieb man nicht zwischen Tür und Angel, schon gar nicht, wenn sie an einen Freund gerichtet waren.

Arndt hatte durch Johanna seine Festigkeit wiedergewonnen. Zweifel fochten ihn nicht mehr an. Wenn er im Auftrag der Zentralverwaltung unterwegs war in Köln, Bonn, Darmstadt oder Mainz, so bekamen es die laxen Beamten mit einem entschlossenen Mann zu tun. Dabei beobachtete er an sich selber, daß er viel seltener aufbrauste als früher, sondern eine fast heitere Gelassenheit bewahrte. Jedoch, das war keine Lässigkeit. Es sprach sich schnell herum, daß mit ihm nicht zu spaßen war.

Jede freie Stunde gehörte Johanna. Er genoß ihre Liebe im vollen Bewußtsein der Einmaligkeit seines Glücks. Mußte er sie verlassen, nutzte er die erste Gelegenheit, ihr von unterwegs Botschaften zukommen zu lassen, Briefe voller zärtlicher Worte, sehnsüchtiger Verse und heiliger Beteuerungen.

Als ihn Johanna nach einigen Tagen fragte, ob er an Wilhelm Motherby geschrieben habe, wich er aus. Dafür brauche er mehr Ruhe, als ihm zwischen zwei Aufträgen Steins vergönnt sei. Er wolle auch die wenigen Stunden nutzen, die sie füreinander hätten. »Ich schreibe ihm«, beteuerte er. »Ich habe es versprochen. Aber es darf nichts überstürzt werden, Furina.«

Die Wahrheit war, daß er noch immer nicht wußte, in welcher Weise er an Wilhelm Motherby schreiben sollte, und noch weniger, was er sagen mußte, um den Freund nicht zu verlieren und dessen Frau behalten zu können. Die Arbeit half ihm, das schlechte Gewissen zu verdrängen.

Als er aber nach einer Woche noch immer keinen Brief nach

Königsberg abgeschickt hatte, stellte Johanna ihn zur Rede. »Wie soll ich dir glauben, daß du mich liebst, wenn du das einzige, worum ich dich bitte, nicht erfüllst? Soll ich ihm statt deiner schreiben?«

Arndt machte Ausflüchte. Johanna ließ sie diesmal nicht gelten. An diesem Tag ging er verstimmt von ihr. In sein Zimmer zurückgekehrt, setzte er sich sofort hin, um ihr zu schreiben, denn sie waren so aufgeregt gewesen, daß sie nicht ruhig miteinander reden konnten.

»Es ist elf Uhr, und ich sitze hier mit zitterndem Herzen und zitternden Fingern, als hätte ich das Nervenfieber; doch bin ich glücklich in dieser Krankheit und will ihrer nimmer ledig werden, wenn Du es auch sagst, daß ich es will. Wenn Geister sprechen können, so weißt Du es, und sprechen sie bei Dir nicht, Du liebe Seele, so ist eine Täuschung, was Du Liebe nennst. Du bist heute sehr unglücklich gewesen und hast mich sehr unglücklich gemacht, so daß das Blut mir noch kochend in den Adern siedet.«

Arndt bat Johanna inständig, ihm zu glauben, daß er sie liebe, und fühlte schon, wie er sich um Ausflüchte mühte. »Es ist nicht lieb, daß Du den, von welchem Du sagst, er sei Deiner Seele der Liebste, mit Dingen martern kannst, die nimmer zusammengehen als bei dem, der Dich ganz hat oder der es weniger redlich mit Dir meint. Adje! Gut' Nacht.« Kein Kuß zum Gruß, keine schwärmerischen Worte wie sonst, nicht Engelein und Lieblingin, Furina nicht einmal.

Er las den Brief nicht durch, sondern versiegelte ihn gleich. Unwillig stand Arndt auf. Drängte sie ihn, weil sie ihm nicht vertraute, oder wollte sie nur die Macht erproben, die sie über ihn hatte? Das Versprechen, an Motherby zu schreiben, hatte er ihr in einem Augenblick der Schwäche gegeben. Was würde sie das nächste Mal von ihm fordern?

Im ersten Taumel ihres glücklichen Wiederfindens hatte er geglaubt, sie sei auf seine Geschäfte nur eifersüchtig, weil sie ihn von ihr entfernten. Wenn sie ihn bat, eine Reise nicht anzutreten, dann deshalb, weil sie um jede Stunde trauerte, die er nicht bei ihr sein konnte. Doch der Verdacht kam auf, daß sie in seinem Herzen nichts anderes gelten lassen wollte als den Gedanken an sie. Es mußte doch einen Grund haben, wenn sie immer wieder von der Insel sprach, auf der sie leben wollte mit ihm, nur er und sie, weit fort von allen störenden Geschäften. Gewiß, er hatte mitunter in Stunden des Mißmuts und der Unzufriedenheit von solcher Flucht gesprochen, aber sie mußte doch wissen, daß seine Worte nicht ernst gemeint waren, daß es sich nur um vorübergehende Stimmungen handelte.

Er schlief schlecht. Und als er aufstand, fühlte er sich elend. Er sah den Brief liegen, den er am Abend geschrieben hatte, brach ihn auf und setzte einige Zeilen darunter. »Matt und wirsch schlepp' ich mich aus dem Bett nach verworrenen Träumen und wenig Schlaf und grüße Dich; und eine Sehnsucht brennt in mir nach etwas Unbekanntem, das mir vorkommt, als wär' es der Tod. Leb wohl, geliebtes Kind, und sei lieb und glücklich. M. A.« Er versiegelte den Brief erneut, rief einen Boten und schickte die Zeilen zu ihr.

Lustlos frühstückte er und ging dann in die Töngegasse zum Bassenheimer Palast, wo verschiedene Büros der Zentralverwaltung eingerichtet waren, um Briefschaften nach Mainz abzuholen. Die Fahrt hätte auch ein anderer machen können. Er hatte gehofft, Stein bei der Gelegenheit zu sehen und zu erfahren, ob er ihn nach Wien mitnehmen würde. Doch der Minister war mit anderen Dingen beschäftigt und von so vielen Leuten umgeben, daß die Begegnungen mit ihm immer seltener wurden.

Als Arndt zu später Stunde aus Mainz zurückkehrte, fand er einen Brief von Wilhelm Motherby vor. Er starrte auf den Absender, als wüßte er bereits den Inhalt des Schreibens, und es bedurfte gewiß keiner Sehergabe, um ihn erraten zu können. Er zögerte, das Siegel zu erbrechen, tat es dann aber rasch und entschlossen, das Unangenehme möglichst schnell hinter sich zu bringen. Noch während er las, wußte er bereits, was und wie er antworten würde.

Der Brief Motherbys war ein Zeichen, das ihn dringend an seine Pflicht erinnerte, der Ruf eines Freundes, dem er unbedingt zu folgen entschlossen war. Dabei wollte er nicht zugeben, wie recht ihm das Schreiben kam, enthob es ihn doch der Skrupel, die er bisher gehabt hatte, wenn er mit Johanna über ihre

Zukunft reden wollte, eine Zukunft, die nur in Träumen möglich, aber nicht zu verwirklichen war. Nicht die Umstände hinderten ihn, darüber war er sich klar. Er selbst wollte nicht, und die Berufung auf das Vaterland war nur eine Ausflucht. In einer Anwandlung sich selbst bezichtigender Ehrlichkeit gestand er sich ein, daß er zwar Johannas Liebe wollte, aber mit ihr leben konnte er nicht; denn sie hätte neben sich nichts geduldet. Sie war, so meinte er, eine jener Frauen, denen man sich ganz ausliefern mußte, und das konnte er nicht. Er wäre an ihrer Seite nicht er selbst geblieben, hätte es sich und ihr nie verzeihen können, daß er zu feige gewesen war, sich rechtzeitig zu wehren.

Er war froh, den Brief noch nicht geschrieben zu haben, zu dem ihn Johanna immer wieder gedrängt hatte. Eine innere Stimme mußte ihn gewarnt haben. Oder war es die Stimme Gottes? Ja, sein Fleisch war schwach geworden, aber sein Geist hatte rebelliert. Er war wohl doch schon zu alt für die Dummheiten eines schwärmerischen Jünglings.

Arndt setzte sich an seinen kleinen Schreibtisch, griff zu Papier und Feder, zögerte nur bei der Anrede — denn durfte er Wilhelm noch seinen Freund nennen? —, tauchte den Gänsekiel ins Tintenfaß und schrieb. Er versuchte nicht, seine Schuld zu mildern, nahm auch die Johannas auf sich. Er allein sei es gewesen, der gefrevelt habe, denn als der Ältere hätte er wissen müssen, was er tat.

Trotz alledem sei er einsichtig genug, seine Schuld zu erkennen: »Was ein glücklicher Leichtsinn mir erlauben mochte, erlaubt mir die Stellung nicht, worin ich mich als deutscher Mensch gesetzt habe.« Jetzt mußte das Vaterland doch wieder herhalten. Er merkte es nicht. »Ich muß meiden, was anderen erlaubt ist, damit meine Taten nicht viel schlechter erscheinen als meine Worte. Das Vaterland hat mich«, schrieb er tatsächlich, »und wird mich haben bis ans Ende. Ich fühle es, an Arbeit wird es nicht fehlen. So drängt ein Entwurf den anderen und eine Hoffnung die andere, und so wird es sein, bis die kühle Erde viele Sorgen und viele Liebe kühlt. Du hast recht, Wilhelm, wenn Du für das Äußerliche auch das äußerlich Strenge verlangst. Die Welt fordert das mit Recht von einem Manne, der ein unbescholtener Bürger sein und die Würde bewahren soll.«

So schrieb Arndt an Wilhelm Motherby. Und es ging ihm beim Verfassen dieses Briefes, wie es ihm häufig erging, wenn er vaterländische Prosa schrieb. Ein heiliger Eifer ergriff ihn, gab ihm große Worte und große Gedanken ein und machte ihn leicht und zufrieden. Er gab Wilhelm Motherby das feste Versprechen, sich von Johanna zu trennen und sie nur in Gegenwart ihres Mannes und in dessen Haus wiedersehen zu wollen. Als er den Brief beendet hatte, war ihm trotz aller Wehmut wohl. Er wußte, daß ihm noch ein all seine Festigkeit forderndes Gespräch mit Johanna bevorstand, aber der Druck wich von seiner Seele. Er war bereit.

Fast hätte er die Stunde vergessen, zu der Johanna ihn abholen wollte, um gemeinsam mit ihm zu Frau von Krüdener zu fahren. Er hatte zweimal dringende Geschäfte vorgeschoben, um nicht in den Salon dieser bigotten Schwärmerin mitkommen zu müssen. Eine dritte Absage wäre unhöflich gewesen. Die Frau hatte von sich reden gemacht und eine Vielzahl achtbarer Persönlichkeiten um sich gesammelt. Doch ihr Gebaren stieß ihn ab, denn es war voller falschen Eifers. Johanna hatte sich von ihr anstecken lassen.

Er ahnte sehr wohl, daß hinter ihrem beständigen Drängen, Frau von Krüdener gemeinsam mit ihm zu besuchen, auch ihre Absicht verborgen war, sich endlich öffentlich mit ihm zu zeigen. Der verschwiegene Park in Rödelheim genügte ihr nicht mehr. Sie wollte ihr Verhältnis mit ihm salonfähig, es wenigstens zu einer gesellschaftsfähigen Liaison machen. Das wußte er, und eben deshalb war er ausgewichen.

»Schämst du dich, mit mir gesehen zu werden?« hatte Johanna gefragt, als er abermals absagen wollte. Er sah das Blitzen in ihren Augen und ahnte die Tränen. Also hatte er nachgegeben. Nachdem der Brief an Wilhelm Motherby geschrieben war, fühlte sich Arndt frei, sah dem Besuch fast mit Gelassenheit entgegen. Es war, als ob er einem bettelnden Kind den Wunsch erfüllte, den Hanswurst zu spielen, ohne sich deswegen zum Narren machen zu lassen.

Johanna kam pünktlich. Er hatte sich noch nicht umgekleidet.

Von Wilhelms Brief und seiner Antwort wollte er ihr vorerst nichts sagen. Es war nicht Feigheit vor der Auseinandersetzung, er mochte ihr die Freude nicht verderben. Aber sie sah ihm an, daß er anders war als sonst.

»Was hast du?« fragte sie.

»Nichts«, beeilte er sich zu antworten und war froh, sich mit seinem Anzug beschäftigen zu können.

Johanna schwieg und beobachtete ihn. Sie sah, daß er wegen des Besuchs nicht bei bester Laune war. Mit spitzen Fingern nahm er ein Haar vom Frack, hielt es eine Weile gegen das Licht und ließ es dann fallen. »Hurenpack, zuletzt Propheten«, sagte er.

»Moritz!« rief sie. »Wie kannst du so etwas sagen!«

»Das stammt von Goethe«, erwiderte er fröhlich.

»Damit wird es nicht besser«, entgegnete sie. »Wollte man alle Affären des Herrn Geheimen Rates aufzählen, wie sollte man ihn dann nennen? Ihr Männer macht es euch ziemlich leicht, wenn ihr eine Frau denunzieren wollt. Was spricht man denn über mich?« fragte sie herausfordernd. »Ich bin mit Wilhelm Motherby verheiratet und habe ein Verhältnis mit dir. Wo ist da der Unterschied zu Juliane von Krüdener?«

Unwillig blickte er sie an. »Es wäre keiner, wenn du selber keinen machtest.«

»Vielen Dank!« erwiderte sie beleidigt. Und da kam ihr der Gedanke, Moritz könne ihrer Liebe schon leid sein. Sie erschrak. »Du liebst mich nicht mehr«, sagte sie leise.

»Johanna, was redest du da?« Er faßte sie an den Schultern. »Verzeih, ich habe es nicht so gemeint.«

In der Kutsche kam er auf Goethes boshafte Fomulierung zurück. »Ehe Juliane von Krüdener Pietistin wurde, muß sie eine bewegte Vergangenheit gehabt haben«, sagte er. »Sie ist nach allem, was ich gehört habe, eine schöne Frau gewesen. Und ein Kind von Traurigkeit war sie bestimmt nicht. Man sagt, daß sie eine gute Erziehung in Livland und Paris genossen und eine große Lebendigkeit des Geistes und des Herzens offenbart habe, im gleichen Maße aber auch über alle Künste weltläufiger Koketterie verfügte.«

»Sie war die dritte Frau eines ungeliebten Mannes, der sie betrog«, warf Johanna ein.

»Ehe ihr Mann starb, hatte sie bereits verschiedene Affären«, erwiderte Arndt. »Unter anderem mit einem jungen Offizier in Paris. Dem folgten Chateaubriand, Bernardin de Saint-Pierre und ein Dutzend weitere. Die Religion entdeckte sie erst, als ihre Schönheit verblich. Das ist es, was Goethe meinte. Jetzt predigt sie bei jeder Gelegenheit ihr Evangelium.«

»Es ist bemerkenswert«, entgegnete Johanna spitz, »wieviel du auf Klatsch gibst. Und was ihr Evangelium angeht, von dem du so abfällig sprichst — ist es schlecht, wenn sie die Welt besser machen will und sich dabei sowohl an die Armen wie an die Reichen wendet? Und hat sie nicht viel getan für die Verwundeten und Waisen dieses furchtbaren Krieges? Das Elend, das uns alle heimgesucht hat, sagt sie, kommt von den Sünden der Völker. Sagst du das nicht auch, Moritz?«

»Es ist die falsche Adresse«, entgegnete er deutlich akzentuiert. »Sie sollte nicht beim einfachen Volk anfangen, sondern bei der hohen und vornehmen Welt, und in Frankreich bei den abscheulichen, sitten- und glaubenslosen Regierungen und Hofhaltungen des fünfzehnten und sechzehnten Ludwigs. Im übrigen, wenn sie von Sodom und Gomorrha redet, dann weiß die Krüdener ganz bestimmt, wovon sie spricht.«

Und du meinst nicht nur Juliane von Krüdener, dachte Johanna bitter, wenn du mit solcher Verachtung von dieser Frau redest. Aber sie schwieg. Sie hatte das sichere Gefühl, daß etwas Böses in ihm schwelte, und sie hatte Angst, daß es dabei um sie ginge.

Frau von Krüdener war entzückt über den Besuch. Sie breitete, noch immer eine schöne Frau mit ihren fünfzig Jahren, die Arme aus, als wollte sie nicht nur Ernst Moritz Arndt, sondern die ganze Welt umfangen. »Herr Professor, wie ich Sie beneide!« rief sie entzückt.

Er verstand nicht. »Beneiden worum?«

»Sie haben in der Nähe des Zaren gelebt! Sie haben die gleiche Luft geatmet wie er. Sie haben den neuen Heiland gesehen!«

Du sollst den Namen des Herrn nicht unnütz führen, dachte Arndt abweisend und peinlich berührt von ihrer Schwärmerei, aber er war zu höflich, es ihr direkt zu sagen. Auch machte ihn die ungestüme Herzlichkeit der Frau wehrlos, obwohl er überzeugt war, daß sie nur schlechtes Theater spielte. »Ich bin in Petersburg gewesen, ja. Ich habe den Zaren mehrmals gesehen. Ein neuer Heiland jedoch ...« Arndt ließ den Satz offen und lächelte verkrampft.

Die Krüdener dachte nicht daran, sich ihren Auftritt durch den heidnischen Professor verderben zu lassen. »Er ist unser Befreier!« verkündete sie so laut, daß alle Anwesenden es hören mußten. »Gott hat den Zaren Alexander zu unserem Retter bestellt!«

Arndt hatte Mühe, angesichts ihrer verzückten Schwärmerei von Liebe und Gnade und göttlicher Erleuchtung gelassen zu bleiben. Für ihn waren es heilige Worte, die er nicht in diesem parfümgeschwängerten Salon wie von der Kanzel verkündet hören wollte. Doch wußte er, daß die Krüdener keine harmlose Gauklerin war und daß man besonders ihr Sendungsbewußtsein ernst nehmen mußte. Kein Wunder, daß sich eine empfängliche Seele wie Johanna von ihrer romantisch-überschwenglichen Art angezogen fühlte. Aber der Zar? Schmeichelte ihm nur die Bewunderung oder paßte die religiöse Schwärmerei der Krüdener in sein politisches Konzept?

»Es hätte dieses ungeheuren Krieges nicht bedurft«, sagte Arndt, »wenn nicht die verderbten Welschen so viel Unglück in die Welt gebracht hätten.« Und es war offensichtlich, daß er nicht nur die Franzosen meinte, sondern auch alle anderen, die er für sittenlos und verderbt hielt.

Die Krüdener schien eine solche Anspielung nicht zu bemerken. »Ja, die Franzosen sind gottvergessen und verrucht gewesen, und die schlimmsten Grundsätze haben bei ihnen überhandgenommen. Sie haben mit Recht die Züchtigung Gottes und der Menschen verdient. Aber will man sie nicht mit Gewalt in die Wildheit treiben«, erklärte sie, »will man sie für das Christentum und die alte Herrschaft der Bourbonen wiedergewinnen, so darf man nicht mit der Strenge der Gerechtigkeit messen. Man muß

Gnade üben und sie durch Milde und Großmut allmählich wieder zum Besseren erziehen.« Dabei breitete sie erneut die Arme wie eine Predigerin aus, und auf ihrem Gesicht lag ein Schimmer heiliger Begeisterung.

»Gnade?« fragte Arndt nun doch etwas lauter. »Gnade gegen die Franzosen? Das ist gut!« Er lachte böse. »Aber uns Deutschen verwehrt man das feierlich versprochene Recht.« Es klang eifernd auf andere Art. Arndt merkte nicht, wie sich die Anwesenden von ihm abkehrten.

»Du warst einfach ekelhaft«, sagte Johanna, als sie in der Kutsche zurückfuhren.

Arndt blickte sie nicht an. »Motherby hat geschrieben, und ich habe ihm geantwortet.«

Johanna erbleichte. Sie hatte gewußt, was geschehen würde, schon als sie aus Königsberg abgereist war: er wird mich verlassen. Sie hatte es gewußt und doch nicht wahrhaben wollen. Dieser Mann gehörte keiner Frau. Wahrscheinlich konnte er nicht einmal richtig lieben; er haßte zuviel.

Als die Kutsche vor seinem Haus hielt, sah er sie wie eine Fremde an. »Ich fahre für drei Tage nach Köln. Zeit für uns beide, um nachzudenken, Johanna. Verzeih mir. Ich kann nicht anders sein, als ich bin. Wir sehen uns am Donnerstag.«

»Nein«, antwortete sie. War das ihre Stimme? »Ich reise morgen früh ab. Ich fahre nach Hause.«

Er nickte schwach und machte nicht den geringsten Versuch, sie zum Bleiben zu bewegen. Sie wäre nicht gefahren, wenn er es gewünscht hätte. »Leb wohl, Furina«, sagte er leise. »Ich habe dich sehr geliebt.«

Die Tür schlug zu, die Kutsche fuhr ab. Arndt blickte ihr noch hinterher, als sie längst nicht mehr zu sehen war. Müde ging er ins Haus. Ein junger Mann wartete auf ihn. Frieder Oswald war aus Mainz herübergekommen.

Frieder Oswald

Frieder Oswald war eine Herausforderung für Ernst Moritz Arndt – und eine Mahnung. Er mochte ihn. Die forsche Art zu widersprechen erinnerte ihn an sein eigenes ungestümes Verhalten in diesem Alter. Was ihn aber auf besondere Weise mit ihm verband, war die Erinnerung an jene Abendstunde in Leipzig, als er diesen jungen Mann in der Uniform des Feindes ohne das Eingreifen Reils fast in den Tod getrieben hätte, ohne einen anderen Grund als seinen Haß auf den Eroberer Napoleon. Damals war ihm auf besonders nachdrückliche Weise deutlich geworden, daß es eine Sache ist, Aufrufe zur Vernichtung der Feinde des Vaterlandes zu verfassen, und eine ganz andere, einen Menschen in der Uniform des Feindes zu töten.

Als Oswald ihn in Frankfurt aufsuchte, kurz nachdem er Johanna weggeschickt hatte, war er, Arndt, es, der Hilfe brauchte, denn schon auf dem Weg in sein Zimmer war ihm klargeworden, wie ungerecht, ja wie gemein er sich gegen die Geliebte verhalten hatte. Er hätte sie um Verzeihung bitten müssen, weil ihm der Brief Wilhelms die erwünschte Gelegenheit bot, sich gegen sie zu entscheiden; und gemein war auch, wie er ihr seine Entscheidung mitgeteilt hatte. Er hätte ihr schwören müssen, daß er sie liebte und dennoch nicht mit ihr leben könne. Das wäre die Wahrheit gewesen. Aber er hatte dazu die Kraft nicht. Er hätte vor sich selber ausspeien können, so übel war ihm von der eigenen Schäbigkeit. Da kam Frieder Oswald, und die Wiedersehensfreude half ihm über die schlimmsten Selbstvorwürfe hinweg. Er mußte dem Besucher Rede und Antwort stehen, also konnte er nicht mit sich selber ins Gericht gehen. Wer weiß, welche Abgründe er sonst in sich entdeckt hätte.

Arndt führten die Dienstgeschäfte häufig nach Mainz. Ergab sich die Möglichkeit, besuchte er Frieder Oswald in dessen Elternhaus, oder sie gingen, soweit das die noch immer schmerzenden Glieder Frieders erlaubten, am Rhein spazieren. Als sie eines Tages am Ufer des Stromes die Abendstimmung genossen, sagte Oswald mit freundlichem Spott, indem er aufs Wasser zeigte: »Der Rheinstrom, Deutschlands Weinstrom, aber nicht Deutschlands Rainstrom.«

Arndt brauste auf. »Mir scheint, Sie haben ein bißchen viel Kotzebue gelesen!«

Oswald grinste. »Wenn er recht hat, hat er recht. Ich mag seine rührseligen Stücke nicht und ebensowenig seine albernen Possen, aber hat der von Ihnen über alle Maßen gepriesene Zar aller Reußen, der den Preußen liebend gern das P abschneiden würde, Kotzebue nicht zu seinem Generalkonsul in Königsberg ernannt?«

Das gab Arndt einen Stich. Ausgerechnet Königsberg, wo Johanna lebte und wo er glücklich gewesen war. »Ach, mit einem Mal ist der Zar Euer Kronzeuge?« entgegnete er böse. »Ihr nehmt's Euch, wie Ihr's braucht, Frieder Oswald. Sie sind ein Dialektiker!«

Der Mainzer blickte den Professor von unten an. »Welch ein Schimpfwort, Euer Wohlgeboren!«

Sie schwiegen beide eine Weile. Jeder hing seinen Gedanken nach. »Ich habe meine Lektion gelernt, Herr Professor«, sagte Oswald schließlich ohne jeden ironischen Unterton. »Aber ich müßte ein schlechter Schüler gewesen sein, wenn ich an die Stelle fragwürdiger alter nur ebenso fragwürdige neue Texte setzte.«

»Ist das Lied vom Vaterland ein fragwürdiger Text?« wollte Arndt wissen.

Oswald blickte auf die sich leicht kräuselnden Wellen des Flusses. »Lied und Leid«, erwiderte er ernst, »da muß man nur zwei Buchstaben miteinander vertauschen. Und wenn das Lied des einen Vaterlandes nur gesungen werden kann, wo das Leid eines anderen dafür herhalten muß, wie glücklich könnte dann das Volk der Deutschen sein?«

»Was schert mich das Wohlergehen einer fremden Nation, die an das der unseren nicht gedacht hat?« fragte Arndt aufgebracht. »Nein, mein Freund, Deutschland muß groß und stark sein, damit Frieden herrschen kann in der Welt!« Er spürte die Hohlheit seiner Worte und nahm sie dennoch nicht zurück.

Oswald schüttelte den Kopf. »Verzeihen Sie, Herr Professor, aber mir will scheinen, Ihr Deutschland sucht die äußeren Grenzen nur deshalb zu erweitern, um ein paar innere mehr ziehen zu können. Der Krieg ist aus. Also sollte Frieden sein. Wer jetzt noch einer fragwürdigen Nationalrache hinterherläuft, ist auf Eroberung aus. Die Zukunft Deutschlands liegt nicht in seiner äußeren Größe, sondern in seiner inneren Reife.«

Da war Arndt obenauf. »Welche Kraft hat ein kleiner Magnet, wen vermag er anzuziehen?« fragte er herausfordernd. »Im übrigen verlange ich nicht mehr, als uns zusteht. Den Franzosen soll alles Land gehören, in dem französisch gesprochen wird, den Deutschen, wo Deutsche wohnen. Das ist meine Forderung. Das ist gerecht!«

»Ist Gerechtigkeit die Wahrheit des Augenblicks?« fragte Oswald.

»Gerechtigkeit ist die Wahrheit Gottes!« Und dann zitierte Arndt sich selbst: »Soweit die deutsche Zunge klingt und Gott im Himmel Lieder singt, das soll es sein! Das, wackrer Deutscher, nenne dein!«

Frieder Oswald dachte gar nicht daran, sich von dem eifernden Professor in die Enge treiben zu lassen. Im Gegenteil, je hartnäkkiger sich Arndt in seine Parolen verbiß, desto offenkundiger erschien ihm ihre Fragwürdigkeit. »Wenn Sprachen die Scheidewand bilden sollen, so ist das eine spanische Wand, die man nach Belieben verrücken kann; denn auf diese Weise hängt die Grenze von der Willkür eines mehr oder weniger glücklichen Eroberers ab. Und eher würde man einem Trunkenbold das Saufen abgewöhnen als einem Herrschsüchtigen die Eroberungswut.«

»Immerhin scheinen Sie begriffen zu haben«, unterbrach ihn Arndt, »daß mit einem Napoleon ein sicherer Frieden nicht möglich ist.«

»Nehmen wir an«, entgegnete Oswald, »er kommt wieder und hat diesmal mehr Glück. Er erobert ganz Deutschland und führt überall französische Verfassung, Art und Sprache ein. An den meisten deutschen Höfen brauchte er die französische Grammatik nicht einmal zu lehren. Nach dreihundert Jahren dürften die Franzosen dann mit dem gleichen Recht sagen, Deutschland müsse zu Frankreich gehören, denn es liegt innerhalb seiner Sprachgrenze.«

»Was ist das für eine Logik?«

»Die Ihre, Herr Professor. Sie selbst sagen, die Küstenländer längs der Ostsee gehören deshalb mit Fug und Recht zu Deutschland, weil tapfere deutsche Ritter sie vor dreihundert Jahren dem Reich und dem Christentum erobert und deutsche Verfassung, Art und Sprache dort eingeführt haben. Sollte das für die Franzosen in dreihundert Jahren nicht ebenso gelten?«

Insgeheim hatte der Professor Freude an seinem Schüler, weil er eine gute Klinge führte und man ihm keine fertigen Rezepte anbieten konnte. Dennoch war er nicht willens, nachzugeben. »Das ist Sophisterei. Was dem Jupiter erlaubt ist, ist dem Ochsen noch lange nicht gestattet.«

Frieder Oswald lachte herzhaft.

»Was soll das heidnische Wiehern, Oswald?« fragte Arndt ärgerlich.

»Entschuldigen Sie, Herr Professor, das galt nicht Ihnen. Aber ist es nicht seltsam, daß jeder Gott für sich in Anspruch nimmt und den anderen für den Ochsen hält? Das erinnert mich an den alten Dessauer, der großzügig auf Gottes Beistand vor der Schlacht verzichtete, allerdings von ihm verlangte, er solle dann auch nicht dem Feind helfen.«

Arndt schwankte einen Moment, wie er reagieren solle, und entschied sich dafür, lachend einzulenken: »Frieder Oswald, du hast eine lose Zunge. Die wollen wir in Rotwein ersäufen. Auf, auf, ich weiß eine gute Schenke.«

So endeten ihre Dispute oft. Keiner gab nach, keiner verlangte, daß der andere seinen Standpunkt unbedingt teilte. Und als sie dann beim Rotspon saßen, sagte Arndt: »Frieder, ich hätte dich in Leipzig beinahe verrecken lassen wie einen Hund.«

Oswald blickte ihn lange und mit schon etwas schweren Lidern an. »Ich weiß. Auf einen mehr oder weniger wäre es auch nicht angekommen.« Und in dem Satz klang eine Müdigkeit, die vom Wein allein nicht verschuldet sein konnte. »Wir leben in einer beschissenen Zeit, Professor. Der blinde Zufall waltet. Gott, wenn es ihn überhaupt gibt, muß gerade mit einem anderen Teil der Welt beschäftigt sein.«

»Geschwätz!« fuhr ihm Arndt ins Wort. »Dafür zahlst du die nächste Flasche.«

»Liebend gern, Euer Wohlgeboren«, erwiderte Oswald. »Der Wirt hat mir erzählt, daß er noch ein paar Bouteillen guten Loireweins im Keller hat.« Dann rutschte er vom Stuhl. Das lange Krankenlager steckte ihm wohl noch in den Knochen.

»Mir scheint«, sagte Arndt, indem er warnend den Zeigefinger hob wie ein Schulmeister, »die Trauben dieses Jahrgangs haben zuviel französische Sonne abbekommen.« Er faßte den schweren Burschen unter und brachte ihn mit des Wirtes Hilfe in eine Kammer des Gasthofes. Dort packten sie ihn aufs Bett. Oswald schlief sofort ein, ohne zu merken, wo er war.

Arndt setzte sich neben dem Bett auf einen eichenen Stuhl. So, so, Frieder Oswald, dachte er mit gleichsam väterlichem Spott, es ist keine gute Zeit, in der du lebst. Und in welchem Jahrhundert möchtest du geboren sein? In einem vergangenen? In einem zukünftigen? Gar vorschnell seid ihr jungen Leute, uns, die alten, zu verurteilen, weil wir euch kein bequemes Bett bereitet haben. Eine Zeit ist, wie sie ist. Wenn sie anders werden soll, muß man schon etwas tun, mehr tun jedenfalls, mein Freund, als sie schlecht zu nennen. Das Schwingen der Trikolore reicht ebensowenig aus wie das Schwingen großer Reden. Tun muß man etwas. Wagen!

»Nein, Frieder Oswald«, sagte er laut, »nein, du hast nicht recht. Du bist ein Spökenkieker, jawohl, das bist du. Die Zeit ist so gut oder so schlecht, wie wir sie machen. Das sage ich dir. Und es ist allemal die Frage, wo man steht. Als du unter den Fahnen Napoleons siegtest, Frieder Oswald, bist du glücklich gewesen. Zur nämlichen Zeit war ich es nicht. Nun hockt dein einstiger Abgott auf Elba, und ich bin's froh. So ist das. Was kann die Zeit dafür? Die Zeit ist der Sand im Glas und rinnt. Skål, alter Schwede!« prostete er sich selber zu. »Skål!«

Die Flasche war leer, und er murmelte den Vers von der deutschen Zunge. Das kam ihm schwer über die Lippen. Die deusche Sunge lingt. Oswald schnarchte.

Bevor Stein nach Wien abreiste, wo er nur als ein Beauftragter des Zaren tätig sein durfte, traf er sich mit Humboldt und Gneisenau, um mit ihnen die Lage zu erörtern. Nachdem sie zu der Auffassung gekommen waren, daß man auf einen raschen und erfolgreichen Verlauf der Verhandlungen nicht hoffen dürfe, fiel es Gneisenau auf, daß zwar Eichhorn anwesend war, nicht aber Arndt.

»Was ist eigentlich mit dem Professor?« fragte er. »Gehörte er nicht hierher?«

Stein kam die Frage ungelegen. Deshalb antwortete er umständlicher, als es sonst seine Art war. »Meine Herren, Sie wissen, wie sehr ich Arndt schätze. Aber, General«, wandte er sich direkt an Gneisenau, »würden Sie einen einzelnen, noch dazu etwas unorthodox kämpfenden Ulanen gegen eine ganze wohlgedeckte Batterie von feindlichen Kanonen reiten lassen? Sehen Sie«, erklärt er, »unser Arndt ist ein kreuzbraver und aufrechter deutscher Patriot. Niemand kann das so gut beurteilen wie ich. Aber welchen Nutzen brächte er uns in Wien?«

Keiner mußte die Frage beantworten, denn alle wußten, wie die Herrschenden und die einflußreichen Politiker von Arndt dachten. König Friedrich Wilhelm und Staatskanzler Hardenberg hatte er sich zwar nachdrücklich als Preuße empfohlen, aber sie kannten seine antifriderizianische Gesinnung. Kaiser Franz und Außenminister Metternich hielten ihn für einen Jakobiner, und die meisten deutschen Fürsten hatte er sich mit seinen Vaterlandsgesängen zum Gegner gemacht. In Frankreich, das auf dem Kongreß durch Talleyrand, den einstigen Minister Napoleons und jetzigen Minister Ludwigs, vertreten werden sollte, war er als Franzosenfresser par excellence bekannt. Wo immer er aufgetaucht wäre, hätte es Schwierigkeiten und Verwicklungen gegeben. Alle bei Steins Besprechung Versammelten wußten das, auch Gneisenau. Dennoch sagte er bitter: »Der Mohr hat seine Schuldigkeit getan.«

»Nein!« herrschte ihn der Freiherr an. »Unterstellen Sie mir nicht, daß ich mich auf bequeme Art eines unbequem gewordenen Mitarbeiters entledigen wolle. Arndt ist denkbar ungeeignet für das diplomatische Parkett, noch dazu für ein dermaßen glattes, wie es uns in Wien erwartet. Ich habe in Petersburg schon meine liebe Not mit ihm gehabt, weil der Mensch einfach zu ehrlich und also für die hohe Politik nicht gemacht ist.«

Eichhorn nickt. »Dennoch«, fragte er, »wird Arndt nicht annehmen müssen, wir benötigten seine Hilfe nicht mehr, nachdem wir sie lange gründlich gebraucht haben?«

»Wenn ich einen Vorschlag machen darf«, wandte sich Humboldt an Stein, »so sollte man ihn einer angesehenen Zeitung als Korrespondenten vorschlagen. Aufs Wort versteht er sich vorzüglich. Und ich denke, unsere lieben Deutschen erwarten genauen Bericht vom Kongreß. Außerdem«, fügte er mit einem hintergründigen Lächeln dazu, »die Journaille kann manches aussprechen, was der Diplomatie untersagt ist. Oder irre ich mich, Exzellenz?«

Stein blickte Humboldt einen Moment prüfend an, lachte dann und sagte: »Hoffentlich bereuen die preußischen Diplomaten nicht, daß dieser glänzende Einfall von einem der Ihren stammt. Ich rede mit Cotta«, schloß er. Der Gedanke, mit Hilfe der öffentlichen Meinung notfalls Druck ausüben zu können, gefiel dem Reichsritter. Der Vorschlag fand auch Gneisenaus Beifall.

Arndt wartete auf ein Wort Steins. Er hätte ihn gern nach Wien begleitet. Nicht, weil er die Stadt und ihre Bewohner liebte. Das etwas leichte, seiner Meinung nach leichtsinnige Leben in der Donaumetropole hatte ihn eher abgestoßen, als er seinerzeit dort gelebt hatte. Aber er hätte gern dabeisein und mitentscheiden wollen, wenn es um die Neuordnung des deutschen Vaterlandes ging.

Als er das Angebot des Verlegers Cotta erhielt, war er enttäuscht. Brauchte man ihn nur noch als billigen Zeitungsschreiber, der lediglich zu berichten, aber nicht zu verhandeln hatte? Nein, das war nicht nach seinem Geschmack. Er hatte das Pamphletieren ohnehin gründlich satt. Immer nur für den Augenblick schreiben, womöglich noch der Meinung eines kurzsichtigen, dem Tag verpflichteten Redakteurs ausgeliefert oder gar der Zensur anheimgestellt sein? Wenn überhaupt, dann wollte er eine eigene Zeitung herausgeben. Aber dazu reichten seine Mittel nicht. Er schrieb Cotta ab. Und als er Frieder Oswald andeutete, welcher Art seine Tätigkeit in Wien nach Steins Auffassung sein sollte, ergriff der entschieden Arndts Partei.

»Dieser Kongreß wird nichts zustande bringen«, behauptete Oswald, »jedenfalls nichts Gutes. Sie würden sich die Finger wundschreiben und die Krätze an den Hals ärgern. Nennen Sie mich meinetwegen einen unverbesserlichen Skeptiker, Herr Professor, aber dessen bin ich gewiß: während man in Wien zum Menuett tanzt, wird ein anderer auf Elba seinen nächsten Marsch komponieren.«

Arndt dachte lange nach, bis er zu Oswalds Überraschung sagte: »Ich glaube, mein Freund, ich hätte sogar meine heimliche Freude daran, wenn er wiederkäme.«

»Ich rede von Napoleon!« meinte Oswald richtigstellen zu müssen.

»Ich auch«, erwiderte Arndt grimmig. »Ich auch. Die hohen Herren hätten nichts Besseres verdient als diese Lektion. Von Anfang an hat mir die Halbheit nicht geschmeckt, mit der sie den Usurpator geradezu in allen Ehren auf die Insel geleitet haben, den sie aus Gründen der eigenen Legitimität noch immer einen Kaiser nennen. O diese Falschheit! Ich stelle mir die Gesichter vor, die sie machen würden. Vielleicht begriffen sie dann, was ihre heilige Pflicht ist.«

Oswald wußte nicht recht, wie er Anrdts zornige Worte auffassen sollte. Hatte der Professor denn eine Vorstellung von dem, was geschehen würde, wenn Napoleon zurückkehrte? Mit der Wiedereinsetzung der Bourbonen hatte man das Verkehrteste getan, was gemacht werden konnte, nämlich den Versuch unternommen, die alten Machtverhältnisse wieder in Frankreich zu installieren. Darüber war er sich mit Arndt einig. Und die einstigen Fürsten des Rheinbundes waren nicht etwa aus vaterländischer Überzeugung auf die Seite der Siegermächte übergetreten. Sie stöhnten ja bereits bei dem Gedanken, ihre kleinlichen Interessen einem deutschen Staatenbund unterordnen zu müssen.

»Wissen Sie, was daraus folgen würde?« fragte Oswald nachdrücklich.

»Ja«, sagte Arndt. »Krieg! Und der wäre mir in jedem Falle lieber als dieser faule Frieden, den sie planen. Dann endlich wäre nämlich offenkundig, daß jene recht gehabt haben, die wie Gneisenau und Blücher reinen Tisch machen wollten. Dann endlich müßte auch der Einfältigste begreifen, daß Deutschlands Grenze nicht in der Mitte des Rheinflusses liegt. Dann endlich würde das deutsche Volk sehen, wo sein wahres Heil zu finden ist. Ja, Frieder Oswald, starre mich an, als ob ich von Sinnen wäre, aber ich bin wie selten zuvor bei klarem Verstand. Käme Napoleon zurück, so gingen auch Ihnen endlich die Augen auf, der Sie noch immer blind auf dem einen sind und mit dem anderen gen Westen schielen. Es wäre ein heilsamer Schrecken, der der Welt in die Glieder führe. Und vielleicht wäre es Gottes Wille, wenn das geschähe.« Er atmete heftig vor Erregung.

»Nun ja«, meinte Oswald nachdenklich, aber ohne Spott, »noch ist einiges heil an mir, das in einem neuen Krieg zerschossen werden könnte.«

Arndt ging darauf nicht ein. »Wer fragt nach dem einzelnen, wenn es ums Ganze geht? Napoleon käme nicht weit. Noch stehen die Armeen unter Waffen. Sie würden wie eine riesige Walze über Frankreich hinwegrollen und allen Ungeist, der in diesem Land wurzelt, unter sich begraben. Dann endlich würde die Fahne des Vaterlandes hoch im Winde flattern. Ich habe ein Lied gemacht.« Arndt langte in seine Schublade. »Hier«, sagte er, »das könnte unsre Hymne werden.« Und mit mächtiger Stimme trug er die dritte Strophe vor:

»Denn Gott, der alte Retter,
Der droben wandeln geht,
Erschien in Blitz und Wetter
In hehrer Majestät;
Als Richter wollt' er kommen
Herab vom Himmelreich,
Drum freut euch all, ihr Frommen,
Ihr Frevler, werdet bleich.«

Oswald war etwas peinlich berührt von solchem religiösen Eifer, zumal er das Lied vom Gott, der Eisen wachsen ließ, kannte. Daraus kam nach seiner Erfahrung nichts Gutes. Aber er sah auch, wie wenig sinnvoll es war, Arndt zu widersprechen oder nur Zweifel anzumelden. Er hatte ohnehin das Empfinden, der Professor rede wieder einmal mehr gegen seine innere Not an als in der Absicht, ihn zu überzeugen. Doch hatte er Grund, Arndt Vorhaltungen zu machen? Er selbst war den Fahnen Napoleons hinterhergelaufen, weil er den großen Worten von Freiheit, Gleichheit und Brüderlichkeit vertraute, als sie der einstige General der Revolution längst verraten hatte.

»Ich wollte«, sagte Frieder Oswald, »die Welt hätte die Chance, noch einmal beim Jahre 1789 beginnen zu können.«

»Das wünschen Sie sich lieber nicht«, widersprach Arndt, »denn wo sich die Geschichte wiederholt, da wird sie zur Posse oder zum Verbrechen.«

»Nein«, beharrte Oswald auf seinem Standpunkt, »wir hätten schließlich die Erfahrung von heute.«

»Dann wäre es auch nicht mehr das Jahr 1789«, erklärte Arndt.

Oswald gab auf. Er hatte das sichere Gefühl, daß der Professor es sich zu einfach machte, wenn er glaubte, die Welt sei von Gott vernünftig eingerichtet und Sache der Menschen wäre es, nach seinen Gesetzten zu leben. »Solange wir den Punkt nicht finden, von dem aus die Welt kuriert werden kann, werden wir wohl ewige Kurpfuscher bleiben«, sagte er unbestimmt. »Die bisherigen Rezepturen haben jedenfalls nicht angeschlagen.«

Arndt begriff die Unsicherheit und übte Nachsicht. In dem Burschen steckte die Fähigkeit, an sich selbst zweifeln zu können. Und das sind noch immer die Besten, sagte er sich. Ja, es war ungewiß, ob man die Fürsten wirklich erziehen konnte. Gelungen war es nur in wenigen Fällen. Die Kraft des Vaterlandes lag im Volk. Nicht Alexander und Kutusow hatten Rußland vom französischen Eroberer befreit, sondern die russischen Bauern. Nicht Friedrich Wilhelm und Blücher besiegten den Tyrannen, sondern die preußischen Soldaten und schlesischen Leineweber. Es war das spanische Volk und das Volk von Tirol, das die Kraft zum Widerstand gehabt hatte. Die Fürsten, mit wenigen Ausnahmen, waren bereit gewesen, sich mit Napoleon zu arrangieren. Und wer war er, Ernst Moritz Arndt? Was konnte er tun, und was tat er?

»Gehen Sie nun doch nach Wien?« fragte Oswald.

»Nein!« antwortete Arndt entschieden. »Ich wäre dort am verkehrten Platz.«

»Und wo ist Ihr eigentlicher?«

Arndt sah ihn lange an. »Hier«, antwortete er schließlich. »Ich bin zu alt, um mich in alberne Händel zu mischen. Es wird Zeit, daß ich mich um eine neue Profession kümmere. Ich will euch Jungen ein Lehrer sein, euch und allen, die fragen wie du. Ich will zu euch sprechen und reden von dem, was ich gesehen habe, auch von meinen Irrtümern; denn glaubt nicht, daß mein Weg nur gerade gewesen sei. Vielleicht«, sagte er nach kurzem Nachdenken, »vielleicht mußten all die Umwege sogar sein, damit ich in Zukunft weiß, welcher Weg nicht gangbar ist oder in die Irre führt. Die guten Lehrer sind nicht jene, die alles zu wissen glauben, sondern eher die, die zur Einsicht fähig sind und selber noch lernen können.«

Frieder Oswald hatte in den letzten Wochen viel über Ernst Moritz Arndt nachgedacht, ohne sich klar darüber zu werden, was ihn zu diesem Manne hinzog. Mit Leipzig hatte es wenig zu tun. Und Arndts oft recht befremdlichen Vorstellungen von einem künftigen Deutschland konnte er nicht zustimmen. Die schrillen und falschen Töne waren es schon gar nicht, die Arndt gebrauchte, wenn er von den Franzosen sprach. Es mußte etwas anderes sein, wenn ihm der Professor zu einem väterlichen Freund geworden war. Nun glaubte er es zu wissen. Es war vor allem die Ehrlichkeit dieses Mannes, seine unbedingte Aufrichtigkeit, die selbst Irrtümer verzeihlich machte. Ernst Moritz Arndt war ein integerer Mann, der sagte, was er dachte, der handelte, wie es ihm sein Gewissen vorschrieb. Ein solcher Lehrer, sagte sich Frieder Oswald, ist ein Beispiel vor allem durch seine Haltung. An dem konnte man sich selber prüfen. Das zeichnete ihn vor allem aus.

Eine Zeitlang waren beide mit ihren Gedanken beschäftigt. Dann sagte Frieder Oswald: »Ich habe darüber nachgedacht, was ich tun soll. Mein Vater wünscht, daß ich in sein Geschäft eintrete. Wein wird immer getrunken, im Krieg wie im Frieden. Das wäre eine sichere Sache, meint er. Aber ich will mich lieber an der Universität einschreiben, an der Sie lehren wollen.«

»Um mir zuzuhören, oder um mir auch dort zu widersprechen?« fragte Arndt spöttisch, um seine Freude zu verbergen.

»Wenn ich Sie richtig verstanden habe, Herr Professor, ist es Ihnen um beides zu tun.«

»Gut denn«, sagte Arndt zufrieden. »Wir können ja, obgleich die neue Alma mater noch gar nicht existiert, schon jetzt mit dem Studium beginnen. Wie steht es um Ihr Bein, Frieder Oswald?«

»Leidlich«, antwortete er, ohne zu wissen, was das Studium mit seinem lädierten Bein zu tun haben sollte.

»Die Geschäfte haben mich bisher durchs Land getrieben, ohne daß ich von den Menschen viel gesehen habe«, erklärte Arndt. »Bürostuben, Redaktionen und Salons waren meine Aufenthaltsorte. Ich habe die Absicht, mir die neuen Provinzen Preußens zu Fuß zu erobern. Begleiten Sie mich?«

»Wir werden wie Doktor Faust und der hinkende Teufel erscheinen«, antwortete Frieder Oswald lachend. »Aber wenn Sie einen an der Seite haben wollen, der sich notfalls auch in einen Pudel verwandeln kann, bin ich Ihr Mann!«

»Die Wette gilt!« Arndt hielt ihm die Hand hin, und Frieder Oswald schlug ein.

Arndt war ein leidenschaftlicher Wanderer. Zu Fuß hatte er sich schon als junger Bursche seine Heimatinsel Rügen erobert, dann die nähere und weitere Umgebung von Stralsund, wo er das Gymnasium besucht hatte. Während seiner Studien in Greifswald und Jena, die er mit allem Eifer betrieb, hockte er dennoch nicht nur über den Büchern. Er war ein froher, mitunter übermütiger Geselle. Aber es machte ihm auch Freude, seinem Körper durch ausgedehnte, oft strapaziöse Fußwanderungen das Äußerste abzufordern. Ein Weichling war er nie.

Auf diesen Wanderungen hatte er die vielfältigsten Gelegenheiten, das Land, vor allem aber seine Bewohner kennenzulernen. Er war den Menschen nahegekommen, hatte gesehen, wie sie lebten, gehört, wie sie sprachen. Er wußte, was und wie sie dachten. Er hatte, wie Luther sagte, den Leuten aufs Maul geschaut. Und wenn er später zu ihnen sprach in seinen Schriften, so war viel von ihrer Art zu reden in seinen Texten. Darum wurde er auch so gut von allen verstanden. Er mußte sich nicht um einen volkstümlichen Ton bemühen, denn er selber war ein Mann aus dem Volk und es geblieben, wo immer er auch hingekommen war. Die Salons konnten ihn nicht verderben.

Zuerst wollte er nach Bonn. Er kannte die Stadt und ihre reizvolle Umgebung schon von früheren Reisen. Zwar hatte man bisher noch nicht entschieden, wo die neue preußische Universität am Rhein eingerichtet werden sollte, aber Arndt war sehr für Bonn, das ihm mehr lag als das mächtige Köln.

Wäre Frieder Oswald schon besser zu Fuß gewesen, hätte Arndt den Weg von Frankfurt aus über Land gemacht. Aber eine Fahrt auf dem Main und dann den Rhein hinab bis Bonn hatte auch ihren Reiz. Er ließ vom Schiffer zwei bequeme Stühle aufs Vordeck stellen und genoß den Blick auf die Ufer.

Frieder Oswald wollte das Gespräch fortsetzen, das sie vor reichlich einer Woche geführt hatten. Da er aber merkte, daß der Professor keine besondere Lust verspürte, sich die schöne Stimmung beschweren zu lassen, benutzte er einen Umweg für seine eigentliche Frage. »Sie sind viel gereist, Herr Professor. Sie waren auch in Frankreich. Wie hat Ihnen das Land, wie haben Ihnen die Menschen gefallen?«

Arndt schmunzelte. Natürlich hatte er gemerkt, worauf Oswald aus war, also antwortete er direkt. »Als ich nach Paris kam, lag die Revolution schon vierzehn Jahre zurück. Ich konnte darum am Sturm auf die Bastille nicht mehr teilnehmen. Aber ich denke, daß in den ersten Jahren der Umwälzung wirklich ein höherer, enthusiastischer Geist im Volk war, daß viele gehofft haben, es würde eine bessere und glücklichere Verfassung aus dem Chaos hervorgehen. Ich glaube auch, daß damals etwas Gutes hätte entstehen können, wenn mehr Verstand unter den Ratenden und Herrschenden gewesen wäre als Begeisterung und Schwärmerei.«

Oswald war überrascht. Er hatte ein solches Bekenntnis nicht erwartet. »Sie geben also zu, daß mit der Französischen Revolution etwas Neues, etwas Großartiges in die Welt gekommen ist?«

»Man hoffte und glaubte mehr, als man durfte«, dämpfte Arndt den Eifer. »Und man glaubte zu sehen, was man wünschte, man deutete politische Ideen und schön klingende Worte für Gesetze und Taten. Die Franzosen meinten, mit dem Sturz des Alten sei das Neue schon errungen. Aber die besseren Köpfe, die edleren Herzen wurden zerstört und vernichtet, der elende Ausschuß aller Parteien blieb übrig, ein mittelmäßiges Sklavengeschlecht, das weder zu begeistern noch zu herrschen wußte.«

Oswald wollte schon heftig erwidern, daß eine Revolution ohne Gewalt nicht möglich sei, da unterbrach ihn Arndt mit einer schnellen Handbewegung. »Wie kann man angesichts eines so wunderbaren Morgens Politik betreiben? Schauen Sie sich um und sagen Sie mir dann, ob ein Blick in Gottes herrliche Natur nicht hundertmal schöner ist als ein Gespräch über Sinn und Unsinn einer Revolution, die noch dazu vor einem Vierteljahrhundert in einem fremden Land ausgebrochen ist. Wissen Sie, was Goethe gesagt hat? Frankreichs traurig Geschick, die Großen mögen's bedenken; aber bedenken fürwahr sollen es Kleine noch mehr. Große gingen zugrunde: doch wer beschützt die Menge gegen die Menge? Da war Menge der Menge Tyrann.«

»Republiken habe ich gesehen, und das ist die beste, die dem regierenden Teil Lasten, nicht Vorteil gewährt«, zitierte Oswald. »Auch Goethe.«

»Wir haben eben beide unsere Schulaufgaben gemacht«, sagte Arndt belustigt, und damit war für ihn das Gespräch beendet. Er rückte seinen Stuhl in die Sonne, lehnte sich genüßlich zurück und atmete tief mit geschlossenen Augen, als wolle er die Schönheit dieses Fleckens in sich saugen.

In Koblenz, wo die Mosel in den Rhein mündet, machten sie Station. Es trieb sie nichts, und Arndt wollte diese Reise wirklich genießen. Als sie sich am späten Mittag des nächsten Tages Bonn näherten, stand Arndt wieder begeistert von dem Anblick, der sich ihm bot, im vorderen Teil des Schiffes.

»Ist das nicht eine herrliche Gegend?« schwärmte er. »Das Siebengebirge mit seiner Waldkette und seinen Burgen. Die Landschaft erinnert mich an meine Heimat.«

»An Rügen?« fragte Oswald überrascht.

Arndt nickte. »Wie sich hier die Bergspitzen gleich einem geglätteten Laken flachen, dann wieder dreifach gezackt und erhöht in den Himmel streben, so faltet es sich am Meeresstrand und auf meiner Insel. Ich sehe den Berg und denke an den Rugard. Ich sehe die Schiffe und erkenne die Segel vor der Küste. Und dort hinten, steigen da nicht Mön und Bornholm aus dem Meer empor?«

Oswald lächelte verstohlen über die Begeisterung des Professors. Er sah nur den Godesberg und den Rhein, das Siebengebirge und seine Wälder. »Ich kenne das Meer nicht«, sagte er. »Es muß schön sein.«

»Es ist schön«, bestätigte Arndt. »Aber meine Heimat hat einen etwas rauheren Charakter. Hier finde ich eine Lieblichkeit, die mich an die eines Weibes erinnert. Die Luft ist milder, zärtlicher. Oswald, du bist ein Stockfisch, wenn du das nicht spürst!«

»Doch, doch«, versicherte der schnell, »ich seh's.«

Arndt winkte ab. »Du bist doch ein Stockfisch.« Die Jugend sieht nicht, was das Alter findet. So ist die Welt. Und eines Tages sind die Jungen die Alten. Erst will man die Welt erobern, dann ist man mit einem stillen Platz zufrieden, philosophierte Arndt. Wär's anders herum, die Welt geriete aus den Fugen.

Als sie in Bonn an Land gingen, wollte Oswald eine gute Wirtschaft aufsuchen, um sich für den Aufstieg zum Godesberg zu stärken, aber Arndt trieb zur Eile. Sie hatten ihre Wegzehrung im Beutel. In einer Stunde konnten sie ihr Ziel erreicht haben.

Sie brauchten eine halbe Stunde länger. Arndt, der sonst rüstiger ausschritt, mußte auf den noch immer das Bein leicht nachziehenden Oswald Rücksicht nehmen. Er blieb aber selbst oft stehen, um den Gefährten auf besonders schöne Blicke, auf seltene Pflanzen und eigentümlich gewachsene Bäume aufmerksam zu machen, die der junge Bursche nach seiner Meinung nicht recht zu würdigen wußte. »Wozu hat euch der Herrgott zwei Augen gegeben, wenn ihr doch nicht sehen könnt?« fragte Arndt. »So etwas trottet wie ein Maulwurf daher, dem finstere Höhlungen vertrauter sind als das Licht der Sonne.«

»Ich sehe die Weinhänge!« protestierte Oswald.

»Ach, Sie mit dem praktischen Verstand eines Winzers! Gewiß schlagen Sie im Geiste schon die Ernte in harte Taler um, die der Wein bringen würde, wenn es der eigene wäre.« Arndt hieb mit seinem Wanderstock durch die Luft, daß es fauchte.

»Mein praktischer Winzerverstand sagt mir, daß hier keine besonderen Trauben wachsen. Auf den Hängen meines Vaters gedeihen bessere.« Oswald lachte.

»Ein Ignorant bist du, ein Stockfisch und ein Ignorant!« rief Arndt aus, der, je vertrauter ihm Frieder Oswald wurde, immer weniger wußte, wie er ihn anreden sollte. Sie oder Du oder Er? Und brachte es also ständig durcheinander. »Wenn Sein Vater einen guten Tropfen keltern könnte, hätte Er gewiß eine Flasche Reiseproviant bei sich. Aber warte, ich werde dich Wasser trinken lehren, wenn wir erst an den heilsamen Quellen des Godesberges angekommen sind. Ich wette, du schüttest danach deines Vaters ekles Gebräu in den Fluß.«

Arndt war wie ausgewechselt. Keine nachdenklichen Falten furchten seine Stirn, die Stimme klang trotz des strengen nordischen Akzents warm und herzlich. Launig stieß er Frieder Oswald immer wieder in die Seite, wenn er sich auf einem Stein oder einem umgestürzten Baum ausruhen wollte. »Vorwärts, verkrachter Rheinbündler, preußischer Boden verträgt kein welsches Hinken!«

Als sie am Fuß des Godesberges angekommen waren und auf einer kleinen Bank rasteten, kam sogleich der Brunnenmeister aus seinem Häuschen zu ihnen herüber, um seine Dienste anzubieten. Arndt bat nur um zwei Glas Wasser. Das schien dem Mann zu gefallen, obwohl es ihm keinen Stüber einbrachte.

Begeistert war Oswald von dem Brunnen nicht. Aber er war angenehm temperiert und löschte den Durst.

Arndt trieb bald zum Aufbruch. Er wollte zur Burg hinauf. Mit Rücksicht auf Oswald wählte er den leichteren Weg. Der Anstieg war immer noch anstrengend genug.

Aber der Ausblick entschädigte sie für die Mühe. Im Norden lag das freundliche Bonn mit seinem malerisch gestaffelten Kreuzberg, rechts am anderen Ufer der Finkenberg und gegenüber der Ennert. Im Hintergrund verlor sich der Rhein wie ein dünner blauer Faden, und man erkannte die hundert heiligen Türme der Colonia in der Ferne. Im Süden leuchteten die Kuppen des Siebengebirges, sie blickten auf die Trümmer vom Rolandseck und sahen inmitten des stolz unter ihnen fließenden Rheins zwei liebliche Inseln.

Arndt breitete gerührt die Arme aus. »Man kann es nicht beschreiben«, sagte er. »Man muß es gesehen haben.«

Dann wandten sie sich den Ruinen der Burg zu. Mit der Phantasie eines Dichters sah Arndt das bunte Treiben vergangener Zeiten wieder auferstehen. Er erblickte die einstigen Säle und Gemächer, die Ställe der Streithengste, die Stuben der Knappen und Knechte, die Verliese und Marterkammern, dort, wo längst immergrüner Efeu rankte.

»Schade, daß man den Turm nicht besteigen kann«, sagte er. Die Treppen waren zu brüchig und fehlten an manchen Stellen ganz.

Oswald, den das Bein schmerzte, hatte sich auf einen Stein gesetzt. Arndt aber stand da, das Gesicht der Abendsonne zugewandt, die seine Gestalt scharf gegen den Horizont abhob. Er wirkte mächtiger, als er in Wirklichkeit war. Wahrhaftig, dachte Oswald, dieser David überragt Goliath. Und von ihm strahlte eine zuversichtlich machende Kraft aus, wie er sie bisher noch nicht bemerkt hatte.

Arndt drehte sich um. Seine Augen waren feucht. »Ich habe meine Heimat gesehen«, sagte er. Seine Stimme klang sanft, als spräche er von der Geliebten. »Ich werde nach Rügen gehen. Dort lebt mein Sohn Karl Treu. Ich werde meine Bücher und meine Schriften ordnen, die ich über Jahre zusammengetragen habe und bisher nicht nutzen konnte. Jetzt ist der Krieg aus. Ich werde wiederkommen, hierher. Kein Platz der Welt kann schöner sein. Ich habe alt werden müssen, um das zu erfahren. Hier will ich leben. Und hier will ich lehren.« Und um einen festeren Ton bemüht, wenngleich er sich seiner Rührung nicht schämte, sagte er: »Frieder Oswald, sehe ich Sie unter meinen Studenten?«

»Das ist versprochen.«

Arndt nickte zufrieden. Ein Professor, ein Bekenner im ursprünglichen Sinn des Wortes will ich sein, dachte er, ein Lehrer der Jugend. Ich wüßte nichts Schöneres. Wer seine Erfahrungen mit ins Grab nimmt, hat sie umsonst gemacht.

Der Fingerzeig Gottes

Ernst Moritz Arndt brach im November 1814 von Frankfurt am Main auf, um sich zunächst nach Berlin zu begeben, von wo er weiterreisen wollte auf seine Insel Rügen. Er hätte die Postkutsche nehmen können, denn das Wetter war nicht mehr danach, die ganze Strecke zu Fuß zu wandern. Dennoch verzichtete er darauf, und nicht nur, weil er keine Eile hatte. Er wollte die Gelegenheit nutzen, eins mit der Natur zu sein und den Menschen nahe, um Ordnung in seine widersprüchlichen Gedanken und Gefühle zu bringen. Er war unsicher geworden, unsicher an der Welt, aber auch an sich selbst.

In Wien hatten sich die Potentaten und ihre Lakaien, die Diplomaten und Hofschranzen, die Krieger und Kriecher, die Künstler und die Dilettanten versammelt. Die Nachrichten aus der Kaiserstadt waren ganz und gar nicht geschaffen, große Hoffnungen in den Kongreß zu setzen. Im Gegenteil, schlimme Ahnungen suchten die Patrioten heim. Was an der Donau verhandelt wurde, das roch penetrant nach Verrat an der deutschen Sache.

Arndt hatte sich in Frankfurt nicht mehr wohl gefühlt. Zwar gelüstete es ihn sehr, in Wien mit von der Partie zu sein, um dreinhauen zu können, wo immer sich die Gelegenheit böte. Aber der Länderschacher ekelte ihn dermaßen an, daß er sich in zahlreichen Schriften Luft machen mußte, die, das wußte er allzugut, allein dank der noch immer schützenden Hand Steins erscheinen durften. Die Gegner aber waren nicht müde und milde. Einer machte ihm mit gehässigen, arroganten und schmähenden Artikeln und Flugschriften besonders heftig zu schaffen: die Schmeißfliege August von Kotzebue.

»Allzuscharf macht schartig«, hatte der ihm in den »Politischen Flugblättern« vorgeworfen und ihm Eroberungswut unterstellt! »In der Tat«, hatte Kotzebue behauptet, »es möchte manchem scheinen, der Herr Professor habe selbst einen kleinen Hang zu Eroberungen, und man dürfe sich Glück wünschen, daß er nicht an der Spitze von 300000 Mann steht; er würde dann in der Geschichte noch etwas weiter zurückgehen als bis auf Cäsar und die deutsche Sprache oder wenigstens einen Dialekt derselben auch in Persien finden, welches bekanntlich der rein deutschen Worte viele in seiner Sprache hat.«

So etwas ihm! Und auf seine These von den natürlichen Grenzen, die die Sprache macht, hatte Kotzebue höhnisch erwidert: »Mit ebendem Recht könnte man von einem mit Bohnen besäten Gartenbeet behaupten, die Bohnen machten die natürliche Grenze dieses Beetes. Der Gärtner aber lacht, gräbt um und pflanzt Kohl hinein.«

Arndt schüttelte sich vor Zorn. Nichts hatte der Possenschreiber Kotzebue von der Pflicht fürs Vaterland begriffen, nichts! Er war ein Schelm und ein Schwätzer zugleich, ein hinterhältiger Schleicher obendrein. Er hätte ihm in Königsberg heftiger in die Parade fahren müssen, wo Kotzebues Zynismus doch schon deutlich genug zutage getreten war.

Königsberg. Da war die Erinnerung wieder an Johanna. Und es meldete sich der immer wieder unterdrückte Gedanke erneut, daß er nicht gerecht gegen sie gehandelt hatte. Waren denn ihre Wünsche und Erwartungen wirklich so überspannt, daß er sie zurückweisen mußte? Lohnte es denn, nur für das Vaterland zu leben? Wer wollte dieses Deutschland wirklich, nach dem sein Verstand und sein Herz rief? Die Deutschen? Arndt lachte böse. Zu deutlich hatte man ihm in den letzten Monaten zu verstehen gegeben, daß man seine Predigten gar nicht hören mochte, daß man endlich Ruhe haben wollte nach einem Jahrzehnt Krieg. Begriffen die Deutschen nicht, nach welcher Ruhe sie sich eigentlich sehnten?

Frieder Oswald hatte ihm nachdenklich zugestimmt. Aber als er ihm einmal erklärte, daß der Name Franzose überhaupt ein Abscheu werden müsse in deutschen Landen, hatte der einstige Soldat Napoleons heftig widersprochen. »Mit anderen Worten, es sei ewiger Krieg zwischen Frankreich und Deutschland? Ein brennender Haß ist eine sehr tätige Leidenschaft, Herr Professor.« Und das war besonders schmerzlich, weil es ein Wort Kotzebues war, das sein junger Freund benutzt hatte.

Eine reine Freude war die Fußwanderung durch Hessen und Westfalen, durch Hannover und Braunschweig bis Berlin wahrhaftig nicht. Die kalten Novembernebel, der beginnende Frost, der scharfe Ostwind setzten ihm zu. Aber Arndt hatte seinen Körper schon immer Strapazen ausgesetzt, wenn ihn die Seele zwackte. Damit glaubte er sich hart machen zu können gegen alle Anfechtungen, gegen Zweifel, Nachlässigkeit oder niedrige Begierden.

Diesmal wollte die Kur nicht recht anschlagen. Je heftiger ihm Wetter und Weg zusetzten, desto mehr bedrängten ihn seltsame Gesichte und Erinnerungen. Es war, als wehrte sich sein ganzes Wesen gegen die Wunden, die ihm die Zeitläufte schlugen. Das Leben hatte ihn heftig gebeutelt. Er war nicht kleinlich, hatte seinen Obolus fürs Vaterland ohne Murren entrichtet. Aber seine Lebensuhr lief dem fünfundvierzigsten Jahr entgegen. In dem Alter setzte man sich zur Ruhe oder verfügte wenigstens über eine gesicherte Existenz, hatte Frau und Kinder, war angesehen. Und was bin ich, fragte sich Arndt. Ein unsteter Wanderer, ein ungehörter Rufer in der Wüste, ein wunderlicher Einzelgänger. Mehr nicht. Worin bestand der Sinn seines Lebens, fragte er sich wieder einmal. Was hatte er erreicht?

Seine Frau Charlotte war tot. Johanna hatte er weggeschickt. Andere Frauen blieben immer nur Episoden. Ein Vagabund war er geworden, ein Heimatloser, der sehnsüchtig nach einem Halt suchte. Immer häufiger und mit wachsendem Ingrimm dachte er daran, welch unwürdiges Schauspiel an der Donau ablief. Dann hieb er mit dem Wanderstock wild in die Luft, als wolle er die bösen Geister züchtigen.

In dieser Verfassung kam er an einem widrigen Abend in Werder an, wo er im Schwarzen Adler – welch beziehungsreicher Name für seine Stimmung! – Quartier nahm. Das Abendessen schmeckte nicht, der Wein war sauer, das Bett klamm. Aber die Preise waren gepfeffert. Er lag in der muffigen Kammer lange wach. Die Finsternis lockte mit werbender Sirenenstimme. Seine Glieder waren wie zerschlagen von der Wanderung. So muß ein

Erfrierender empfinden, dachte er, wenn er die Kälte schon nicht mehr spürt.

Lang lag er wach und grübelte, bis er urplötzlich in einen tiefen Schlaf fiel wie ein Stein ins Wasser. Und als er am Morgen die Augen aufschlug, sah er sich verwundert um in der kahlen Kammer, verwirrt und entzückt in einem. Er hatte einen seltsamen Traum gehabt voller exotischer Pflanzen und Bilder von einer fremden Welt.

Heiter stand er auf, schlürfte seinen dünnen Morgenkaffee, der bitter schmeckte, bezahlte gelassen den hohen Preis und machte sich trotz des trüben Morgens guten Mutes auf den Weg nach Potsdam. Auf halber Strecke gönnte er es sich, in einem stattlichen Gasthof einzukehren und ausgiebig zu tafeln.

Am Nebentisch saß ein junges Paar, er Offizier, sie eine hübsche Blondine. Die beiden waren ausschließlich mit sich beschäftigt. Arndt mußte immer wieder hinübersehen. Das Glück des Paares freute ihn. Und er grübelte angestrengt darüber nach, woher ihm das Gesicht des Leutnants bekannt vorkam. Aber erst, als der wie abwesend aus dem Fenster blickte, erkannte Arndt die Ähnlichkeit mit Heinrich von Kleist. Seltsam, dachte er, wenn einer tot ist, glaubt man, ihn in vielen wiederzuerkennen.

Es war ziemlich genau fünf Jahre her, daß er, als der Sprachmeister Allmann in Berlin lebend, den genialischen Dichter kennengelernt hatte. Heinrich von Kleist war Mitglied jener lesenden und schießenden Gesellschaft gewesen, zu der auch Gneisenau gehört hatte. Arndts Posaunenruf, der zweite Teil seines »Geist der Zeit«, war soeben erschienen, da verfaßte Kleist seine »Hermannsschlacht« und einen Katechismus der Deutschen.

Er und Kleist fühlten ihre geistige Verwandtschaft, wenngleich unterschiedliche Auffassungen eine Freundschaft verhinderten. Aber es war schwer, mit diesem exzentrischen, oft unwirschen Kleist gut Freund zu sein. Inzwischen war der Kopf dieser Berliner Vereinigung, Graf Chasot, im fernen Rußland verstorben, Heinrich von Kleist hatte sich und seine Geliebte Henriette Vogel am 21. November 1811 am Ufer des Wannsees erschossen. Am Wannsee? Seltsam die Nähe des Ortes und die Ähnlichkeit des Leutnants.

Arndt rief den Wirt. »Sagen Sie, kannten Sie einen Heinrich von Kleist. Er war ein Dichter.«

Vorsichtig blickte sich der Wirt um. Dieser Gast war ihm gleich eigenartig vorgekommen in seinen derangierten Kleidern, trotz des opulenten Mahles, das er bestellt hatte.

»Ich habe ihn gut gekannt«, erklärte Arndt, der den prüfenden Blick des Wirtes bemerkt hatte.

»Ja«, sagte der Mann gedehnt und bemühte sich, so leise zu sprechen, daß er am Nachbartisch nicht gehört werden konnte, »das war nicht weit von hier, mein Herr. Wenn es beliebt, lasse ich den Tagelöhner Riebartsch kommen. Der hat sie gefunden.«

Am liebsten hätte Arndt jetzt nein gesagt, denn ihm schauderte bei dem Gedanken, an den Ort des Grauens geführt zu werden. Vielleicht mußte er dem Zeugen des gräßlichen Fundes noch einen Taler geben, weil er ihm den Weg gezeigt hatte. Doch der Wirt schickte bereits nach Riebartsch.

Der Mann fand nichts Ungewöhnliches an solchen Führungen, die ihm einen kleinen Nebenverdienst verschafften. Auch hatte er herausgefunden, daß die Leute zwar entsetzt die Hände hoben, wenn er mit seinen Details aufwartete, aber begierig zuhörten. Das Unglück anderer übt eine magische Kraft aus.

»Dort drüben in Stimmings Krug«, sagte er und zeigte auf den Gasthof nahe dem Kleinen Wannsee, »dort haben die beiden Seligen ihre letzte Nacht verbracht. Es heißt, sie sollen sehr viel Papier verbrannt haben im Kamin. Er war ja auch ein Dichter. Sind Euer Wohlgeboren vielleicht ein Herr Autor? Nichts für ungut. Ich sah sie jedenfalls nächsten Nachmittag Hand in Hand dem See zuspringen, als wenn sie Zeck spielten. So wahr mir Gott helfe, Herr, es hätte ihnen keiner ansehen können, daß sie Schreckliches vorhatten. Ich denke mir noch, welch ein hübsches Paar, denke ich mir, und wende mich ab. Wer schielt auch hin, wenn sich zwei ins Gras legen. Und dann plötzlich: Peng! Und gleich noch einmal: Peng! Und ich hin und sehe, wie sie beide in ihrem Blut ...«

»Genug!« unterbrach ihn Arndt. »Genug.« Er gab Riebartsch ein Trinkgeld. Der Tagelöhner bedankte sich knapp und ging, obwohl er seine schöne Geschichte noch gar nicht zu Ende erzählt hatte.

Lange sah Arndt zu der Stelle hinüber, die ihm der Mann gezeigt hatte, scheute sich aber hinzugehen. Obwohl es unsinnig war, fürchtete er, noch etwas vorzufinden, das an die grausige Tat erinnerte. »Manchmal verstehe ich dich«, sagte Arndt leise, »aber trotz allem hättest du es nicht tun dürfen.«

Arndt wußte nicht, wie lange er gestanden und hinübergeschaut hatte. Die Herbstkälte ließ ihn erschauern. Er sah nicht, daß der Tagelöhner ihn aus sicherer Entfernung beobachtete. Konnte man ahnen, was die hohen Herren vorhatten? Dieser war ihm besonders seltsam erschienen.

Noch einmal blickte Arndt zu der Stelle hinüber, dann straffte er sich und ging, ohne sich umzudrehen. Er wollte am Abend in Berlin sein. Andreas Reimer, sein Freund und Verleger, wartete gewiß schon mit Ungeduld auf ihn.

War es die Vorfreude auf die Begegnung mit dem Gesinnungsgenossen, die ihm schon einmal Kraft und Zuversicht in einer bedrückenden Zeit gegeben hatte, oder war es einfach die Gewißheit, daß die strapaziöse Tour ihrem Ende zuging? Arndt schritt forsch aus. An Kleist dachte er nicht mehr.

Er hatte seine Pläne mit dieser Stadt Berlin. Vielleicht ließ sich hier seine publizistische Tätigkeit besser fortsetzen als in Frankfurt, wo ihm Kotzebue alle Freude vergällt hatte. Vor allem mußte er erfahren, ob Hardenberg sein Versprechen zu erfüllen gedachte, sich für seine Anstellung als Professor der neueren Geschichte an der zukünftigen Rheinuniversität zu verwenden. Auch war herauszufinden, ob der Stern des Staatskanzlers, wie gemunkelt wurde, bereits im Fallen war. Die spärlichen, zensierten Berichte in den Journalen, die Arndt unterwegs über die Ereignisse in Wien erhalten hatte, erinnerten ihn an die bitteren Worte Hardenbergs, der König benutze ihn und stieße ihn je nach Laune. »Ich glaube«, hatte der Staatskanzler zu Stein gesagt, »wenn man noch einmal eine Amme bei Hofe braucht, wird man mich auch dazu nehmen.«

Also Berlin, sagte sich Arndt. Das ist die Garküche aller Gerüchte und Intrigen, dort werde ich mehr erfahren als in der Provinz. Rügen bleibt mir immer noch, redete er sich wider besseres Wissen ein, denn seine Hoffnung hieß Bonn, notfalls auch Köln.

Da sah er die Silhouette der großen Stadt. Vor Einbruch der Dunkelheit wollte er Berlin erreichen, die unpreußischste aller preußischen Städte.

Andreas Reimer hatte seinem Freund Moritz Arndt vorgeschlagen, die Redaktion seines »Preußischen Correspondenten« zu übernehmen. Der bat sich Bedenkzeit aus, obwohl er wußte, daß er zusagen würde. Er hätte nicht in Berlin sitzen und nur reden wollen. Das Pamphletieren war ihm zum Beruf geworden.

Reimer konnte die Auflage erhöhen, da Arndts Stimme Gewicht hatte. Auch traf es sich glücklich, daß der König mit fast allen höheren Beamten in Wien weilte und Preußen derzeit von dort aus regiert wurde. Da ließen die Zensoren manches scharfe Wort durchgehen. Erst als Talleyrand die Artikel Arndts auf den Verhandlungstisch legte und Hardenberg unumwunden fragte, mit wieviel Zungen Preußen spreche, kam die Anweisung, der Herr Redakteur möge sich mäßigen, er störe das gute Einvernehmen der Diplomaten.

»Es ist nicht zu fassen!« wetterte Arndt. »Da braucht ein so durchtriebener, abgefeimter Bursche wie dieser Talleyrand nur ein Wörtlein zu äußern, und schon gehorchen wir, die Sieger, dem Besiegten!«

»Was willst du machen«, sagte Reimer, »so sind nun einmal die Verhältnisse!«

Arndt war nicht der Mann, den man einschüchtern konnte, und er trieb es von Stund an nur noch schlimmer.

Andreas Reimer wurde der Eifer seines Freundes unheimlich. Nicht, daß er Arndts Ideen mißbilligte oder nicht teilte, aber verantwortlich für das Blatt war er, der Besitzer, und nicht sein Redakteur. Man mußte bei aller patriotischen Gesinnung geschickt taktieren, um sich und das Unternehmen nicht allzu leichtsinnig in Gefahr zu bringen. Arndt aber lachte nur, wenn der Freund ihm zur Mäßigung riet. Das geistige Fluidum Berlins hatte ihm die Lust am Streiten zurückgegeben. Und gerade weil sich die Verhältnisse ungünstig entwickelten, juckte es ihn wieder in allen Gliedern wie einem Schlachtroß vor dem Feind.

Unter den Berliner Gefährten war einer, zu dem er besonderes

Vertrauen gefaßt hatte und in dessen Haus er häufig verkehrte: Friedrich Daniel Schleiermacher. Das war ein Mann nach seinem Gusto; kreuzgescheit, unaufdringlich, ein wahrer Herzensfreund, ein frommer Mann von aufrichtiger Religiosität zudem, kein Schwärmer und kein Schwätzer. Arndt, sonst zu Heftigkeit neigend, wirkte nahezu sanft im Gespräch mit dem um ein Jahr älteren Freund, den er achtungsvoll seinen Bruder nannte. War er mit ihm zusammen, hörte er lieber zu, als selbst zu reden. Und das wollte bei Arndt etwas heißen.

Schleiermacher hielt ein ebenso bescheidenes wie gastliches Haus. Alle Ausgaben und Einnahmen trug er in ein Journal ein, denn wer arm ist, muß rechnen können. Das hatte den Vorteil, zum Jahresende wenigstens zu wissen, wo das Geld geblieben war. Mehr wurde es dadurch auch nicht. Zudem mangelte es ihm an der Härte, seine Honorare einzutreiben.

Seine Halbschwester, Anna Maria, die von allen nur Nanna gerufen wurde, führte ihm den Haushalt. Dabei blieb es auch, als er die wesentlich jüngere Henriette heiratete, die Witwe seines Freundes Ehrenfried von Willich, die er auf rührende Weise liebte und nach seinem Bilde zu erziehen trachtete.

Der Wahrheit die Ehre, nicht Schleiermacher allein ließ Arndt das Haus des Predigers und Gelehrten so anziehend erscheinen. Alle sahen es, alle tuschelten freundlich-amüsiert darüber, nur ihm selbst schien nicht bewußt zu sein, welcher Magnet ihn anzog.

Eines Tages klopfte Arndt zu ungewohnter Stunde an die Tür. Schleiermacher hockte noch in der Akademie, wo er einer langweiligen Versammlung präsidieren mußte. Henriette lag mit heftiger Influenza zu Bett.

Nanna öffnete dem Gast und erschrak, denn sie schämte sich des schlichten Kleides, das sie beim Hausputz trug. Sie errötete bis an die Haarwurzeln und sagte verlegen: »Sie, Herr Professor? Ich dachte, mein Bruder wäre schon zurück. Ist etwas passiert, daß Sie um diese Stunde kommen?«

Arndt dachte, es könne so aussehen, als habe er eine günstige Gelegenheit abpassen wollen, um mit Nanna allein zu sein. »Oh, ich vergaß, Friedrich ist in der Akademie, nicht wahr?«

Nanna nickte.

»Verzeihen Sie, ich komme ungelegen«, entschuldigte er sich umständlich. »Nein, etwas Besonderes ist nicht geschehen. Ich war nur auf dem Weg und kam zufällig vorbei. Und da meinte ich ...«

Nanna hätte ihn dennoch ins Haus bitten müssen, war aber zu aufgeregt und entließ den Gast mit der Bemerkung, daß sie seine Grüße dem Bruder ausrichten werde. Arndt bedankte sich wortreich und ging.

Nanna schloß die Tür und hielt die Klinke in der Hand, als müsse sie sich daran festhalten. Warum war ihr so seltsam ums Herz? Sie konnte nicht wissen, daß Arndt einen Moment zögerte, ehe er die Treppe hinabstieg. Du Narr, was muß sie von dir denken?

Ein eisig scharfer Wind pfiff durch die Straßen und wirbelte den lockeren Schnee auf. Arndt schlug den Mantelkragen seines Petersburger Pelzes hoch und drückte das Barett tiefer ins Gesicht. Die Kälte trieb ihm Tränen in die Augen. Und dennoch fühlte er sich auf angenehme Weise erwärmt. Nanna? – fragte er sich. Nanna? Er merkte gar nicht, daß er ihren Namen halblaut vor sich hinsprach. Die Leute drehten sich nach dem Mann um, der versonnen lächelnd durch den ungemütlichen Tag stapfte.

»Was ist mit dir los, Moritz?« fragte Andreas Reimer, den er kurz danach aufsuchte. »Hast du statt des Artikels Blumen in der Manteltasche?«

»Was für einen Artikel meinst du?« erkundigte sich Arndt.

»Spiel nicht den Unschuldigen, Bruderherz, du bist mit deinen Gedanken bei jemandem, der Röcke trägt!« spottete Reimer.

Arndt begriff noch immer nicht, wovon der Freund redete. »Habe ich einen Artikel für dein Blatt versprochen?« fragte er.

»Dor sett ick mi ierst mol up'n Moors!« entfuhr es Reimer. Wenn er verblüfft war, verfiel er häufig in sein niederdeutsches Platt. Er betrachtete Arndt mit halbgeschlossenen Lidern. »Du warst bei Nanna«, sagte er schließlich, als hätte er lange nachdenken müssen.

»Nanna?« erwiderte Arndt und freute sich, den Namen laut aussprechen zu dürfen, der ihm den ganzen Weg über durch den

Sinn gegangen war. »Nanna Schleiermacher? Ja, ich traf sie zufällig, weil ich für Friedrich etwas abgeben wollte, das ich ihm versprochen hatte. Ein altes Rezept, weißt du, ein Hausmittel, das meine Mutter angewendet hat bei Magenbeschwerden. Was hat das mit Nanna zu tun, he? Die Mamsell ist über jeden Verdacht erhaben!«

Reimer lachte herzhaft. »Ist sie, Moritz, ist sie!« Und dann sagte er es dem Freund auf den Kopf zu: »Du hast dich in Nanna vergafft.«

Arndt sah ihn mit verkniffenem Mund an. Er wollte nichts antworten. Das Gewebe war viel zu zart, als daß er selbst mit einem so vertrauten Freund wie Reimer darüber reden mochte. Das hätte die Fäden nur zerreißen können, von denen er noch nicht wußte, ob sie Traum, Trugbild oder Wirklichkeit waren. »Ah, ja, der Artikel«, erwiderte er, als hätten sie die ganze Zeit schon darüber geredet. »Der Artikel! Preßt einen aus, der Herr Verleger, wie eine Zitrone. Früher wurde einem angesehenen Autor in guten Häusern wenigstens heißer Fliedertee angeboten, wenn er aus einem eisigen Wintertag kam.«

»Für angesehene Autoren machen wir das noch immer«, erwiderte Reimer, »aber wenn du Fliedertee sagst, meinst du in Wahrheit meinen vorzüglichen Stahlpunsch. Du mußt ihn meilenweit gerochen haben mit deiner verbrecherischen Nase.«

Während Reimer das Getränk servierte, überlegte er, wie er es anfangen sollte, mit Arndt über ein wenig erquickliches Thema zu sprechen, und entschloß sich schließlich, ohne Umschweife zu reden. »Leider muß ich dir mitteilen, daß ich deine beiden letzten Beiträge für unser Blatt von der Zensur gänzlich verstümmelt zurückbekommen habe. Und man ließ mich wissen, daß das Erscheinen des Journals überhaupt gefährdet ist, wenn weiterhin Pamphlete dieser Art, die das Ehrgefühl einer tapferen Nation verletzen ...«

»Gemeint ist die französische?« vergewisserte sich Arndt lauernd.

»Natürlich«, erwiderte Reimer. »Kurzum, man droht mir, das Blatt zu verbieten, wenn wir uns nicht mäßigen. Ich wage es nicht, Moritz, dir so etwas anzutragen. Ich lasse es darauf ankommen, denn ich bin ein pommerscher Dickschädel und lasse mir lieber die Zeitung verbieten as dat Muhl tau hollen!«

Alle Heiterkeit war aus Arndts Gesicht gewichen. Er nickte ernst und nachdenklich. »Ich habe schon lange damit gerechnet«, sagte er. Dann lachte er trocken. »Oh, gerechter Gott, was hatte ich doch für Rosinen im Kopf, als ich glaubte, es werde alles besser werden, wenn wir Napoleon erst einmal verjagt hätten! Statt des einen Napoleon haben wir nunmehr hundert Napoleoniden. Und die sind schlimmer. Von dem gehaßt zu werden, war eine Auszeichnung, von diesen geschmäht zu werden, macht krank.«

»Wir lassen uns nicht unterkriegen«, sagte Reimer fest. »Die Sache, um die wir gekämpft haben, verliert nicht an Wert, wenn die Nutznießer des Sieges über sie herfallen wie Geier. Es sind Aasgeier, und es bleiben Aasgeier. Laß sie sich gütlich tun am Kadaver, unsere Ideen verdauen sie doch nicht.«

Aber Arndt war nicht der Mann, der eines tröstlichen Zuspruchs bedurfte. »Ich gehe nach Rügen«, erwiderte er und nahm einen kräftigen Schluck von Reimers vorzüglichem Punsch. »Dort ordne ich meine Papiere und Bücher und verpacke, was ich für meinen späteren Beruf brauche. Es ist meine eigene Blödigkeit, daß ich nie etwas gefordert habe. Was aber die Professur anlangt, da will ich fest bleiben. Ich werde meine Zelte am Rhein aufschlagen. Zu tun habe ich dort genug. Du weißt, die Napoleoniden. Ich bin jetzt fünfundvierzig Jahre. Gott allein weiß, wieviel Jahre mir noch gegeben sind. Ich will die Zeit nicht vertrödeln.«

Reimer nickte. »Und Nanna?«

Arndt sah ihn offen an. Er lächelte versonnen. »Laß das Kuppeln, Freund Reimer. Was will ich alter Hahn mit einer jungen Henne? Ich habe mein Teil von solchem Glück gehabt. Mehr war nicht vorgesehen für mich. Prosit!« Er hob das Punschglas. »Auf unsere schöne Insel Rügen!«

Die Gläser klangen aneinander.

Auf Anordnung des preußischen Polizeiministers Wittgenstein mußte der »Preußische Correspondent« sein Erscheinen mit dem letzten Tag des Jahres 1814 einstellen. Reimer, der damit gerechnet hatte, führte das Journal als »Tagesblatt der Geschichte« weiter und wollte auch Arndt als Redakteur behalten, aber der blieb bei seinem Plan, nach Rügen zu gehen, um den Sohn wiederzusehen und den Umzug ins Rheinland vorzubereiten.

Die Nachricht von Napoleons Rückkehr erreichte Arndt noch in Berlin. Sie überraschte ihn nicht, erfüllte ihn eher mit Genugtuung. »Die Halbheit rächt sich bitter«, rief er im Hause Schleiermachers aus, wo sich der Freundeskreis versammelt hatte. »Auf die freche Herausforderung Napoleons darf es nur eine Antwort geben: Auf nach Frankreich, auf nach Frankreich! Kehrt die Brut der Hölle aus!«

Man stimmte ihm zu, wenn auch ein wenig indigniert über seine Heftigkeit. Er aber wartete von jenem Tage an, daß man ihn riefe, ihn auffordern würde, sich abermals zu beteiligen an dem Kampf, der zum endgültigen Sieg über den Usurpator und zu einer guten und gerechten Neuordnung führen mußte. Er wartete vergebens. Schließlich redete er sich ein, daß er Ruhe und Besinnung brauche. Die hektische Betriebsamkeit, in die ihn die Arbeit als Zeitungsschreiber und Redakteur versetzt hatte, tat ihm nicht gut, und dann war er auch der Jüngste nicht mehr. Aber all das war es nicht, was ihm schlaflose Nächte und unruhige Tage bereitete, obwohl er, hätte ihn jemand gefragt, eben das aufgezählt hätte.

So kehrte er heim zu den Quellen. Und wenn ihn auf Rügen auch täglich Einladungen von guten alten Freunden und Bekannten erreichten, die ihn sehen, vor allem hören wollten, die sich vielleicht auch schmücken mochten mit ihm, den sie für einen großen Mann hielten, was er nachsichtig-lächelnd verzieh, so streifte er doch am liebsten allein über die Insel, höchstens den Sohn Karl Treu an der Seite, den er beschlossen hatte mitzunehmen, wenn er bald und für immer an den Rhein ziehen wollte.

Eines Abends, er war ungefähr eine Meile von Bergen fort, wohin er seinen Sohn ins Haus seines Bruders, des Bürgermeisters der kleinen Stadt, gebracht hatte, streckte er sich unter rauschenden Buchen im Gras aus, um alten lieben Erinnerungen nachzusinnen. Von dem erhöhten Platz konnte er das Dorf Posewald sehen und etwas weiter entfernt die Silhouette von Putbus. Und es war, als sprächen die Buchen zu ihm: Weißt du noch?

Es war einer jener taulosen Abende gewesen, an denen man das Korn bei Mondschein noch bis spät in die Nacht hinein vom Feld in die Scheune fuhr. Als die Arbeit beendet war und sich alles zur Ruhe begeben wollte, fehlte plötzlich eines der Kinder. Das beunruhigte zunächst niemanden, denn es kam öfter vor, daß sich einer der Arndt-Jungen verspielte. Doch als Moritz auch nach längerer Zeit nicht zu Hause anlangte, wurden die Eltern unruhig. Sie schickten das Gesinde aus und beteiligten sich selbst an der Suche. Aber alle Nachforschungen blieben erfolglos. Arndt schloß die Augen und lächelte.

Ja, ich weiß noch, sagte er zu den Bäumen. Die Mägde hatten Gerste gebunden, da habe ich am Ufer des Meeres gespielt und mich dann ins Gras gelegt und hinüber zur Insel Vilm gesehen und hinübergeträumt, wo ich viele Geheimnisse und Gespenster glaubte. Und war über meinen Träumereien eingeschlafen. Wer hat mich eigentlich gefunden? Ah ja, Base Sophie, die Gute. Und Ohm Hinrich, der liebe alte Ohm, hat mich dann nach Hause getragen, wo alles glücklich war, den verloren Geglaubten wiederzuhaben.

Die Bäume rauschten sanft. Arndt richtete sich halb auf, und da sah er das Meer wieder und die Insel Vilm, wie er sie als Knabe gesehen und als Mann im Gedächtnis bewahrt hatte. Wem habe ich von diesem Platz erzählt, wem von den lange vergangenen Kindheitstagen berichtet? »Johanna«, flüsterte er, »Johanna.«

Die Erinnerung an sie überraschte ihn dermaßen, daß er der plötzlich aufbrechenden Sehnsucht hilflos ausgeliefert war. Die Bilder überstürzten und verwirrten sich, Hoffmanns Park wurde eins mit dem Lieblingswäldchen seiner Kindheit, das harte Gras des Strandes wurde wieder zur weichen Wiese ihrer Umarmungen. Johanna, Furina, was habe ich getan?

Er hätte jetzt nicht bleiben können. Die Sehnsucht nach der verlorenen Geliebten und die wehmütig verklärten Erinnerungen an die Kinderzeit wurden übermächtig. Er mußte sich vom auflandigen Wind durchwehen lassen, im festen Ausschreiten Festigkeit zurückgewinnen, sonst hätte ihn der Katzenjammer niedergebeugt und niedergeworfen. Vielleicht wäre er sogar in seiner Enttäuschung darüber, nicht mehr gebraucht zu werden in einer Zeit, in der der Entscheidungskampf gegen Napoleon geführt wurde, auf den aberwitzigen Gedanken gekommen, den er einmal, lang, lang ist's her, in tiefer Verzweiflung über die erste enttäuschte Liebe gehabt hatte: Aufs Meer hinausgehen, so weit es ihn trug, hinüber auf die Insel Vilm zu …

Man kann vor dem Feind fliehen, man kann vor der Welt flüchten – vor sich selber davonlaufen kann man nicht. Die Gedanken und Erinnerungen wucherten in ihm. Er lief auf das Haus zu, als sei ihm jemand auf den Fersen. Es gab nur eine Möglichkeit für ihn, die Geister zu bannen. Er mußte seine Gedanken aufschreiben.

Er schrieb einen langen Brief an Johanna und so, als wären sie gerade voneinandergegangen wie durch einen dummen Zufall, einen nichtigen Streit. Er schrieb, als brauchte es nur dieses Briefes und sie käme zurück. Er schrieb ihr täglich.

Was kümmerten ihn die Querelen der Großkopfeten? Für Arndt gab es keinen Zweifel mehr: Es war ein Fingerzeig Gottes, der den alten Frevler Napoleon noch einmal auf den Plan gerufen hatte, damit er endgültig vernichtet werden konnte und damit vor allem die Völker begriffen, wie lau ihre Fürsten gewesen waren. Er trieb sich auf seiner schönen Insel herum und wartete. Man rief ihn nicht, und Johanna antwortete nicht. Je mehr Zeit verstrich, ohne daß ein Ruf an ihn erging, desto deutlicher erinnerte er sich ihrer Begegnungen, ihrer Gespräche und ihrer Zärtlichkeiten. In der Geste einer Fremden, im Klang der Stimme einer ihm zufällig Begegnenden, im Gehen einer Bekannten lebte Johanna. Wenn er die Augen schloß, sah er sie lächeln. Er wußte nicht einmal, daß es das Lächeln Nannas war.

Mich treiben des Lebens Wogen
Im Strudel und Taumel von hinnen,
Ich muß das Vergängliche minnen,
Muß oft auf Verderbliches sinnen,
Und ziehe nicht, werde gezogen.

Er war heimgekehrt an die Quellen, ließ sich treiben und ziehen und träumte von vergangenen glücklichen Tagen. Er hatte sich eingeredet, daß er die Ruhe und Besinnung brauche, jedoch – er konnte auf die Dauer nicht so leben. Er wartete Tag für Tag, daß er dorthin gerufen würde, wo es um das Vaterland ging, und er wartete, daß die antwortete, der er immer noch beschwörende Briefe schrieb. Und als kein Echo kam auf seine Hoffnungen und er einsehen mußte, daß auch Johanna ihn nicht brauchte, raffte er sich endlich auf, entschloß er sich, nicht länger untätig zu bleiben.

Johanna hatte sich von Wilhelm Motherby getrennt. Arndt wußte nichts davon. Sie hatte sich, mehr aus Verzweiflung, in eine Liebe zu dem Medizinstudenten Dieffenbach geflüchtet, weil sie aus den engen, ihr den Atem abschnürenden Verhältnissen herauswollte, weil sie einen Menschen brauchte, der Verständnis hatte für ihre schwärmerische Seele, weil sie einen Liebhaber brauchte, der sie ihre Liebe zu Arndt vergessen ließ. Als Arndts Briefe kamen, war ihre erste Regung, sofort nach Rügen zu reisen, sich ihm in die Arme zu werfen und alles zu verzeihen und zu vergessen, was er ihr angetan hatte. Aber die Furcht hielt sie zurück, das Wissen, es werde noch schlimmer enden als vor einem Jahr. Dieffenbach erzählte sie nichts.

Mitte April verließ Arndt, begleitet von seinem vierzehnjährigen Sohn Karl Moritz, den er Karl Treu nannte, die Insel Rügen, um über Berlin an den Rhein zurückzukehren. Er wollte sich zunächst in Köln niederlassen, um von da aus seine Volksbücher, die er zu verfassen gedachte, über Deutschland zu verbreiten.

Der Kaiser der Franzosen sammelte ein neues Heer, Ernst Moritz Arndt aber suchte Zuflucht im Glauben. »Was meine Ansicht des Großen und Allgemeinen betrifft«, schrieb er an Gneisenau, »so verlasse ich mich da wieder am meisten auf den Bundesgenossen über uns in der Höhe. Der einzelne muß streben und gegen den allgemeinen Feind des Menschengeschlechts arbeiten, von ihm aber müßten wir die große und endliche Auflösung aller dieser Verworrenheiten und Dunkelheiten erwarten.«

Er hatte seine alten Hoffnungen noch, aber die Zweifel wuchsen und wucherten und machten ihn mitunter sehr bitter. Etwas Geringeres als die Einheit des deutschen Vaterlandes durfte nicht herauskommen, oder es kam etwas Schlimmes zustande, vor dem er sich ängstigte, wenn er mit seinen Fragen allein war. Und allein war er oft.

Belle Alliance, der schöne Bund

Dem Aufenthalt im Land seiner Kindheit und Jugend, wo die Häuser ihm nun kleiner schienen, die Wälder längst nicht mehr unheimlich und die selbstgebauten Laubhütten verfallen waren, verdankte Arndt die Einsicht, daß er für ein beschauliches Leben hinterm warmen Ofen weiß Gott nicht geschaffen war. An tausend Fäden zog es ihn wieder ins Kampfgetümmel. Das schöne, aber verschlafene Rügen war nicht der Ort, zu dem er zurückkehren konnte, weil er längst aus den Verhältnissen herausgewachsen war, die sich ihm in seiner Erinnerung verklärten.

Gewiß, es gab gute Leute, bei denen er gern zu Gast weilte und mit denen sich trefflich disputieren ließ. Aber am Ende kam er aus solchen Gesprächen nicht klüger heraus. Er hatte mitunter den Eindurck, aus dem Land der Scheherezade gekommen zu sein, um seinen staunenden Zuhörern die wundersamsten Geschichten zu erzählen, die sie für Nachrichten aus einer fernen exotischen Welt hielten. Keiner hatte das Verlangen, dorthin zu gehen. Er hätte nicht gewußt, wie er da leben sollte. Die Bauern und Tagelöhner, die Büdner und Häusler, die Fischer und Handwerker, die Leute in den Dörfern und kleinen Städten hatten seine Sorgen ums Vaterland nicht.

»Was erwartest du?« hatte ihn sein Bruder Fritz, der Bürgermeister von Bergen, gefragt. »Wir sind hier unschuldige Schafe, die sich still scheren lassen und nicht zu blöken wagen, selbst wenn das Messer auch mal ins blutende Leben schneidet. Wir sind zertreten und zerdroschen und vernichtet durch die fremden Peiniger und durch die eigenen Schurken, ein Sumpf, den man nicht umrühren darf, damit er nicht stinkt.«

Das wollte er nicht gelten lassen. Die neuen Ideen flögen durchs ganze deutsche Vaterland.

Fritz schüttelte den Kopf. »Moritz, die meisten sehen längs gar kurzer Nasen, riechen nur wie die Raben das Aas, ich meine das nächste Futter. Was wissen sie von deutschen Siegen, von deutschem und preußischem Ruhm? Sie wollen eine Flagge, die ihre Schiffe sicher durch den Sund führt, sie wollen ihr Korn teuer verkaufen, mag das deutsche Schiff segeln oder stranden, wo es immer will.«

»Ich kann's nicht glauben!« beharrte Moritz, obwohl er im Grunde genommen längst wußte, daß sein Bruder recht hatte. Jedoch, dies zugeben hieß: die eigene Zuversicht aufgeben. »Hast du vergessen, wie das Volk im Frühjahr 1813 zu den Waffen eilte, um das bedrohte Vaterland zu retten?«

»Moritz, Moritz, du bist ein Phantast! Bedroht war das Vaterland weit früher als 1813. Zu den Waffen geeilt ist das Volk doch erst, als es ihm befohlen wurde. Die Schafe gehorchten dem Schäfer, der die Hunde um die Herde trieb, nicht eigenem Willen. Mach nicht mehr daraus, nur um dir die Wirklichkeit zu verschönern.«

Aber das ließ er nicht gelten. Er hatte in Berlin und Dresden, in Reichenbach, Leipzig und Frankfurt, schließlich am Rhein und überall sonst in Deutschland entschlossene Männer und Frauen getroffen, die nicht auf die Proklamation ihres Regenten gewartet hatten, die, wie Stein und Scharnhorst und viele deutsche Patrioten, sogar gegen den Willen des Königs gehandelt hatten, um ihn zum Handeln zu zwingen. Er hatte den Eifer junger Offiziere vom Schlage eines Stülpnagels in der Russisch-Deutschen Legion erlebt und die Begeisterung der Lützower Jäger mit ihrem Sänger Theodor Körner.

»Mag sein«, erwiderte er, »daß man hier auf der Insel wirklich weit vom Schuß ist, aber das deutsche Volk insgesamt hat seine Mission begriffen. Und es sind nicht nur die Preußen, die gekämpft haben und wieder kämpfen werden. Die Bayern und Württemberger, die Hannoveraner und die Sachsen ...«

»Die Sachsen?« unterbrach ihn Fritz. »Das werden die ersten sein, die zu Napoleon überlaufen; denn ihr Königreich ist in Wien zerrissen worden.«

»Die öffentliche Meinung hat gutgeheißen, daß Preußen angemessen entschädigt und Sachsen gerecht bestraft wurde.«

»Die öffentliche Meinung? Wer ist das?« fragte Fritz, erstaunt, daß sein Bruder sich so leichtfertig auf ein luftiges Gespinst berief. »Wenn du von öffentlicher Meinung sprichst und von Volkes Wille, wiederholst du da nicht zu gutgläubig das, was in den allerorten aus dem Boden schießenden Tageblättern und Journalen steht? Das ist nicht die Stimme des Volkes, Moritz. Es sind die kläffenden Hunde, die die Herde treiben. Glaube mir, ich lebe inmitten dieses Volkes. Es sind gute, brave, fleißige und freundliche Leute. Aber wenn nicht der Pfarrer auf der Kanzel oder ein heimgekehrter Soldat in der Gastwirtschaft von der großen weiten Welt erzählt, erfahren sie nichts von ihr. Sie sind nie dagewesen, und sie können nicht einmal etwas darüber lesen, weil sie des Lesens unkundig sind.«

»Ich kenne auch Menschen aus den niederen Schichten, die lesen können, Fritz. Waren wir hochwohlgeboren?«

»Ja, aber was lesen die meisten, die es gelernt haben?« hielt ihm Fritz entgegen. »Die Bibel oder Räuber- und Ritterromane, aber kein Buch über den Geist der Zeit. Entschuldige bitte, Bruderherz, ich will dir nicht zu nahe treten, aber die Masse ist allemal unmündig und träge. Und die meisten haben anderes zu tun, als sich um die Folgen eines Frankfurter Bulletins zu kümmern. Die Sorgen um das tägliche Brot und den Erhalt der Familie sind viel wichtiger als das Vaterland. Im übrigen — sind wir unter schwedischer Flagge nicht besser gesegelt?«

Arndt war nicht willens, sich vom Pessimismus seines Bruders anstecken zu lassen. Er hätte wider seine Natur gehandelt; denn wenn ihn etwas trieb und aufrecht hielt, so war es bei allen Zweifeln immer wieder die Überzeugung, die einen Prediger beseelt, der vor seiner Gemeinde das Wort Gottes verkündet. Ja, es waren Schafe, die gute Hirten brauchten. Und es waren keine Schafe insofern, als sie bewiesen hatten, daß sie aus eigenem Antrieb und Verstand handeln konnten, wo ihnen nur die Möglichkeit dazu gegeben wurde — wie den schlesischen Leinewebern an der Katzbach. Und wenn schon das Bild von der Herde, so mußte auch jenes von dem Rudel Wölfe dazugemalt werden, um deutlich zu machen, wogegen er, der Hirte, seine Herde zu schützen hatte. Reißende Wölfe waren nicht nur Napoleon und seine

Armeen. Die eigenen Schurken, von denen Bruder Fritz gesprochen hatte, waren nicht minder gefräßig.

Beim Abschied flossen Tränen, denn er nahm seinen Sohn Karl Treu mit, der von seinem zehnten Tage an im Haus des Onkels und der Tante gelebt hatte wie bei Vater und Mutter. Und wenngleich Arndt beteuerte, eines Tages zurückzukommen auf die Insel und heimzukehren ins Land seiner Väter, so wußte er doch, daß dies ein langer Abschied war, vielleicht einer für immer. Er hatte das Gefühl, als zöge er erst jetzt die viel zu eng gewordenen Kinderschuhe aus, obwohl er schon ein Mann von fünfundvierzig Jahren war. Und mit den Stiefeln, in die er seine Füße nunmehr steckte, würde er weit fortgehen, sehr weit; einen Weg, auf dem noch keiner zurückgekommen war.

Der Aufenthalt auf Rügen hatte ihn verändert. Als er ins ferne Petersburg zog, um im Kampf gegen Napoleon sein Vaterland zu finden, da war er ein Träumer gewesen; denn er hatte geglaubt, das ganze deutsche Volk, die Landesherren und die Landeskinder, würde ein einigender Wille verbinden. Er war überzeugt gewesen, der Zusammenbruch des Heiligen Römischen Reiches Deutscher Nation würde Herzen und Hirne reinigen von allem zänkischen und eigensüchtigen Unrat. Er hatte seine eigenen Ideale anderen unterlegt, weil er sich den Weg zur deutschen Einheit nicht anders denken konnte. Aber er mußte erkennen, daß die meisten Fürsten die Larve des Patriotismus vor die häßliche Fratze des Eigennutzes gehalten hatten, um die Gutgläubigen zu täuschen. Er nahm nicht einmal den Zaren Alexander mehr davon aus: auch er hatte längst die Maske fallen lassen.

Und das Volk? Bruder Fritz hatte recht. Er durfte keinen Patriotismus für die Journale predigen, während das Volk längst einen anderen Weg ging oder auf einen anderen, verderblichen vielleicht, geführt wurde. Das kurze Aufflammen patriotischer Begeisterung war nichts anderes als ein Aufbegehren gegen die unmäßigen Lasten, die Krieg und Einquartierung auferlegt hatten. Kaum waren die Eroberer vertrieben, schickte sich das Volk wieder in die alten Verhältnisse und drohte so unwissend und unpolitisch zu werden, wie es ehedem gewesen war. Und eben deshalb mußten die besten, freiesten und kühnsten deutschen Männer gerade jetzt für ein neues, besseres Vaterland kämpfen. Die Fürsten wollten und die stumpfen Massen konnten es nicht.

Als Arndt im April 1815 von Rügen aufbrach, sah er die Dinge nüchterner, denn er hatte Zeit und Muße zum Nachdenken gehabt. Er reiste nach Berlin, wollte dort aber nicht lange bleiben. Es zog ihn mit Macht an den Rhein, wo er Volksbücher zu verfassen gedachte, wie sie die Zeit verlangte. Von Köln aus sollten seine Schriften übers ganze Land versendet werden.

Reimer versuchte ihn aufzuhalten. »Was willst du am Rhein, Moritz? Dein Auskommen hättest du hier viel sicherer als Redakteur meines Tagesblattes. Und was ist mit Schleiermachers schöner Schwester?«

»Kuppelst du schon wieder?« antwortete Arndt. Es klang aber längst nicht so heftig wie an jenem Wintermorgen. Johanna hatte auf seine Briefe nicht geantwortet, und an Nanna hatte er nicht geschrieben. »Weißt du«, sagte er schließlich, »ich bin für die Torheiten einer Ehe schon zu alt und für das Leben eines Eremiten noch zu jung. Und was dein Blatt anlangt«, wechselte er das Thema, »so habe ich es eigentlich gründlich satt, mir von Zensoren die Flügel stutzen zu lassen. Am Rhein gibt es immerhin noch eine gewisse Pressefreiheit. Die will ich nutzen, bevor nicht auch dort unsereinem das Handwerk gelegt wird. Ich habe vor, so ich die Mittel zusammenkratzen kann, ein eigenes Blatt herauszugeben.«

Reimer schüttelte nachdrücklich den Kopf. »Damit wirst du wenig Glück haben, Moritz. Das Geschäft mit den Tagesblättern geht steil bergab, sobald Napoleon endgültig geschlagen ist. Du willst dir doch nicht selbst den Ast absägen, auf den du dich zu setzen gedenkst.«

Arndt sah den Freund erstaunt an. Er verstand ihn nicht.

»Zeitungen brauchen ein Publikum. Wenn der Fuchs zur Strecke gebracht ist, gehen die Hühner wieder ihrem alten Geschäft nach, als wäre nichts gewesen. Glaubst du, in Deutschland interessieren sich noch viele Leute für politische Angelegenheiten, wenn die Aufregung um Napoleon vorüber ist? Ein paar Blätter werden sich halten, man wird aus Gewohnheit nach ihnen greifen. Aber Neuerungen?« Andreas Reimer war ein zu erfahrener Verleger, als daß er sich von der augenblicklichen Nachfrage blenden ließ. »Wir werden Napoleon besiegen. Schön. Was glaubst du, was dann in deutschen Landen geschieht? Denn nicht das Volk siegt, Moritz Arndt, das sollte dir klar sein, es hilft nur den Fürsten, ihre alte Macht wiederzugewinnen. Und haben sie die zurück, werden sie sie auch in alter Manier ausüben. Hat nicht Metternich davon gesprochen, daß dem literarischen Unwesen, wie er es nennt, rasch ein Ende bereitet werden muß? Bitte mich also nicht um Geld, damit du dein unsicheres Geschäft am Rhein beginnen kannst, ich werde keinen Groschen in solch ein Unternehmen stecken. – In Köln oder Bonn willst du dich niederlassen? Dort liest man schon Görres' ›Rheinischen Merkur‹. – An wieviel hättest du denn gedacht zu Anfang?«

Arndt lachte. »Gib den Geist der Zeit neu heraus oder meinen Katechismus. Von dem Geld will ich eine Zeitung machen, neben der deine ein Wurstblatt ist.«

Andreas Reimer tat, als höre er nicht. »Da du mit Stein so gut im Zuge bist und dir auch sonst einige hohe Herren zu Dank verpflichtet sind, wäre es nicht einen Versuch wert, so etwas wie ein Ministerialblatt zu gründen?« fragte er.

»Wie das?«

»Nach dem Muster der Engländer. Sie haben eine offizielle Zeitung, die das sagte, was die Regierung sagen will, und sie haben eine inoffizielle, die das ausspricht, was die Regierung gesagt wünscht, aber selber nicht ausdrücklich äußern will. Würdest du so ein Blatt herausgeben, hättest du alle Narrenfreiheit, die du brauchtest, und stündest außerdem unter dem Schutz der Regierung.«

Arndt schüttelte den Kopf. »Narrenfreiheit, mein Lieber, ist für einen Autor die schlimmste Form von Freiheit. Er kann alles sagen, und jeder weiß, daß er ein Narr und also nicht ernst zu nehmen ist. Er mag sich besonders mutig vorkommen, weil er der einzige ist, der die Wahrheit sagt. Aber da er seine Meinung mit ausdrücklicher Billigung der Regierung, ja in ihrem Auftrag äußert, verändert er nichts, sondern erhält.«

»Es kommt immer darauf an, was man aus einer Sache macht.

Nur in die Hand nehmen muß man sie erst einmal«, widersprach Reimer.

Arndt ließ sich nicht überzeugen. »Das Blatt, wie es dir vorschwebt, setzt eine Regierung voraus, die souverän genug wäre, außer offiziellen Verlautbarungen und langweiligen Hofberichten anderes, Wichtigeres mitzuteilen und wesentliche Fragen zu erörtern. Ich habe aber gerade daran meine Zweifel, solange sich Friedrich Wilhelm nicht zu einer eigenständigen Politik aufrafft. – Schlag's dir aus dem Kopf, Andreas Reimer, in Deutschland geht so etwas nicht.«

»Man sollte es wenigstens probieren«, versuchte der erfahrene Verleger seinem Freund die Idee schmackhaft zu machen, doch im Grunde genommen hatte er begriffen, daß Arndt nicht der geeignete Redakteur für solch ein Blatt war. »Wenn es dir gelingt, Gneisenau von der Notwendigkeit zu überzeugen, noch einmal 60000 Exemplare deines Katechismus unter die Soldaten zu verteilen, kannst du das Honorar für deine Zeitung meinetwegen in den Rhein werfen.«

Als Arndt Anfang Mai 1815 Berlin verließ, um sich zunächst nach Lüttich ins Hauptquartier zu begeben, reiste er ohne seinen Sohn weiter. Nanna Schleiermacher hatte den Jungen kurzerhand im Haus ihres Bruders behalten, bis sein Vater ihm ein festes Zuhause bieten konnte.

Im Hauptquartier zu Lüttich wurde er zu seiner großen Freude und Überraschung von Oberstleutnant Stülpnagel begrüßt, seinem jungen Freund aus den Petersburger Zeiten. Er hatte ihn aus den Augen verloren, denn die Russich-Deutsche Legion hatte sich längst nicht so entwickelt, wie es die deutschen Patrioten wünschten. Schon 1813 war sie in die preußische Armee eingegliedert worden.

Stülpnagel brachte Arndt die Einladung zu einem Abendessen bei Blücher, die er mit großer Freude annahm. Bei der kämpfenden Truppe wußten sie, was in ihm steckte! Und nicht von ungefähr war ihm wiederholt der Gedanke gekommen, die Uniform anzuziehen, um als redender und schießender Feldprediger der deutschen Einheit gegen Napoleon zu fechten.

Der Marschall empfing seinen Gast in ausgezeichneter Laune, da er wenige Stunden zuvor erfahren hatte, daß es in der französischen Armee Unruhen gab. Nicht die Gemeinen waren die Meuterer gewesen, sondern hohe Offiziere, die die Feldzüge des Korsen zum Teil von Anfang an mitgemacht hatten. Das junge Gemüse, erklärten sie, das sie gegen einen überlegenen Feind ins Feld führen müßten, war weder kampferfahren, noch brenne das Feuer der Alten in ihnen.

»Gneisenau, sagen Sie uns, wie es um den Spitzbuben selbst bestellt ist«, forderte Blücher seinen Stabschef auf. »Eine Truppe steht und fällt mit ihrem Anführer.«

»Die Luft und die Ruhe auf Elba müssen Napoleon gut bekommen sein«, begann der General. »Jedenfalls ist er durchaus auf der Höhe seiner Aufgaben, und es wäre falsch, ihn zu unterschätzen. Seine verwundbare Stelle ist der Glaube an sich selber. Da schwankt er. Er soll noch launenhafter, noch herrischer, noch unberechenbarer sein als zuvor. Deshalb muß er bereits bei dem ersten Treffen zurückgeschlagen werden, und sei es nur ein kleines Scharmützel. Ein Nadelstich schon könnte ihn zum Platzen bringen.«

»Und seine Marschälle?« fragte Blücher.

»Sie tragen vorsichtshalber die Kokarde der Bourbonen in der Tasche.«

Die um die Tafel versammelten hohen Offiziere lachten zufrieden. Und auch Arndt stimmte ein. Solche Reden liebte er, solche Stimmung entsprach der seinen. Da wandte sich Blücher an ihn. »Nun, mein lieber Federfuchser, und was für Bataillone hat der Geist der Zeit ausgehoben, um sie gegen die Hundsfotte zu schikken?«

Arndt spürte die aufmerksamen Blicke aller auf sich gerichtet, und er fühlte sich so, wie er sich als Zivilist allemal vor vielen Uniformierten mit ihren Rangabzeichen und Orden empfand. Er schluckte, weil er fürchtete, die Stimme käme nicht ganz so fest, nicht ganz so schneidend aus seinem Hals, wie das bei den Militärs selbst dann der Brauch war, wenn sie nur eine Tasse Tee verlangten.

»Exzellenz«, begann er, und es ging besser, als er angenommen hatte, »Exzellenz, meine bescheidenen Mittel schlagen leider keine Löcher in die Franzosenbäuche, aber im Takt meiner Lieder und im Rhythmus meiner Pamphlete läßt sich gut marschieren. In diesen Tagen erscheint um einige Passagen erweitert in zweiter Auflage mein Wort über die Feier der Leipziger Schlacht. Immerhin flattern etwa siebentausend Exemplare davon durch die deutschen Lüfte.«

»Ausgezeichnete Schrift«, bestätigte Gneisenau. »Es ist gut, daß sie wieder aufgelegt wird; denn die Deutschen sollen sich der Völkerschlacht stets bewußt bleiben, damit sie sich ihrer Zusammengehörigkeit jederzeit erinnern.«

»Und wie glauben Sie, das erreichen zu können, Herr Arndt?« fragte Blücher.

»Exzellenz, ein kleines, unscheinbares Denkmal tut es nicht; ein zierliches und blankes, in Leipzig auf irgendeinen Platz hingestellt, würde in seiner Armseligkeit von der großen Tat zu sehr beschämt werden. Das Denkmal muß draußen stehen, damit es von allen Straßen aus gesehen werden kann, auf denen die verbündeten Heere zur blutigen Schlacht gezogen sind. Es muß groß und herrlich sein wie eine Pyramide.«

Und woher die Mittel nehmen im ausgebluteten Vaterland, fragte sich Stülpnagel insgeheim, wagte allerdings nicht, die Frage laut zu stellen.

»Ich schlage deshalb etwas ganz Einfaches und Ausführbares vor«, erklärte Arndt. »Man befehle einige tausend Bauern und Soldaten in die Ebene von Leipzig und lasse sie in der Mitte des meilenweiten Schlachtfeldes einen Erdhügel von etwa zweihundert Fuß Höhe auftürmen. Auf den Erdhügel werden Felssteine gewälzt, und über diesen wird ein kolossales, aus Eisen gegossenes und mit mancherlei Anspielungen und Zeichen geziertes Kreuz errichtet, das Zeichen des Heils und der Herrscher des neuen Erdballs. Das Kreuz trägt eine große vergoldete Kugel, die weit in die Ferne leuchtet. Das Land rings um den Hügel, etwa zehn bis fünfzehn Morgen weit, wird für ein geheiligtes Land erklärt, mit Wall und Graben eingefaßt und mit Eichen bepflanzt.«

Einige nickten, einigen war das Ganze nicht heldisch genug. Aber der Eifer des Mannes gefiel allen.

»Dieser Hügel«, fuhr Arndt fort, »dieses Kreuz und diese Bäume wären zugleich ein echt germanisches und ein echt christliches Denkmal, wohin unsere Urenkel noch wallfahren würden. Der Eichenhain sollte zum Kirchhof großer deutscher Männer geweiht werden, auf dem berühmte Feldherren und für das Vaterland gebliebene Helden ihre Ruhestätte fänden; denn es ist der Besten würdig, in heiliger Erde zu liegen.«

Arndt verneigte sich gegen Blücher und sagte: »Halten zu Gnaden, Exzellenz, wenn ich mich ereifert habe. Ich weiß, Sie lieben knappen Bericht.«

Blücher wehrte leutselig ab. »Da sollten Sie die Briefe an mein Malchen lesen, lieber Professor. Der erzähle ich von jedem Floh, der gehustet hat.«

Alle lachten über den Scherz des Marschalls.

»Ein Denkmal preußischer Tapferkeit in Sachsen«, sinnierte Blücher laut. »Gar nicht so übel, lieber Professor, gar nicht so übel.«

Als die Tafel aufgehoben wurde und man sich in die Nebenräume zurückzog, in kleinen Gruppen plaudernd oder in Ruhe ein Glas Wein trinkend, nahm Gneisenau Arndt auf die Seite.

»Der Staatskanzler Hardenberg ist Ihnen gewogen«, begann er. »Sie werden eine Professur an der Rheinuniversität bekommen, aber«, der General machte eine Pause, als wolle er sich damit von Hardenberg distanzieren, »man macht Einwände gegen den Status eines außerordentlichen Professors, worum Sie gebeten haben.«

»Exzellenz«, entgegnete Arndt schnell, »Sie kennen meine Gründe. Ich will in den Wintermonaten gern Vorlesungen halten, den Sommer aber brauche ich, um mich im Lande umzutun, zu reisen und um meine Bücher zu schreiben. Werde ich in eine ordentliche Professur gesteckt, bleibt mir kaum Zeit, aufklärerische Schriften fürs Volk zu schreiben, Sie kennen meine Doppelnatur, Exzellenz. Und ich gehöre nicht zu jenen Redakteuren, die ihren Beruf so auffassen, als seien sie das Maul der Obrigkeit.«

»Eben«, sagte Gneisenau, »das ist es. Das fürchten sie. Ihre

Kutsche durften wir den Herrschaften aus dem Dreck ziehen, aber wehe, wenn der Gaul sich auf freiem Feld auch frei tummeln will. Warten Sie's ab, ich ende einmal als Postminister!«

Arndt nickte. Er hatte verstanden. Man wollte ihn an die Kandarre nehmen. Er hatte geahnt, daß es Schwierigkeiten geben würde. Aber er war nicht willens, sich damit abzufinden. »General, schlagen wir erst einmal den Kaiser Napoleon. Unseren König müssen wir eben anschließend — überzeugen.« Es klang, als glaube er wirklich daran.

Plötzlich gab es vor dem Palais einen gewaltigen Lärm. Und als sich ein Schuß löste, wurden selbst die erfahrenen Offiziere unruhig. Blücher aber blieb gelassen. »Stülpnagel, sehen Sie nach!« befahl er. Während sich der Oberstleutnant entfernte, sagte der Marschall: »Das werden doch nicht die Franzosen sein? Oder hat sie jemand eingeladen?« Keiner lachte.

Stülpnagel kam zurück. »Die Sachsen!«

»Die Sachsen?« fragte Gneisenau.

»Sie wollen das gesamte Hauptquartier gefangennehmen und Eure Exzellenz, Marschall Blücher ...« Stülpnagel sprach den Satz nicht zu Ende.

»Wollen sie mich massakrieren?« fragte Blücher halb ungläubig, halb kampfentschlossen.

»So ist es, Exzellenz. Sie rufen: Blücher an den Galgen!« antwortete Stülpnagel.

Da riß der alte Marschall seinen Degen aus der Scheide, hieb wild durch die Luft und schrie mit mächtiger Stimme: »Dann laß sie mal herein, Stülpnagel!«

Die anderen Offiziere zogen ebenfalls blank. Arndt hatte einen Sauspieß von der Wand gerissen. Er stand neben Gneisenau. Der Lärm vor dem Palais nahm zu. Fensterscheiben wurden eingeworfen. Jetzt konnte man auch die Rufe deutlich verstehen. »Hoch lebe unser König Friedrich August! Hoch lebe das Königreich Sachsen! Nieder mit den Preußen!«

Das sächsische Grenadierregiment meuterte, nachdem die Nachricht eingetroffen war, daß das Königreich Sachsen auf Grund der Wiener Beschlüsse aufgeteilt werden sollte. Und das bedeutete, die Hälfte fiel an Preußen.

Da krachte und splitterte das Haupttor. Die Aufrührer stürmten die Vorhalle.

»Gneisenau, die Tür auf! Wir wollen doch sehen, ob sie mir wirklich ans Leder gehen!« befahl Blücher.

»Ich bitte Sie, Exzellenz«, riet Gneisenau dringend ab. »Der aufgebrachte Pöbel ist zu allem fähig.«

»Quatsch Pöbel! Es sind meine Soldaten. Ich bin ihr Feldmarschall. Die Tür auf!«

Da sprang Stülpnagel vor, in beiden Händen eine Pistole, die Hähne gespannt. »Nur über meine Leiche!«

Im gleichen Moment betraten zwei Ordonnanzoffiziere aus dem sächsischen Regiment durch eine Nebentür den Raum. Einer von beiden rief: »Hierher, Exzellenz! Die Pferde stehen bereit. Aber es muß schnell gehen, wir können uns nicht halten.«

Da waren die ersten schon bei ihnen, um sich vor der rasenden Menge in Sicherheit zu bringen. »Zuerst der Marschall!« befahl Gneisenau. »Nach ihm Professor Arndt. Stülpnagel, Sie dekken den Rückzug!«

Kurz darauf brachen die Meuterer in den großen Saal ein. In ihrer Wut, niemanden mehr zu finden, verwüsteten sie das gesamte Palais.

Noch in der gleichen Nacht stürmten preußische Elitetruppen das Gebäude und nahmen die Aufrührer gefangen, die keinen Widerstand leisteten und die Wortführer auslieferten. Sieben von ihnen wurden im Morgengrauen standrechtlich erschossen, die meuternden Bataillone aufgelöst, die Fahnen verbrannt und die Soldaten den Engländern für deren Kolonialarmee überstellt.

»Was geschieht mit ihnen?« fragte Arndt Oberstleutnant Stülpnagel, der der Exekution hatte beiwohnen müssen und in keiner guten Stimmung war.

»Ostindien«, sagte er knapp, und das klang, als hieße das Hölle.

»So büßen die Kleinen die Verruchtheit der Großen«, sagte Arndt bitter. »Das verdanken wir den länderschachernden Fürsten. Gott behüte uns vor weiteren Zwischenfällen dieser Art.«

Noch am gleichen Tag hielt Blücher vor seinen Soldaten eine gewaltige Ansprache. Er stand mit unnachgiebiger Entschlossenheit vor ihnen und hielt sich nur mit den ersten Sätzen an den Text der Rede, die ihm ein wortgewandter General aufgesetzt hatte. Bald donnerte er mit schrecklichen Flüchen und martialischem Eifer auf sie ein, ohne Rücksicht auf den richtigen Gebrauch von Dativ und Akkusativ.

»Der Franzose soll sich nicht freuen«, rief er, »daß er sich Bonaparte zurückgeholt hat! Er soll sich nicht freuen, daß hier ein Aufruhr der Deutschen gegen ihren General gewesen ist. Wir sind vor sie und ihren Grenzen keine Sachsen und keine Preußen nicht! Wir sind alle Deutsche, wollen Deutsche bleiben und als Deutsche siegen oder sterben! Ich habe es geschworen. Und ihr schwört es mit mir, ihr Himmelhunde, meine Kinder: Ich komme nur als Sieger oder als Leiche über den Rhein zurück! Hast du mich verstanden?«

Sie hatten ihn verstanden. Sie waren ja auch keine Sachsen. Der Schreck steckte Arndt noch lange in den Gliedern. Was wäre geschehen, hätten die Meuterer ihr Ziel erreicht?

Mitte Mai ließ sich Arndt in Köln nieder. Er holte seinen Sohn nach und nahm ihn manchmal mit, wenn er Freunde, die über den Rhein nach Belgien zu ihren Regimentern wollten, ein Stück des Weges geleitete.

Mit Eifer ging er daran, seinen Plan einer eigenen Zeitung zu verwirklichen. Namhafte Verleger hatten ihn gebeten, Beiträge für ihre Blätter zu schreiben. Reimers »Tageblatt der Geschichte«, die »Deutschen Blätter« von Brockhaus, Görres' »Rheinischer Merkur«, der »Westfälische Anzeiger« von Mallinckrodt und Ludens »Nemesis«, das waren schon Zeitungen, bei denen man guten Gewissens mitarbeiten konnte. Aber Arndt wollte vor allem frei sein. Und das konnte er nur, wenn er sein eigener Herausgeber war. Obwohl – frei ist man eigentlich nur, wenn man gar kein Geld hat oder sehr viel, und vermögend war Arndt nicht.

»Der Wächter« sollte das Blatt heißen, und der Name war bereits Programm. Arndt wollte stets ein wachsames Auge für die deutschen Dinge haben und als Wächter am Rhein stehen. Die Mittel reichten für eine erste Nummer aus und nur zum Teil für eine zweite. Das Blatt sollte der Nation ins Gewissen reden. Und nicht zuletzt wollte er es den Vielschreibern vom Schlage eines Kotzebue zeigen, daß die Schriftsteller, wenn sie nicht mit voller Überzeugung auf der Seite des Volkes standen, überflüssige und schädliche Verschwender von Papier, Tinte und Druckerschwärze waren.

Arndt litt an seiner Zeit. Und überzeugt davon, Gott habe ihm die Fähigkeit zum Schreiben gegeben, konnte er nicht stumm bleiben. Er wollte die Deutschen aus ihrem nationalen Schlaf wecken und sie zu einem Volk erziehen, das sich seiner Kraft und seines Reichtums bewußt war. Nur die dumme Neugier eines einfältigen Publikums zu befriedigen — das konnte nicht seines Amtes sein. Er wollte auf undeutsche, und das hieß bei ihm auf französische Ansichten, Anzettelungen und Umtriebe aufmerksam machen. So äußerte er sich gegenüber Gneisenau.

»Wir wollen zunächst Ihre Schrift über Landwehr und Landsturm, aber auch Ihren Katechismus für den deutschen Kriegs- und Wehrmann erneut unter das Volk bringen, vor allem aber auch unter den Soldaten verbreiten«, erwiderte der General, »denn Ihre Zeitschrift wird vermutlich noch auf sich warten lassen?«

»Ich bin vom Meister bis zum Handlanger alles in einer Person und werde noch Wochen brauchen, Exzellenz, ehe ich mit der ersten Nummer herauskommen kann«, sagte Arndt mit der heimlichen Hoffnung, Gneisenau könnte ihm einige Geldquellen weisen oder wenigstens Leute aus seiner Felddruckerei zur Verfügung stellen. Aber daran dachte der General nicht. Der »Wächter« war ihm ein zu nebulöses Unterfangen. Er brauchte etwas Handfestes für den gemeinen Mann. »Haben Sie vielleicht etwas fertig, das ich gleich mitnehmen kann?«

»Ja, etwas über die Franzosen und über den dummen Spruch unserer Diplomaten, daß Frankreichs große Macht zur Erhaltung des Gleichgewichts in Europa notwendig sei.«

»Her damit«, sagte Gneisenau zufrieden. »Daraus wollen wir Kugeln für unsere Kanonen gießen.«

»Gebe Gott«, sagte Arndt, »daß wir bald losschlagen können. Und dann soll es nicht darum gehen, den Bourbonen wieder einmal die Krone aus dem Rinnstein zu fischen, sondern um die deutschen Grenzen bis an die Vogesen.« Er holte das Manuskript aus der Schublade und gab es Gneisenau, als reiche er ihm einen Degen. »Für unseren Krieg ist mir nicht bange, Exzellenz. Was wir zu fürchten haben, ist ein allzu geschwindes Ende und die elende Nichtswürdigkeit der federlesenden Kabinettspolitik.«

»An uns soll es nicht liegen«, erwiderte Gneisenau. »Wir würden selbst Tunis, Tripolis und Algier erobern, um den Marschall zu zitieren, wenn es nicht so weit wäre und man nicht übers Wasser müßte. Mit Wellington und seinen Engländern verstehen wir uns vorzüglich. Nur das Hauptquartier hält uns noch an der Kette, obwohl der Fuchs am besten jetzt zu fassen wäre. Übrigens«, wechselte Gneisenau überraschend das Thema, »hätten Sie etwas dagegen, sich in Köln niederzulassen, falls die Universität hier eingerichtet würde und nicht in Bonn?«

Arndt war sofort hellhörig. »Wissen Sie etwas, General?«

»Es ist nach wie vor nichts entschieden«, erwiderte Gneisenau unbestimmt, was seine Art sonst nicht war. »Es ist nur, falls Köln den Zuschlag bekommt ... Kurzum, Sie haben sich in dieser Stadt nicht nur Freunde gemacht. Oder um es unverhüllt zu sagen: einflußreiche Leute, von deren Stimme es abhängt, ob Sie ein Lehramt an der hiesigen Alma mater bekommen oder nicht, haben einen langen Zorn auf Sie. Sie wissen, wovon ich rede?«

»Ja, Exzellenz, ich weiß es«, antwortete Arndt.

»Mich müssen Sie nicht überzeugen«, erklärte Gneisenau. »Es ist nur so, daß der Mensch für alle Sünden büßen muß, die er einmal im Leben begangen hat. Köln ist eine katholische Stadt. Sie sollen ja nicht gleich nach Canossa gehen«, empfahl Gneisenau mit freundlich-drängendem Unterton, »beichten Sie ein wenig, streuen Sie sich etwas Asche aufs Haupt und sagen Sie drei Vaterunser auf oder ein Mea culpa.«

»Ich habe Sie verstanden, General. Was tut man nicht alles fürs Vaterland und eine außerordentliche Professur«, antwortete Arndt. »Ich werde den Kölnern um den Bart gehen. Aber ich darf doch hoffen, daß Sie nach wie vor für Bonn plädieren?«

Gneisenau nickte, dann reichte er Arndt die Hand. »Ich denke, wir sehen uns bald unter glücklicheren Umständen wieder, Professor. Ich gehe noch heute zur Truppe zurück. Und wenn der Satan nicht von selbst aus der Hölle herauskommt, werden wir ihn ausräuchern. Diesmal fassen wir ihn. Ich bin ganz sicher.«

Als Arndt wieder allein war, ärgerte er sich, den General nicht gebeten zu haben, ihn ins Hauptquartier begleiten zu dürfen, um in der Nähe zu sein, wenn die entscheidende Schlacht geschlagen wurde. Statt dessen hatte er lediglich um ein paar Berichte und Anekdoten aus dem Krieg für seinen »Wächter« gebeten, von dem er noch gar nicht wußte, ob er ihn wirklich auf eine gute Bahn bringen konnte.

Die Wechselfälle des Krieges zerrten an Arndts Nerven, als wären es Stricke, die ihn mit dem Vaterland verbanden. Die Nachricht vom Sieg bei Belle Alliance, wo Napoleon endgültig geschlagen wurde, erreichte ihn am gleichen Tage, an dem er einen Brief aus Königsberg erhielt, in dem er erfuhr, daß Johanna Motherby sich jetzt in den Armen eines bläßlichen Studenten der Medizin tröstete. Belle Alliance, dachte er, schöner Bund, schöne Ehe. Welch beziehungsreicher Name! Und welche Ironie.

Das Bild im Dom

Die große Freude über den endgültigen Sieg stellte sich nicht ein. Woran lag das? Habe ich nicht meine ganze Kraft, ja mein Leben dafür eingesetzt, fragte sich Arndt. Und nun? Ein merkwürdig laues Gefühl. Freude schon, natürlich. Aber das große Aufatmen, das alle Gedanken und Empfindungen durchströmende Glück, der Jubel allerorten, den Eroberer nun endlich besiegt zu haben – wo war das?

Frieder Oswald hatte ihn in Köln besucht, und er freute sich, den Burschen nach langer Zeit wiederzusehen, denn in Köln hatte er wenig Freunde. Stein, Gneisenau, Humboldt und Eichhorn waren mit diplomatischen Geschäften überhäuft und unterwegs in halb Europa. Arndt hatte viel Zeit zum Grübeln.

»Was sind wir doch für großartige Sieger!« spottete Frieder Oswald. »Nach Belle Alliance die Heilige Allianz. Es hätte nicht schlimmer kommen können. Die Weltgeschichte ist ein Furz, solange sich die Herrschenden die Mägen vollfressen. Kaum hat der Zar den polnischen Bissen hinuntergewürgt, lechzt er schon nach dem türkischen Honig. Metternich zelebriert die Ruhe eines Friedhofes. Die Engländer legen ihre gierigen Pfoten auf die Inseln des Mittelmeeres. Und Friedrich Wilhelm läuft lamentierend als Bittsteller von Hof zu Hof.«

Arndt hätte ihm in jedem Punkt recht geben müssen, aber da Oswalds Spott klang, als mache er sich auch ein wenig über jene lustig, die aus besseren Erwägungen gegen den Eroberer Napoleon gekämpft hatten als die Potentaten, erwiderte er bissig: »Sie können sich ja nach St. Helena einschiffen, um Ihrem Abgott zu huldigen.«

»Frankreich hat die Niederlage verdient«, sagte Oswald, ohne auf die Bemerkung Arndts direkt einzugehen, die er so wörtlich nicht nahm, denn aus früheren Gesprächen wußte der Professor längst, daß er kein Parteigänger Napoleons mehr war. »Aber die

Franzosen haben nicht verdient, wieder von den Bourbonen regiert zu werden. Das ist die Rache an der Revolution und gleichzeitig die Furcht vor ihr.«

»Sie kommen gewiß nicht, um mir Vorlesungen in Weltgeschichte zu halten«, sagte Arndt. »Worum geht es wirklich?«

Oswald wunderte sich, wie offensichtlich Arndt auswich, der sonst keine Gelegenheit verstreichen ließ, ihn zu überzeugen. Er betrachtete ihn genauer. Müde sah er aus. Nein, das traf es nicht ganz. Älter? Auch. Aber da war noch etwas, das ihn deutlicher zeichnete. Oswald ahnte, mit welcher Bitternis Arndt die Folgen des Sieges über Napoleon beurteilte. Unsereiner ist schon nicht gut dran, dachte er, wie arg aber muß es einem ergehen, der meint, sein Leben lang auf der richtigen Seite gestanden zu haben, und nun fragen muß, ob er sich nicht geirrt hat; denn daß der Sieg über Napoleon nicht zu den ersehnten Ergebnissen geführt hatte, das mußte einem Manne wie Arndt als persönliche Niederlage erscheinen. Um einen möglichst unverfänglichen Ton bemüht, fragte Oswald: »Wie steht es um die Rheinuniversität, Herr Professor?«

»Weiß ich's?« antwortete Arndt gereizt, denn noch immer war keine klare Entscheidung gefallen.

Oswald machte eine hilflose Geste. »Ich bin jetzt zweiundzwanzig Jahre alt. Es wird Zeit, daß ich etwas aus mir mache, bevor ich in meines Vaters Kontor versauere oder in seinen Weinkellern.«

Arndt lachte unerwartet. »In deines Vaters Weinkeller versauern – das ist gut!« Und er hatte ihn verstanden. »Wohin willst du gehen?« fragte er, denn es tat ihm leid, daß er seinen Unwillen über die politischen Zustände an Oswald ausgelassen hatte.

»Nach Jena.«

Arndt nickte. »Eine gute Universität. Eine schöne Stadt. Ich gebe dir einen Brief an Professor Luden mit.«

»Sie sind mir nicht böse?« fragte Oswald erleichtert.

»Die Ratten verlassen das sinkende Schiff«, erwiderte Arndt. Doch es klang eher, als richte er die Ironie gegen sich selbst. »Warum sollst du eine Ausnahme machen?«

»Herr Professor, ich ...«

»Schweig«, bat ihn Arndt und winkte ab. »Und erzähle mir nicht, wie gern du mein Student wärest. Du nicht und niemand sonst will noch etwas von mir wissen. Ich bin nämlich ein Aussätziger. Ich habe die deutsche Krankheit. Weißt du, was das ist? Ich will ein starkes und gutes deutsches Vaterland im Herzen Europas. Ich will einen Friedensfürsten an der Spitze des Reiches. Ich will ein freies Volk und eine glückliche Jugend. Aber das ist unzeitgemäß. Dafür kann man in die Acht getan werden, mein Lieber! Und einige Leute sind auch schon fleißig dabei, die Bannbulle zu schreiben.«

Oswald hätte erwidern können, daß solche Ansichten weniger unzeitgemäß als utopisch waren, doch hatte er ein Recht, diesen Mann zu belehren? Er wollte ihm lieber ein hoffnungsvolles Wort sagen. »Nicht die errungene Freiheit, Herr Professor, was immer das heißen soll, ist das Ergebnis des Kampfes der Völker gegen Napoleon, sondern ...« Er machte eine Pause, weil er nach dem treffenden Wort suchte.

»Sondern?« fragte Arndt.

»Die Tat selbst, will mir scheinen«, sagte Oswald nun mit Überzeugung. »Daß das Volk sich des Verlustes der nationalen Heiligtümer besann und sich bewaffnete, ohne die allergnädigste Erlaubnis der Fürsten abzuwarten, ja sie zwang, an die Spitze zu treten, daß das Volk einen Augenblick als Quelle der Staatsmacht, als souveränes Volk auftrat, das ist der Gewinn dieser Jahre, wo immer man zu Beginn auch gestanden hat. Mainz oder Petersburg, darauf kommt es heute nicht mehr an. Die Tat zählt und die gewonnene Erkenntnis, und das wird Folgen haben. Sie sind ein gefährlicher Mann geworden, Professor Arndt.«

»Für wen?« fragte er, von Oswalds Worten überrascht.

»Borgen Sie einem Mann Geld, er wird es Ihnen verübeln, sobald er es Ihnen zurückgeben soll. Und Sie haben den deutschen Fürsten wesentlich mehr gegeben. Nun besitzen sie die alte Macht wieder und können es Ihnen nicht verzeihen, daß sie auf Ihre Hilfe angewiesen waren.«

»Ich bin kein Jakobiner«, entgegnete Arndt. »Wenn ich meinen Streit mit manchem Fürsten auch hatte, so bin ich doch aus tiefster Überzeugung ein Anhänger des Königtums. Verwechseln Sie da nichts, junger Freund.«

Oswald nickte. »Sie sehen das Wohl des Staates darin, daß Fürst und Volk mit aufrichtiger Liebe einander zugetan sind und sich im Streben nach dem allgemeinen Wohl entgegenkommen. Das ist eine Idealvorstellung, und es läßt sich schön und wohlfeil reden von der Liebe des Fürsten und des Volkes. Seitdem wir singen dürfen: Heil dir im Siegerkranz! – seitdem ist unendlicher Unfug darüber geschwatzt worden.«

»Lassen wir es gut sein«, lenkte Arndt ein, »der Streit führt uns nicht weiter. Ich wundere mich allerdings über Ihr Verständnis für meine Lage.«

War das nun Ironie? Oswald antwortete, den Kopf leicht geneigt: »Man lernt eben, Herr Professor, wenn man einen guten Lehrer hat. Im übrigen, Sie sind auch ein anderer als der, der in den Fluß hineingegangen ist, jetzt, da Sie wieder herauskommen. Unserer beider Ansichten haben sich gewandelt auf einen ferneren, vielleicht gemeinsamen Punkt hin.«

»Der Dialektiker!« spottete Arndt. Und jetzt konnte er es ohne Bitternis sagen: »Sie gehen also nach Jena. Irgendwann, ich bin sicher, daß es nicht allzu lange dauert, wird die Rheinuniversität gegründet werden. Ich behalte Sie in der Pflicht. Es ist ja ohnehin nicht gut, wenn man lange nur aus einer Schüssel schleckt. Lassen Sie sich bei Luden einschreiben und kommen Sie in zwei, höchstens drei Jahren zu mir. Viel Glück!« Und als Anspielung auf jenen Abschied, den sie vor anderthalb Jahren in Leipzig genommen hatten, sagte er: »Bon voyage!« Und: »Hinaus, ich habe zu tun!«

Frieder Oswald ergriff die dargebotene Rechte Arndts, sah ihm in die Augen und ging. Er hatte seine Zweifel, ob man diesem aufrechten Patrioten je ein Lehramt in Preußen geben würde, aber das auszusprechen scheute er sich. Er hatte nicht das Recht, Arndt die letzte große Hoffnung zu nehmen, an die er sich klammerte; denn ein Mann wie er konnte nicht ohne Hoffnung, vielleicht auch nicht ohne Illusionen leben.

Arndt blickte noch lange auf die geschlossene Tür. Wir sehen uns bestimmt wieder, sagte er leise und dachte: Wenn es nur dieser eine gewesen wäre, um dessentwillen ich alles getan hätte, es hätte sich gelohnt.

Wenige Tage später, er war gerade dabei, einen Beitrag für seinen »Wächter« zu verfassen, klopfte es, und herein trat der zum Mitarbeiter des Kultusministers Altenstein avancierte Friedrich Eichhorn. Arndt sprang von seinem Stuhl auf und umarmte den Freund. »Du in Köln? Das ist eine angenehme Überraschung. Was treibt dich her? Geschäfte? Es heißt, du jagst den Franzosen die geraubten Kunstgüter wieder ab.«

Eichhorn freute sich, so herzlich von Arndt begrüßt zu werden. Hatte er doch bei ihrer letzten Begegnung den Eindruck gewonnen, er neide ihm den Platz in der Nähe des Freiherrn vom Stein. »Wenn es Geschäfte sind, dich im Auftrag Seiner Exzellenz zu einer Besichtigung des Domes zu bitten, so bin ich geschäftlich hier.«

»Stein in Köln?« fragte Arndt. »Ich bin schon auf dem Weg. Das da«, er wies auf die beschriebenen Blätter, »hat Zeit. Ich muß mir nur schnell einen anderen Rock anziehen.«

Während sich Arndt ankleidete, sah sich Eichhorn in der kleinen, einfachen Kammer um. Sein Blick fiel auf das Manuskript. »Woran schreibst du, Moritz?« erkundigte er sich.

Arndt nahm das Titelblatt in die Hand, hielt es weit von seinen Augen entfernt, als müßte er die Überschrift erst entziffern, und las: »Ein Wort über die Pflegung und Erhaltung der Forsten und Bauern im Sinn einer höheren, das heißt menschlichen Gesetzgebung.«

Eichhorn blickte ihn fragend an. »Bist du unter die Waldhüter gegangen?«

Arndt lachte über das Mißverständnis. »Ich kehre zu meinen politischen Anfängen zurück; denn für die Bauern hatte ich meinen ersten Auslauf getan, für sie meine ersten Sträuße ausgeteilt und zurückempfangen.«

»Deine Schrift zur Geschichte der Leibeigenschaft in Pommern und Rügen, wenn ich mich recht erinnere.«

»Das ist jetzt zwölf Jahre her«, bestätigte Arndt nachdenklich. »Zwölf Jahre.« Aber er fand sogleich in die Gegenwart zurück.

»Ich bin fertig. Wir können uns unterwegs zum Dom gern darüber unterhalten. Die Bauern sind nämlich bis auf den heutigen Tag ein immer ernsterer Gegenstand meines Nachdenkens geworden und werden es von Tag zu Tag mehr. – Ist Stein allein gekommen«, fragte er im gleichen Atemzug, »oder hat er den kühnen Recken Gneisenau bei sich?«

»Goethe«, sagte Eichhorn zu Arndts Verblüffung. »Er ist mit seiner Exzellenz, dem Geheimen Rat von Goethe, gekommen. Hatte ich das nicht erwähnt?«

Arndt war stehengeblieben. »Goethe«, sagte er. Und nach einer bedeutungsvollen Pause: »Nun ja.«

»Ist etwas zwischen euch?« fragte Eichhorn.

Arndt setzte den Weg fort, schritt aber nicht mehr ganz so fest und forsch aus wie vorher. Er dachte an seine Begegnung mit Goethe im Haus des Appellationsgerichtsrates Körner und hörte noch das Wort Torheit aus dem Mund des vergrämten Olympiers, nachdem der feurige Jüngling und patriotische Dichter Theodor Körner seinen Aufruf an die Sachsen vorgetragen hatte. Und er erinnerte sich Goethes Wortes von den Ketten, an denen sie ruhig schütteln sollten, sie würden sie doch nicht zerbrechen.

»Er hat sich geirrt«, sagte Arndt, ohne daß Eichhorn wußte, wovon die Rede war. »Wir haben die Fesseln abgeschüttelt. Wenn er groß gewesen war, der Kaiser der Franzosen, so sind die Völker größer gewesen. Nein, er hat nicht an uns geglaubt in seinem Weimar.« Und Arndt war es bei dem Gedanken, Goethe nun in Begleitung Steins wiederzusehen, etwas unbehaglich. Er verehrte das Genie des Dichters, aber die Erinnerung an die Begegnung in Dresden kratzte ihn noch immer. Die Freude, Stein zu treffen, war mit der Ankündigung, Goethe in seiner Gesellschaft zu finden, jedenfalls geschmälert.

Auf dem Domplatz sah er sie bereits von weitem stehen. Da hielt er plötzlich an, verzog das Gesicht zu einem breiten Grinsen und sagte, ein lautes Lachen nur mühsam unterdrückend: »Sieh dir das an, Eichhorn! Sieh dir das nur einmal richtig an!«

Eichhorn suchte vergeblich zu entdecken, was Arndt so zum Lachen reizte. »Was?« fragte er.

»Er hat zu kurze Beine. Siehst du das denn nicht? Er hat entschieden zu kurze Beine. Es ist das erste Mal, daß ich ihn aus dieser Entfernung betrachten kann, unseren Olympier.« Nun prustete er doch los, holte sein Schnupftuch aus der Tasche und hielt es zur Tarnung vor den Mund. »Mein Gott, wie muß er zu Pferde ausgesehen haben, als Fechter, Tänzer oder Schlittschuhläufer, als er noch beweglich genug war für solche Übungen!« Wieder mußte er das Schnupftuch zu Hilfe nehmen. Die Schultern hüpften und tanzten, als wäre er ein Kobold.

Eichhorn wußte nicht recht, was er von der Schadenfreude Arndts halten sollte, zumal ihm nie der Gedanke gekommen war, daß Goethe mit einem Makel behaftet sein könnte.

Der Unwille gegen Goethe, den Arndt seit seiner Begegnung im Körnerschen Hause mit sich herumtrug, hatte es ihm schwer gemacht, unvoreingenommen an den Großen von Weimar zu denken, sosehr er bemüht war, dessen Bedeutung anzuerkennen. Dieses Zusammentreffen nun auf dem Domplatz zu Köln löste die Verkrampfung. Und nachdem ihm Stein erfreut die Hand geschüttelt hatte, begrüßte ihn auch Goethe mit betonter Freundlichkeit, als hätte es die Szene bei Körners nie gegeben, und vielleicht hatte er sie auch wirklich vergessen.

Zu viert standen sie auf dem Platz vor dem gewaltigen, noch immer unvollendeten Bauwerk, das in seiner Unfertigkeit wie ein Gleichnis auf das Vaterland wirkte. Ein genialer Entwurf, die Vollendung ahnen lassend, und doch nur ein Bruchstück. Es fehlte vor allem der gewaltige Westbau mit seinen himmelhoch geplanten Türmen. Nur der Chor war nahezu fertig.

Während Goethe den Dom betrachtete, flüsterte Stein Arndt und Eichhorn schnell eine Warnung zu. »Liebe Kinder, still, still! Nur nichts Politisches! Das mag er nicht. Wir können ihn da freilich nicht loben, aber er ist doch zu groß.« Dabei breitete er entschuldigend die Arme aus und lächelte nachsichtig milde.

»Hier haben wir den schlimmen Beweis«, sagte Friedrich Eichhorn, auf die Domruine zeigend, »daß bei den herrlichsten Anlagen und der schönsten Ausbildung, durch bösen Streit und Zwietracht zerrissen, das arme Vaterland in Bruchstücken dasteht, unvollendet allem Ungestüm des Schicksals preisgegeben wie eben dieses Bauwerk.«

Arndt wollte schon darauf erwidern, als er noch zur rechten Zeit den unwilligen Blick Steins sah und sich an dessen Warnung erinnerte.

Goethe trat wieder zu ihnen. »Ich gebe zu«, sagte er nachdenklich, »daß der Anblick des Doms in mir einen gewissen Schauder erregt, dem ich keinen Namen zu geben wüßte. Hat eine bedeutende Ruine etwas Ehrwürdiges, so erinnert uns eben dieses Unfertige an die Unzulänglichkeiten des Menschen, sobald er sich unterfängt, etwas Übergroßes leisten zu wollen.«

»Mir geht es ähnlich«, antwortete Stein. »Doch innen macht der Dom einen bedeutenden Effekt.«

»Aber auch einen unharmonischen«, entgegnete Goethe. »Nur wenn wir ins Chor treten, wo das Vollendete uns mit überraschender Harmonie anspricht, da erschrecken wir freudig und fühlen unsere Sehnsucht mehr als erfüllt.«

Stein machte eine einladende Geste. Und Arndt, der sich einen rechten Gottesdienst eher in einer schlichten evangelischen Dorfkirche vorstellen konnte, ließ sich wie die anderen von der Schönheit und Harmonie des Bauwerks gefangennehmen. Hier mußte man Gott vor allem fürchten. Er aber wollte, daß ihn die Menschen zu allererst liebten, ehe sie sich vor ihm ängstigten.

Sie waren vor Lochners Triptychon stehengeblieben und wollten sich gerade zum Gehen wenden, als Arndt sich noch einmal umdrehte, weil er die Empfindung hatte, als riefe jemand seinen Namen. Er blickte hinter sich, entdeckte aber unter den Dombesuchern niemanden, den er kannte, schüttelte den Kopf und wollte schon weitergehen, da fiel sein Blick noch einmal auf Lochners Altarbildnis. Überrascht blieb er stehen. Nie vorher war ihm die Ähnlichkeit aufgefallen. War er sonst blind an diesem Bild vorübergegangen? Vielleicht lag es auch nur an einem Sonnenstrahl, der das Antlitz der Muttergottes gerade in dem Augenblick getroffen hatte, als er sich abwenden wollte.

Das Gesicht der Maria trug unverwechselbar die Züge von Nanna Schleiermacher. Sie war der Dargestellten ähnlich, als hätte sie dem Maler Modell gestanden.

Arndt war so verwirrt, daß er sich nicht von der Stelle bewegen konnte. Er starrte unverwandt auf das Bild und war sicher, daß hier kein blinder Zufall waltete. Es mußte etwas zu bedeuten haben, mußte ein Zeichen sein. Und es gab nur einen, der solcherart zu den Menschen redete. Arndt schloß die Augen und nickte langsam, als wolle er sagen: Ja, ich habe dich verstanden.

Stein und seine beiden Begleiter warteten vor dem Dom auf Arndt. »Sie haben so ein katholisches Funkeln in den Augen«, spottete der Freiherr, »daß es dringend geboten scheint, Ihnen etwas Handfestes zu essen zu geben, ehe Sie Ihre gute evangelische Religion für ein Linsengericht vertauschen.«

Arndt lächelte unbestimmt, hatte aber gar nicht hingehört. Er sah noch immer das Bild.

Während des Essens waren sie, Goethe vor allem, bei vorzüglicher Stimmung, und sowohl ihm wie auch Stein gefiel Arndt wegen seiner noch immer nachwirkenden Entrücktheit und Zurückhaltung.

»Darf man fragen, lieber Herr Arndt, wie Ihre Zukunftspläne aussehen?« erkundigte sich Goethe freundlich.

»Vielerlei Geschäfte, Exzellenz. Ich beabsichtige, eine Zeitschrift herauszugeben. Ich war der leidigen Zensur in Berlin überdrüssig. Hierzulande herrscht noch etwas mehr Großzügigkeit.«

»Zensur muß sein«, entgegnete Goethe. »Wohin kämen wir, wenn jeder seine Ergießungen über unschuldiges Papier verbreiten dürfte? Ich sage das ganz allgemein, lieber Professor Arndt.«

Vielleicht ein wenig zu hastig erwiderte Arndt, daß er Pressefreiheit für eine unabdingbare Voraussetzung der Freiheit ansehe und daß jeder Versuch der Obrigkeit, polizeilich in die Literatur einzugreifen, der Anfang vom Ende der Gedankenfreiheit sei und der Denunziation wie der Inquisition Tür und Tor öffne. Er konnte Goethes Auffassung nicht unwidersprochen lassen.

Stein fürchtete schon eine heftige Reaktion des Dichters, aber der blieb gelassen.

»Pressefreiheit«, sagte Eichhorn im Bestreben, das Thema neutraler zu behandeln, »Pressefreiheit für jedermann ist ein zweischneidiges Schwert. Es öffnet allen und allem die Schlünde. Man muß in gewissen Fällen abwägen, was an die Öffentlichkeit gelangen darf und was nicht.«

»Aber wer entscheidet?« fragte Arndt. »Wie wir erleben, können sich sogar Monarchen irren.« Wer sich sonst noch irren könnte, sagte er nicht, es war deutlich genug.

»Sag mir, warum dich keine Zeitung freut? – Ich liebe sie nicht, sie dienen der Zeit!« zitierte Goethe sich selbst, lächelte verbindlich und hielt es nicht für notwendig, seine Abneigung genauer zu begründen.

Arndt schwieg dazu, obwohl er sich wunderte, daß Goethe, der selbst immer wieder ein Opfer der Zensur war, sie als Minister seinem Landesfürsten dringend empfahl.

Der Freiherr vom Stein war erstaunt, daß der sonst so scharf und kritisch disputierende Arndt schwieg. Er konnte nichts wissen von der noch immer nachwirkenden Betroffenheit, die Lochners Bild erzeugt hatte. Er sah nur die Veränderung und war's zufrieden.

Arndt aber ging an diesem Tage, nachdem Stein und Goethe wieder abgefahren waren, ein zweites Mal in den Dom, um sich die Maria mit den Zügen Nannas wiederum anzusehen. Die Nachmittagssonne machte das Antlitz noch schöner, sanfter und milder. Am gleichen Abend schrieb er einen Brief an Schleiermacher, in dem er von Goethes Aufenthalt in Köln erzählte. Am liebsten hätte er dem Freund seine Empfindungen vor Lochners Triptychon geschildert, aber zunächst mußte er sich selbst darüber klarwerden, wie echt und tief seine Neigung für Nanna war. Und er war überdies zu alt, um jünglingshaft zu schwärmen, ohne nicht auch wie ein Mann zu rechnen. Um eine Familie ernähren zu könnnen, brauchte er ein festes Einkommen von wenigstens zwölfhundert Talern. Ehe nicht die bündige Zusage für seine Anstellung als Professor an der Rheinuniversität vorlag, durfte er sich nicht binden.

In den nächsten Tagen schrieb er an verschiedene Persönlichkeiten, die ihm verpflichtet waren oder die er für seine aufrichtigen Freunde halten durfte und unter denen manche waren, deren Einfluß bis zum preußischen König reichte.

In den Dom ging er nun öfter. Man hätte ihn für einen der frömmsten Katholiken Kölns halten können, so innig schien seine Zwiesprache mit der Madonna zu sein. Es war keine Leidenschaft wie die, die Johanna Motherby in ihm entfacht hatte. Es war eher eine stille, unaufgeregte Liebe, wie er sie immer für seine Schwester Gottesgab empfunden hatte. Das Gefühl erfüllte ihn mit Wärme, mit Hitze nicht.

Zu jener Zeit konnte er nicht ahnen, mit welcher Heftigkeit und Niedertracht seine Gegner ihn bekämpfen würden. Und hätte man es ihm gesagt, er hätte grimmig gelacht und die Herausforderung angenommen. Er war sechsundvierzig Jahre alt und fühlte sich noch immer stark.

Stehe und falle mit eignem Kopfe,
Tu das deine und tu es frisch!
Besser stolz an dem irdnen Topfe,
Als demütig am goldnen Tisch.

Wie lange war das her, daß er diese Zeilen geschrieben hatte? Selbst die Mutter zweifelte damals, ob er mit Charlotte Quistorp glücklich werden könnte. Aber wie anders mußte er heute die Schlußzeilen deuten, die er vor fünfzehn Jahren trutzig niedergeschrieben hatte: »Jugend verblühet, Freude entfliehet: Liebe! Halte! Doch laufe nicht nach.«

Sanft kam der Herbst. Arndt liebte diese Jahreszeit. Sie stimmte ihn auf eine angenehme Art melancholisch, erinnerte an den eigenen Lebenslauf und ließ ihn zuversichtlich sein, obwohl die politischen Verhältnisse wenig erfreulich waren. Seine Zweifel am Willen der Herrschenden, in Europa für eine wirkliche Erneuerung zu sorgen, äußerte er in seinem »Wächter« zurückhaltend. Das geschah nicht aus Feigheit, sondern weil er, vorsichtig geworden, eine allmähliche Aufklärung für wirksamer hielt.

Eichhorn hatte ihm aus Berlin geschrieben. Er war aus dem Brief nicht klug geworden. Es schien, als ob er ihn warnen wollte. Aber ob damit nun hinterhältige Anschläge von Gegnern gemeint waren oder die vermeintliche Unbekümmertheit des Adressaten, wurde nicht deutlich. Nun, Eichhorn war immer ein freundlicher, aber auch ein sehr vorsichtiger Mensch gewesen. Wahrscheinlich hatte er in der Garküche der hauptstädtischen Gerüchtemacher von unwilligen Äußerungen hochgestellter Persönlichkeiten über seinen Freund gehört. Aber davon wußte Arndt bereits. Ihm saß natürlich allerlei Gesindel im Nacken. Der Berliner Minister- und Beamtenpöbel, wie er sich verächtlich ausdrückte, und auch eine gewisse Klasse von engstirnigen Junkern hätten ihn zu gern als einen blutlechzenden Jakobiner gesehen. Aber das war er ganz gewiß nicht, und er hatte es schon mit ernster zu nehmenden Gegnern aufgenommen.

Als Eichhorn ihn besuchte, hinderte Arndt den Freund daran, mit der Tür ins Haus zu fallen, zumal ihm dessen blasse Gesichtsfarbe und das kratzige Husten gar nicht gefielen. Der aber wollte von schwacher Konstitution nichts hören und suchte ständig die Rede auf ein Buch von einem gewissen Schmalz über die »Berichtigung einer Stelle in der Bredow-Venturinischen Chronik auf das Jahr 1808« zu bringen.

»Nein, habe ich nicht gelesen. Muß ich das? Wie heißt der Verfasser?« fragte Arndt schließlich.

»Schmalz, Professor, Mitglied des Oberappellationssenats in Berlin«, sagte Eichhorn bedeutungsvoll.

»Nie gehört. Aber der Name verspricht nichts Besonderes.« Arndt wollte sich einem anderen Thema zuwenden, als Eichhorn das Buch auf den Tisch legte, indem er nachdrücklich sagte: »Du solltest es kennen.«

Arndt holte tief Luft, als müsse er sich zu Mäßigung zwingen, atmete geräuschvoll aus und sagte: »Also gut. Was habe ich mit der Sache zu tun?«

»Moritz, die Schrift selbst, in der du unter anderem bezichtigt wirst, der Geheimbündelei und jakobinischen Vereinen anzuhängen, wäre für sich genommen nichts weiter als ein Angriff auf dich, wenn, ja wenn der Verfasser und jene, die hinter ihm stehen, nicht Leute von Einfluß wären.«

Auch diese Ankündigung schien Arndt nicht zu beeindrucken. »Pack aus, was du weißt. Aber glaube nicht, daß wir in der Provinz immer alles für so wichtig halten wie ihr in eurem Berlin«, spottete er. »Hierzulande leben auch Menschen, nicht nur Leute.«

Eichhorn ging nicht darauf ein. »Sagt dir der Name Kamptz etwas?«

Nun horchte Arndt doch auf. »Kamptz«, wiederholte er und

nickte. »Der gehörte zu den Kläffern, die mir schon wegen meines ersten Teils vom ›Geist der Zeit‹ an die Hosenbeine wollten. Ich habe ihm damals ordentlich eins auf das Maul gegeben. Steckt er hinter dem Schmalzprofessor? Nun, dann sind wir alte Bekannte.«

»So niederträchtig, wie der Kerl ist, hat er eine Karriere vor sich. Du solltest ihn ernst nehmen, Moritz«, warnte Eichhorn, »zumal du noch mehr solcher alter Bekannten hast. Immerhin nennt dich der Staatsrat von Bülow in aller Öffentlichkeit einen gefährlichen Demagogen. Und Bülow ist ein Vetter des Staatskanzlers Hardenberg.«

»Das ist das schlimmste«, erwiderte Arndt, »daß die lausigen Kerle, die jetzt mitsteuern, jeden Fortschritt mit kleinlichen Mitteln aufhalten wollen.«

Begriff Arndt nicht, oder wollte er nicht begreifen? Eichhorn schüttelte ungläubig den Kopf. »Moritz, du kannst so naiv nicht sein und glauben, da wären nur welche am Werk, die wie Kamele spucken und speien. Die Politik deiner Widersacher ist auf dem schlimmsten Wege, Staatsräson zu werden! Noch sind ihnen Stein und Gneisenau zu mächtig, aber die Zeit ist nicht fern, in der man auch sie zunächst verleugnen und dann verfolgen wird.«

»Dann weiß ich mich ja in guter Gesellschaft«, hielt Arndt dagegen. Nein, naiv war er nicht. Er sah sehr wohl, was sich gegen ihn zusammenbraute. Aber sollte er sich ins Bockshorn jagen lassen? Am Ende hing alles vom König ab, und den konnte er sich nicht anders als einen gerechten Herrscher denken, wenn er ihn auch nicht für sehr entscheidungsfreudig hielt. Der König mußte fühlen, daß da nichts als Liebe und Treue und ein billiges Verlangen nach einer gerechten Ordnung war. »Soll ich wegen möglichen Ungemachs, das mir einige Schmalzianer bereiten wollen, Licht Finsternis und Recht Unrecht schelten lassen? Das Geschrei gewisser Leute, der Beifall oder der Tadel der Menge hat mich nie gekümmert, und ich wäre ein schlechter Mann, wenn ich die zwanzig bis dreißig kräftigen Jahre, die mir vielleicht noch übrigbleiben, nicht mutig durchstehen sollte.« Die Augen blitzten, die Haut spannte sich über den Jochbeinen, der Mund wurde schmal.

Das ist der alte Adler, dachte Eichhorn froh, sie werden ihn nicht niederbeugen. »Dennoch, sei vorsichtig«, bat er. »Die Herren sind sehr beweglich und haben die Schleusen alle auf einmal geöffnet. Sie sind verschlagen und skrupellos genug, dem König einzureden, du wärest ein Republikaner. Und du mußt wissen, Moritz Arndt, ängstlich, wie er ist, wird er es ihnen glauben.«

Arndt breitete die Arme weit aus, hob die Schultern, und sein Gesicht drückte Unglauben aus. »Was mich betrifft, so kenne ich keine Geheimnistuerei. Sollten sie mit unlauteren Mitteln mir beizukommen suchen, so werde ich mein Maul recht weit auftun; denn ich kenne sie, und dann nenne ich sie. Bis dahin schweige ich, lauschend, wohin es gehen will.«

Eben das war es, was Eichhorn befürchtete. Arndt würde sich nur noch mehr in Händel verstricken und mit der Androhung, alles öffentlich zu machen, auch jene auf den Plan rufen, die geschwiegen hatten, solange er selber schwieg. »Du kannst deine Feinde nicht besser miteinander verkuppeln, als wenn du verbreitest, was du über ihre Schäbigkeit weißt. Im übrigen wirst du dich wundern, wieviel Speichellecker und Schmeichler die schlimmsten Greuelmärchen über dich erfinden, wenn sie dadurch zu einem höheren Posten kommen.«

»Schwindler und Abenteurer, die weiß Gott was erdichten, gibt es immer. Wer kann dafür, wenn sie ehrlicher Leute Namen und Worte mißbrauchen? Hat man Feinde in dieser Welt, so hat man auch Freunde. Eichhorn, mein Guter, ich danke dir, daß du dir meinetwegen Sorgen machst, aber ich fürchte mich nicht, und vor solchen schon gar nicht. Dein Herr Schmalz wird ja so viel Gewalt nicht haben, daß er alles Salz der Erde auf einmal flüssig macht. Die Zeit läßt sich weder durch Edikte noch durch Anklagen aufhalten. Die Schmalzianer wundern mich nicht; es werden mehrere solcher kommen, aus deren Fett nicht einmal ein schlechtes Talglicht zu machen ist. Und nun genug davon. Laß uns über Erfreulicheres reden. Warst du mal wieder bei Schleiermachers?«

»Ja«, erwiderte Eichhorn, mit den Gedanken noch immer bei ihrem Thema. »Ich laß dir die Schrift hier. Lies sie und nimm solche Angriffe ernster.« Dann erst, als er bedachte, was die

Frage nach Schleiermachers bedeutete, sagte er: »Sie hat sich, glaube ich, nach dir erkundigt.«

Da war aus Arndts Gesicht jedes Zeichen von Anspannung und Kampfbereitschaft verschwunden. »Komm mit, du unkender Nuntius des Teufels, ich will dir etwas Schönes zeigen.«

»Wohin?«

»Zum Dom«, sagte Arndt heiter, »zum Dom.«

Teil III

Verfolgt und verfemt

Es war, als alles niedergerissen und zertreten lag, als alle die blutigen, aber losen und schlechtverbundenen Arbeiten und Anstrengungen uns nur noch tiefer in Schmach und Jammer hinabgedrückt hatten, wohl jedem deutschen Herzen erlaubt, indem es aus dem bittern Elend flehend zum Himmel emporblickte, in weite, unbestimmte Fernen der Hoffnung zu schauen, ob sie nicht irgendwo den Schimmer einer Rettung durchblikken ließe. Wie die Hoffnung selbst ja eben dadurch Hoffnung ist, daß sie uns ungewisse und schwebende Bilder, Gestalten und Güter vormalt, die wir kaum mit den Augen, geschweige mit den Händen ergreifen können, so war es in jenen Tagen des Jammers und der Schmach wohl natürlich, daß auch die Besonnensten und Verständigsten viel mit Phantasien spielten. Ich habe auch die meinigen gehabt, auch meine schimmernden Flatterbilder der das arme Leben vergoldenden Hoffnungen; doch glaube ich nicht, daß sie zu den närrischsten und abenteuerlichsten gehört haben, blutdürstig und mordsüchtig sind sie nicht gewesen. Aber ich habe eine gefährliche Einheit des deutschen Volkes gepredigt.

Ernst Moritz Arndt in
»Erinnerungen aus dem äußeren Leben«

Nanna

Das Jahr 1815 ging zu Ende. Eine klare Entscheidung war noch immer nicht gefallen, weder hinsichtlich des Standortes der zukünftigen preußischen Rheinuniversität noch über den Status seiner Professur. Lediglich ein monatliches Wartegeld in Höhe von einhundertfünfzig Reichstalern ließ der Staatskanzler anweisen, um, wie er jedenfalls behauptete, Preußen einen seiner eifrigsten und anhänglichsten Streiter zu erhalten. Doch Hardenberg war es nicht vorrangig darum zu tun, ihn für seine Verdienste im Kampf gegen Napoleon und für das deutsche Vaterland zu belohnen. Er wollte ihn als Verfasser zukünftiger Flugschriften gegen Österreich und Bayern behalten. Und wenn das nicht erforderlich sein sollte, so hoffte er, wenigstens zu verhindern, daß der wortgewaltige Arndt vom Katheder einer nichtpreußischen Universität etwas predigte, was gegen die Interessen Preußens verstieße.

Mehr als die Ungewißheit seiner beruflichen Zukunft erschreckte Arndt die sich mit der Geschwindigkeit einer Epidemie ausbreitende Teilnahmslosigkeit immer größerer Teile der Bevölkerung an den vaterländischen Dingen. Was will der Mensch eigentlich, hörte er viele Leute inzwischen unwillig fragen, der Krieg ist doch aus. Soll er froh sein, sagten sie, daß Napoleon auf Sankt Helena hockt und in Europa wieder Frieden herrscht. Gestorben war genug worden. Jetzt wollte man endlich wieder leben. Carpe diem!

Mit Wehmut erinnerte er sich der vielen Gedenkfeiern zu Ehren der Leipziger Völkerschlacht, wie sie im Oktober 1814 besonders im Rhein-Main-Gebiet begangen worden waren. Er hatte mit seiner Flugschrift den Anstoß zu einer Volksbewegung gegeben. In Mannheim, Heidelberg und in Pforzheim, in Marburg, Kassel und Arnsberg, in den Städten Nassaus und Hessens, am Rhein und in der Pfalz hatten die Menschen seine Anregung aufgegriffen und die Erinnerung an die Leipziger Schlacht zu Volksfesten ausgestaltet, gegen die die Obrigkeit nicht einzuschreiten wagte.

Der Höhepunkt dieser Feiern war ein nächtliches Freudenfeuer auf dem Feldberg im Taunus. Viel Volk aus den umliegenden Ortschaften kam damals, Männer der Landwehr und des Landsturms, Frauen in altdeutschen Trachten, wie er es gewünscht hatte. Freilich, die Gebildeten und Begüterten blieben aus.

Als er auf dem Festplatz eintraf, wurden ihm Ovationen wie einem Heerführer dargebracht. Man wetteiferte in Hochrufen, und jeder versuchte, ihm die Hand zu drücken oder das Wort an ihn zu richten.

Plötzlich war einer aufgestanden, der das Rufen und Jubeln mit mächtiger Stimme übertönte. »Teutsche Männer!« rief er. »Entblößt eure Häupter! Und teutsche Frauen, erhebt euch von den Sitzen. Es gilt das Wohl des großen Mannes, der, als alle verzweifelten, teutschen Mut und teutsches Vertrauen aufrechtzuerhalten wußte: Ernst Moritz Arndt!«

Überrascht und gerührt hatte er aller Augen auf sich gerichtet gesehen. Was sollte er sagen? »Es lebe Teutschland!« grüßte er sie. »Teutschland lebe!« Er konnte nur verstanden werden, weil alle erwartungsvoll schwiegen. Und zurück schallte der Chor: »Es lebe Arndt! Es lebe Teutschland!«

Das lag ein Jahr zurück, und er dachte mit Wehmut daran, weil 1815 keiner mehr etwas wissen wollte von solcher Festlichkeit. Gewiß, es gab Vereine und Gesellschaften, die die Erinnerung an Leipzig pflegten, die sich in Bierlokalen und Hinterzimmern versammelten, Fahnen schwenkten und Säbel putzten, trutzige Reden führten und die alten Lieder sangen. Und dann fing einer an zu erzählen, wie es war, als er ein Held gewesen, und der nächste war ein noch größerer. Aufrichtig gewiß, aber peinlich für die anderen. So balsamierte man die Vergangenheit, die sich nicht wehren konnte, weil sie tot war. Traditionen und Legenden wurden erfunden. Mit der Sache selbst hatte das wenig zu tun. Die Überlebenden singen immer am lautesten.

Die Vereine und Gesellschaften hatten aus der Sicht der Herrschenden durchaus ihr Gutes, denn die Gemäßigten aus dem Mittelstand waren unter sich. Handwerker und Tagelöhner gehörten kaum, Bauern und Knechte schon gar nicht in solche Kreise. Da fanden die Fürsten keinen Grund mehr, durch Verbote oder Auflagen dagegen einzuschreiten. Man ließ sie gewähren. In Süddeutschland waren solche Gemeinden erst gar nicht entstanden.

Stroh brennt schnell und erzeugt eine sengende Hitze. Aber das Feuer hält nicht an und hinterläßt keine Wärme. Bitternis machte sich breit in Arndts Herzen. Er sah, wie man Pokale putzte, statt Ideale zu verwirklichen, trübselige Erinnerungsfanfaren blies, statt die Posaunen des Vaterlandes erklingen zu lassen, wie man schwätzte, statt zu handeln. Sein »Wächter« fand kaum Publikum. Die Leute lasen lieber Kotzebues unverbindliches »Literarisches Wochenblatt«.

So war von der Zeit des großen Aufbegehrens nicht viel mehr geblieben als Vaterlandsgetöne. Und nur die studentische Jugend, voran jene Burschen, die in den Freikorps eines Lützow, Colomb oder des Herzogs von Braunschweig gekämpft hatten, wollte die Ideale dieser Zeit nicht nur bewahren, sondern sie fortführen und vollenden.

Sie gründeten Burschenschaften, die nichts von der Engstirnigkeit der Landsmannschaften und Arroganz der schlagenden Verbindungen hatten. Ihr Schlachtruf war Deutschland. Sie sangen die Lieder von Körner, Arndt, Schenkendorf und Rückert, die alten Choräle auch wie die Bauern vor dreihundert Jahren. Ein feste Burg ist unser Gott! Sie kräftigten ihre Körper auf den Turnplätzen Jahns und schwenkten ihre Fahnen an den Lagerfeuern.

Frieder Oswald schrieb ihm, ein patriotisch begeistertes Mädchen, Amalie Nitschke, hatte der Studentenschaft Jenas eine schwarz-rot-goldene Fahne bestickt. Schwarz war die Uniform der Lützower, rot waren die Aufschläge und golden die Knöpfe. Sie deuteten die Farben auf ihre Weise. Finster war die Vergangenheit, blutig der Kampf, golden würde die Zukunft sein. Ohne Poesie ist keine Revolution möglich.

Aber auch die Gegner blieben nicht müßig. Was Arndt betroffen machte, ja geradezu erschreckte, war die Erfahrung, daß man ihn auch dort verunglimpfte, wo er wirklich geliebt sein wollte: bei der Jugend. Als im Kölner Karnevalsumzug unter den Fratzen der Demagogen auch sein Konterfei herumgetragen wurde, tat er die Verhöhnung zwar als Retourkutsche ab, weil er wiederholt für Bonn als zukünftige Universitätsstadt am Rhein gestimmt hatte, aber er vermied es, weiteren Umzügen zuzuschauen.

Gespenstern gleich suchten ihn wieder die Zweifel heim, sobald er von der Arbeit aufstand. Oft flüchtete er aus der Stadt. Doch er hatte keine besondere Freude an der Umgebung Kölns. Man mußte weit laufen, ehe man einen Baum fand, in dessen Schatten sich auszuruhen lohnte. Nachts aber kamen die Träume wie Lawinen über ihn. Dann schreckte er hoch, wusch das Gesicht kalt ab, riß das Fenster weit auf, zwang sich, an schönere Bilder zu denken, schlief schwer ein und träumte wirres Zeug. Selbst vor Lochners Triptychon im Dom beschlichen ihn neuerdings Zweifel. Liebte er Nanna Schleiermacher wirklich, oder floh er nur vor einer anderen?

Er mußte fort aus Köln, weg von dem zermürbenden Streit mit den Feinden. Er mußte wandern, freie Luft atmen und reden mit den einfachen Leuten unterwegs. Er mußte wieder klares Quellwasser trinken und derbes Landbrot essen. Er mußte die Füße spüren, nicht den Kopf. Das hatte noch immer geholfen.

Mitte April 1816 brach er von Köln auf, wanderte über Koblenz, wo er Gneisenau besuchte, und weiter nach Nassau zu Stein. In Kassel, Halle und Dessau hielt er sich kurz auf. Anfang Juni traf er in Berlin ein, aber er blieb nicht lange bei Freund Reimer, wo er wohnte, und auch nicht bei Schleiermachers, die er häufig besuchte. Noch steckte zu viel Unruhe in ihm, als daß er sich ausgerechnet in einer Stadt wohl gefühlt hätte, in der seine übelsten Feinde schalten und walten konnten, ohne vom Staatskanzler oder gar vom König zur Ordnung gerufen zu werden. Er wanderte weiter, bis er Mitte Juni in seiner Heimat anlangte, wo er gute alte Freunde besaß und wo er sich geliebt wußte.

Ursprünglich hatte er vor, sich in Schweden umzutun, doch er führte den Vorsatz nicht aus. Der Gascogner, wie er Bernadotte mit altem Groll nannte, würde ihn gewiß von seinen Schnickern und Spähern beobachten lassen. Statt dessen wandte er sich über Schleswig-Holstein nach Dänemark. Jedoch auch hier war die Polizei längst von seiner Ankunft unterrichtet und verlor den als Abgesandten der deutschen Jakobiner Avisierten keine Stunde aus den Augen. Es war widerlich, beschämend und niederdrükkend.

»So sitzt allenthalben Erbärmlichkeit oben, träumt von Gespenstern, die nicht sind, und kann sie so endlich zeugen; die wirklichen aber sieht sie nicht«, schrieb er aus Kopenhagen an Reimer nach Berlin. Und als er im September zurückkehrte auf seine Insel, war er noch immer nicht kuriert. Wie sollte er auch? Wäre er nicht Menschen begegnet, die wie er dachten und handelten, er hätte an der Welt verzweifeln und an sich selber irre werden müssen.

Henriette Schleiermacher war bereits im August bei ihrer Schwester Charlotte von Kathen in Götemitz auf Rügen angekommen. Schleiermacher und dessen Halbschwester hatten sich für Ende September angesagt. Arndt freute sich auf die Begegnung, war aber noch immer ungewiß, wie er sich zu Nanna verhalten sollte, obwohl er mit dem Besuch des Freundes und Nannas große Erwartungen verband, denn die Gespräche mit ihm und ihre Nähe hatten stets seine Zweifel beschwichtigt. Es hieß auch, der Staatskanzler wolle im Herbst auf die Insel kommen. Arndt war entschlossen, ihn um ein klares Wort zu bitten. Sagte er ihm die Anstellung zu, wollte er sich Nanna und Schleiermacher erklären.

Dennoch war er unsicher, als er ihr auf seiner Insel gegenübertrat. Sie ähnelte zwar der Maria aus dem Kölner Dom, aber sie entsprach nicht seiner Vorstellung. Überrascht blickte er sie an, hielt ihre Hand fest, lächelte ungläubig und sagte schließlich: »Es ist gut, daß Sie gekommen sind.«

Nanna verstand den Sinn dieses Satzes nicht, doch das war unwichtig. Sie sah die Freude in Arndts Gesicht und konnte sich nicht erinnern, je von einem Manne so angesehen worden zu sein, auch von ihm nicht. Und sie war dreißig Jahre alt.

Während einer Fußwanderung entlang des Kubitzer Boddens fanden sie zueinander. Eine Kutsche hatte Arndt und Nanna, Schleiermacher und Henriette sowie deren Schwester nach Altefähr gebracht, dem kleinen Inseldorf gegenüber von Stralsund, wo sich 1630 die Truppen Wallensteins und Gustav Adolfs eine Schlacht geliefert hatten. Für Arndt war der Besuch an historischer Stätte ein willkommener Anlaß, vom großen Kampf der Völker gegen jegliche Eroberer zu reden. Aber es hörte keiner so recht hin.

Nachdem er eine Weile schweigend neben Schleiermacher gewandert war, sahen sie sich plötzlich von Kindern umringt, die, von der ausgelassenen Nanna angeführt, einen Kreis um sie bildeten, sich an den Händen hielten, sie umtanzten und ein Lied sangen.

Herum! Herum! Und wieder herum!
Das Glück ist rund, die Welt ist dumm.
Das runde Glück muß rollen,
Die dumme Welt muß schmollen.

Eins der Mädchen faßte Arndt an der linken Hand, Nanna griff nach seiner rechten. So nahm ihn der fröhliche Wirbel mit. »Zum Wasser!« rief die älteste. Die Kinder rannten los, Nanna und Arndt bildeten den Schluß. Da riß die Kette plötzlich ab. Die Kinder rannten weiter, die beiden Erwachsenen liefen noch ein Stück hinterher, blieben dann stehen, schauten der fröhlichen Schar nach und taten einer vor dem anderen so, als bemerkten sie nicht, daß sie sich noch immer an den Händen hielten.

Nanna hob das Gesicht mit geschlossenen Augen gegen den Himmel, atmete die Luft tief ein und sagte: »Ich habe mich lange nicht so wohl gefühlt.«

Die Kinder rannten den Strand entlang. Schleiermacher hatte sich zu den Frauen gesellt und blieb mit ihnen auf dem Feldweg.

Arndt ging mit Nanna über die von Schafen kurzgehaltene Wiese. Sie schwiegen; er, weil er die wunderbare Gemeinsamkeit nicht zerstören wollte, sie, weil sie wartete, daß er spräche.

»Was sind das für Hügel?« fragte Nanna schließlich, indem sie auf Erhebungen wies, die rechts vor ihnen lagen.

»Die neun Berge von Rambin«, sagte er. »Das Volk erzählt sich allerlei Geschichten über sie. Entstanden sollen sie durch einen Riesen sein.«

»Erzählen Sie, lieber Moritz«, bat Nanna. Es war ganz selbstverständlich, daß sie ihn beim Vornamen nannte.

Wann hatte er das letzte Mal Märchen erzählt? »Vor langer

Zeit lebte auf der Insel Rügen ein gewaltiger Riese«, begann er und war bemüht, seiner Stimme einen geheimnisvollen Klang zu geben. »Ich glaube, er hieß Balderich. Den verdroß es, daß das Land eine Insel war und daß er immer durch das Meer waten mußte, wenn er nach Pommern auf das feste Land wollte. Er ließ sich also eine ungeheure Schürze machen, band sie um die Hüften und füllte sie mit Erde; denn er wollte einen Damm aufführen von der Insel bis zur Feste. Als er mit seiner Tracht bis Rothenkirchen gekommen war, riß ein Loch in die Schürze, und aus der Erde, die herausfiel, wurden die neun Berge. Er stopfte das Loch zu und ging weiter; aber als er bis Gustow gekommen war, riß wieder ein Loch in die Schürze, und es fielen dreizehn kleine Berge heraus. Mit der noch übrigen Erde ging er ans Meer und goß sie hinein. Da ward der Prosnitzer Haken und die niedliche Halbinsel Drigge. Aber es blieb noch ein schmaler Zwischenraum zwischen Rügen und Pommern, und der Riese ärgerte sich darüber so sehr, daß er plötzlich von einem Schlagfluß hinstürzte und starb.«

Sie waren an einem der Hügel angekommen und setzten sich. Er legte seinen Gehrock wie eine Decke ins Gras. Nanna setzte sich darauf und bat ihn, ihr noch ein Märchen zu erzählen.

»Ja«, fing er an, als ob er lange überlegen müßte, doch er war nur auf eine Geschichte aus, die von Johann Dietrich und seiner schönen Liesbeth.

Nanna lauschte und wunderte sich über den Mann. Immer nur hatte sie ihn gewaltige Reden halten hören. Stets war er ihr wie ein zürnender Gott erschienen, ein Donnergroll, ein Blitzeschleuderer. Die Furchtlosigkeit, die er in seinen Schriften bewies, schätzte sie, aber sie waren ihr zu grell und zu lang, als daß sie ihnen bis zum Ende hätte folgen können. Henriette hatte einmal gesagt, er sei ein Mann, der nur das Vaterland im Kopf habe und Rachegefühle im Herzen, ein Mann, mit dem es keine Frau länger als drei Tage aushalten könne. Und nun zeigte er sich von einer ganz anderen Seite. Seine Stimme war weich, fast zärtlich. In den Augen lag ein Schimmer von Sehnsucht, um den Mund spielte Wehmut. Da spürte sie nichts mehr von der leisen Furcht, die sie in seiner Gegenwart immer empfunden hatte, wie man sich vor einer unbekannten Macht fürchtet, der man sich doch gern anvertrauen würde.

So begann Nannas Liebe zu Ernst Moritz Arndt, keine leidenschaftliche, sondern eher, wie es ihrem Naturell entsprach, eine mütterliche Liebe, als müsse sie ihn schützen.

Über dem Erzählen vergaß Arndt die Zeit. Er wunderte sich nur, daß Schleiermacher mit den Frauen noch nicht da war, doch es war ihm recht. Was er spürte und was ihm wohltat, war Nannas Nähe. Und er meinte, er müsse nur immer reden, wie es der Johann Dietrich seines Märchens gehalten hatte, um zu erreichen, daß ihm die Zwerge freiwillig die schöne Liesbeth herausgaben, die er als seine Braut nach Hause führen wollte.

»Das ist eine schöne Geschichte«, sagte Nanna. »Und wie geht sie aus?«

»Johann und Liesbeth hielten Hochzeit, wie sie in Rambin nie wieder gehalten wurde und wovon noch die Urenkel zu erzählen wußten. Vierzehn Tage ist geschmaust worden und getanzt, und man hat über vierzig Paare in gläsernen Schuhen springen sehen, wie sie erst durch die Unterirdischen in die Welt gekommen sind. Als die Hochzeit vorbei war, ist Johann herumgereist im Lande mit seiner schönen Liesbeth. Wohin sie auch kamen, überall taten sie Gutes. Da ist Johann Dietrich Herr von beinahe ganz Rügen geworden. Und bis ans Ende ihrer Tage lebten sie glücklich und zufrieden miteinander.«

Er blickte zu Nanna, die sich im weichen Gras ausgestreckt hatte, die rechte Wange auf beide Hände gelegt, die Knie angezogen, die Augen geschlossen. Wirklich, dachte er, auf ihrem Gesicht liegt das Lächeln einer Heiligen. Jetzt glich sie wieder sehr der Madonna auf Lochners Bild. Er betrachtete sie eine Weile schweigend. Als sie aber die Augen nicht öffnete, fragte er: »Nanna, schläfst du?«

Sie schüttelte den Kopf und sagte: »Nein, mein Johann, ich träume nur.«

Es mußte kein Wort weiter gesprochen werden. Und als sie, spät am Nachmittag erst, nach Götemitz zurückkamen, lächelten die anderen und fragten nicht, was geschehen war.

Als Hardenberg im Oktober 1816 nach Rügen kam, war er ein Mann von sechsundsechzig Jahren, weißhaarig schon, schwerhörig, von den politischen Querelen gezeichnet, und doch wieder herrisch und beherrschend, Frauen gegenüber wie immer ein eleganter Kavalier.

Arndt, der so viel Hoffnung in diese Begegnung gesetzt hatte, wurde von Zweifeln geplagt. »Ich frage mich, ob es Sinn hat, einen Mann wie ihn um etwas zu bitten, was er mir doch längst gewähren konnte«, sagte er zu Schleiermacher.

»Du mußt ja nicht direkt von der Sache reden«, schlug der Freund vor. »Laß ihn fragen, wie es dir geht und welche Pläne du hast. Dann antworte. Vielleicht ist ihm dein Antrag entfallen oder in Vergessenheit geraten neben den vielen anderen Dingen, die er im Kopf hat.«

»Frauenzimmer!« behauptete Arndt. Und weil Schleiermacher ihn unwillig anblickte, sagte er erklärend: »Fortgesetzt hat er irgendwelche Liebschaften. Und nicht nur mit schlechten Weibern hat er zu tun, sondern durch sie auch noch mit deren schlechten Männern. Stein hat ihn nicht ohne Grund *den* Liederlichen genannt. Bei so einem alten Kerl mit schneeweißem Kopf, der hurt und buhlt, wie kann bei dem ein Funke von Kraft und Stärke übrigbleiben, hat er gesagt.«

Schleiermacher kannte Steins fatale Neigung, Leute, die ihm politisch nicht ins Konzept paßten, moralisch zu diskreditieren. Und ihm mißfiel, daß Arndt, der zu solcher Art Denunziation kein Talent hatte, den Text des Freiherrn zelebrierte. Darum verzichtete er auch auf eine Erwiderung, sondern schüttelte nur den Kopf.

»Wir werden sehen«, lenkte Arndt ein, und er schämte sich, abfällig über einen Mann geredet zu haben, von dem er Beistand in einer wichtigen persönlichen Angelegenheit erwartete.

Als er den Staatskanzler wenige Tage nach diesem Gespräch mit Schleiermacher traf, konnte er ein leichtes Erschrecken nicht verbergen. Seit ihrer Begegnung im Juli 1814 in Frankfurt war der Kanzler sichtbar gealtert. Es konnte nicht an den zwei Jahren liegen, die vergangen waren. Andere Dinge mußten an dem Mann gezehrt haben. Die Rede war von Krankheit und familiären Zerwürfnissen. Aber auch das dürfte ihn nicht dermaßen gezeichnet haben. Litt er vielleicht am schlimmsten unter dem Urteil seiner Zeitgenossen, die ihn büßen ließen für den Starrsinn seines Königs? Arndt, Schleiermachers Mahnung eingedenk, wollte gerecht bleiben.

Die Unsicherheit dauerte nur einen Augenblick. Hardenberg ging, als er Arndts ansichtig wurde, mit charmantem Lächeln auf ihn zu, begrüßte ihn herzlich und ließ keine Verlegenheit aufkommen. »Mein lieber Arndt«, sagte er, »damit wir die Politik gleich hinter uns bringen, denn eigentlich bin ich gekommen, um mich von dem europäischen Desaster etwas zu erholen – zur Sache: Sie müssen mir gegen die Engstirnigkeit jener Leute helfen, die die Rheinuniversität unbedingt in Köln ansiedeln wollen. Ich bin für Bonn. Dennoch, die Professur ist Ihnen auch dann gewiß, wenn es am Ende doch Köln sein sollte, also schlagen Sie ein und machen Sie mir ein überzeugendes Pamphlet.«

Von der Liebenswürdigkeit Hardenbergs entwaffnet, war Arndt, was bei ihm selten vorkam, zunächst sprachlos, denn er hatte sich auf eine langwierige Debatte eingestellt und sich bereits mit schlagenden Argumenten gerüstet. Aber nun brauchte er nur zu danken und zu versichern, daß er das Vertrauen nach besten Kräften rechtfertigen wolle.

Der Fürst lächelte verbindlich. Dieser Arndt war kein Dummkopf, und er hatte noch immer eine gewichtige Stimme im Konzert jener freilich oft recht verbohrten Kritiker aus dem preußischen Lager, wie der alte Dickschädel Blücher einer war. Diese Vaterländler wollten das Reich des siebzehnten Jahrhunderts wiederherstellen! Torheit natürlich, altbackene Vorstellungen. Er, Hardenberg, mußte sich an die Dinge halten, wie sie waren, und im übrigen war sein Entscheidungsspielraum bemessen.

Seine Freundlichkeit gegen Arndt war ehrlich in dem Maße, wie er freundlich war gegenüber allen, die er schätzte oder doch wenigstens achtete. Er wollte die liberalen und, soweit sich das einrichten ließ, auch die patriotischen Ideen für seine preußische Politik in Deutschland nutzen, dachte also nicht daran, Arndt fallenzulassen. Dem sollten die Nadelstiche eines Schmalz zur Warnung dienen, ansonsten mochte er auf die Lauen und Lästigen einhauen.

Hardenberg hatte damit leben gelernt, daß er von den Reaktionären jakobinisch und von den Patrioten reaktionär genannt wurde. Wer sich auf Politik einläßt, muß mit Gegnerschaft aus allen Lagern rechnen, mit Widerspruch aus dem eigenen aber zuerst. Dieser Arndt war eigentlich ein recht umgänglicher Mensch, mit dem man durch die Wälder Rügens streifen konnte.

Als sie bereits auf dem Rückweg waren, geschah ein kleines Unglück. Arndt ließ, während sie durch dichteres Unterholz gingen, einen Zweig zu unrechter Zeit los, den er weggebogen hatte, und er schlug dem Staatskanzler genau gegen die Stirn. Hardenberg erschrak, stolperte und fiel. Arndt sprang sofort herbei und half ihm auf, sich dabei wiederholt entschuldigend, zumal er die Beule wachsen sah auf der Stirn des Fürsten. Aber Hardenberg, vielleicht um das eigene Erschrecken herunterzuspielen, sagte lachend: »Nun hat mir der Geist der Zeit ein blaues Auge geschlagen!«

Da war er sicher, daß der Staatskanzler Wort halten würde. Er beeilte sich, Nanna die gute Nachricht zu bringen.

Er verbrachte den Sommer des folgenden Jahres am Rhein. Im Vertrauen auf Hardenbergs Wort hatte er eine Wohnung in Bonn gemietet. Anfang September machte er sich auf den Weg nach Berlin, diesmal aber nicht zu Fuß, denn er hatte es eilig. Nanna wartete. Die Hochzeit war auf den 18. September 1817 festgesetzt worden.

Er wohnte wie immer bei Reimer in der Wilhelmstraße. Natürlich hätte er auch Quartier bei Schleiermacher nehmen können. Aber gewiß hätte es Anstoß erregt, wenn er bereits vor der Hochzeit mit Nanna unter einem Dach geschlafen hätte, weil das für die Leute so viel wie unter einer Decke hieß. Er wollte seine Braut und den zukünftigen Schwager nicht unnötig dem Gerede aussetzen.

Bei seiner Ankunft tat Reimer bärbeißig, um seine Rührung zu verbergen. »Das hat Nanna nicht verdient, so einen Dickschädel wie dich! Du wirst doch nichts anderes mit ihr anzufangen wissen, als ihr deine langweiligen Traktate vorzulesen. Reicht es nicht, wenn du deinen einzigen Freund damit ruinierst, indem er das Zeug drucken muß?« Aber er konnte den Ton nicht durchhalten. Plötzlich umarmte er ihn. Seine Stimme klang verdächtig weich. »Sei gut zu ihr, Moritz. Sie hat's verdient.«

Die Hochzeit sollte auf Wunsch des Brautpaares im kleinen Kreis gefeiert werden, und auch den Abend davor wollten Nanna und Arndt nur mit den engsten Vertrauten verbringen. Auf dem Weg zu der kleinen Feier, zu der Schleiermacher in sein Haus gebeten hatte, versicherte Reimer seinem Freund Arndt, daß er entschlossen sei, den vierten Teil vom »Geist der Zeit« zu drucken, auch wenn Arndt irre, indem er annahm, damit nur die Bürokratie aufzuschrecken. Lese man das Manuskript weniger gutwillig, so könne man jedes Wort als gegen den König gerichtet auffassen. »Dennoch will ich es drucken«, sagte Reimer. »Ein guter Verleger hält sich stets ein Dutzend mittelmäßiger Autoren, wie sie die Menge liebt. Die bringen das Geld, mit dem er sich den Luxus leisten kann, zwei, drei Schriftsteller von Rang zu unterstützen. Vergiß die Bemerkung schnell wieder, Moritz, aber vielleicht bist du der vierte, dem ich zu Dank verpflichtet sein könnte.«

Wie üblich umschrieb Reimer seine Hochachtung. Er hätte sich eher die Zunge gebrochen, als direkt auszudrücken, wieviel er von Arndt hielt. Nur einmal, als ihm Arndt das Manuskript vom »Geist der Zeit« gegeben hatte, hatte er unumwunden gesagt: »Die Nachwelt wird mich den Verleger von Arndt nennen.« Doch auch das hatte er sofort ironisiert: »Versteh mich recht, sie wird mich deswegen verfluchen!«

Nanna empfing ihren Bräutigam mit einem Kuß auf den Mund. »Und ich?« fragte Reimer herausfordernd. Sie lachte und schmiegte ihre Wange an die seine. Er flüsterte, laut hörbar für alle: »Armes Mädchen, du hättest einen Besseren als diesen alten Griesgram verdient!«

Schleiermacher bat Arndt und Reimer in seine Bibliothek, wo er ihnen einen guten Malaga servierte. Es war ein eigenartiges Bild, die drei nebeneinander zu sehen. Ein Maler hätte sich keine bessere Komposition ausdenken können. In der Mitte Arndt, steif und kantig, die Augen geschlossen haltend, während er den Wein trank, eine Hand zur Faust geballt, als wolle er jedem möglichen

Angreifer zuvorkommen. Es wäre etwas Dämonisches, etwas wie rechthaberischer Eifer von ihm ausgegangen, hätten nicht die beiden an seiner rechten und linken Seite das Bild vervollständigt: der rundbäuchige Epikureer Reimer, den Mund genüßlich gespitzt, die kleinen Augen von Fältchen umsponnen, Heiterkeit ausstrahlend, und rechts von Arndt Schleiermacher mit seinem schönen Kopf, der Denkerstirn, dem weich fallenden Haar, der blassen Gesichtshaut, milde lächelnd – und dennoch ernst.

Gerade wollte Schleiermacher ein paar wohlgesetzte und herzliche Worte an seinen zukünftigen Schwager richten, als im Garten vor dem Haus Lärm entstand. Was sollte das? Arndt sah Schleiermacher an, Schleiermacher sah Arndt an, und beide blickten schließlich zu Reimer.

Der breitete die Arme hilflos aus. »Ich weiß von nichts. Es wird sich herumgesprochen haben. Die Studenten werden poltern wollen.«

Sie traten ans Fenster. Wahrhaftig hatten sich gut hundert junge Leute vor dem Haus Schleiermachers versammelt. Einer trat vor sie, den Arndt sogleich erkannte. Es war Friedrich Ludwig Jahn. Da röteten sich Arndts Wangen vor Freude.

Nanna kam in die Bibliothek gelaufen. »Moritz, was bedeutet das?«

Er legte den Arm um seine Braut. »Gehen wir ihnen entgegen.« Und als sie vor das Haus traten, wurden sie mit lautem Jubel begrüßt. Arndt nahm die Würdigung in gemessener Haltung entgegen. Nanna war ein wenig verschreckt.

Einer der jungen Männer überreichte im Namen der Berliner Turner einen silbernen Pokal, der mit Rheinwein gefüllt und einer Aufschrift verziert war, der Schlußstrophe aus Arndts Bundeslied zum ersten Burschenschaftskommers im Juni 1815.

Das Wort, das unsern Bund geschürzet,
Das Heil, das uns kein Teufel raubt
Und kein Tyrannentrug uns kürzet,
Das sei gehalten und geglaubt!

Arndt setzte den Becher an die Lippen und trank, die Szene voll auskostend, in langsamen Schlucken. Nach all den Kränkungen, Verdächtigungen und Schmähungen, nach all dem unerquicklichen Streit und Hader war die Huldigung, die ihm die Studenten Berlins, angeführt von ihrem Turnlehrer Jahn, darbrachten, Balsam auf die wunde Seele; denn wenn er auch immer den unerschrockenen Kämpfer herausgekehrt hatte, geschmerzt und beleidigt hatten ihn die Unterstellungen dennoch, ein Demagoge, Geheimbündler und Verführer der Jugend zu sein.

Jahn, der keine Gelegenheit verstreichen ließ, das vaterländische Feuer bei der Jugend zu schüren, und der einen, freilich mitunter martialischen Sinn fürs Theatralische hatte, stimmte Luthers Choral an, der schon im Bauernkrieg als Hymne gesungen worden war: »Ein feste Burg ist unser Gott!«

Auch Schleiermacher und Reimer waren herausgekommen. Nanna wußte nicht, ob sie an der Seite ihres Bräutigams bleiben oder schnell ins Haus laufen sollte, um Kuchen und Wein für die Gäste zu holen.

»Und wenn die Welt voll Teufel wär!« sangen die Studenten. War sie das nicht? Laß fahren dahin! Dieser Mann Ernst Moritz Arndt stand fest. Schrecken ließ er sich nicht. Es war aber ein ganz anderer als jener, der ihr mit werbender, sanfter Stimme das Märchen von den Zwergen erzählt hatte, die in den neun Bergen bei Rambin zu Hause waren, und von der Liebe Johann Dietrichs zu seiner Liesbeth. Welcher von beiden war ihr Moritz wirklich? Der mit der warmen Stimme hatte ihr Herz gerührt. Der mit der entschlossen gefurchten Stirn blieb ihr fremd. Würde er ihr je ganz gehören?

Bonn

Die Ehe bekam ihm. Bonn ohnehin. Freunde hatten geholfen, die Wohnung in der Sandkaule einzurichten. Ihm hätte ein Tisch, ein Stuhl und ein Bett gereicht. Sein Leben war von spartanischer Genügsamkeit geprägt. Aber Nanna füllte die Zimmer mit schmückendem Beiwerk. Dabei ging sie nicht leichtfertig mit dem Geld um. Rechnen hatte sie bei Schleiermacher gelernt.

Beim Trödler erstand sie einen preiswerten Druck, Blick auf Bonn, vom rechten Rheinufer gesehen, »De Verovering van Bonn«. Er stellte die Belagerung der Stadt im Jahre 1673 dar. Rechts im Vordergrund reichten sich der Prinz von Oranien und der Graf von Montecuccoli die Hand, im Hintergrund war das Siebengebirge zu erkennen. Links und rechts oben waren Ansichten von Rheinsbach und Brühl in kleinen Kartuschen zu sehen. Und weil Nanna sich herzlich bei dem Händler für den Kupferstich bedankte, gab er ihr eine getönte Aquatintaradierung dazu, die Bonn vom südlichen Rheinufer zeigte, Segelschiffe im Vordergrund.

Arndt richtete sich das Arbeitszimmer ein. Welch ein Luxus, ein ganzes Zimmer nur zum Arbeiten! Den einfachen Schreibschrank stellte er so, daß das Tageslicht von links darauf fiel. Seine Bücher lagen noch ungeordnet an der Wand gestapelt. Die Gedankenlosigkeit des Transporteurs hatte ihm die Galle hochgetrieben, denn ein erheblicher Teil der Bücher, die er über Jahre zusammengetragen und bei seinem Bruder eingelagert hatte, war auf dem Seeweg dermaßen vom überschwappenden Wasser getränkt und aufgeweicht worden, daß sie nur noch auf den Mist geworfen werden konnten. Der Verlust von 2000 Reichstalern hatte ihn weniger erzürnt als diese Ruchlosigkeit.

Seine Schwester Dorothea, die er nie anders als Gottesgab nannte, hatte ihm zwei Kopien jener Ölbilder geschickt, die ihre Eltern darstellten. Darüber war er besonders froh. Es ist gut, wenn sich ein Mann stets daran erinnert, woher er kommt. Das macht ihm den Weg leichter, den er gehen muß. Auch diese Bilder fanden Platz im Arbeitszimmer. Skeptisch blickte der Vater. Die Mutter hatte der Maler weniger genau erfaßt. Arndt mußte sich zur Gottergebenheit die Liebe denken. Und noch etwas hätte allerdings kein Maler mit seinem Pinsel ausdrücken können. Die Mutter hatte ihn mitunter, wenn sie sich unbeobachtet glaubte, angesehen wie eine Glucke ihr Entenkücken, das ins Wasser geht, um zu schwimmen. Nein, diese Mischung aus Ängstlichkeit und Stolz ließ sich durch keine Kunst ausdrücken, hätte nur nachsichtigen Spott hervorgerufen, vielleicht sogar abfällige Bemerkungen über die niedere Herkunft und die bigotte Gesinnung der Frau. Der Sohn sah die Liebe der Mutter dennoch in diesem zu einfach geratenen Bildnis: Anderen war immer nur die Betulichkeit aufgefallen.

Der Verlust der Bücher war wirklich ärgerlich. Gerade jetzt, da er sich ein Zuhause geschaffen hatte, wo er von Büchern umgeben arbeiten wollte, eben jetzt, da er erste Notizen für kommende Vorlesungen zu machen gedachte, fehlten sie ihm am dringendsten. Erfreulicherweise gab es in Bonn eine Einrichtung, die Lese genannt, wo er gewiß viele der verlorenen Bücher finden und zu seinen Studien nutzen konnte.

Er arbeitete. Wie gewohnt schrieb er die Sätze schnell nacheinander aufs Papier, als wüßte er sie auswendig. Er schrieb so, als spräche er zu einem Kreis interessierter Zuhörer. Er strich und änderte wenig. Schien ihm etwas ungenau gesagt, fügte er lieber eine Erklärung an, anstatt sich zu bemühen, das bereits Geschriebene treffender zu formulieren. Die Feder kratzte übers Papier, und es sah aus, als habe sie Mühe, die Buchstaben einzuholen, die doch erst unter ihr entstanden.

Gelegentlich lehnte er sich in seinem Stuhl zurück, die Handballen gegen die Kante der Schreiblade und den Rücken gegen die Stuhllehne gedrückt, weil ihm das Kreuz von der gebeugten Haltung schmerzte. Dabei schloß er die Augen, atmete tief durch und ließ die Luft hörbar durch den halbgeöffneten Mund ausströmen. Dann beugte er sich nach vorn, stützte die Ellenbogen auf die Schreibplatte, massierte mit den Fingerspitzen Stirn und

Augenpartie, verharrte danach in entspannter Haltung, noch immer die Augen geschlossen, und überdachte das eben Geschriebene. Manchmal machte er ein grimmiges Gesicht, weil er sich schon die Wirkung des Textes vorstellte, oder freute sich über eine gelungene Replik, mit der er einen seiner Widersacher an der verwundbarsten Stelle getroffen zu haben glaubte. Mitunter sprach er auch, weil ihm das Schreiben zu langsam ging, eine Passage vor sich hin, die noch nicht notiert war.

»Ich bin keiner der Hasen, die aus Furcht vor dem Wolf, Fuchs oder Jagdhund den Rücksprung machen; ich bin keiner der Heuchler, die ihnen selbst und andern was einbilden, damit sie das Reich der Dummheit und Finsternis desto ungehinderter treiben und fördern können; ich bin keiner der eitlen Träumer und gutmütigen Toren, die da meinen, man könne die Zeit in längst vergangene Jahrhunderte zurückführen, von welchen sie sich ein buntes, liebliches Gedicht, einen idealen Traum machen, der hoch in den Lüften über aller möglichen Wirklichkeit schwebt.« Er stand auf und ging im Zimmer hin und her. Da gab es doch welche, die ihn einen Unzufriedenen und Unruhestifter hießen. Hatten sie recht?

»Ich will nicht sagen, daß ich mit allem zufrieden und über alles ruhig bin«, fuhr er, an seine imaginären Zuhörer gewandt, fort. »Ich bin ruhig gewesen, zufrieden gewesen zum Teil in meinen Jünglingsjahren, als wir alle den jämmerlichsten Todesschlaf schliefen. Damals, in den Jahren 1780 und 1790, waren die meisten Deutschen zufrieden, reich, wollüstig und faul ... Damals waren wir arm und elend in aller unserer Sicherheit. Wir hatten kein Vaterland, kein Deutschland, keine Ehre, keinen Ruhm, keine Hoffnung, keine Zukunft – nichts, nichts hatten wir als ein gemeinsames Leben. Jetzt haben wir die hohen Gedanken wiedergewonnen, wir haben ein Vaterland wiedererobert, Deutschland; Deutschlands Ehre und Freiheit ist wieder ein Klang und ein Gefühl geworden, und in Zorn und Haß, in Liebe und Freude sind Millionen deutscher Herzen für das Unvergängliche und Ewige bewegt.«

Ja, so wollte er zu seinen Studenten, wollte er zu allen Deutschen reden. Natürlich wußte er, daß nur wenige dachten wie er.

Aber durfte er sich niederdrücken lassen, weil es wieder trist um ihn zu werden begann? Durfte er jammern und wehklagen über die allerorten wie Unkraut aufschießende alte Trägheit und Faulheit? Wer sich erst zu Bitternis hinreißen läßt, dem schmeckt bald jede Suppe verdorben. Nein, Mitreißen hieß die Parole. Bloß kein Mitleid aufkommen lassen mit sich selber, dann war man schon verloren!

»Jener herrliche Geist, der in den Jahren 1813 und 1814 blitzte und leuchtete und das Vaterland aus Schande und Elend riß, ist noch da, er schwingt sich unsichtbar fort, er glühet und wehet im stillen und verborgenen, wieviel Wasser und Schmutz gewisse geflissentliche Diener der Furcht und Feigheit auch darauf gießen, damit sie ihn ersticken.«

»Hast du mich gerufen, Moritz?« Nanna, die ihn reden gehört hatte, war von ihm unbemerkt ins Zimmer getreten.

Er drehte sich schnell um. Sie sah noch die Augen vor Kampfeslust blitzen, da wandelte sich der Ausdruck seines Gesichtes, und die Linien wurden unversehens weich. Um seinen Mund entstand ein mildes Lächeln. »Nanna«, sagte er, und es war ihm keineswegs peinlich, daß sie ihn hatte mit sich reden hören, »Nanna, ich übe halt schon ein wenig für meine Vorlesungen. Und ich finde, ein Professor muß für sein Fach begeistern können. Auch die gehaltvollsten Pflanzen vertrocknen auf dürrem Acker.«

Nanna fuhr ihm mit der Hand übers Haar. »Du wirst das schon machen, Moritz.« Sie wollte sich nicht in seine Angelegenheiten drängen. Es war nicht ihre Aufgabe, ihm Ratschläge zu erteilen. Aber schon im Hause ihres Bruders hatte sie, wenn sie Arndt reden hörte, seinen Eifer nicht ganz verstehen können. Dabei sagte Schleiermacher im Grunde genommen nichts anderes; er sagte es nur anders. Doch Nanna wies auch diesmal ihre Bedenken zurück. Was versteht eine Frau schon von politischen Dingen? Sie soll den Haushalt führen, nicht den Staat. Nanna hatte es nicht anders gelernt.

Er sah sie nachdenklich an. »Findest du, daß ich zu grob bin, Kindchen?«

An das Kindchen hatte sie sich bereits gewöhnt. Dennoch

mußte sie an Henriettes Warnung denken. Aber ein untrügliches Gefühl verriet ihr, daß er Zustimmung brauchte, denn Zweifel hatte er selbst genug. »Warum solltest du reden wie Fichte oder Schleiermacher, wenn du Arndt bist?«

Überrascht blickte er seine Frau an. Dann lachte er. »Bei Gott, Nanna, so recht hat selten jemand gehabt! Den Teufel werde ich tun und mir einen Maulkorb zurechtschustern, damit mich die Schönredner für ihresgleichen halten. Man muß stolz, frei, unabhängig sein, nicht der Äffling, Schützling und Mündel der anderen.«

Nanna küßte ihn aufs Ohr. »Drück uns nicht zu arg, Moritz«, flüsterte sie.

Da schloß er die Augen, streichelte ihr den Nacken und genoß die Wärme ihres Körpers. »Es ist ein schöner Tag. Laß uns ein wenig hinausgehen«, schlug er vor.

»Jetzt?« fragte sie erstaunt, denn er hatte ein strenges Reglement. Er stand sehr früh auf, aß eine Kleinigkeit und zog sich dann sofort in sein Arbeitszimmer zurück, aus dem er erst zum Mittagessen wieder herauskam. Spazierengehen um diese Stunde war etwas völlig Ungewohntes. Nanna zögerte. »Ich müßte zum Markt ...«

»Schön, ich komme ein Stück mit, und dann«, er lachte, weil er den Grund ihrer Bedenken zu wissen glaubte, »werde ich dich nach Hause entlassen und allein die Popelsdorfer Allee unter die Füße nehmen.« Sie hatten das schon ein paarmal gemeinsam versucht, aber eigentlich hätte er sich Steine an die Füße hängen müssen, um Nanna nicht davonzulaufen. Er konnte einfach nicht gemächlich gehen. Waren sie am Rheinufer entlangspaziert, so war sie erschöpft von seiner Eile und er ermüdet von ihrer Langsamkeit nach Hause gekommen.

»Ich binde mir nur die Schürze ab«, sagte sie, noch immer verwundert. Ob er bei seinem Buch an einer schwierigen Stelle angekommen ist, fragte sie sich, und sich erst einmal den Kopf freilaufen mußte, wie er das nannte?

Sie verließen das Haus, er in seinem langen blauen Rock, das Barett wie einen Helm aufgesetzt, Nanna mit einem kleinen Einkaufskorb in der Hand. Sie gingen die Sandkaule hinauf und bogen in die Wenzelsgasse ein, die geradewegs zum Markt führte, dessen geschäftiges Treiben schon von weitem zu hören war.

Woran erinnerte ihn das? An Königsberg. Die Fischfrauen priesen ihren Rheinsalm, die Winzer ihren sauren Wein an. Und da er sich an Königsberg erinnerte, mußte er an Johanna denken. Was wäre geworden, wenn er sie, die leidenschaftliche Geliebte, geheiratet hätte, und nicht die stille sanfte Nanna? Vermißte er Johannas Temperament, wenn er Nanna umarmte? War er gerecht, wenn er die beiden Frauen miteinander verglich? Manchmal gingen ihm solche Gedanken durch den Kopf, manchmal stellte er sich Johanna vor, auch nachts. Er konnte sie nicht vergessen, weil er sie nicht vergessen wollte. Am Morgen seines Hochzeitstages hatte er ihr geschrieben. Seltsame Gefühle beherrschten ihn damals. Er wußte, daß er ihr mit dem Brief Schmerzen zufügen würde, und bat um Verzeihung. Er vergaß nicht, daß er sie verlassen hatte.

»Moritz!« Er hatte auf Nannas erste Anrede nicht reagiert. »Moritz, wir sind am Markt. Willst du mir beim Einkaufen zusehen oder gleich weitergehen?«

Er schrak aus seinen Gedanken auf. »Wie, bitte? Ah ja, ich gehe gleich weiter. Das Einkaufen und Feilschen ist nicht mein Geschäft. Verzeih, Kindchen.«

Sie konnte nicht ahnen, wie doppelsinnig diese Bitte war. Er wollte ihr nicht in die Augen sehen, verabschiedete sich schnell und ging. Nanna schaute ihm verwundert nach. Es steckt etwas in ihm, sagte sie sich und war unruhig, weil sie nicht wußte, was es war.

Er verließ den Markt über die Bischofsgasse und gelangte unmittelbar vor die einstige kurfürstliche Residenz, die, das war nun endgültig beschlossen, die neue Rheinuniversität beherbergen sollte. Hier würde er lehren. Das Semester sollte im September, spätestens im Oktober des Jahres 1818 eröffnet werden. Seine Ernennung zum ordentlichen Professor der neueren Geschichte durch den Staatskanzler Hardenberg mußte jeden Tag eintreffen. Es war richtig, daß er so entschieden für Bonn plädiert hatte. Die Stadt war ihm gegenüber weniger zurückhaltend als gegen die anderen Neubürger preußischer Herkunft. Und es war richtig, daß er Nanna geheiratet hatte.

Er änderte seinen Plan. Nicht zur Popelsdorfer Allee, sondern zu den Weingärten an der Straße nach Koblenz lenkte er seine Schritte. Er wußte von einem Grundstück an der steil zum Rhein hinabführenden Zweiten Fährgasse, das zu einem guten Preis feilgeboten wurde. Ein Haus bauen, einen Baum pflanzen. Und Kinder zeugen. Eine feste Entschlossenheit führte ihn dorthin. Er wollte seine Anwesenheit in Bonn endgültig, unumstößlich machen. Er wollte, da er seinem fünfzigsten Geburtstag entgegenging, alle Brücken hinter sich abbrechen und seßhaft werden, einen festen Platz haben. Das unstete Wandern und Getriebenwerden mußte vorbei sein. Um diesen Platz in der Welt hatte er gekämpft, viel zu lange freilich, doch die Verhältnisse waren nicht anders.

Er ging auf der Rückseite des kurfürstlichen Palais bis zu jener Stelle der Koblenzer Straße, wo der Godesberger Bach in einem Tunnel verschwand, folgte dem Lauf des kleinen Gewässers stromauf und erreichte nach knapp dreihundert Metern das Grundstück, für das er sich interessierte. Ein kleiner Steg führte über den Bach. Als er ihn überquert hatte, blieb er stehen und genoß den wunderbaren Blick.

Vierzig Fuß unter ihm floß der Rhein, den er als deutschen Strom, aber nicht als Deutschlands Grenze besungen hatte. Es war ein klarer Tag, an dem man weit sehen konnte. Der Blick rheinaufwärts bis ins Siebengebirge machte ihn frei von Zweifeln. Ich muß die Gelegenheit nutzen, sagte er sich. Ich brauche Platz um mich, Raum für meine Gedanken. In der Enge der Stadt stoße ich überall an wie ein gefangener Adler gegen seine Gitter. Hier will ich ein Haus bauen, hell und frei, wie wir es auf Rügen bewohnt haben. Und Lülo will ich es nennen nach jenem kleinen Wald meiner Kindheit, in der ich glücklich und unbeschwert gewesen bin wie nie wieder.

Hinter ihm lag die Stadt, unter ihm der Strom, weit voraus das schöne Land. Die Finanzierung des Hausbaus bereitete ihm wenig Sorgen. Reimer würde ihm gewiß etwas vorschießen auf sein neues Buch. Stein hatte ihn um Mitarbeit an seinen »Monumenta

Germaniae historica« gebeten. Das monatliche Gehalt als ordentlicher Professor war zwar nicht hoch, bot aber immerhin einige Sicherheit. Er hatte sich diesen Landstrich mit Bedacht gewählt, wie er mit Überzeugung Preuße geworden war, freilich in einem Gebiet, das erst nach dem großen Krieg gegen Napoleon Preußen zugeschlagen worden war.

Sein Entschluß stand fest. Nie hatte materieller Besitz eine Rolle in seinem Leben gespielt. Wenn er jetzt entschlossen war, ein Haus zu bauen, so entsprang dies seinem Streben, endlich einen festen, sicheren Halt zu finden. Nun gelang es ihm auch, die Erinnerung an Johanna zurückzudrängen. Er sah das künftige Haus. Er sah sich hinaustreten in den Garten. Die Sonne fiel durchs Laub der hohen Bäume, die erst noch gepflanzt werden mußten. Nanna stand an seiner Seite und lehnte sich an seine Schulter. Die Kinder, ein halbes Dutzend, umsprangen sie. Er sah sich alt geworden, weißhaarig schon, doch er fühlte die Kraft für ein zweites Leben.

Noch einmal blickte er nach Süden zu den fernen Bergen mit ihren Schlössern und Burgen, dann ging er den Weg hinab an das Ufer des Rheins, wandte sich schließlich auf dem Leinpfad wieder stadteinwärts, erreichte Bonn durch das Tor unterhalb des Alten Zolls, schritt kräftig aus, passierte die Mündung des wieder freigelassenen Godesberger Baches, verließ am Josephstor, wo die Fliegende Brücke den Schiffern als Anlegestelle diente, das Rheinufer, ging die Josephsstraße hinauf, die in die Sandkaule mündete, und war noch vor Nanna zu Hause, die die Haushälterin Schlegels auf dem Markt getroffen und mit ihr die Zeit verschwätzt hatte.

Als Nanna kurz nach ihm kam, erzählte sie ihm den neuesten Klatsch. August Wilhelm Schlegel, der nach Bonn gezogen war, um seiner zweiten Frau, der Tochter des Heidelberger Kirchenrates Paulus, ein Heim zu bieten, habe in einem Anfall von Schwermut, weil er doch schon so lange warte, gesagt, sie komme nicht.

»Ich könnt's ihr nicht verdenken«, kommentierte Arndt mit ungutem Gesicht. »Dieser eitle Geck!«

»Moritz!« protestierte Nanna gegen die Schadenfreude ihres Mannes. Sie kannte seine Abneigung gegen Schlegel. Aber war das christliche Gesinnung, sich am Kummer eines anderen zu ergötzen?

Er verteidigte sich, obwohl er wußte, daß er im Unrecht war. »Was hätte sie von einem zu erwarten, dem ein modischer Rock, dem Perücke und Schminke, kurzum, dem die Gefallsucht das wichtigste ist?« Und plötzlich lachte er. »Gefallsucht ist gut!«

Nanna ahnte, was die Heiterkeit ausgelöst hatte. Man erzählte die Geschichte in der ganzen Stadt. Der Herr Professor Schlegel war stets darauf bedacht, den Bonnerinnen zu gefallen, und schielte ständig, wenn er durch die Straßen und Gassen ging, zu den Fenstern hoch, um herauszufinden, ob ihn eine Schöne beobachte. Bei solcher Gelegenheit war er über seine eigenen Beine gestolpert und längelang hingeschlagen. »Moritz!« ermahnte Nanna ihren Mann noch einmal, mußte aber, angesteckt von seiner Heiterkeit, schließlich selber lachen. Urkomisch mußte das ausgesehen haben, der schöne August Wilhelm im Straßenstaub, die Perücke verrutscht, der Rock aufgeschlitzt, die Schminke verschmiert.

Sie lachten lausbübisch wie Kinder. Dann ging er ins Arbeitszimmer, setzte sich unverzüglich an seinen Schreibschrank, tauchte die Feder ein und schrieb, als brauchten die Gedanken nur noch notiert zu werden, denn gedacht waren sie lange vorher. Oder nur gefühlt?

»Das Schicksal muß jeder erfüllen, was er in seiner Brust hat, und wenn es gleich oft sehr schmerzlich ist; es kann ja nicht alles Glück und alle Liebe beisammen bleiben. Wie gern wurzelte ich ein Dutzend geliebter Menschen in der Heimat aus und pflanzte sie hier am Rheine an! Aber, aber – Es ist wohl traurig, daß Rügen so am Ende der Welt liegt, sonst hätte ich es nimmer verlassen.«

Die Worte, schwarz auf weiß zu Papier gebracht, überraschten ihn. War er nicht glücklich hier? Zog ihn die Erinnerung noch immer heimwärts? Hier will ich zu Hause sein, hier will ich wenigstens zufrieden werden! Er hatte in Nanna eine tapfere und zuverlässige Gefährtin. Was konnten ihm Denunzianten von der Art eines Schmalz oder Kamptz oder Wittgenstein wirklich anhaben? Er hatte andere Kämpfe bestanden in seinem Leben als jene, die ihm dumme Hinterlist aufzwingen wollte. Wartet nur mein neues Buch ab, dachte er grimmig und mit sich selbst zufrieden. Laßt mich erst meine Kanzel haben, von der ich zur deutschen Jugend posaunen kann!

Er schrieb jetzt, ohne aufzusehen. Nanna mußte ihn dreimal rufen, ehe er zum Mittagessen kam. Er setzte sich an den Tisch und sagte, als spräche er von etwas ganz Selbstverständlichem: »Ich habe mir die Stelle angesehen, wohin ich unser Haus bauen werde, Kindchen. Ich sehe es bereits fertig. Noch in diesem Jahr soll damit begonnen werden.«

Nie vorher war ein Wort der Art gefallen. Nanna blickte ihn erstaunt an. Er aß mit Appetit und schlürfte, tief über seinen Teller gebeugt, die Bohnensuppe geräuschvoll. Ein Haus bauen? Wovon? Plötzlich durchfuhr sie ein stechender Schmerz. Sie mußte den Löffel auf den Tisch legen und beide Hände gegen ihren Leib pressen. Sie stöhnte leise.

Er sah ihr bleiches Gesicht. »Nanna!« rief er erschreckt. »Nanna, was hast du?«

Sie atmete mehrmals flach, wie ihr die Hebamme geraten hatte, denn solche Schmerzen hatte sie schon öfter gehabt. Nur war Arndt dann nie zugegen gewesen, und sie hatte ihm nichts davon gesagt, weil sie ihn nicht beunruhigen wollte.

Sie erholte sich schnell und lächelte hilflos, als hätte sie etwas Unrechtes getan. »Es ist nichts, Moritz. Es ist nichts. Ein Haus, sagst du?«

Da ließ er sich täuschen und glaubte, Nannas Schwächeanfall sei nichts Außergewöhnliches bei ihrem Zustand und nur Folge der freudigen Überraschung. »Ja«, sagte er, »ein Haus.«

Wenige Tage später, am 24. Juni 1818, wurde Nanna von einer Tochter entbunden. Das Kind lebte keine Stunde. Fast auf den Tag genau, siebzehn Jahre früher, am 25. Juni 1801, war seine erste Frau am Kindbettfieber gestorben.

Als ihm der Arzt sagte, was geschehen war, starrte er ihn wie ein Wesen aus einer anderen Welt an. Warum trifft es wieder mich? Zu sehr hatte er sich auf das Kind gefreut. Er weinte nicht. Er ging in sein Arbeitszimmer, klappte die Schreiblade auf, schnitt eine Feder zurecht, tauchte sie ins Tintenfaß und schrieb einen Brief an Johanna Motherby, ohne eigentlich zu wissen oder sich erklären zu können, warum er das tat.

»Dir, meine süße Freundin, und unserm Motherby melde ich, daß meine Frau niederkam und nach schwerer Geburt eine Tochter brachte, die nur einige Minuten gehaucht hat. Gott hat es so gewollt, und sein bester und tiefster Wille sei gepriesen! Dieser Gott gebe Dir und Deinen Kindlein für und für seinen Frieden und seine Liebe. Dein E. M. Arndt.«

Er faltete und siegelte den Brief. Dann erst hatte er die Kraft, zu Nanna zu gehen.

Sie lag bleich und mit geschlossenen Augen in den Kissen. Er wußte nicht, ob sie schlief oder vor Erschöpfung die Lider nicht öffnen konnte. Die Lippen bewegten sich, aber das kam wohl vom Fieber. Er setzte sich auf den Rand des Bettes und hielt ihre Hand, die schlaff in der seinen lag. Er hatte das alles schon einmal durchlebt.

Er saß lang am Bett seiner Frau. Allmählich löste sich der Schock, nicht aber die Angst, auch Nanna zu verlieren. Er war hilflos, einsam. Wenn das geschieht ... Er dachte den Gedanken nicht zu Ende. »Nanna«, sagte er vorsichtig, »laß mich nicht allein.«

Es glich einem Wunder, wie schnell sich Nanna erholte. Arndt war in dieser Zeit wie ausgewechselt. Er setzte sich, wann immer es möglich war, zu seiner Frau. Und als sie wieder aufstehen und spazierengehen konnte, wäre er ungehalten gewesen, wenn sie ohne ihn das Haus verlassen hätte.

Nanna freute sich über ihren aufmerksamen und rücksichtsvollen Mann, der seine Arbeit und seine Geschäfte liegenließ, sobald sie nur einmal aus dem Fenster lugte. Vermied er bewußt die Anrede Kindchen, oder sah er sie wahrhaftig mit anderen Augen? Nanna freute sich über sein verändertes Verhalten, aber sie hatte auch ihre Bedenken.

Als sie sich kräftig genug fühlte, sagte sie zu ihm: »Moritz, du hast von der Stelle gesprochen, wohin du unser Haus bauen willst. Zeigst du sie mir?«

Erstaunt blickte er seine Frau an. Es war nie mehr ein Wort in dieser Angelegenheit zwischen ihnen gefallen, ja er selbst hatte in den vergangenen Wochen nicht mehr daran gedacht.

Er konnte nicht ahnen, welche Gedanken Nanna mit diesem Vorschlag verband. Sie wußte, wie tief ihn der Verlust des Kindes erschüttert hatte, und auch, wie groß seine Angst um ihr Leben gewesen war. Sie wußte aber auch, daß er eine wirkliche Aufgabe brauchte. Und weil die Berufungsurkunde Hardenbergs noch immer auf sich warten ließ, meinte Nanna bei allen Bedenken, die sie gegen das Unternehmen hatte, das Haus könnte etwas sein, worauf er seine Energien richten konnte. Und sie irrte sich nicht.

Als sie an jenem Tag gemeinsam von ihrem Spaziergang zur Zweiten Fährgasse zurückgekommen waren, ging Arndt in sein Arbeitszimmer und vergaß sogar den Kuß, den er ihr sonst gab, wenn sie sich auf dem Sofa ausstreckte. Da lächelte Nanna, freilich auch mit einem gewissen Bedauern, denn von nun an, glaubte sie, würde es sein wie vordem. Arndt arbeitete wieder.

Der Brief des Staatskanzlers traf ein, als sich Arndt in einem Aachener Heilbad aufhielt, um etwas gegen seine Leibschmerzen zu unternehmen. Er wollte unverzüglich, gleich als ihm Nanna nach seiner Rückkehr das Schreiben gezeigt hatte, das Siegel aufbrechen. Aber plötzlich hielt er inne. Und wenn ihm Hardenberg mitteilte, daß seine Vorstellung, im Sommer zu reisen und im Winter zu lehren, nicht verwirklicht werden könne und der König, natürlich im Interesse seines treuen Untertans, entschieden habe, den Professor überhaupt reisen zu lassen? So unmöglich war eine derartige Erklärung nicht mehr nach all den versteckten und unverhohlenen Angriffen, denen er sich immer häufiger ausgesetzt sah. Und die kamen, auch das wußte er inzwischen genau, nicht aus den Köpfen von subalternen Beamten. Seine Gegner konnten sich offen zeigen, weil sie von der Obrigkeit mit Wohlgefallen geduldet, ja gefördert wurden oder gar deren Sprachrohr waren.

Er hatte mit Stein darüber gesprochen, als er auf der Rückreise von Aachen den weiten Umweg über Nassau nicht gescheut hatte, um den Freiherrn zu besuchen. Stein gab sich Mühe, noch bissiger und zorniger zu wirken als früher, aber gerade das verriet seinen inneren Zustand. Er war verbittert, weil man ihn abgeschoben hatte. Weder der König von Preußen noch der Kaiser von Österreich, der Zar aller Reußen nicht und kein Dutzendfürst wollten ihm verantwortliche Staatsämter anvertrauen, da sie seine Reformen fürchteten.

»Der König«, sagte Stein, als sie bei einem guten Moselwein beisammensaßen, »hat mir angeboten, als Vertreter Preußens im deutschen Bundestag zu agieren. Vielleicht hätte ich angenommen, wenn er meine Bedingungen akzeptiert hätte.«

»Welche hatten Sie ihm denn gestellt?« fragte Arndt.

»Ich wollte mich jederzeit und ohne besonderes Urlaubsgesuch entfernen dürfen, wenn das die Angelegenheiten des Staates erlaubten und meine eigenen Geschäfte es erforderten«, sagte Stein. »Vor allem aber sollte der zweite Vertreter Preußens ein Mann sein, dem ich vertrauen konnte. Und um dem König mein Angebot schmackhaft zu machen, wollte ich auf jedes Gehalt verzichten.«

Arndt lachte herzhaft. »Exzellenz, den Fehler hätten Sie nicht machen dürfen!«

»Welchen?« fragte Stein mit zusammengezogenen Brauen. Es ärgerte ihn, wenn sich jemand auf seine Kosten amüsierte.

»Halten zu Gnaden, Exzellenz«, bat Arndt um Entschuldigung, obwohl es ihm schwerfiel, ernst zu bleiben. »Man hätte vielleicht Ihre persönliche Freiheit nicht beschränkt und Ihnen sogar einen Mann Ihrer Wahl an die Seite gestellt – aber freiwillig aufs Gehalt verzichten und dennoch dem Vaterland dienen wollen, wie hätte das der König begreifen sollen?«

»Das war wohl nicht ausschlaggebend«, meinte Stein. »Die Bedingung, selbst entscheiden zu können, wann die Interessen des Staates und wann die eigenen den Vorrang haben, war die Probe aufs Exempel, wie frei ich sein darf im Herrschaftsbereich des Königs. Und vor allem: man will mir keine wirklich verantwortungsvolle Funktion mehr anvertrauen.«

Arndt nickte. Er wußte, daß es anderen deutschen Patrioten nicht besser ging. Wilhelm von Humboldt hatte man als Botschafter nach London abgeschoben, Gruner nach der Schweiz, Gneisenau und Clausewitz in ihrem Einfluß auf rein militärische Dinge beschränkt, der Publizist Görres mußte außer Landes gehen, die Generale Grolmann und Boyen hatten freiwillig ihren Abschied genommen, die Erinnerung an Scharnhorst und Blücher wurde niedergehalten. Steins Bedingungen, begriff Arndt, waren so gestellt, daß sie der König nicht erfüllen konnte. War es List — oder Selbstbetrug?

»Und Sie?« fragte Stein. »Wie geht es bei Ihnen voran?«

»Um es beim Namen zu nennen, Exzellenz«, erwiderte Arndt, »müßte ich ein grobes Wort benutzen. Es dreht sich im Kreis. Betrachte ich die Dinge, wie sie sich inzwischen entwickelt haben, so kann ich nur mit Trauer an die Ziele denken, für die wir gelebt und gestritten haben.«

Darauf sagte Stein zu seiner Überraschung: »Ich beneide Sie.«

»Mich?« fragte Arndt. »Sie beneiden mich, Exzellenz? Ich wüßte nicht, worum.«

»Was wir erreicht haben, ist nicht viel, gemessen an dem, was wir erreichen wollten. Das ist wahr. Aber gemessen an dem, was vorher gewesen ist ... Arndt, wir müssen gerecht sein und die Ereignisse in ihrer Bewegung, die Dinge im Fluß sehen. Ich setze große Hoffnung in die Kraft der menschlichen Vernunft und des Fortschritts.«

Arndt wollte einen Einwurf machen, aber Stein schnitt ihm das Wort ab. »Wenn irgendwo fortlebt, was wir einst begonnen haben, dann in der Jugend. Und Sie werden zu ihr reden, Sie werden ein Publikum haben und als Professor in Bonn unsere Erfahrungen weitergeben. Ihnen hört man zu, wenn Sie von unseren Träumen sprechen und unseren Irrtümern, die wir gehabt haben wie jeder handelnde Mensch. Ja, ich beneide Sie, mein Freund. Ich habe meine Schlösser und meine Ländereien, ich habe Geld und Titel. Ich bin ein freier Mann. Aber frei wovon und wofür?«

»Frei bin ich auf meine Weise auch«, erwiderte Arndt, »denn noch habe ich keine Ernennungsurkunde.«

»Was schreibt der Staatskanzler?« Nanna beobachtete ihren Mann, der vor dem Fenster stand, die Gedanken weit in die Ferne gerichtet. Da überfiel sie plötzlich eine schlimme Vorstellung. Ihr schwindelte. Sie mußte sich am Türrahmen festhalten. »Ist es keine gute Nachricht, Moritz?«

Er betrachtete den Brief und brauchte einige Zeit, um in die Gegenwart zurückzukehren. Das Siegel war noch nicht erbrochen. Er sah Nannas bleiches Gesicht. »Öffne du ihn«, bat er, einer plötzlichen Eingebung folgend. »Du hast in allen Dingen eine glücklichere Hand.«

Es war die Mitteilung des Staatskanzlers, daß der König Arndts Anstellung als Professor der neueren Geschichte an der zukünftigen Rheinuniversität in Bonn bestätigt habe.

»Es wird mir heute die Gelegenheit gegeben«, las Nanna langsam, »Euer Wohlgeboren meine Achtung für Ihre durch Wort und Tat so schön ausgesprochenen und an den Tag gelegten trefflichen rücksichtslosen Gesinnungen zur Zeit der Not und des allgemeinen Druckes durch Ihre bewährten Talente würdige und in Ihrem inneren Berufe angemessene Anstellung öffentlich zu bezeugen und Sie dadurch auch auf eine ehrenvolle Art im Angesicht des Vaterlandes zu belohnen.«

Arndt blieb um Haltung bemüht, doch er schämte sich seiner Erregung nicht, die er vor Nanna ohnehin nicht hätte verbergen können. Und ihr versagte bei den letzten Sätzen des Briefes fast die Stimme.

Sie mußte sich hinsetzen. Es flimmerte ihr vor den Augen. Sie atmete schwer. Jetzt brauchte sie nicht mehr die Tapfere und Zuversichtliche zu spielen. Sie konnte zugeben, schwach gewesen zu sein im Glauben und Sorge gehabt zu haben um ihre Zukunft. Sie konnte eingestehen, daß ihre Schlaflosigkeit in den letzten Wochen nicht nur mit dem Verlust des Kindes zu tun hatte. Immer wieder, wenn sie von ihrer täglichen Hausarbeit ausruhen konnte, hatte sie gerechnet, um ihr kleines Vermögen ins Verhältnis zu den laufenden und bevorstehenden Ausgaben für das Haus zu bringen, und sie war jedesmal auf ein erschreckendes Mißverhältnis gekommen. Deswegen hatte sie auch zugestimmt, als Arndt, kurz nachdem sie sich wieder einigermaßen dazu in der Lage fühlte, den Haushalt allein zu führen, ihr vorschlug, die zeitweilige Hilfe in der Küche wegzuschicken. Er mochte keine fremden Menschen um sich haben. Für Nanna wäre es gut gewesen, die Magd zu behalten, aber das Geld dafür fehlte.

Er hatte nichts bemerkt von dem eigentlichen Grund ihres Schwächeanfalls. Sie lächelte mühsam. »Moritz«, sagte sie mit dünner Stimme, »ich bin doch keine alte Frau. Es ist die Freude. Laß mich ein wenig ausruhen. Ich brauche wirklich keine Hilfe im Haushalt. Und wenn du bauen möchtest ...« Sie biß sich auf die Unterlippe. Das hatte sie eigentlich nicht sagen wollen.

Er dachte den Satz zu Ende. Das war es? Er fuhr ihr beruhigend über die Wange. »Kindchen«, sagte er, indem er den Brief Hardenbergs vor ihre Augen hielt, »das ist der beste Kredit, den wir haben konnten. Geld ist nur für die ein Problem, die es besitzen«, versuchte er sie aufzumuntern. Es klang dennoch gewollt. Schließlich gab er Nanna einen Kuß auf die Stirn. »Ruh dich aus, ja?« Damit ging er in sein Arbeitszimmer. Er wollte unverzüglich an den Staatskanzler schreiben und ihm nicht nur Dank sagen für seine Verwendung vor dem König. Er wollte auch dem wahrscheinlich über Schmalz und Kamptz und Wittgenstein ähnlich wie er denkenden Staatskanzler seine Solidarität erklären — und seine Loyalität.

»Durchlauchtigster Fürst, Gnädiger Fürst und Herr!« begann er seinen Brief in euphorischer Stimmung und in einem Ton, wie er sonst zu schreiben nicht gewohnt war. »Der Wanderer, der vor ein paar Tagen noch über die Berge von Spa hinabstieg, hat für zweierlei zu danken, für Ew. Durchl. zu gütigen Brief und für Ihre freundliche Aufnahme. Sein Dank darf bei dem hohen Standpunkt, worauf Gott Ew. Durchl. gestellt hat, kaum ein persönlicher sein. Wenn er ernst und fest seinen Beruf erfüllt, so dankt er dem Manne am besten, welcher die Schicksale von Millionen Menschen und die Bereitung und Begründung ihrer Zukunft in den Händen hat. Doch wie er es ehrlich meint, hofft er, daß die Dankbarkeit in seinem Herzen immer heimisch bleiben werde.«

An dieser Stelle angelangt, machte er eine Pause. Er wollte nicht den Eindruck erwecken, daß Dankbarkeit ihn zu falscher Bescheidenheit verführen könne. »Ein Mann wie Sie«, fuhr er also entschlossen fort, »kennt wohl die Höhe der fliegenden und überfliegenden Geister, aber auch die Tiefe so vieler Verhältnisse dieser Erde, die auch der Mutigste und Weise schonen muß. In dem idealen Gebiet einer teutschen Universität können die Geister nie zu kühn sein.«

Er las den Brief noch einmal durch, war's zufrieden, faltete und siegelte ihn und brachte ihn eigenhändig zur Post.

Der König unterzeichnete die Stiftungsurkunde für die Bonner Universität am 18. Oktober 1818, fünf Jahre nach dem Sieg der Verbündeten über Napoleon bei Leipzig. Eine Woche vorher war das erste Personal- und Vorlesungsverzeichnis der Universität Bonn veröffentlicht worden, das Ernst Moritz Arndt unter der Philosophischen Fakultät als ordentlichen Professor der Geschichte mit 1500 Taler Jahresgehalt auswies.

Freilich, die Liste der Professoren war längst nicht vollständig, einige Fakultäten konnten überhaupt noch nicht besetzt werden. Hinter dem Namen August Wilhelm von Schlegels stand: ordentlicher Professor zu Berlin, angestellt als außerordentlicher Professor in Bonn. Arndt war nicht der einzige, der sich an der bevorzugten Behandlung des Eitlen und in französelnder Manier Daherstolzierenden stieß. »Madame de Staël hat uns keinen Gefallen getan, als sie vergangenes Jahr starb. Wie schön könnte der Herr Schlegel auf ihrem Schloß sitzen, statt uns katholisch in die Suppe zu spucken!«

Wenn es um Schlegel ging, wollte er nicht gerecht sein, aber schließlich waren sie Nachbarn in der Sandkaule. Einmal hatte er ihn besucht. Die Hausmagd empfing ihn und meldete ihn dem Diener. Der Diener fragte seinen Herrn, ob ihm der Gast genehm sei. Professor von Schlegel ließ bitten. Der Diener sagte es der Magd. Die Magd ließ Arndt ein. Am liebsten wäre er in der Tür umgekehrt.

Im November sollte der Vorlesungsbetrieb aufgenommen werden, obwohl die Anzahl der eingeschriebenen Studenten weit unter den Erwartungen lag. Jeder Professor hätte mit seinen Zuhörern an einem Tisch Platz gehabt. War die Handvoll Studierender die deutsche Jugend, zu der er predigen wollte? Einer gehörte zu ihnen, auf den er gewartet, aber schon nicht mehr gehofft hatte: Frieder Oswald. Wäre er in Jena geblieben, Arndt hätte es ihm nicht verdenken können, denn ein Vergleich zwischen beiden Universitäten wäre sehr zuungunsten Bonns ausgegangen.

»Es kann nur das schlechte Gewissen sein, das dich nach Bonn getrieben hat. Oder wurde dir der Boden unter den Füßen zu heiß in Jena? Wie ich hörte, soll es dortzulande einen feuerspeienden Berg geben.« Es gelang ihm nicht, seine Freude über Oswalds Anwesenheit hinter poltrigen Worten zu verbergen.

»Wenn Sie mit dem feuerspeienden Berg an die Bücherverbrennung zum Schluß des Wartburgfestes letzten Oktober erinnern«, sagte Frieder Oswald, »so will ich nicht mit jenen Pyrogermanen verwechselt werden, die, mehr von einem Spiritus Bacchi als von einem vaterländischen Geist angewandelt, Bücher verbrannten, die sie so wenig verstanden haben wie der Mann, auf den sie sich dabei beriefen.«

Arndt zog die Augenbrauen zusammen. Natürlich wußte er, daß Oswald keinen anderen damit gemeint haben konnte als Friedrich Ludwig Jahn, aber er ging nicht auf das Thema ein. Ihm war jenes Fest in Eisenach und auf der Wartburg, so vaterländisch es auch gemeint sein mochte von den enthusiasmierten Burschenschaftern, zu bramarbasierend vorgekommen. Bücher verbrennen ist auch dann keine heroische Tat, wenn es im Namen des Fortschritts geschieht, sondern immer eine fragwürdige Sache. »Lassen wir es damit gut sein«, meinte er einlenkend, »daß jener martialische Ausgang auf dem Wartenberg nicht für das ganze Treffen genommen werden sollte.«

In dieser Hinsicht stimmte Oswald mit Arndt überein, doch meinte er, daß der Professor das Wartburgfest unterschätzte: wenn sich nahezu fünfhundert Studenten und einige Professoren von dreizehn deutschen Universitäten versammelten, um der Leipziger Schlacht ebenso wie der Reformation zu gedenken, wenn sie die Fürsten anprangerten, die patriotischen Hoffnungen des deutschen Volkes vernichten zu wollen, und darum Korporalstock, Zopf und Schnürleib samt einer Handvoll reaktionärer Schriften verbrannten, wenn sie schließlich eine allgemeine deutsche Burschenschaft gründeten, um den Widerstand gegen die Restauration der alten vornapoleonischen Zustände organisieren zu können, dann war das trotz aller Überspitzungen ein nationales

Ereignis, das man nicht mit besserwisserischer Elle messen durfte. Aber Frieder Oswald schluckte das Widerwort hinunter.

Schließlich schadete es der jungen Bewegung nur, wenn sie die Gegensätze zur Generation Arndts herauskehrte, statt die Gemeinsamkeiten zu nutzen. Irgendwann einmal würden sich ihre Wege trennen müssen, aber noch lag eine Strecke gemeinsamen Kampfes vor ihnen.

»Hast du schon ein vernünftiges Logis?« fragte Arndt seinen Gast.

Oswald nickte. »Was man halt vernünftig nennt. Die Bonner Hausbesitzer scheinen sich die Kriegsschäden von ihren Untermietern bezahlen lassen zu wollen. Horrende Preise jedenfalls. Ich teile mir ein Zimmer mit einem Kommilitonen in der Josephsstraße.«

»Das ist ja gleich um die Ecke«, sagte Arndt erfreut. »Laß dich gelegentlich blicken, wenn dir der Magen knurrt, falls du Appetit auf pommersche Küche hast. Meine Frau bekocht mich nämlich stralsundisch, seit ihr die Schwägerin unser heimisches Kochbuch geschickt hat. Und ich sage dir, sie stilisiert aus Kohl und ein paar Pfund Saufleisch eine Suppe zusammen, die vorzüglich schmeckt. Aber im Vertrauen«, Arndt sah sich erst um, ob Nanna nicht in der Nähe war, und flüsterte dennoch, »wir essen schon pommersch genug. Es wäre mir also ganz recht, wenn du gelegentlich zu Tische kämst, damit ich die Suppe nicht aufgewärmt am nächsten Tag vorgesetzt bekomme.«

Oswald versprach lachend, der Einladung seines Professors gern zu folgen. Teuer war das Leben geworden, und nicht nur die Hausbesitzer Bonns hatten ihre Preise den Verhältnissen angepaßt. »Nichts gegen eine gute Kohlsuppe, die mit ein paar Pfund Saufleisch abgeschmeckt wird. Und was servieren Sie zur Antrittsvorlesung, Herr Professor?«

Arndt machte ein bedeutungsvolles Gesicht. »Wenn ich das heute schon laut werden lasse, mein Lieber, sitzt rechts von jedem Studenten ein Gendarm und links ein Spitzel. Gedulde dich noch ein paar Tage, und dann bring mit, wen du nur irgend fassen kannst. Es wird, das kann ich dir heute bereits verraten, sehr leise nicht zugehen bei mir.«

Davon war Frieder Oswald überzeugt. Erwartungsvoll saß er eine Woche darauf mit sieben anderen Studenten in der Vorlesung Arndts, die mit der Überschrift »Verfassung und Pressefreiheit« versehen war. Aber zunächst glaubte Oswald, im verkehrten Raum und bei einem anderen Mann zu sein, denn der Beginn der Vorlesung klang so unarndtisch wie nur denkbar.

»In allem Gelärm und Geschrei und Getümmel, das einem vorkommen könnte, als gehe es aus dem ganzen Volk hervor, ich meine den Ruf nach Verfassung und Pressefreiheit, ist gar keine allgemeine Not noch ein allgemeiner Trieb, der es hervorbringt, sondern bloß einzelne Schreier und Verwirrer spielen ein so täuschendes Spiel, daß sie einem oft dünken können, als seien es Millionen Stimmen und Herzen, die zugleich erklingen.«

Arndt blickte in die überraschten Gesichter seiner Zuhörer, dann fuhr er fort, und nun hörte Oswald den gespielt falschen Ton heraus. »Diese Schreier haben das Feuer angezündet, das uns zu verzehren droht, sie haben die Flamme angeblasen, welche uns auf eine höchst gefährliche und ungesetzmäßige Weise von der Tyrannei Napoleons und der Franzosen befreit hat, sie haben die Lehre von der Landwehr und dem Landsturm aufgebracht und schreien nun überlaut von Pressefreiheit und ständischer Verfassung und Volksvertretung. Noch zieren sie sich zuweilen mit einigen menschlichen Scheinen, sie wollen aber im Grunde nichts anderes, als was die Marats und Barrères und Fouchés einst wollten: Umkehrung aller göttlichen und weltlichen Ordnung, Umsturz aller Throne, Aufhebung aller Ungleichheit der Stände, Erniedrigung des Adels und Erhöhung des Pöbels. Wie gefährlich aber diese Bande ist, erhellt wohl am besten daraus, daß sie selbst vielen Männern der höheren Stände, die sie doch verderben will, eingebildet hat, sie meine es ehrlich, sie habe ein Vaterland und eine würdige Einrichtung und Ordnung des Vaterlandes vor Augen.«

Arndt machte eine kleine Pause, blickte einen nach dem anderen an, richtete sich dann zu ganzer Größe auf und verkündete mit entschlossener Miene: »Einen dieser Vaterlandsverräter, vielleicht einen der schlimmsten von allen, haben Sie vor sich, meine Herren Studiosi. Noch ist Zeit, den Raum zu verlassen, noch können Sie fliehen vor dem Gift, das er verspritzen wird; am Ende der Vorlesung dürfte es bereits zu spät sein, er wird Sie dann mit seinen Teufelsworten verdorben haben. Fliehen Sie diesen Mann!«

Es waren nur acht junge Leute, die vor ihm saßen, bei Gott kein berauschender Anfang, aber sie machten plötzlich einen Lärm, als seien sie wenigstens hundert. Sie klopften mit beiden Fäusten auf die Tischplatte, sie riefen »bravo« und »drauf« und »Patria«. Wenigstens fünf unter ihnen hatten sich ihre Sporen als Freiwillige gegen Napoleon verdient. Es war kein Zufall, daß sie sich für die Vorlesung Arndts entschieden hatten, von dem sie wußten, daß er einer der wenigen war, die das alte Banner hochhielten und noch nicht resignierten, wie — der Wahrheit die Ehre — selbst der tapfere Gneisenau inzwischen. Und einer, nicht Oswald, stimmte das Lied vom Gott an, der Eisen waschsen ließ.

Arndt genoß den Beifall. Es war nicht bloße Eitelkeit. Es war ein lang entbehrtes Glücksgefühl. Für einen Moment schloß er die Augen, beschwichtigte dann aber die kleine Schar mit beiden Händen. Sie reagierten. Und von nun an war eine Stimmung im Raum, die ihn trug wie auf Wolken.

Jetzt war er in seinem Element. Ein jeder habe die große Glocke der Zeit schlagen hören, sagte er, und wisse wohl, wer an dem Glockenstrang ziehe. Und er sprach von dem glücklichen Umstand, daß nach einem jahrhundertelangen Schlaf das Volk endlich erwacht sei, daß Bauer und Handwerker jetzt richtiger fühlen, wessen das Vaterland bedarf, als es der Gelehrte und Edelmann vor zwanzig Jahren wußten.

Er verteidigte das Volk gegen den Vorwurf der Dummheit. »Was sie wollen«, rief er, als spräche er wirklich zu Hunderten, »was sie wollen, das wissen sie recht gut, sie wollen eine gesetzliche Verfassung, sie wollen feste Landstände und geregelte Einrichtungen und Vertretungen dieser Stände.«

Erneut wurde er vom Beifall der Anwesenden unterbrochen. Und Oswald blickte sich zufrieden um unter seinen Kommilitonen, als wollte er sagen, habe ich euch zu viel versprochen? Verglich er die Klarheit der Worte und Gedanken Arndts mit den oft tönernen Reden, wie er sie in Jena immer häufiger zu hören bekommen hatte, fiel ihm vor allem auf, mit welchem Nachdruck hier auf den Gesellschaftsvertrag verwiesen wurde. Den Begriff selber wollte Arndt nicht gelten lassen, doch auf die Sache legte er großen Wert. Verfassung und Landstände taugten einen feuchten Kehricht, wenn nicht ans ganze Volk dabei gedacht wurde. Und Oswald begriff, wie sehr den Regierenden dieser Professor Arndt ein Dorn im Auge sein mußte, denn er redete nicht akademisch über Freiheit, er verlangte sie ganz.

Arndts Ausführungen waren an Deutlichkeit nicht zu übertreffen. Oswald schauderte ein wenig bei dem Gedanken, welche Folgen eine derartige Offenheit für den Verfasser haben mußte; denn was Arndt in diesem kleinen Kreis sagte, sagte er auch in jedem größeren, und was er zum Thema aufgeschrieben hatte, war nicht für die Schublade bestimmt. In wenigen Wochen, hatte ihm Arndt gesagt, würde der vierte Teil seines »Geistes der Zeit« erscheinen. Es gab keinen Grund anzunehmen, daß er sich darin irgendwelche Zügel angelegt hatte. Und man mußte kein Hellseher sein, um vorauszusagen, daß man ihm mühelos Stricke und Fesseln daraus drehen konnte und dies auch tun würde.

War Arndt so blind, die Gefahr nicht zu sehen? Oder sah er sie und achtete ihrer nicht? Unterschätzte er die Skrupellosigkeit der Fürsten, wenn sie ihre Herrschaft bedroht fühlten, oder rechnete er trotz aller gegenteiliger Anzeichen auf den Einfluß seiner wenigen Freunde in der Umgebung des Königs? Frieder Oswald beschloß, in der Nähe dieses unerschrockenen Mannes zu bleiben, denn gewiß brauchte er eines Tages Hilfe in großer Gefahr.

Ernst Moritz Arndt ging an diesem Tag, dem ersten seiner Vorlesungen zur neueren deutschen Geschichte, heiter, wenn auch etwas abgespannt nach Hause. Es war ein klarer, frostiger Novembertag. Der Geruch von Schnee lag in der Luft. Er liebte solches Wetter. Kaum hatte er die Wohnungstür geöffnet, kam ihm Nanna aufgeregt entgegen. »Moritz!« rief sie. »Reimer hat geschrieben. Er schickt dir das Belegexemplar deines neuen Buches. Verzeih, daß ich so neugierig war und das Päckchen geöffnet habe.« Dann umarmte sie ihn, küßte ihn und gratulierte ihm. Sie wäre ihm nicht so fröhlich begegnet, hätte sie bereits in dem Buch gelesen. Von dem Unwetter, das sich mit aller Heftigkeit über ihnen sammelte, ahnten beide an diesem Tage nichts.

Die Kabinettsorder

»Es gibt eben Leute, die lesen mehr aus einem Buch heraus, als unsereiner hineinschreiben kann. Was soll's?« Arndt zuckte die Schultern.

Frieder Oswald war überrascht von der Gelassenheit, mit der Arndt reagierte. War er sich nicht im klaren darüber, daß er mit seinem eben erschienenen vierten Teil des »Geistes der Zeit« in ein Wespennest gestochen hatte?
Oder hatte er es ganz bewußt darauf abgesehen?

Arndt lachte über das erstaunte Gesicht seines Gastes. »Ich kenne dergleichen Interpreten«, erklärte er, als sei es Oswald, dem das königliche Gewitter drohe und der zu beruhigen war. »Es sind jetzt sechzehn Jahre her, da schrieb ich ein kleines Buch über die Leibeigenschaft in Pommern, Rügen und Mecklenburg. Einige Edelleute verklagten mich bei Gustav Adolf wegen sogenannter ungebührlicher Urteile über verschiedene schwedische Herrscher. Sie trugen an, mich einzukerkern, und der gereizte König schien geneigt, ihre Forderung zu erfüllen. Die Spitzbuben hatten ihm mein Buch mit angestrichenen Stellen vorgelegt, die ihn, weil die Zitate aus dem Zusammenhang gerissen waren, erzürnen mußten.«

»Und?« fragte Oswald.

»Ich strich meinerseits Stellen in dem Buch an, die das Elend der Leibeigenen und die Verruchtheit ihrer Herren bezeugten, und schickte dieses Exemplar ebenfalls an den König. Da las er das ganze Buch. Was soll ich sagen — das Blatt wendete sich zu meinen Gunsten. Und weil kurz darauf die Leibeigenschaft in meiner Heimat aufgehoben wurde, so darf ich mir in aller Bescheidenheit ein gewisses Verdienst anrechnen. Nun denn, man hat den König von Preußen gewiß auf die nämliche Weise gegen mich einnehmen wollen wie seinerzeit den König von Schweden.«

»Diesmal ist es anders. Und das nicht nur, weil Friedrich Wilhelm kein Gustav Adolf ist«, sagte Oswald nachdrücklich.

»Spökenkiekerei!« wischte Arndt den Einwand weg. »Am Ende siegt die Wahrheit und die Vernunft.«

Frieder Oswald hatte seine Zweifel. Oder spielte der Professor ihm nur den Unerschütterlichen vor, um Ängstlichkeit gar nicht erst aufkommen zu lassen? Wie genau er die wunden Punkte getroffen hatte, war in allen der Regierung nahestehenden Blättern nachzulesen. Dieser vierte Teil vom »Geist der Zeit« war kein halbwegs geduldeter Aufruf mehr, der das Volk gegen den fremden Herrscher insurgieren wollte, sondern eine an Deutlichkeit nicht zu überbietende Kampfansage an alle finsteren Mächte der Vergangenheit. Dachte man Arndts Worte zu Ende, so zielten sie nicht bloß auf Reformen und Verbesserungen, sondern waren nur mit einem radikalen Umsturz zu verwirklichen. Aber wollte Arndt eine Revolution? Nein, sagte sich Oswald. Und doch liefen seine Forderungen nach Verfassung, Ständestaat, Pressefreiheit und Volksvertretung auf nichts anderes hinaus.

»Professor Arndt, Sie sind ein Jakobiner«, sagte Oswald. Es sollte ein Scherz sein, war aber im Grunde genommen ernst und anerkennend gemeint.

»Was?« fauchte Arndt. »Was hast du gesagt? Ein Jakobiner? Ich?« Und dann lachte er plötzlich so laut und böse, daß Frieder Oswald fürchtete, der Professor ginge im nächsten Moment auf ihn los, um ihm den Hals umzudrehen. Er wich ein paar Schritte zurück und sagte betont: »Wie *ich* es verstehe, ist es kein Schimpfwort.«

»Aber für mich!« Arndts Stimme schrillte. Vermutlich war er bis auf die Straße zu hören. Plötzlich, als versagten ihm die Beine den Dienst, griff er haltsuchend nach einer Stuhllehne und setzte sich, müde, aschfahl. »Aber für mich«, wiederholte er leise.

Nach einer längeren Pause fuhr Arndt fort: »Hast du denn gar nichts begriffen? Steckt denn dieses verfluchte welsche Gift noch immer in dir? Kann einer wie du nichts anderes denken als Umwälzung der gottgewollten Ordnung? Glaubt ihr denn wirklich, die Welt wird besser, wenn man einem König den Kopf abschlägt, um einen Kaiser krönen zu können? Nein, das habe ich nicht gemeint. Wenn du das aus meinem Buch herausliest, Frieder Oswald, verstehst du meine wahre Absicht nicht — oder du verfälschst sie. Und wenn schon du mich nicht begreifst ...«

Frieder Oswald schluckte. Er hattet eine solche Auseinandersetzung schon lange vorausgesehen. Und er war, so hart es ihn auch ankam, froh darüber. Der Weg, den Ernst Moritz Arndt gehen wollte, war nicht sein Weg. Wenn er das bisher geglaubt hatte, so mußte er blind gewesen sein oder sich etwas vorgemacht haben. Auch er hatte mehr in ihn und seine Schriften hineingedeutet, als Arndt aus ihnen herausgelesen wissen wollte. Der Staat, um den es Arndt ging, war ein Traum, denn er setzte auf die menschliche Vernunft und vor allem auf die Einsicht der Herrschenden. Er war so geblendet von seiner eigenen Vorstellung, daß er die Dinge nicht mehr sehen konnte, wie sie in Wirklichkeit waren; das Bild war zu schön, der Rahmen viel zu eng bemessen.

»Ich habe starke und mächtige Feinde. Das weiß ich selbst«, sagte Arndt, der sich wieder in der Gewalt hatte, »aber ich lasse mich von ihnen nicht einschüchtern. Und wird es wirklich gefährlich, so hoffe ich, mit der Wahrheit und mit Gottes Hilfe es mutig zu bestehen. Freilich, der Schwache muß beten: Herr, führe mich nicht in Versuchung!«

Oswald nickte. »Ich wollte Sie nicht kränken.«

»Du hast mich nicht gekränkt. Du hast mich nur erschreckt, und es macht mich betroffen, daß Feinde und Freunde zu derselben Auffassung kommen: jakobinisch.«

»Aus sehr unterschiedlichen Erwägungen«, beteuerte Oswald.

»Spielt das eine Rolle?«

»Ich denke schon.«

»Ich denke, nicht.« Damit war für Arndt das Gespräch beendet. Er war mit seinen Gedanken weit weg. Er dachte an Rügen. Vielleicht wäre es doch das beste gewesen, einen Hof mit Vieh und Ackerland zu kaufen. Und da spürte er eine Sehnsucht, die nichts mit dieser Welt zu tun hatte. Er schloß die Augen. Die Empfindung formte sich zu Worten und Versen. Halblaut sprach er sie vor sich hin.

»Ich bin des Lebens müde,
Der eitlen Eitelkeit,
O komm, du Gottesfriede,
Und nimm mich aus dem Streit,
Nimm mich in deine Ruh,
In deine stillen Freuden,
Und schließe bittern Leiden
Des Wahns Erinnrung zu.«

Oswald hatte nicht den Mut zu gehen. Er wollte Arndt in dieser Stimmung nicht verlassen, aber er schwieg, weil er nicht wußte, was er ihm sagen sollte.

Unerwartet lächelte Arndt. »Weißt du«, fragte er, »daß es eine Kabinettsorder des Königs gibt, wonach ich aus dem Amt zu entfernen bin, wenn ich mich künftig nicht zurückhalte?«

Oswald nickte. Er hatte von diesem Verdikt gehört. Deswegen war er so beunruhigt. Aber er kannte den Inhalt der Order nicht genau.

»Der König meint, ich habe die in mich gesetzte Erwartung nicht erfüllt und das Buch enthalte wenigstens ganz unschickliche und unnützige Dinge, die besonders einem Lehrer der Jugend übel anständen. Seine Majestät wolle zwar eine freie Diskussion nicht beschränken, hat aber dem Minister der geistlichen Angelegenheiten den Auftrag gegeben, mich zu warnen, indem Seine Majestät auf den preußischen Universitäten keine Lehrer dulden könnten, die Grundsätze wie die in dem vierten Teil des ›Geistes der Zeit‹ aufstellten.«

Oswald blickte Arndt forschend an. »Und wie nehmen Sie das auf?«

»Ich nehme es zur Kenntnis«, erklärte Arndt. »Gut, Friedrich Wilhelm ist kein Gustav Adolf. Es hätte wahrscheinlich wenig Sinn, ihm ein von mir angestrichenes Exemplar zuzusenden. Aber in seiner Umgebung gibt es nicht nur böse Einflüsterer. Fürst Hardenberg, der Staatskanzler, war es, der nachdrücklich für meine Anstellung plädiert hat. Er wird auch für mein Bleiben sorgen. Und Graf Solms-Laubach, der Kurator unserer Alma mater ist durch die Freiheitskriege freundschaftlich mit mir verbunden. Er hat mir den Verweis des Königs mit allen Zeichen der Schonung vorgetragen und mir versichert, von der Reinheit meiner Absichten überzeugt zu sein. Er hat sogar seine Verwunderung geäußert über die Rüge und den Minister der Loyalität aller Professoren versichert. Du siehst, Frieder Oswald, die Suppe wird so heiß nicht gegessen.«

Arndt schien seine Niedergeschlagenheit überwunden zu haben. Oswald konnte nicht wissen, daß der Professor, als er wieder allein war, Papier und Feder zur Hand nahm, um jene Strophe festzuhalten, die er halblaut vor sich hingesprochen hatte. Und nach kurzem Überlegen fügte er eine weitere hinzu, im Glauben Trost suchend.

»Zuviel hab ich geduldet,
Gekämpfet überlang,
Gesündigt und verschuldet,
Drum ist mir weh und bang;
Ich weiß nicht aus noch ein
Auf diesen biestern Straßen,
Ich wäre gar verlassen,
Wär Jesus Christ nicht mein.«

Das Jahr 1819 hatte mit mancherlei Aufregung begonnen, aber Arndt war nicht willens, sich ins Bockshorn jagen zu lassen. Obwohl im »Preußischen Staatsanzeiger« und in Kotzebues Wochenblatt immer wieder Angriffe gegen ihn vorgetragen wurden, machte er sich um seine Zukunft keine ernstlichen Sorgen. Solange er noch Gelegenheit hatte, zurückzuhauen und zu stechen, solange er noch einen Hundsfott einen Hundsfott und einen Schmalzianer einen Schmalzianer nennen konnte in eben der Zeitung, in der er denunziert wurde, oder doch wenigstens in einer anderen den Platz zur Erwiderung bekam, solange also Freiheit der Presse nicht Freiheit für die Presser allein hieß, solange wollte er nicht wehklagen. Er war nicht einmal darauf aus, immer recht zu haben. Er würde recht behalten am Ende, und darauf kam es schließlich an.

Die Hörsäle füllten sich allmählich. Nach und nach trafen die noch fehlenden Professoren ein. Es ging dem Frühling entgegen, und Ostern, meinte Arndt, würde die Universität in Schwung kommen. Fast jeden Tag wanderte er durchs Koblenzer Tor aus der Stadt hinaus und am liebsten zu seinem Bauplatz. Das Haus nahm Gestalt an. Lucchesi hatte es nach seinen Vorstellungen entworfen. Im Herbst war bereits die Baugrube ausgehoben und das Mauerwerk aufgerichtet worden.

Noch vor dem Frost hatte er Bäume und Sträucher gesetzt und mit Nanna vorausgeträumt, wie sie einst, in ihrem Schatten sitzend, den Blick weit ins Land schweifen lassen würden. Täglich betrachtete er die kleinen Beete, in denen er Küchenkräuter und Gemüse ziehen wollte. Manchmal begleitete ihn Nanna. Sie war wieder schwanger, aber noch behielt sie ihr Wissen für sich.

Arndt ging seinem fünfzigsten Geburtstag entgegen. Er fühlte sich stark genug, um die vielen Pläne zu verwirklichen, für die ihm in den Jahren des Kampfes gegen Napoleon und fürs Vaterland Zeit und Muße gefehlt hatten. Er war ruhiger geworden, besonnener. Er biß nicht gleich wütend um sich, wenn man ihn reizte. Nanna aber maß ihn immer seltener an ihrem Bruder. Hatte sie sich an seine Art gewöhnt, oder hatte sich Moritz verändert?

An einem milden Märztag war er wieder einmal hinausgewandert, um den Fortgang der Arbeiten an seinem Haus zu beobachten. Noch standen die Außenmauern unverputzt, Laufbretter bildeten den Fußboden. In die obere Etage gelangte man nur über eine Leiter. Er stieg hinauf. Die Bauleute sahen sich kaum nach ihm um, da er fast täglich kam.

Während er aus der Fensteröffnung des rechten oberen Zimmers zur Godesbergruine blickte, hörte er, wie sich zwei der Handlanger unterhielten, die die Ziegel auf ihrem Rücken nach oben schleppten. Es ging um die Preise der Lebensmittel. Die zunehmende Teuerung traf die Ärmsten am ärgsten. Der eine von beiden schimpfte ungehalten auf die neuen Herren, die Preußen. Unter den Franzosen war es ihnen besser gegangen, behauptete er. Der andere war der gleichen Meinung, sagte aber, als er Arndt erblickte, beschwichtigend: »Räch häs de, schwigge moß de.« Die Lebenserfahrung eines armen Mannes.

An der Reaktion des Hilfsarbeiters spürte er, daß sie ihn für einen der neuen Herren hielten, die nicht besser waren als die alten. Vermutlich hatte keiner der Bauleute je etwas von seinen Liedern gehört oder seinen Schriften gelesen, sofern sie des Lesens und Schreibens überhaupt kundig waren. Würde er wirklich heimisch werden in diesem Landstrich? Würde es ihn nicht doch immer wieder mit tausend Fäden nach Rügen ziehen trotz der Lieblichkeit der Rheinprovinz, der samtenen Luft, des blauen Himmels?

Und die Menschen? Er war ein Bauernsohn. Die Gewohnheiten des niederen Volkes in den Städten blieben ihm fremd. Wohler fühlte er sich auf seinen ausgedehnten Wanderungen, wenn er sich mit den Landleuten unterhalten konnte. Sie lebten erdverbunden, waren Gottes Natur näher.

Er hob den Kopf in den Märzhimmel und atmete die Luft tief und genußvoll ein. Einer der Maurer, der ihn schon eine Weile beobachtet hatte, sagte: »Wick von Hus es rich doheem.«

Arndt lächelte, ohne ihn verstanden zu haben. Die Worte des Apostels Paulus an die Römer kamen ihm in den Sinn: Seid fröhlich in Hoffnung, geduldig in Trübsal, haltet an am Gebet. – Er wollte nicht verzagen. Er war dabei, ein Haus zu bauen. Nanna trug sein Kind unter dem Herzen. Und ein Buch, bei Gott, ein Buch hatte er geschrieben!

Als er in seine Wohnung in der Sandkaule zurückkam, war er heiter und zuversichtlich wie lange nicht. Schleiermacher hatte ihm geschrieben. Er kündigte seinen und Henriettes Besuch für den Sommer an. Das Leuchten in Nannas Augen verriet ihm, wie sehr sie sich darüber freute. Der Brief enthielt eine gesonderte Einlage, die nur für ihn bestimmt war. Er nahm die Bogen mit in sein Arbeitszimmer. Es war die Antwort auf seinen letzten Brief, in dem er ihm von der Kabinettsorder des Königs berichtet hatte.

Schleiermacher erwähnte, daß er schon vor sechs Jahren wegen eines Artikels im »Preußischen Correspondenten« einen Rüffel vom König erhalten hatte, und fuhr dann fort: »Ich habe aber alles sehr lässig abgeschüttelt und halte mir die Sache nur noch als einen Schinken im Salz. Hoffentlich, lieber Bruder, wirst Du es ebenso machen.«

Arndt lachte herzhaft. Wahrscheinlich war es wirklich das vernünftigste, den Verweis und alle Bosheiten hinzunehmen wie Auszeichnungen.

Seine Fröhlichkeit hatte Nanna herbeigelockt. »Was gibt es Lustiges?« fragte sie, und da fiel ihr ein, was sie am Morgen auf dem Markt gehört hatte. »Du kanntest doch Kotzebue, Moritz, ich meine persönlich?«

»Ja«, antwortete er gedehnt. »Ein übler Zeitgenosse. Man sagt, ein Schnüffler des Zaren.«

»Er ist ermordet worden. Ist das nicht gräßlich?«

Ungläubig starrte er seine Frau an. »Ermordet? Kotzebue? Von wem?«

»Es soll ein Student gewesen sein, Karl Sand oder so ähnlich mit Namen. Wird man jetzt nicht eine Rechtfertigung vor der Öffentlichkeit haben, alle Studenten scharf zu beobachten?« fragte Nanna.

Er nickte langsam und ein bißchen erstaunt darüber, wie logisch sie folgerte. »Welch ein Wahnwitz!« Unwillig schüttelte er den Kopf. Dieser Kotzebue hatte ihm zwar oft die Galle hochgetrieben, und er war lästig wie eine Schmeißfliege, eitel, geschwätzig und falschzüngig. Aber so sinnlos enden und auf diese Weise, nein, das wünschte er seinem ärgsten Feind nicht.

»Moritz«, sagte Nanna, während er noch über die Folgen der schlimmen Tat nachdachte, »sieh dich etwas vor in Zukunft, ja?«

Er versprach es ihr, nahm aber die Warnung nicht ernst. Seine Gegner kamen aus einem anderen Lager, und sollte es ihnen gelingen, sein bürgerliches Glück zu zerstören — wenn der Himmel einfällt, müssen auch die Lerchen sterben, die doch so hoch fliegen können.

Friedrich Eichhorn hatte ihm geschrieben. Er hielt sich noch in Aachen auf und wollte ihn, ehe er nach Berlin zurückfuhr, unbedingt sprechen.

Arndt gab vor Nanna nicht zu, wie unruhig er auf ihn wartete, da er sich von ihm Aufklärung über die Hintergründe der jüngsten Ereignisse erhoffte. Der zehn Jahre jüngere Eichhorn hatte es durch Tüchtigkeit, Geschick und gute Verbindungen zu Ansehen und Einfluß gebracht und war inzwischen sogar vom vortragenden Rat des Staatskanzlers zum Mitglied des Staatsrats avanciert. Wenn einer Bescheid wußte und zugleich ehrlich gegen ihn war, dann Eichhorn.

Arndt hatte sich fest vorgenommen, nicht von sich aus die Rede auf die unangenehmen Dinge zu bringen, aber Eichhorn verhielt sich ebenso. Also redeten sie von dem wunderbaren Frühling am Rhein, der dieses Jahr zeitiger als erwartet eingetroffen war.

Eichhorn sparte auch nicht mit Komplimenten für Nanna, deren gesegneter Zustand ihr gut stünde. Und er fragte auch, wie sie mit dem Haus vorankämen und ob er, wenn nötig, Hilfe leisten dürfe. Er wolle sich natürlich nicht aufdrängen, aber die Preise kletterten so geschwind in die Höhe wie Eichhörnchen in die Bäume. Und sie konnten scheinbar unbeschwert lachen über die unfreiwillige Komik des Vergleichs von Eichhorn mit den Eichhörnchen.

Plötzlich aber sagte Arndt mit gespannter Miene, er hatte allerdings vorsorglich gewartet, bis Nanna aus dem Zimmer gegangen war: »Heraus mit der Sprache, Eichhorn, was geschieht da?«

»Es sieht nicht gut aus, Moritz«, begann Eichhorn und gab sich keine Mühe, den Ernst der Lage zu verhehlen. »Das Schlimme an der Sache ist, daß du ihnen mit deinem Buch geradezu freiwillig die Waffen in die Hand gegeben hast, mit denen sie dich nun vernichten wollen.«

»Hätte ich es deiner Meinung nach nicht schreiben dürfen?« fragte Arndt lauernd.

»Meine Meinung zählt nicht in dem Falle.«

Aber er wollte keine Ausflüchte hören. »Hätte ich es nicht schreiben dürfen?« wiederholte er mit hoher Stimme.

»Ich kenne kein besseres Buch über den Ungeist der Zeit als deines, Moritz.«

Damit war klar, auf welcher Seite Eichhorn stand, und Arndt nickte zufrieden. »Gut«, sagte er, »ich hatte schon Sorge, das Amt bekleide inzwischen dich, statt daß du es bekleidest. Ich wußte, was ich tat, als ich der Partei des Ministers Wittgenstein ein paar Wahrheiten ins Stammbuch schrieb. Laß sie keifen, Fritz. Was denkt Hardenberg darüber? Er hat mir anläßlich meiner Berufung zum Professor in Bonn einen artigen Brief geschrieben. Der Mann, glaube ich, ist besser als sein Ruf. Ich möchte nicht Staatskanzler sein unter diesem König. Also, was sagt er?«

Du ahnungsloser Engel! dachte Eichhorn fast mitleidig. Und angesichts der Gutgläubigkeit Arndts gab er seinen Plan auf, dem Freund die Dinge schonend und zurückhaltend beizubringen. Hier hilft nur eine Roßkur, entschied er sich. »Der Staatskanzler Fürst Hardenberg nennt es ein pöbelhaftes Buch.« Eichhorn blickte Arndt unverwandt an, während er diesen Satz sprach. Und er änderte weder Blick noch Haltung, als er sah, welche Wirkung diese Worte hatten.

Zunächst begriff Arndt gar nichts. Er dachte sogar für einen Moment, sie sprächen von verschiedenen Büchern und unterschiedlichen Personen.

Sie schwiegen beide lange und gleichsam wie erschöpft von einer ungeheuren Anstrengung. Schließlich sagte Arndt, und Eichhorn meinte, er spräche mit einer ganz anderen Stimme, denn er flüsterte heiser: »Ein pöbelhaftes Buch. Warum?«

»Ich weiß nicht. Ich weiß nicht einmal, ob er es gelesen hat. Er hat es so genannt, Moritz.« Eichhorn war aufgestanden und zum Fenster gegangen. Er hatte, während er sprach, sich nicht umgedreht, sondern auf die Straße gesehen, als gäbe es dort etwas Interessantes zu beobaehten. Und dann drehte er sich doch um. Sein Mund war schmal, seine Augen richtete er unverwandt auf Arndt. »Es geht dabei nicht um dich. Du hast mit deinem Buch lediglich den Anlaß geliefert. Es ist auch nicht die Angst des Königs vor wahnwitzigen Attentätern à la Sand.«

Jetzt hatte er den Faden am richtigen Ende gefaßt, denn ganz offensichtlich meinte Arndt noch immer, persönliche Feindschaft, Eifersüchteleien und lächerliche Empfindlichkeiten führten den Herren Wittgenstein, Schmalz oder Kamptz die Feder. Das kam nur noch hinzu und sorgte für die notwendige Gehässigkeit. »Es ist die Verfassungsfrage, Moritz. Und nicht du bist das eingentliche Ziel der Demagogenhetzer. Verzeih mir den unpassenden Vergleich, aber sie schlagen den Hund und meinen den Herrn.«

»Hardenberg?« fragte Arndt ungläubig.

»Hardenberg«, bestätigte Eichhorn.

Das mußte er erst einmal verarbeiten. Und wie so oft, wenn ihm die Wohnung zu eng wurde, drängte es ihn hinaus ins Freie. Deshalb schlug er Eichhorn vor, mit ihm am Rheinufer entlangzuwandern. »Du kannst dir bei der Gelegenheit gleich mein Haus ansehen. Ich baue tatsächlich. Ich will hier seßhaft werden.«

Eichhorn hatte Bedenken. »Wir könnten uns unterwegs nicht ungestört unterhalten.«

»Da bin ich anderer Meinung. Geheimnisse sind auf der Straße am sichersten. Vielleicht beobachtet man bereits mein Haus, um zu erfahren, was ein Mitglied des Staatsrates mit einem Jakobiner Verschwörerisches zu besprechen hat.« Es sollte scherzhaft klingen, klang aber bitter.

Eichhorn nickte. Arndt strebte ohne Umwege dem Rheinufer zu, wo ihnen um diese Stunde kaum jemand begegnete. »Wir sprachen von Hardenberg«, nahm er das Thema wieder auf. »Wie kommt er zu jenem Urteil über mein Buch, das er, wie du sagst, vielleicht gar nicht gelesen hat?«

»Der Polizeiminister hat es gelesen.«

»Kriecht Hardenberg neuerdings vor Wittgenstein?« Arndt wollte das nicht glauben.

»Wer kriecht, fällt nicht.« Eichhorn lachte böse. »Hast du schon einmal eine Schnecke mit gebrochenem Hals gesehen, Moritz?«

»Nein, aber schon viele, die zertreten wurden«, erwiderte Arndt.

Eichhorn nickte abermals. Dann sagte er: »Wir wollen nicht in Bildern und Rätseln sprechen. Ich komme direkt aus Aachen. Es gibt Dinge, die du nicht wissen kannst, die du aber wissen mußt, um zu verstehen, was vor sich geht. Und damit du in Zukunft«, Eichhorn machte eine bedeutungsvolle Pause, »etwas vorsichtiger wirst.«

»Du rätst mir, klein beizugeben?« fuhr ihn Arndt höhnisch an. »Hat man dich in Berlin bereits kastriert? Muß man zur Vorsicht raten, wenn man ein Amt hat? Ich kenne dich anders, Friedrich Eichhorn!«

Eichhorn blieb ruhig. »Tu mir einen Gefallen, Moritz, und laß mich ausreden. Du weißt, daß ich dir aufrichtig zugetan bin. Ich habe eine sehr hohe Meinung von dir und deiner Integrität.«

»Schmier mir nicht Honig ums Maul, rede!«

»Als wir freien Willens und wohl wissend, auf welch gefährliche Bahn wir uns begaben, unsere Kraft, ja unser Leben im Kampf gegen Napoleon aufs Spiel setzten«, begann Eichhorn, scheinbar weit hergeholt, »Moritz, welches Wort hatten wir damals auf unsere Fahnen geschrieben? Was forderst du in deinem Buch am nachdrücklichsten? Pressefreiheit und eine ständische Verfassung. Und der König hat sie uns versprochen. Versprochen, wohlgemerkt, nicht gegeben.«

»Er wird nicht umhinkönnen. Das Volk schreit danach«, warf Arndt ein.

Eichhorn blickte ihn hilflos an. »Moritz«, sagte er bittend, »hörst du das Volk schreien nach Verfassung? Es gibt allerdings viele kluge und einflußreiche Männer, die sie fordern. Ich denke zum Beispiel an die rheinischen Fabrikanten, ich denke an die Professoren und Künstler und Wissenschaftler, an die Bürgerschaft der großen Städte, an die Studenten auf dem Wartburgfest. Ich denke an Männer wie Stein in Nassau und Humboldt in London. Ich denke«, wieder machte er eine bedeutungsvolle Pause, »an den Staatskanzler Hardenberg. Sie alle wollen Verfassung.«

»Ich auch!« erklärte Arndt. »Ich habe ausführlich in meinem Buch begründet, warum sie notwendig ist. Wie kann einer gegen mich sein, wenn er für die gleichen Ziele ist? Wie kann Hardenberg mein Buch pöbelhaft nennen, in dem ich ihm ein ganzes Kapitel über Pressefreiheit und Verfassung frei Haus liefere?«

»Wer dem Volk eine Verfassung geben will, muß dem Adel etwas nehmen«, erklärte Eichhorn ruhig. »Meinst du denn, die Fürsten und Junker geben gutwillig etwas her, was sie gerade erst zurückerobert haben?«

»Mit unserer Hilfe«, sagte Arndt sarkastisch.

»Das macht die Sache nicht besser«, erwiderte Eichhorn. »Du mußt versuchen, Hardenbergs Situation zu verstehen. Er will eine Verfassung, aber wenn er zu weitgehende Forderungen stellt, gefährdet er seine Position. Er muß Zugeständnisse an die

Verbündeten machen und muß alles vermeiden, was den König reizen und gegen ihn aufbringen könnte.«

»Weshalb mein Buch ein pöbelhaftes ist, ja?«

»Vergiß nicht, daß Hardenberg deine Professur in Bonn trotz der Bedenken des Königs durchgesetzt hat. Du weißt auch, daß es Wittgenstein war, der aufs heftigste widersprochen hat. Inzwischen droht er mit seinem Rücktritt, wenn du nicht aus dem Amt entfernt wirst. Bist du dir jetzt im klaren, worum es wirklich geht?«

Sie mußten zur Seite treten, weil ihnen ein Pferdegespann auf dem Leinpfad entgegenkam, das einen Nachen stromauf schleppte. »Du meinst«, folgerte Arndt, »Wittgenstein benutzt mein Buch als Vorwand, um dem König erklären zu können, daß er mit seiner Warnung vor mir recht und der Staatskanzler wieder einmal unrecht gehabt hat, mit dem Ziel, den Mann zu stürzen, der den Verfassungsplan am geschicktesten betreibt?«

Eichhorn atmete auf. »Ja, Moritz. Wittgenstein ist der Vertreter der reaktionärsten Junker bei Hofe. Die spaßen nicht.«

Allmählich begriff Arndt den Mechanismus der Intrige. »Vielleicht will Wittgenstein Staatskanzler werden? Er hätte dem König seine Befähigung und Loyalität nachdrücklich bewiesen«, folgerte er.

»Ja, so weit kann es kommen, und ungewollt könntest du ihm dabei Hilfestellung leisten.« Und dann sagte Eichhorn fast flehentlich: »Es ist ein edler Beruf, offen vor den Feind zu treten, sich das Hemd aufzureißen und zu rufen: Hier bin ich! Aber es kann tödlich enden. Und wem ist damit geholfen?«

Sie waren wieder auf dem Weg. Arndt schritt schnell und heftig aus. Eichhorn hatte Mühe, ihm zu folgen. Er fragte hastig: »Was wirst du tun?«

Arndt sah sich nicht um, er stapfte weiter. Er hatte einen Zweig abgerissen, den er peitschend durch die Luft sausen ließ. »Kämpfen!« rief er. Und jeden Streich, der pfeifend niederfauchte, begleitete er mit dem Wort: »Kämpfen! Kämpfen! Kämpfen!«

Sie waren an der Stelle angelangt, wo die Zweite Fährgasse in den Leinpfad mündete. Arndt blieb stehen und wartete auf den kurzatmigen Eichhorn, der erst verschnaufen mußte, bevor er seine Frage stellen konnte: »Gegen wen?«

»Was heißt: gegen wen?« fragte Arndt zurück. »Ich halte dafür, sein Ziel zu kennen und seine Freunde, mit denen man es erreichen will. Wer dagegen ist, wird sich schon selber melden. Ich habe das Wofür immer höher geschätzt als das Wogegen, mein Lieber. Und dort oben steht mein Haus, notfalls meine Festung!« sagte er herausfordernd. »Vertreiben lasse ich mich nicht von hier.«

Eichhorn blickte den Hohlweg hinauf. Die Dachdecker waren bereits mit der Wetterseite fertig. Es war ein guter Platz für ein Haus. Es war sogar ein guter Platz für eine Festung. Langsam begriff er, daß Arndts Verbissenheit, ja sein Starrsinn, etwas mit dem Hausbau zu tun haben mußte.

»Ich bin verschuldet bis über beide Ohren, Fritz. Ich will nicht sagen, daß ich mich übernommen habe; solange ich mein festes Salär als Professor beziehe und gelegentlich ein Buch bei Reimer unterbringen kann, soll es mich nicht kratzen. Schulden sind keine Hasen, sie laufen nicht davon. Aber wenn es diesen Schmeichlern und Schleichern, diesen Kriechern und Krauchern gelingt, mir die Existenz zu zerstören, Fritz, wenn ich dieses Haus für einen anderen gebaut habe, weißt du dann noch einen Platz in der Welt, wo ich hinkönnte?« In seinen Augen funkelte es verdächtig.

Eichhorn war ratlos. Es hätte zu läppisch geklungen, wenn er jetzt von Freunden geredet hätte, die Arndt überall habe. Hatte er denn wirklich noch so viele? Zogen sich nicht sogar Männer wie Gneisenau zurück? Machte sich nicht rundum Resignation breit und versuchte nicht jeder, auf irgendeine Art mit dem Rükken an die Wand zu kommen? Er selbst, Friedrich Eichhorn, Mitglied des preußischen Staatsrats, ergriff er offen die Partei Arndts? Was zählte schon das Wissen, daß Arndt mitunter zu unbedenklich, zu illusorisch ins Gefecht zog, wo er doch andererseits seine aufrechte und unzweifelhaft ehrliche Haltung bewiesen hatte und immmer wieder bewies?

»Ernst Moritz Arndt«, sagte Eichhorn feierlich, »wir sind dir alle unter. Du hast noch immer das große Ziel vor den Augen, während wir uns bescheiden einzurichten beginnen. Wir haben uns von unseren großen Hoffnungen verabschiedet, um für unsere kleinen Wünsche leben zu können. Ich komme daher und will dir Ratschläge erteilen, wie du dich klug verhalten sollst. Aber ich meine nicht klug, sondern ausgeklügelt. Verzeih mir, Moritz, daß ich die Kraft nicht habe, zu sein, wie du bist.«

Und da erwiderte Arndt ohne jeden falschen Ton von gespielter Einsicht: »Ich bin der unbelehrbare Dummkopf, der seiner Vergangenheit hinterherläuft und seine Zukunft dabei verliert. Ich weiß es und kann doch nicht anders sein, Fritz. Ich danke dir, daß du gekommen bist und daß du mir helfen wolltest. Nur, Fritz Eichhorn, mir ist nicht zu helfen, es sei denn, ich tu es selbst. Ich will bedenken, was du mir gesagt hast, und ich will mich, fürs erste jedenfalls, etwas zurückhalten. Aber ich tu's nicht aus Einsicht, mit meinem Wort schaden zu können, wo ich von Nutzen sein will.«

Eichhorn blickte ihn erstaunt an.

»Ich tu es aus Angst. Ich bin feige geworden. Ich hätte Nanna nicht heiraten, ihr kein Kind machen dürfen und dieses Haus nicht errichten sollen. Nun habe ich mich selber angebunden. Ich bin alt und weiß nicht, wie lange Gott mich noch auf dieser Erde wandeln läßt. Sie wollen mich? Sie haben mich!« Er lachte gräßlich und drehte sich um, weil er spürte, wie ihm das Gesicht zur Fratze erstarrte.

Er stieg eine Leiter zum Gerüst hoch und rief von oben: »Im Herbst will ich einziehen. Wenn man dich aus dem Amt jagt wegen falscher Freunde, kann ich dir die Gegend nur empfehlen. Die Teuerung hat manch braven Weinbauern an den Bettelstab gebracht, die Grundstücke vor der Stadt werden preiswert verhökert.«

Eichhorn verzog die Mundwinkel. Es sollte ein Lächeln werden und mißlang. Mein Gott, dachte er, ist er nun ein Verrückter oder ein Heiliger? Wahrscheinlich ist er beides.

Er folgte Arndt auf das Gerüst. Plötzlich löste sich ein Brett und schlug polternd in die Tiefe. Eichhorn konnte Arndt gerade noch zurückreißen, er wäre sonst abgestürzt. Zwei Arbeiter befreiten sie aus ihrer gefährlichen Lage. Als sie sich einigermaßen erholt hatten, sagte Arndt: »Du gönnst dem Wittgenstein aber auch gar keine Freude, Eichhorn. Er wäre mich auf die unschuldigste Weise losgeworden.« Und ernst fügte er hinzu: »Kein Wort zu Nanna!«

Der Schreck steckte ihnen noch lange in den Gliedern. Als Eichhorn am folgenden Morgen wieder abreiste, sagte er nachdrücklich: »Mach dem Wittgenstein keine Freude, Moritz. Er hat's nicht verdient.«

Arndt klopfte ihm herzlich die Schulter. »Warum auch? Und so oft wirst du ja wohl nicht nach Bonn kommen, um mich vom Gerüst stoßen zu können.«

Sie umarmten sich. Nach Eichhorns Abreise zog sich Arndt in sein Zimmer zurück, arbeitete nicht, grübelte nur und war am Abend müde und zerschlagen, als hätte er seinen ganzen Garten umgegraben. Nanna machte sich Sorgen. »Hat Eichhorn schlechte Nachrichten gebracht, Moritz?«

Er blickte sie an und sagte dann zu ihrer Überraschung: »Der arme Kerl. Ich möchte nicht an seiner Stelle sein.« Und scheinbar ohne jeden Zusammenhang fragte er: »Was macht unser Kind?«

»Es bewegt sich bereits.«

Da fuhr er ihr zärtlich über den Leib. »Das ist eine gute Nachricht, Nanna. Eine sehr gute.«

Die Einleitung des Verfahrens

Die Vorlesungen August Wilhelm von Schlegels begannen auf eine der Eitelkeit des Professors gemäße Art. Nicht er erschien zuerst im Hörsaal, sondern sein Diener. Gravitätisch schreitend wie sein Herr betrat er den Raum, stellte ein Kerze auf das Lesepult, entzündete sie feierlich, stellte ein Glas Zuckerwasser dazu, legte die Vorlesungsmappe wie eine heilige Schrift auf den Altar der Weisheit, verneigte sich gegen die amüsiert zuschauenden Studenten und verließ rückwärts gehend den Raum, um in devoter Haltung die Tür für den Professor zu öffnen.

Schlegel trat mit Sinn fürs Theater auf, modisch gekleidet, ein bißchen plattfüßig zwar, aber das durchaus geschickt überspielend, gut geschminkt, die Perücke gepudert, vom Duft französischen Parfüms umweht.

Als der Diener am Morgen des 18. Juni 1819, Schlegel hielt seine literaturhistorischen Vorlesungen in der Regel an einem Freitag, zu seiner gewohnten Zeremonie erschien, wunderte er sich zwar, daß keiner der Studenten anwesend war, doch handelte er wie allemal üblich. Die Kerze war entzündet, das Glas Zuckerwasser bereitgestellt, die Mappe mit dem Vorlesungstext lag akkurat ausgerichtet auf ihrem Platz. Der Diener ging, der Professor kam. Aber die Studenten blieben fern.

Schlegel glaubte schon, er habe sich im Datum oder in der Stunde geirrt. Da wurde die Tür geöffnet, und ein Dutzend Bonner Dienstmänner traten mir feierlicher Gebärde ein. Sie stellten jeder ein Glas Zuckerwasser und eine Kerze hin, entzündeten sie, legten Schreibzeug und Papier zurecht, verneigten sich gegen den erstaunt die kunstvoll geschwungenen Augenbrauen hochziehenden Professor und verließen, feierlich wie sie gekommen waren, den Saal. Nunmehr erschienen die Herren Studenten, nahmen ihre Plätze ein, zwangen sich zu ernster Haltung und warteten, was geschähe.

Doch es geschah nichts. Die Augenbrauen des Professors schienen zwar gegen den Ansatz der Perücke zu stoßen, aber mit keinem Wort ging er auf die Herausforderung ein. Er schlug seine Mappe auf, vielleicht etwas demonstrativer als sonst, und begann dann präzise wie gewohnt seine Vorlesung zur Literaturgeschichte. Die Studenten, etwas enttäuscht, so wenig erreicht zu haben, vergaßen ihre Albernheit sehr schnell, weil sie die Vortragskunst und der Inhalt der Vorlesung wie immer faszinierten.

Frieder Oswald, der unter den Zuhörern Schlegels gesessen hatte, erzählte Arndt, den er auf der Straße vor der Universität traf, von dem Gaudium. Obwohl er sich Mühe gab, das Komische des Vorganges mimisch und gestisch darzustellen, verzog Arndt nicht einmal die Mundwinkel zu einem Lächeln. Kann es sein, fragte sich Oswald, daß er seine Meinung über das eitle Gebaren seines Nachbarn und Kollegen geändert hat?

»Wie schön für Professor Schlegel«, sagte Arndt trocken, »daß er einmal etwas Licht in seinem Hörsaal erblickt hat; denn die Köpfe seiner Studenten leuchten nicht sonderlich helle.« Damit ließ er den überraschten Oswald stehen.

Der Kurator der Universität hatte ihn rufen lassen. Als das das letzte Mal geschehen war, hatte er ihm die Kabinettsorder des Königs eröffnet, vorsichtig zwar, aber doch mit einem Anflug von Verärgerung. Arndt war darauf gefaßt, diesmal eine weitere Maßregelung zu erfahren. Eichhorns Warnungen klangen ihm noch in den Ohren.

Graf Solms-Laubach trat Arndt freundlich, aber mit unverhohlener Besorgnis entgegen. Er verzichtete auf alle Präliminarien und kam unverzüglich zur Sache. »Lieber Professor Arndt, Sie haben Feinde in Berlin, glücklicherweise auch Freunde. Ich komme soeben aus der preußischen Hauptstadt. Dort habe ich, fragen Sie mich bitte nicht, von wem, erfahren, daß man vorhat, Ihre Wohnung zu durchsuchen und Sie selbst bei dem geringsten Anlaß in Polizeigewahrsam zu nehmen. Verzeihen Sie meine Direktheit, aber im Angesicht der Gefahr ist schonende Mitteilung der Anfang zur Mittäterschaft.«

Ungläubig sah Arndt den Grafen an. Er hatte mit einer zweiten Kabinettsorder des Königs gerechnet, vielleicht auch mit der Androhung des Staatskanzlers, ihn fallenzulassen, wenn er sich nicht mäßige. Aber Hausdurchsuchung? Verhaftung? Ja, war er denn ein Verbrecher?

Der Kurator ließ ihm keine Zeit, nachzudenken oder Fragen zu stellen. »Unser gemeinsamer Freund Eichhorn hat sie unterrichtet, worum es geht. Ich kann nicht deutlicher werden, aber es droht Ihnen wirklich Gefahr.«

Arndt hatte sich so weit gefangen, daß er begriff. Dennoch konnte er seinen Ärger kaum zügeln, und gereizt, fast drohend, erklärte er: »Exzellenz, ich habe mich seit der Kabinettsorder des Königs jeder schriftlichen wie mündlichen Äußerung enthalten, die den Unwillen Seiner Majestät hätte erregen können. Das wissen Sie. Ich muß eine Haussuchung nicht fürchten. Und mich zu verhaften, wäre absurd!«

Solms-Laubach ließ sich die Verstimmung über den herausfordernden Ton nicht anmerken. Er kannte Arndt lange genug, um zu wissen, daß der gelegentlich auch Freunde verschreckte. »Mein Gewährsmann pflegt keine Gerüchte zu verbreiten«, sagte er knapp und akzentuiert.

»Ich danke Ihnen für die Warnung, Exzellenz«, erwiderte Arndt. »Doch ich bleibe dabei, daß ich einer polizeilichen Maßnahme mit Gelassenheit entgegensehen kann. Man wird nichts finden, was mich in den Augen des Königs schuldig macht. Gestatten Sie, daß ich mich verabschiede? Die Hebamme ist bei meiner Frau. Sie wird in Kürze niederkommen.«

Dieser Mitteilung wegen verzieh ihm der Graf die forsche Tonart. Er wußte, daß Arndt sein erstes Kind verloren hatte, und er verstand die Sorge des Professors um seine Frau. Daher verabschiedete er ihn freundlich. »Ich wünsche Ihnen alles Gute, lieber Arndt. Empfehlen Sie mich Ihrer Frau Gemahlin.«

Arndt, der sich zugute halten konnte, auch in den Stunden der schlimmsten Gefahr fürs Vaterland nicht mutlos geworden zu sein, der Adler, der jedem Sturm getrotzt hatte, wurde unsicher. Er zweifelte. Er gab es sich nicht zu, aber er spürte es körperlich. Nachts schreckte er aus quälenden Träumen auf, und hinter jeder freundlichen Bemerkung witterte er Hohn und Verrat.

Friedrich Eichhorn hatte ihm klargemacht, daß es gar nicht so sehr um ihn, Arndt, ging, obgleich sein guter Name dafür herhalten mußte, sondern daß regelrechte Parteienkämpfe auf seinem Rücken ausgetragen wurden, und er wußte, daß er nicht nur einige Ultras von der Art des verschlagenen Kamptz gegen sich hatte, nicht nur die Herren Schmalz und Wittgenstein, sondern daß sie die herrschende Richtung verkörperten. Das war neu oder doch wenigstens neu für ihn.

An die Ehre konnten sie ihm nicht, also gingen sie ihm an die Existenz. Er wagte es, ein Haus zu bauen, obwohl er die Mittel dafür kaum aufbringen konnte. Doch deswegen war ihm der Kopf nie heiß geworden. Aber plötzlich blieben zugesagte Gelder aus. Zwar machte die Teuerung vielen zu schaffen, aber er argwöhnte, daß mancher die Hand zurückzog, weil er kein Vertrauen mehr zu ihm hatte oder weil ihm nahegelegt worden war, sich seine Freunde etwas gründlicher auszusuchen, wenn er die Gunst der Oberen nicht verlieren wolle.

Aber es waren nicht die materiellen Sorgen allein, die ihn beunruhigten. Seine Angst wurde von Tag zu Tag größer, je näher der Termin für Nannas Niederkunft rückte. Welches Unheil hat sich das Schicksal diesmal für mich ausgedacht, fragte er sich. Und diese Angst überschattete alle anderen Sorgen. Was geschieht diesmal?

Als er Nanna verlassen hatte, um zu Solms-Laubach zu gehen, hatte er vorsorglich gewartet, bis die Hebamme gekommen war. Und als er zrückkehrte und die Wohnungstür öffnete, erschrak er, denn er hörte keinen Laut. Er trat in die Diele. Nanna kam ihm nicht entgegen wie sonst. Er rief nach der Hebamme und erhielt keine Antwort. Da blieb er stehen, lehnte sich mit geschlossenen Augen gegen die Wand zum Schlafzimmer und wartete auf das Unheil, das kommen mußte.

Er hätte nicht sagen können, wie lange er so gestanden und gewartet hatte. Plötzlich öffnete sich die Tür. Nanna trat ein. Sie hatte den Marktkorb mit frischem Obst und Gemüse in der Hand, lächelte und sagte: »Oh, du bist schon zurück, Moritz?«

»Ja«, antwortete er tonlos. »Wo warst du?«

Sie wies auf den Korb. »Auf dem Markt. Sieh mal, Walderdbeeren, Endivien und junge Kartoffeln.«

»Wo ist die Hebamme?« brachte er mühsam heraus.

»Ich habe sie weggeschickt. Sie will am Nachmittag wiederkommen.« Und als sich der Gesichtsausdruck Arndts immer noch nicht veränderte, begriff sie und strich ihm aufmunternd übers Haar. »Ich werde schon merken, wenn es soweit ist mit dem Kind. Trag mir lieber den Korb in die Küche und hilf mir, den Salat zu putzen.«

Zwar hatte er ihr noch nie in der Küche geholfen, aber er nickte, nahm den Korb, folgte ihr, sah zu, wie sie den Salat säuberte.

»Nun, was wollte der Graf?« fragte sie.

»Solms-Laubach? Ah, ja«, antwortete er umständlich, um etwas Zeit zu gewinnen. Er durfte sie nicht beunruhigen. »Er ist in Berlin gewesen und wie immer mit den neuesten Gerüchten zurückgekommen. Er wollte mir eigentlich nur mitteilen, daß keine Suppe so heiß gegessen wird, wie sie vom Feuer kommt.« Das unschuldige Gesicht gelang ihm.

Nanna nickte. Sie glaubte ihm nicht, aber sie war dankbar, daß er sie nicht beunruhigen wollte. Plötzlich durchfuhr sie ein stechender Schmerz. Sie griff haltsuchend nach ihm. Er nahm sie schnell in seine Arme. Da entkrampfte sich ihr Körper bereits wieder, die Farbe kehrte in ihre bleichen Wangen zurück. »Es geht los, Moritz«, sagte sie. »Sei so lieb und hole die Frau.«

Als er gehen wollte, schellte es. Er öffnete. Die Hebamme schob ihn resolut beiseite, denn sie erkannte bereits an seinem Gesicht, daß sie gebraucht wurde, brabbelte ziemlich respektlos »Wat stehste he on jaffs?« und schloß die Tür zum Schlafzimmer mit einer schwungvollen Bewegung ihres Hinterteils.

Arndt wartete lange, dann ging er in sein Zimmer. Auf dem ausgeklappten Schreibfach lag ein Brief an den Freiherrn vom Stein, den er am Morgen begonnen hatte und in dem er ihm von den neuesten Machenschaften der Wittgensteiner und Kamptzianer berichten wollte.

Er starrte den Brief an, nickte und zerriß ihn langsam in kleine Teile, die er in den Papierkorb warf. Dann setzte er sich an den

Schreibplatz, nahm die Briefe zur Hand, die er in der letzten Woche erhalten hatte, sah sie flüchtig durch, legte nach kurzem Bedenken zwei davon zur Seite und griff zum nächsten Stapel. Eingedenk der Warnung des Grafen Solms-Laubach wollte er wenigstens jene Papiere beseitigen, die Freunde belasten konnten. Dennoch glaubte er noch immer nicht, daß die Polizei in seine Wohnung eindringen und seine Papiere durchwühlen würde. Das gäbe denn doch einen zu großen Eklat.

Er las einen Brief Schleiermachers und freute sich des offenen, herzerfrischenden Tones. »Der letzte Gegenstand unserer Unterhaltung liegt so weit hinter uns«, hatte der Schwager am 28. April geschrieben, »daß kaum mehr davon zu reden ist. Doch kann ich Dir nur sagen, daß Dein Brief an Hardenberg mir eine große Freude gemacht hat, und noch mehr, daß Eichhorn mich versichert, dieser Ton käme auch wirklich an bei dem Manne, und er könne ihn vertragen.«

Arndt sah auf. Fiele dieser Brief Schnüfflern in die Hände, könnte der gute Eichhorn vielleicht Schwierigkeiten haben. Also weg mit ihm. Schon wollte er ihn zerreißen, als er Nanna schreien hörte.

Der Brief fiel ihm aus der Hand. Er hatte an seinem Pult gesessen, ohne an seine Frau zu denken. »Nanna«, rief er, »Nanna!« Und ihm antwortete das kräftige Stimmchen des Neugeborenen.

Das Kind lebte. Arndt atmete schwer. Aber was war mit Nanna? Endlich öffnete die Hebamme die Tür zum Schlafzimmer, musterte ihn zufrieden-spöttisch und ließ ihn zu seiner Frau.

Auf Nannas Gesicht lag ein stolzes Lächeln. Sie hatte einen Sohn geboren, gesund und kräftig.

Er ging zu ihr und setzte sich auf den Rand des Bettes. Der Hals war ihm wie zugeschnürt. Tränen standen ihm in den Augen. Er beugte sich zu seiner Frau, küßte ihr die Stirn und flüsterte: »Ich danke dir, Nanna. Danke.« Dann erst besah er sich den Sohn. Etwas unsicher blickte er zur Hebamme. War dieses kleine Altmännergesicht normal für einen Neugeborenen? Die Hebamme kannte diesen fragenden, hilflosen Ausdruck und nickte ihm zu.

Freitag, 18. Juni 1819, halb fünf Uhr nachmittags, Geburt des

Sohnes Karl. Während er dies niederschrieb, erinnerte er sich eines gleichen Tages und einer gleichen Stunde vier Jahre zuvor. Am 18. Juni 1815, nachmittags halb fünf Uhr, begannen Blüchers tapfere Preußen den Angriff auf die rechte Flanke der Franzosen. Der Sieg bei Belle Alliance krönte den Tag.

»Siegreich«, sagte Arndt halblaut und nahm die Duplizität der Ereignisse für ein gutes Zeichen, »ich werde dich Siegreich nennen, mein Sohn, Karl Siegreich.« Kratzend fuhr die Feder übers Papier: Karl, wie Stein und Geßler; Siegreich, wie Belle Alliance.

Eine ungeheure Last war von ihm genommen. Jetzt konnte er es zugeben, die Angst hatte ihn gelähmt in den letzten Wochen, die Angst, ein grausames Schicksal könne ihn auch ein drittes Mal heimsuchen. Aber Gott war gnädig. Das gab ihm Mut. Laß sie kommen, dachte er grimmig-entschlossen, laß sie kommen, die Falschzüngler und Mißdeuter, und ihre ganze klägliche Polizei. Dies ist mein Haus, und dies ist meine Festung! Ich werde meine Haut so teuer wie möglich verkaufen. Kämpfen werde ich, kämpfen und siegreich sein am Ende!

Er hatte in der letzten Zeit nur noch selten Gedichte geschrieben. Einige geistliche Lieder für die reformierte Gemeinde in Bonn, sonst nichts. Jetzt plötzlich drängten sich Verse ans Licht wie lang aufgestautes Wasser unter der Erde.

Komm, Geist, und zieh dich stählen an!
Komm, Herz, und laß dich eisern kleiden!
Es rüste sich, was streiten kann,
Auf harten Krieg und schwere Leiden!
Komm, Stolz, und fasse das Panier!
Laß wehn die Fahnen, wehn zum Himmel!
Das rechte Bleiben ist nicht hier,
Drum wirf dich mutig ins Getümmel!

Sie kamen an einem Mittwoch, früh, kurz vor sechs Uhr. Es war der 14. Juli 1819. Eine Viertelstunde vorher wurde Arndt durch heftiges Schellen und nachhaltiges Klopfen geweckt. Als er öffnete, stand der aufgeregte Frieder Oswald vor ihm. »Herr Professor, die Polizei!« rief er außer Atem.

»Was ist mit der Polizei?«

»Sie ist auf dem Weg zu Ihnen. Sie durchwühlen bereits das Haus der Professoren Welcker.«

Arndt starrte ihn an, mit einem Schlag hellwach. »Komm herein«, flüsterte er in der Hoffnung, Nanna und das Kind hätten noch nichts gehört, schloß die Tür rasch und dirigierte Oswald in sein Arbeitszimmer.

»Woher weißt du das?« fragte er, obwohl er begriff, wie unsinnig diese Frage war. Zweifellos durchsuchte die Polizei die Wohnung seiner beiden Kollegen, das war nicht der erste Fall von Willkür. Vor drei Wochen hatten sie Friedrich Ludwig Jahn in Berlin verhaftet und den einstigen Lützower von Mühlenfels in Köln. In der Preußischen Staatszeitung waren verschiedene Artikel erschienen, alle verfaßt von Kamptz, der behauptete, man sei im Besitz höchst wichtiger und vollständiger Beweise über geheime demagogische Verbindungen und Umtriebe. Deshalb sei die Regierung genötigt, eine ihrer heiligsten Pflichten für alle redlichen Untertanen und für das ganze deutsche Volk zu ergreifen, das ein Recht darauf habe, den Kreislauf der Revolution endlich geschlossen zu sehen.

Trotz dieser Vorankündigungen und trotz der Warnungen von Solms-Laubach hatte Arndt nicht glauben wollen, daß es auch ihn treffen könne.

»Ich alarmiere die Burschenschaft, Herr Professor«, schlug Frieder Oswald vor. »Wir lassen keinen ins Haus und treiben die Schergen aus der Stadt.«

»Unfug!« herrschte ihn Arndt an. »Willst du ihnen die Beweise für ihre Anschuldigungen liefern? Nimm diese Schatulle. Sie enthält Briefe von Freuden, die schon vorsorglich aussortiert worden sind. Schaff sie weg.«

»Sie haben gewußt ...?« Frieder Oswald war sprachlos, lachte dann aber erleichtert. »Wenn das so ist, dann sollen sie nur kommen. Die Schatulle bringe ich in Sicherheit.«

Aber es war zu spät. Mehrere Kutschen, hochgeschlossen, fuhren vor, Herren in Zivil stiegen aus. Eine Abteilung Gendarmen nahm sichernd Aufstellung. Die Zivilisten, jeder von einem Unteroffizier begleitet, betraten das Haus und stiegen polternd die Treppe herauf.

Auf der Diele begegnete Arndt seiner Frau. Nanna hatte den Jungen im Arm, um ihn zu stillen. »Was bedeutet das, Moritz?« fragte sie.

Er hatte sich nach dem ersten Erschrecken wieder gefaßt. »Polizei, Nanna. Geh in dein Zimmer. Ich mach das schon«, sagte er mit fester Stimme. »Oswald«, wandte er sich an den Studenten, »prüfen Sie, ob der Weg über den Hof frei ist. Vergessen Sie die Schatulle nicht!«

Da wurde die Klingel gezogen. Arndt wartete noch, bis seine Frau mit dem Kind im Schlafzimmer und Oswald in der zum Hof gelegenen Küche war. Dann schloß er seinen Morgenmantel, als gürte er sich zum Kampf, wartete ein zweites Schellen ab und rief jetzt erst, als käme er soeben aus dem Bett: »Was soll der Lärm? Wer ist da?«

»Öffnen Sie! Im Namen des Königs!«

Langsam schloß er die Tür auf, trat aber nicht zur Seite, blickte den ihm am nächsten Stehenden fest an und fragte herausfordernd: »Was will der König von mir zu nachtschlafener Zeit?«

»Sind Sie Professor Ernst Moritz Arndt?» fragte der Anführer der Truppe.

»Und wer sind Sie?«

»Oberstleutnant Freiherr von Glaubitz, Oberbrigadier der Gendarmerie zu Frankfurt am Main.« Er salutierte, dann stellte er seine Begleiter vor.

Arndt hatte sich keinen Zoll von seinem Platz bewegt. »Und in welcher Eigenschaft kommen Sie mit diesem respektablen Aufgebot, Herr Oberstleutnant?«

»Mein Befehl lautet, Ihre Wohnung nach hochverräterischem Material zu durchsuchen und Sie nötigenfalls zu arretieren.«

»Sie haben gewiß ein entsprechendes Gerichtsurteil oder eine gerichtliche Anordnung, die Sie zu einem solchen Vorgehen legitimiert, Herr von Glaubitz?« Arndts Gesicht war starr vor erzwungener Höflichkeit. Er biß die Zähne fest zusammen, daß sie schmerzten.

Der Obersleutnant wurde unsicher. Er blickte zu seinem Stellvertreter, Major von Santha. »So etwas brauchen wir nicht. Wir handeln auf höchsten Befehl«, antwortete der.

»Doch«, sagte Arndt, »ein solches Papier brauchen Sie, meine Herren; denn Sie wissen genau, daß allen nach Bonn berufenen Professoren ausdrücklich versichert wurde, daß sie unter die im Rheinland geltenden Gesetze gestellt sind. Und wenn sich daran über Nacht nichts geändert hat, heißt das noch immer: unter französisches Gesetz.« Es war ein Witz besonderer Art, daß ausgerechnet er Schutz hinter Verordnungen Napoleons suchte.

Die Offiziere tauschten fragende Blicke aus. »Und was heißt das nach Ihrer Meinung?« wollte Glaubitz wissen.

Arndt antwortete überlegen, als ob er den entsprechenden Paragraphen des Gesetzbuches wörtlich zitierte: »Jede Wohnung gilt als eine unverletzbare Freistatt. Eine Übertretung dieses Grundsatzes, darunter zählt auch die Haussuchung durch Beamte, wird als ein kriminelles, strafbares Verbrechen verfolgt, es sei denn, es liegt ein schriftlich ausgefertigtes richterliches Urteil vor oder es existiert eine begründete Annahme besonderer Gefahr für das Vaterland oder Seine Majestät, den Kaiser aller Franzosen.« Den Zusatz hatte er sich als ein persönliches Extra ausgedacht. Es war der blanke Hohn.

Wieder tauschten die Offiziere fragende Blicke aus. Major von Santha entschied am schnellsten. »Das letztere, Herr Oberstleutnant. Also die Gefahr für das Vaterland natürlich.«

»Richtig, von Santha!« parierte der Oberstleutnant und stieß Arndt vor die Brust, daß er taumelte. »Zur Seite, Mann! Sie behindern eine polizeiliche Untersuchung!«

Arndt war von diesem Angriff überrascht. Die Gendarmen nutzten den Augenblick und drangen in die Wohnung ein.

Der Überfall ließ die helle Wut in Arndts Gesicht fahren. Eben wollte er den ihm am nächsten Stehenden am Kragen packen und zur Tür hinauswerfen, als Nanna, den friedlich saugenden Sohn an der Brust, aus dem Zimmer trat und mit dem Ausdruck höchsten Erstaunens fragte: »Moritz, was ist das für ein Lärm? Was sind das für Herren? Willst du sie nicht hereinbitten?«

»Schnüffler sind es!« fauchte er, aber bereits etwas besänftigt durch Nannas Auftreten. »Ich werde mich beim Staatskanzler persönlich über Sie beschweren!« erklärte er.

»Tun Sie das, Euer Wohlgeboren«, sagte der Oberstleutnant ungerührt. »Wir handeln auf Befehl des Königs.«

Die Gendarmen stopften alle beschriebenen Papiere in große Säcke, den Inhalt des Papierkorbes dazu. Sie stocherten in der Asche des Küchenherdes, nahmen jedes Buch zur Hand, suchten die eingelegten Zettel heraus und packten alle Bücher mit handgeschriebenen Randbemerkungen oder Unterstreichungen ein.

Arndt beobachtete das Treiben mit einer Mischung aus Wut, Verachtung – und Mitleid. Vor dem Haus hatten sich Studenten und neugierige Bürger versammelt. Jede neue Ladung, die herausgeschleppt wurde, kommentierten sie mit Buhrufen, Gelächter und drohenden Gebärden.

Bei all diesem Durcheinander, dem Lärm und dem beleidigenden Vorgehen blieb Nanna so gelassen, wie es Arndt noch nie an ihr beobachtet hatte. Sie versorgte das Kind, machte im Küchenherd Feuer, räumte die visitierten Zimmer notdürftig auf, bereitete das Frühstück für sich und ihren Mann und tat alles, als wären sie allein in der Wohnung.

Die Ruhe Nannas übertrug sich auf Arndt. Er verspottete die Polizisten, indem er auf noch nicht durchwühlte Fächer aufmerksam machte. »Herr Oberstleutnant!« rief er. »Hier habe ich noch etwas Besonderes für Sie.« Dabei reichte er ihm ein Schreiben, das er wie aus Versehen fallen ließ. Von Glaubitz winkte einen Polizisten herbei, der das Blatt aufhob. Es war der Brief des Staatskanzlers Hardenberg, in dem er Arndts Anstellung als Professor der neuen Rheinuniversität bestätigte.

»Ich empfehle Ihnen, Herr Oberstleutnant, dieses Papier vor allen anderen zu lesen. Sie werden sich und Ihren Leuten sehr viel Arbeit ersparen. Einem Mann, dem Seine Durchlaucht, der Staatskanzler Fürst Hardenberg, eigenhändig höchstes Lob und besondere Anerkennung für seine Verdienste um das deutsche Vaterland ausspricht, durchwühlt man nicht das Haus!«

Die Sache war dem Polizeioffizier sichtbar peinlich. Einerseits lautete sein Befehl unmißverständlich, die Wohnung des Professors gründlich zu visitieren, alles Geschriebene zu konfiszieren und den Verdächtigten notfalls zu arretieren. Andererseits mußte der Inkulpat Verbindungen bis in die höchsten Kreise haben, wenn er ihm solch einen Brief, noch dazu auf die impertinenteste Weise, unter die Nase rieb. Von Glaubitz wurde unsicher.

»Im übrigen darf ich Sie ein weiteres Mal an die für mich geltenden Gesetze erinnern, Herr Oberstleutnant«, fuhr Arndt nahezu freundlich fort. »Ich hoffe, Ihre Leute haben jedes Zettelchen protokolliert, ehe sie es aus dem Haus getragen haben; denn natürlich müssen Sie mir das alles quittieren. Wo sind eigentlich die unparteiischen Zeugen?«

Vielleicht hätte sich von Glaubitz wirklich bereit gefunden, eine solche Bescheinigung auszustellen, womit die polizeiliche Willkür im Hause des angesehenen Mannes aktenkundig gemacht worden wäre, aber sein Stellvertreter stand lauernd in der Nähe, bereit, jeden Fehler seines Vorgesetzten zur registrieren, um später höheren Ortes glänzen zu können.

»Sie werden Gelegenheit haben, mir dieses ominöse Gesetz auf dem Revier zu zeigen!« schnarrte ihn von Glaubitz an. Dann winkte er zwei Unteroffiziere heran. »Die Person ist verhaftet!« Und ohne ein weiteres Wort an Arndt zu richten, bedeutete er seinen Leuten, die Durchsuchung zu beenden.

Nanna hatte die Szene zwischen ihrem Mann und dem Offizier beobachtet. Als Arndt aus dem Haus gebracht werden sollte, trat sie entschlossen an seine Seite.

»Aus dem Weg, Frau!« herrschte sie der Oberstleutnant an, der, die lauernden Blicke seines Stellvertreters spürend, bösartig reagierte.

»Zum Mittagessen bin ich wieder daheim, Nanna«, sagte Arndt ruhig. »Koch uns etwas besonders Feines und stell eine Flasche von dem guten Mosel kalt. Wir haben Grund zu feiern.« Er lächelte und verließ, von den beiden Polizisten eskortiert, die Wohnung.

Vor dem Haus hatte sich inzwischen eine beträchtliche Menge versammelt, die Arndt jubelnd empfing. Er legte die Arme an den Handgelenken übereinander, als ob er gefesselt wäre, und seine Haltung strahlte Kraft, Überlegenheit und Zuversicht aus. Das Lächeln erstarb erst auf seinem Gesicht, als er von der Kutsche aus, mit der er zur Polizeiwache gebracht wurde, ein Bataillon Infanterie in die Stadt einmarschieren sah.

Weder der Kurator der Universität und Oberpräsident der Rheinprovinzen noch der Rektor der Alma mater, ja nicht einmal der Polizeihauptmann der Stadt Bonn war von dem Überfall unterrichtet worden, den die Berliner Behörden angeordnet hatten. Der geharnischte Protest des Grafen Solms-Laubach brachte immerhin zuwege, daß Arndt im Laufe des Tages wieder freigelassen wurde, aber er ging niedergeschlagen nach Hause. Er konnte die Äußerung des Staatskanzlers nicht fassen, von der er auf dem Revier erfahren hatte. Der Polizeiminister Wittgenstein berief sich in seinem Durchsuchungsbefehl auf Hardenberg, der gesagt hatte: »Ich bin der Meinung, daß Professor Arndt nicht als Lehrer der Jugend anzustellen, sondern von Bonn zu entfernen ist.«

Nanna hatte den Wein kaltgestellt und einen Braten auf pommersche Art zubereitet. Sie hatte von Stunde zu Stunde mit immer größerer Sorge auf ihren Mann gewartet. Auch Frieder Oswald, der am Nachmittag gekommen war, wurde unruhig.

»Seit wann hinkst du wie der Satan?« fragte ihn Arndt, als er nach Hause kam.

»Ich bin aus dem Küchenfenster gesprungen, Herr Professor. Aber die Schatulle ist in Sicherheit«, antwortete Oswald stolz.

»Wozu das?« fragte Arndt müde. Dann ging er in sein Zimmer. Den Braten ließ er unberührt stehen, der Wein wurde warm und schal im Glas. Arndt hockte sich auf seinen Stuhl vor dem Schreibtisch. Wozu das?

Auf dem Revier hatte Oberstleutnant von Glaubitz vorgelesen, was ihm zur Last gelegt wurde und die Grundlage für eine gerichtliche Untersuchung bilden sollte. Es war absurd, und Arndt hätte laut lachen mögen, wenn es nicht bitter gewesen wäre; denn alles, was man ihm vorwarf, war haltlos. Die Anklage lautete auf staatsgefährliche Umtriebe und Verbindungen, und sie bezog sich im einzelnen auf seine Vorlesungen über politische Gegenstände, auf politische Verbindungen sowie auf sein sonstiges politisches Treiben. Ihm wurde ferner vorgeworfen, nachteilig auf jüngere

Personen gewirkt zu haben. Und schließlich wollte man ihm aus seinen Schriften der letzten zwanzig Jahre einen Strick drehen.

»Das ist doch lachhaft!« hatte er kopfschüttelnd gesagt. »Unmöglich wird mir jemand Geheimbündelei und Hochverrat unterstellen können.«

»So?« hatte von Glaubitz erwidert und mit spitzen Fingern einen Briefbogen aus seinen Unterlagen hervorgezogen. »Darf ich vorlesen?« Und er wartete nicht die Zustimmung ab, um die es ihm ohnehin nicht ging.

»Das ist ein Schmerz und eine Trauer, die wohl jeden Redlichen ergreift, daß es ihnen endlich wohl über das Messer werden kann auf eine Weise, die keinem gefällt. Da wird der alte Schlangenzirkel des Verhängnisses geschlossen werden, und man wird den Schlegelschen Totengesang – Aus Furcht zu sterben ist er gar gestorben – über der Leiche heulen oder singen können.« Triumphierend blickte von Glaubitz auf.

Arndt saß bleich und bang auf seinem Stuhl. Auf diese Weise wollten sie ihn also fangen. »Woher haben Sie den Brief?« fragte er ungläubig.

»Sie geben zu, ihn geschrieben zu haben?«

»Woher haben Sie diesen Brief?« verlangte er nachdrücklich zu wissen.

Aber von Glaubitz beantwortete die Frage nicht. »Da wird der alte Schlangenzirkel des Verhängnisses geschlossen werden«, zitierte er noch einmal. »Wenn das nicht Geheimbündelei ist!«

Arndt sah ihn hilflos an. »Wo steht da etwas von Geheimbündelei?«

»Ich kann lesen!« erklärte der Offizier. »Aber es kommt noch besser, nicht wahr?« Erneut hielt er den Brief vor die kurzsichtigen Augen. »›Lieber Bruder – so reden sich Geheimbündler an, Herr Arndt, wir wissen Bescheid! – lieber Bruder, wir müssen viele Täuschungen aufgeben, die auch wir uns gutmütig gemacht haben, es könne alles stiller und leiser mit Vernunft werden, eben durch Anerkennung der Vernunft. Nein, der Geißel und Peitsche bedürfen sie noch, und sie werden sie auch haben.‹ Wenn das nicht Aufruf zu Umsturz, zu Gewalt, ja zu Mord ist!« behauptete von Glaubitz und legte den Brief mit einer überlegenen Geste auf den Tisch. Das war die Rache für das fallen gelassene Schreiben des Staatskanzlers während der Durchsuchung.

»Es ist ungeheuerlich«, sagte Arndt.

Von Glaubitz nickte. »Wir meinen gewiß etwas Verschiedenes, aber ungeheuerlich, ja, das trifft es sehr genau.«

Wenn sie *einen* Brief haben, haben sie zehn, wenn sie zehn haben, können sie sich hundert besorgen. Es sind Diebe und Räuber und skrupellose Schelme. Wie verteidigt man sich gegen Verleumdung und Denunziation? Und selbst wenn man recht behält am Ende – man hat Schmutz angefaßt und wird ihn nie ganz abwaschen können. Das haben sie vor, das!

Er empfand wenig Genugtuung darüber, daß ihn der Oberstleutnant noch am gleichen Tag wieder freiließ. Er wußte jetzt, daß er sich auf ein langes, quälendes, zermürbendes Verfahren einrichten mußte, dessen Ausgang völlig ungewiß war. Und wenn sie ihn von der Universität verwiesen – mein Gott, wie konnte Hardenberg sich zu einem solchen Handel herablassen? –, wovon sollte er sein Haus zu Ende bauen und seine Schulden zurückerstatten, wie seine Familie ernähren und seine Kinder erziehen?

Jeden Tag, Punkt zehn Uhr, hatte er sich zum Verhör einzufinden. Was würden sie alles aus ihm herausfragen wollen? Wie lange würde er das durchhalten können? So sah er aus, der Dank des Vaterlandes. Der Gott, der Eisen wachsen ließ – sie schmieden daraus Gitter!

Das wievielte Verhör war es inzwischen? Er hatte aufgehört zu zählen. Das hundertste? Hundert waren es bestimmt schon. Er unterzog sich der täglichen Prozedur bereits mit Gleichmut. Es war unerheblich, ob er widersprach oder widerlegte. Es war sinnlos, Zeugnisse zu beschaffen oder auf schützende Paragraphen zu verweisen. Selbst die kleinen Sticheleien machten keinen Spaß mehr, wenn er dem Hofgerichtsrat Pape, der die Verhöre durchführte, etwa nachweisen konnte, daß ein als hochverräterisch ausgelegter Satz, den er sich irgendwann notiert hatte, ein Zitat des Königs war. »Ein vaterländisches Wort aus dem Mund Seiner Majestät kann durchaus ein verräterisches auf dem Zettel eines

Jakobiners werden«, antwortete bei solchen Gelegenheiten Pape mit stoischer Gelassenheit.

Es war ein klägliches Verfahren. Seine Aussagen mußten inzwischen Bände füllen. Und noch war kein Ende abzusehen. Quo usque tandem ...? Wie lange noch? Aber der Untersuchungsrichter war kein Catilina und er kein Cicero.

»Sie kennen Hauptmann von Plehwe?«

»Er ist mir bekannt. Das ist etwas anderes«, antwortete er vorsichtig.

»Wie gut bekannt?«

»Nicht sonderlich.«

»Aber gut genug, um mit ihm zu korrespondieren?«

»Ja«, gab er zu. Er wußte, daß man auch Plehwe verhaftet und sein Haus durchsucht hatte. Der junge Mann war ein rechter Feuerkopf. »Ich habe ihm, soweit ich mich erinnere, einmal geschrieben, es war die Antwort auf einen Brief an mich.«

»Wir besitzen zwei Briefe von Ihnen an Plehwe. Was haben Sie ihm geschrieben und warum?» fragte Pape.

»Wenn Sie die Briefe besitzen, wissen Sie das genauer als ich. Es ist lang her. Ich lerne meine Korrespondenz nicht auswendig wie den Katechismus.«

Der Hofrat ging auf den Ton nicht ein. Er setzte sein Augenglas auf und las: »So nimm mich an, den älteren Mann, stehe fest auf Wahrheit und Recht, aber übe still, was Du willst und glaubst, und frage Dich immer bei allem, was Du tust, ob die beiden schlimmsten Gesellen, die der Satan aus der Hölle ausgesandt hat, die Menschen zu verderben, ob Eitelkeit oder Furcht, die häufig auf einer Linie gehen, Dich auch treiben.« Pape legte den Brief vor sich hin und glättete die Bruchfalten. »Übe still, was Du willst und glaubst«, wiederholte er den Teil, auf den es ihm ankam. »Das heißt: Übe im geheimen.«

»Es heißt nicht: Übe in Geheimbündelei«, präzisierte Arndt.

»Dann erklären Sie mir doch bitte jene Zeilen, die Ihnen Hauptmann von Plehwe als Beilage zu einem seiner Briefe mitgeschickt hat, die lauten: Herrscher, herrsche, Sieger, siege! Laß doch aus der Grub die Seelen durch des neuen Bundes Blut – ich wiederhole: durch des neuen Bundes Blut! –, laß uns länger nicht so quälen, denn er meint's mit uns doch gut. – Wer gehört diesem Bund an außer ihm und Ihnen?«

»Das hat nicht Hauptmann von Plehwe geschrieben.«

»Sondern?«

»Der damalige Leutnant von Plehwe. Er ist inzwischen durch den König für seine Verdienste befördert worden. Und es stammt auch nicht aus der Feder des damaligen Leutnants.«

»Sie haben meine Frage nicht beantwortet«, ließ sich Pape nicht beirren. »Wer gehört diesem Bund außer ihm und Ihnen noch an?«

»Ich denke, sehr viele, Herr Hofrat«, erwiderte Arndt. Und dem überrascht Aufblickenden, der endlich ein Geständnis erhoffte, erklärte er: »Es ist das Lied Nummer 802 aus dem Protestantischen Gesangbuch.«

Pape schluckte, ließ sich aber nicht in seinem Konzept stören. »Wer korrespondierte außer Ihnen mit dem Herrn von Plehwe?«

»Das weiß ich nicht. Sie haben die Unterlagen.«

»Ihr Schwager Schleiermacher?«

»Möglich. Ich weiß es nicht.«

»Ihr Verleger und Freund Reimer?«

»Möglich. Ich weiß es nicht.«

»Ihr treuer Gefolgsmann und Lieblingsschüler Friedrich Ludwig Jahn, der als ein Umstürzler erkannt und verhaftet worden ist?«

»Ich weiß es nicht!«

»Der Mörder des Staatsrates von Kotzebue, das Individuum Sand?« fragte Pape lauernd.

Arndt zog die Brauen erstaunt in die Höhe. Das war eine Falle. Wenn Plehwe Kontakt zu Sand gehabt haben sollte, würde der Name dieses unsinnigen Menschen neben dem Schleiermachers, Reimers und Jahns stehen, als ob er diesen gleichzusetzen wäre. »Nein«, entschied er sich, »mit Sand hatte er bestimmt nichts im Sinn.«

Pape hob fast bedauernd beide Hände. »Er hatte. Ausgiebig. Wir können davon ausgehen, daß von Plehwe über das Attentat vorher unterrichtet war, es vielleicht sogar mitgeplant hatte. Und wenn das so gewesen ist, warum dann nicht auch ein Mann, der ihm derart väterliche Briefe geschrieben hat wie Sie? Ihr Verhältnis zu Herrn von Kotzebue war gespannt?«

»Er war eine Schmeißfliege und ein Agent des Zaren!« erwiderte Arndt aufgebracht über die Unterstellung, die sich mit der Frage verband. »Aber einen solchen Tod hat er nicht verdient.«

»Welche Art von Tod denn? Durch die Guillotine?«

Arndt winkte müde ab. »Kann ich etwas zu trinken haben?« Sein Hals war wirklich trocken.

Pape gab dem Schreiber ein Zeichen. Der füllte Wasser aus einer Karaffe in ein Glas. Arndt schluckte hastig. Es schmeckte abgestanden und war lauwarm, aber die Stimme lockerte sich wieder.

»Können wir weitermachen?« erkundigte sich Pape höflich. Und als Arndt nickte, nahm er sich des nächsten Falles an. »Erzählen Sie mir einiges über Herrn von Mühlenfels, wenn ich bitten darf.«

»Den Vater oder den Sohn?«

»Den Sohn natürlich. Aber bedenken Sie, daß wir Ihren Brief vom 22. Mai des Jahres 1817 an ihn besitzen.«

»Ich kenne Ludwig von Mühlenfels flüchtig aus seiner Kinderzeit. Er ist der Vetter der Frau von Kathen. Er war freiwilliger Jäger im Korps des Majors von Lützow und hat sich inzwischen als Jurist niedergelassen.«

»Er ist ein Verschwörer. Wir haben ihn verhaften müssen. Er hat sogar seinem Vater den Gehorsam verweigert!«

»Aber nicht seinem Vaterland. Der alte Mühlenfels verfügt über weitverzweigte Verbindungen. Er wollte, daß sein Sohn Offizier in Schweden würde, doch der zog es vor, für sein deutsches Vaterland zu kämpfen.«

Pape blieb unbeeindruckt. Er nahm Arndts Brief zur Hand, der an mehreren Stellen unterstrichen und mit unterschiedlichen Randbemerkungen versehen war. »Welche Bewandtnis hat es mit der Bemerkung: Es gibt eine gewisse Tartüfferei und Schnüffelei jetzt in der Welt?«

»Ich habe es geschrieben, um den jungen Menschen zu warnen«, erklärte Arndt. »Zu warnen und zu ermahnen, sich verständig und vorsichtig aufzuführen. Ich selbst habe im Rheinland die sonderbare Erfahrung gemacht, daß ein Teil der Bevölkerung mich für einen Hergesandten hielt, um die Gesinnung und Gedanken der hiesigen Menschen zu belauschen. Andere meinten sogar, ich wolle auf sie besondere politische Wirksamkeit ausüben, so daß ich dieses Verdachtes wegen fast alle größeren Gesellschaften gemieden habe.«

»Welche Bewandtnis hat es mit den Worten: Glücklich ... ist bis sich zusammenschließt? Und welche Verbindung besteht ferner zu dem Satz von Kräfte bis: die nicht fern ist?«

Arndt dachte nach. »Eine Ermahnung, die jeder Vater seinem Sohn in den wilden und oft üppigen Jünglingsjahren geben wird, so wie der ältere Mann dem jüngeren«, sagte er schließlich. »Wahrscheinlich bin ich durch einen Brief meine Sohnes veranlaßt worden, der mich über die sittliche Aufführung Ludwigs besorgt gemacht hat. Woran ich gerade gedacht habe, indem ich eine Zeit der Kämpfe erwähnte, die nicht fern sei, weiß ich nicht mehr. Wahrscheinlich aber an Getümmel und Krieg, die in den folgenden Jahren von Frankreich her wieder ausbrechen könnten. – Was haben Sie eigentlich damals getan, Herr Hofrat, als Ludwig von Mühlenfels und viele andere tapfere Jünglinge ihr Leben fürs Vaterland wagten?«

»Diese Frage gehört nicht zur Sache, streichen Sie das!« befahl Pape mit hoher Stimme dem Schreiber. Es geschah selten, daß der Hofrat aus der Rolle fiel. Arndt war's zufrieden.

»Ihre Erklärung wird durch die Worte ›welcher jetzt‹ zweifelhaft!«

Arndt lehnte sich in seinem Stuhl behaglich zurück. Er hatte einen kleinen Sieg errungen. »Das mag sein«, gab er großmütig zu. »Wahrscheinlich habe ich an äußere Arbeiten gedacht, nämlich an Krieg, worauf auch der edle Auslauf hinzuweisen scheint vom Jahre 1813, dessen ich am Schluß erwähne, in welchem sich dieser Jüngling übrigens nach allen Zeugnissen aufs glänzendste auszeichnete.« Er mußte das noch hinzufügen.

Pape blickte auf die Uhr. Das Pensum war geschafft. Er mußte das Protokoll anfertigen lassen, neues Material sichten und das nächste Verhör vorbereiten. »Bis morgen, Euer Wohlgeboren.« Er reichte Arndt die Hand.

»Bis morgen, Herr Hofrat.« Arndt erwiderte den Händedruck. Er spürte die Erschöpfung des anderen. Er tat ihm leid.

Wieder an der frischen Luft, blies er den Staub der Amtsstube aus seiner Lunge. Ein leichter, würziger Wind wehte über den Platz. Es duftete nach herbstlichem Laub, nach reifen Früchten und nach umgebrochener Erde. Er beschloß, nicht gleich heimzukehren, sondern vor die Stadt zu gehen, um den Handwerkern zuzusehen. Seine Sorge, aus Geldmangel nicht weiterbauen zu können oder das halbfertige Haus verkaufen zu müssen, war gegenstandslos geworden. Viele Freunde bewiesen eben jetzt, da er in arge Bedrängnis geraten war, ihre uneigennützige Freundschaft und gewährten ihm langfristige Kredite. Auch seine Befürchtung, man würde ihn aus dem Amt jagen, hatte sich nicht erfüllt. Und was das unerquickliche Verfahren anlangte — jedes Verhör bestätigte ihm, auf welch wackligen Füßen das Unternehmen stand. Er ertrug es in Erwartung des öffentlichen Prozesses. Mit freier Stirn würde er vor das Gericht treten können. Nein, bange war ihm nicht mehr.

Während ihm Fragen und Antworten der vormittäglichen Übung durch den Kopf gingen, war er an seinem Haus angelangt und traf davor Nanna, die, Karl Siegreich auf dem Arm, ihrem Kind die prallen Reben im Garten, das bunte raschelnde Laub und die letzten Blumen zeigte.

Er ging zu ihnen, küßte seine Frau und stubste dem Kleinen die Nase. Dann legte er den Arm um Nannas Schultern. Still genossen sie den Blick auf den Rhein, genossen vor allem einer des anderen Nähe.

Gott hatte ihm ein Weib gegeben, das sich in der Stunde der Gefahr als tapfer und in der Zeit seiner tiefsten Niedergeschlagenheit als umsichtig und furchtlos erwiesen hatte. Sie war längst nicht mehr die stille, unscheinbare Nanna, die kleine Schwester Schleiermachers. Sie hatte ihm Kraft gegeben, sein Selbstvertrauen bestärkt und seinen Lebensmut wieder gehoben. Mit ihr würde er auch Schlimmeres bestehen.

Er hatte ihr das nie gesagt, denn es bedurfte der Worte nicht.

Nanna begriff ihn auch so. Sie ahnte mehr von ihm, als er von sich selber wußte.

»Was meinst du, Moritz, wann das Haus fertig ist?« fragte sie.

»Ich denke, daß wir im kommenden Frühjahr einziehen können. Die unteren Zimmer sind fertig. Für die oberen brauchen die Handwerker noch etwas Zeit.«

Da sagte Nanna: »Laß uns jetzt schon einziehen, Moritz. Der Wein ist reif. Es atmet sich hier draußen freier.«

Er schwieg lang. Sie glaubte schon, er habe sie nicht verstanden, aber sie spürte, wie er vor Freude zitterte, und da wußte sie, wie glücklich sie ihn mit diesem Vorschlag gemacht hatte. Das ist mein Haus, das ist meine Festung, hatte er dem Polizeioffizier entgegnet. Und weil sie seine Rührung spürte, waren alle Bedenken dahin, die sie tief in sich vergraben hatte. Es war von nun an auch ihr Haus. Und es war ihrer beider Festung.

In Papes Verhören ging es nicht mehr um Briefschaften, Zettel, Freunde und Feinde. Dreiunddreißig Faszikel lagen bereits gebündelt vor, und alle Befragungen hatten die Anklage nicht stützen können: Arndt konnte keiner Geheimbündelei überführt werden.

»Ich habe hier das Manuskript einer Vorlesung über Leben und Studium«, begann Pape.

Arndt unterbrach ihn: »Eine Vorlesung, die zu halten ich nicht mehr die Möglichkeit hatte.«

»Das ist unerheblich. Die Absicht allein ist schon strafbar. Also, Herr Arndt, wodurch ist bei Ihnen der Entschluß entstanden, über diesen Gegenstand, der weder historisch noch streng wissenschaftlich ist, eine Vorlesung anzukündigen?«

Woher willst du den Unterschied kennen, dachte Arndt, kleidete seine Antwort aber etwas höflicher ein. »Historisch ist er allerdings im höchsten Sinne, indem er die geistige und wissenschaftliche Entwicklung der Zeiten verfolgen soll.«

Pape nickte und wartete, bis der Schreiber fertig war. Dann zitierte er aus dem Manuskript: »Ich werde es Ihnen geben, wie ich es empfangen habe, herb sind die Früchte, die diese Zeit trägt, herb habe ich sie genossen und gekostet, und in ihrer ganzen

Herbheit kann ich sie Ihnen auch nur geben. Sind solche, die sagen, ich überzuckere Gift, damit es süß schmecke; Gott ist mein Zeuge, solche köselnde Gleißnerei ist fern von mir. Soll ich ein Hirt heißen? Nicht mit dem Rosenstock will ich euch weiden, sondern mit dem Dornenstock.«

Während Pape las, bemerkte Arndt mit Erstaunen, daß dessen Stimme von Zeile zu Zeile ihre amtliche Gleichgültigkeit verlor und leicht zu schwingen begann, wie es der Rhythmus und der Geist des Textes verlangten. Das erheiterte ihn. Hatte der trokkene Mensch vielleicht schon zuviel von seinem Gift in sich aufgenommen, oder war er von Anfang an nur sein Gegner, weil ihn das Amt zu solcher Gegnerschaft verpflichtete? Einmal hellhörig geworden, achtete er genauer auf die Redeweise Papes.

Der Hofrat machte eine längere Pause, und Arndt glaubte, er brauche sie, um zu seinem Konzept zurückzufinden. Er wartete geduldig, bis Pape die Frage zu diesem Passus stellte.

»Durch diese Darstellung mußte doch bei den jungen Studierenden eine Unzufriedenheit und ein Mißbehagen mit der jetzigen Zeit und ihren Erscheinungen veranlaßt werden, die auch für das künftige Leben nicht ohne Einfluß bleiben konnte?«

Arndt nickte. »Ja, es war meine Absicht, Unzufriedenheit entstehen zu lassen, wenn ich diese Vorlesung hätte halten können, denn eben auch den vielen Tand und die Eitelkeit wollte ich züchtigen, was die Jugend sich zum Teil aus schlechtesten Stoffen der Zeit angeeignet hat, und zeigen, daß es ohne Bescheidenheit und Zucht keine Männerehre gibt.«

Pape brach das Verhör an diesem Tag vor der Zeit ab. Arndt verließ das Haus in einer seltsam zwittrigen Stimmung. Über viele Monate hinweg hatten sie sich täglich gesehen, und sie waren sich, so unwahrscheinlich das auch klingen mochte, auf eine schwer erklärbare Weise nähergekommen. Sind das eigentlich noch Verhöre, fragte er sich, oder diskutieren wir nur miteinander über die Dinge der Welt? Haben sich unsere Rollen nicht inzwischen ins Gegenteil verkehrt, indem er etwas wissen will und ich ihn etwas lehre? Ein schlichtes Gemüt ist er zwar, aber unsympathisch oder gar zuwider wie am Anfang, nein, das ist er schon lange nicht mehr. Es ist, dachte Arndt erheitert, als ob ich einem etwas schwerfälligen Studenten Nachhilfestunden in Geschichte gebe. Ein mühseliges Geschäft, aber was tut man nicht alles?

In dieser heiteren, gelösten Stimmung kam er nach Hause. Nanna war mit dem Kind beschäftigt. Frieder Oswald saß auf der Terrasse hinter dem Haus mit einem Kommilitonen, einem gewissen Heine. Ein Jude. Aber er machte ganz brauchbare Verse.

Arndt ging zunächst in sein Arbeitszimmer. Nanna hatte ihm wie immer die Post zurechtgelegt. Er nahm den ersten Brief auf, erbrach das Siegel und begann zu lesen. »Auf Antrag der Mainzer Bundeszentralkommission und in Ansehung der Beschlüsse von Karlsbad ...« Dann verschwammen ihm die Zeilen. Er war von seinem Lehramt an der Universität Bonn suspendiert. Die Weiterführung seiner Vorlesungen wurden ihm mit sofortiger Wirkung verboten.

Deshalb die Freundlichkeit des Hofgerichtsrates, war sein erster Gedanke. Er hat es gewußt und kann es nicht billigen. Mit dem Brief in der Hand ging er hinaus auf die Terrasse. Er brauchte Luft. Er schwankte, stürzte, ohne daß Oswald und Heine, die aufgesprungen waren, ihn noch halten konnten.

Adler mit gebrochenem Flügel

Er war in eine tiefe Finsternis gefallen, doch nur wenige Sekunden blieb er ohne Bewußtsein. Als Oswald und Heine bei ihm waren, schlug er schon wieder die Augen auf. Der Brief lag neben ihm. Er erhob sich und wehrte Oswald mürrisch ab, der ihm helfen wollte. Heine legte den Brief auf den Tisch.

Glücklicherweise hatte Nanna nichts gesehen. Noch etwas benommen bat Arndt: »Bring mir zu trinken, Oswald, Wein mit Wasser. Aber kein Wort von dem Unfall zu meiner Frau!«

Frieder Oswald beeilte sich, während Arndt, in einem bequemen Gartenstuhl sitzend, schon wieder ruhiger atmete. Er musterte den jungen Heine. Hübscher Bursche, dachte er. Mädchenaugen und Mädchenwangen. »Sie haben sich duelliert?«

Heine errötete bis an die Haarwurzeln. Sein Mund veränderte sich plötzlich. »Man hat mich wegen meiner Religion beleidigt. Ich bin kein besonders frommer Jude, aber ich lasse mich nicht verspotten.«

Arndt lachte. »Ich habe einmal fast einen schwedischen Offizier niedergeschossen. Auch er hatte so etwas wie meine Religion beleidigt.« Das beklemmende Gefühl in der Brust war weg. »Und Sie wollen die Rechte studieren bei uns?«

»Ich habe Vorlesungen bei den Professoren Mackeldey und Hüllmann belegt. Ich war auch schon bei Ihnen, Herr Professor«, beeilte er sich hinzuzufügen. »De moribus Germanorum.«

»Über die Sitten der Alten«, sagte Arndt nachdenklich. Über die Unsitten der neuen Germanen werden Sie bei mir nichts mehr hören können.«

Heine verstand die Anspielung nicht. »Frieder hat mir viel von Ihnen erzählt, Herr Professor. Ich war auch schon bei Herrn von Schlegel. Er hat meine Verse gelobt.«

Das interessierte Arndt nicht. »Die Rechte studieren Sie? Da wird eine Menge Arbeit auf Sie zukommen. Die Demagogen wachsen wie Pilze nach einem warmen Landregen.«

»Man hat auch mich eines peinlichen Verhörs unterzogen, weil ich letzten Oktober zu jenen Burschenschaftern gehörte, die sich in einem Fackelzug zu Ehren der Leipziger Schlacht auf dem Kreuzberg versammelt haben.«

Arndt nickte freundlich. Ein Jude, dachte er, ein bißchen eitel, aber offenbar ein guter Junge. »Sie können mir gelegentlich ein paar Ihrer Verse zeigen. Ein wenig verstehe ich davon.«

Heine hatte, natürlich rein zufällig, eine Handvoll Verse in der Tasche. Aber weil Oswald mit der Karaffe gespritzten Weines kam, ließ er sie stecken.

»Hast du ihn erst keltern müssen?« fragte Arndt. Frieder Oswald antwortete ausweichend, Frau Professor sei gerade mit dem Kind beschäftigt gewesen. Er konnte ihm nicht sagen, daß er ihr von der Ohnmacht ihres Mannes erzählt hatte. »Geht es Ihnen schon wieder besser?«

»Mir geht es hervorragend, mein Lieber. Und es wird mir von nun an noch besser gehen. Ich habe jetzt sehr viel Zeit!« Er schlug mit der flachen Hand auf den Brief. »Ich bin suspendiert, meine Herren Studiosi! Ich werde auf Antrag der berühmten Mainzer Bundesbehörde noch einer besonderen Untersuchung unterworfen wegen revolutionärer Umtriebe! Also daß ich nun gute Tage habe und nach Lust und Belieben Bäume pflanzen und Tauben füttern kann. Ist das nicht großartig?« Er lachte so gräßlich, daß es die beiden fror.

»Ausgerechnet Mainz«, sagte Oswald. »Forster würde sich im Grabe umdrehen, wenn er das wüßte. Harry, was meinst du, kriegen wir die Burschenschaft auf die Beine?«

Heine war begeistert von dem Vorschlag. »Wir ziehen mit Knüppeln und Fackeln vor die Universität und fordern die Rücknahme der Suspension!«

»Wir schlagen dem Rektor die Scheiben ein!« entwickelte Oswald Heines Plan weiter.

»Wir zünden das Polizeirevier an!«

»Wir stürmen das Rathaus, nehmen den Bürgermeister gefangen und sperren ihn in den Karzer!« schlug Heine vor.

»Wir rufen die Republik aus!« sagte Oswald zwischen Spaß und Ernst.

Arndt hob beschwichtigend die Hände. »Was kann das für eine Republik sein, die man im verschlafenen Bonn ausruft?« Er schüttelte den Kopf. »Nein, nein, ihr Heißsporne, diesen Kampf muß ich auf meine Art ausfechten. Jeder Krawall, den ihr veranstaltet, gibt denen recht, die mich vernichten wollen. Ich habe nichts zu befürchten. Ich will diesen Prozeß, nachdem man mich länger als ein Jahr durch tägliche Verhöre erniedrigt hat. Es soll an die große Glocke kommen, alles, aber auf meine Art. Sie können das Recht beugen, ich halt es aus — brechen können sie es nicht.«

Oswald und Heine waren zwar anderer Meinung, aber da Arndts Frau soeben aus dem Haus trat, schwiegen sie.

Nanna wechselte einen Blick mit Oswald und nickte ihm zu. Dann legte sie ihrem Mann die Hand auf die Schulter. »Was predigst du den jungen Hähnen, Moritz? Bekommt dir der Wein?« Dann sah sie den Briefumschlag.

»Es ist nur eine Mitteilung des Rektors, weiter nichts«, erklärte Arndt, um seine Frau am Lesen zu hindern.

Nanna aber nahm den Brief in die Hand, las langsam und hielt die Augen auch dann noch auf das Papier gerichtet, als sie den Text ein zweites Mal gelesen hatte. Sie brauchte kurze Zeit, um sich zu fassen, und legte den Brief scheinbar unbeeindruckt zurück. »Du hast recht, Arndt, nur eine Mitteilung, weiter nichts.« Sie blickte ihm fest in die Augen. »Was schreibt deine Schwester?«

»Ich habe es noch nicht gelesen.«

Sie nickte. »Ach, ehe ich's vergesse, die Gräfin Dohna wollte uns ein paar von ihren Hühnern schicken und einen Hahn dazu. Du verstehst doch mit Federvieh umzugehen, Moritz?«

Er sah sie mit aufrichtiger Bewunderung an. Nichts hatte sie sich anmerken lassen vor den beiden Besuchern, als sei es wirklich nur eines der vielen Schreiben, die ihnen täglich ins Haus flatterten. »Ja«, sagte er langsam, »besonders mit jungen Hähnen. Und was die alten anlangt, die Kampfhähne, die rupfe ich lieber, als daß ich mich von ihnen hacken lasse.«

Eine Kutsche hielt vor dem Haus. Die Pferde schnaubten, sie mußten schnell gelaufen sein. Man hörte die eiligen Schritte eines schwergewichtigen Mannes auf dem Kies, der plötzlich verhielt, bevor er hinter das Haus kam. Es war Arndts Arzt, der sich nun betont gemächlich näherte.

»Salve, ihr Lieben! Ich komme soeben zufällig hier vorbei. Da dachte ich, auf einen Schoppen sauren Weines kannst du beim Arndt immer einsehen. Wie geht es dir, mein Alter?«

Arndt begriff sofort, welche Komödie ihm vorgespielt werden sollte. »Oswald, du Strolch, kann man dir nicht einmal die Uhrzeit sagen, ohne Gefahr zu laufen, daß du sie ausplauderst?«

Da hatte ihn der Medizinalrat schon am Gelenk gefaßt und fühlte den Puls. »Na«, sagte er, »bleib mal ganz ruhig und versuche nicht, mich um mein Honorar zu prellen. Ihr Professoren seid doch über alle Maße geizig!« Er zählte mit geschlossenen Augen. »Komm mit ins Haus, ich muß dich etwas gründlicher ansehen.«

»Ich brauche keinen Arzt, ich brauche einen Rechtsbeistand!« fauchte Arndt.

»Ich kann dir einen guten empfehlen«, sagte der Medizinalrat unbeeindruckt. »Ich komme gerade von ihm. Aber wenn ich dir den Namen verrate, erhalte ich einen Taler zusätzlich als Honorar.«

»Was soll ich mit einem Rechtsbeistand, den du behandelst, alter Quacksalber? Der erlebt nicht einmal die ersten Schwalben dieses Jahres, geschweige den Anfang meines Prozesses!«

»Burchardi.«

Arndt dachte nach. »Georg Christian Burchardi? Ein junger Dachs, was soll ich mit dem? Er ist noch keine dreißig.«

»Dann hat er die besten Aussichten, deinen Prozeß zu erleben!« spottete der Arzt.

»Falls es überhaupt zu einem Prozeß kommt«, meldete sich Frieder Oswald vorlaut zu Wort. Und als er den zurechtweisenden Blick Arndts sah, sagte er zu Heine: »Harry, wir gehen schon mal Steine sammeln und Fackeln teeren. Unsere Methode ist vielleicht doch die bessere.«

Das ganze Ausmaß der Entfernung aus dem Lehramt begriff Arndt nur langsam, weil sich alles in ihm sträubte, diesen Beschluß für endgültig zu nehmen. Das durften sie ihm nicht antun. Gut, sie würden ihn vor diese Kommission zitieren, sie würden ihn mit hinterhältigen Fragen und böswilligen Unterstellungen traktieren, sie würden ihn in ihren Zeitungen angreifen, alles wie gehabt und wahrscheinlich noch ärger. Ein Zuckerschlecken war das nicht. Aber am Ende blieb er Sieger. Man rupft keinen Adler bei lebendigem Leibe, und nicht einmal die Flügel würde er sich stutzen lassen. Er hatte Übung im Kämpfen.

Im Warten hatte er keine Übung. Die Befragungen wurden fortgesetzt. Burchardi, der Einsicht in die Akten verlangte, bekam drei Wochen Zeit, um alles durchzuarbeiten, was in nahezu siebzig dicken Aktenbündeln angehäuft war. Er konnte das unmöglich schaffen, denn die Vormittage mußte er seinen Verpflichtungen als Lehrer an der Universität nachkommen.

»Juristisch liegt der Fall völlig klar«, erläuterte er seinem Klienten die Situation. »Die gesamte Anklage fällt zusammen wie ein Kartenhaus. Ich gehe von folgenden Überlegungen aus. Gestatten Sie?«

Arnd nickte. Ihm gefiel der zupackende Eifer des jungen Mannes, der sich gut in die Materie hineingefunden hatte. Manchmal erinnerte er ihn an Theodor Körner. Sie müßten etwa gleichaltrig sein, wenn Theodor noch lebte.

»Paragraph 451 der allgemeinen Kriminalverordnung für die preußischen Staaten lautet: Zu dem Untersuchungstermin muß sich der Verteidiger durch das Lesen der Akten vorbereiten, welche ihm zu dem Ende von dem Richter vorzulegen oder, wenn der Verteidiger zu den öffentlichen Beamten gehört, allenfalls, jedoch nicht über drei Tage falliiert und mit einem vollständigen Rotulus versehen in seine Behausung zu verabfolgen sind.« Burchardi triumphierte.

Arndt sah ihn fragend an. Er war unerfahren in solchen Dingen. »Was bedeutet das?«

»Schwerwiegende Versäumnisse und Behinderungen durch die anklagende Behörde«, erläuterte Burchardi. »Wesentliche Unterlagen sind mir vorenthalten worden.«

»Da geht es Ihnen nicht anders als anderen. Sie wissen, daß einige Herren vor Ihnen schon die Finger aus der Sache gezogen haben, weil sie keine oder nur ungenügende Akteneinsicht hatten.«

»Sie hätten gerade deswegen nicht aufgeben dürfen«, behauptete der junge Verteidiger. »Das Gericht verletzt die elementarsten Grundrechte der Verteidigung und macht sich mithin selber straffällig.«

»Und Sie meinen, diese Unterlassungssünden der Behörden helfen uns?« fragte Arndt skeptisch.

»Unterlassungssünden? Es ist ein Skandal ohne Beispiel in der Geschichte der Rechtsprechung!« ereiferte sich Burchardi.

»Wir sind noch nicht bei Ihrem Plädoyer, Herr Verteidiger«, dämpfte er den Schwung des jungen Mannes.

»Das ist nur Punkt eins«, ließ sich Burchardi nicht beirren. »Wir haben Zeugnisse!« Er zog die Blätter aus einer Mappe und schwenkte sie wie Fahnen. »Zeugnis des vormaligen schwedischen Hofkanzlers und Staatssekretärs Graf von Wetterstedt über Ihre hervorragende Tätigkeit im schwedischen Staatsdienst.« Er legte das Blatt vorsichtig beiseite. »Das Zeugnis des Freiherrn vom Stein über Ihre außerordentlichen Verdienste für das deutsche Vaterland in der Zeit der Not von 1812 bis 1814!« Mit erhobener Stimme fuhr er fort: »Die Bestallungsurkunde als Professor der neueren Geschichte an der preußischen Rheinuniversität Bonn, unterzeichnet vom Staatskanzler Fürst Hardenberg höchstselbst. Ist das nicht großartig?«

»Das ist schon mal gut«, anerkannte Arndt. »Dagegen wird es die Kommission schwer haben, und Hardenberg wird schlechterdings nicht von seinem eigenen Lob abrücken können.«

»Es kommt noch besser«, sagte Burchardi schmunzelnd. »Brief des Staatskanzlers vom 13. August des Jahres 1819, also nach der Haussuchung – oder muß man sagen: Heimsuchung durch die Polizei und Ihrer Verhaftung. Darin heißt es ganz eindeutig, daß von einer gerichtlichen Untersuchung und von einem Verfahren nicht die Rede sein kann.«

»Ich will dieses Verfahren aber!« erklärte Arndt entschieden. Burchardi nickte. »Darum wollen wir kämpfen, um den Behörden die Unrechtmäßigkeit des ganzen Unternehmens nachweisen und Sie in allen Ihren Rechten und Ehren wiederherstellen zu können. Darf ich fortfahren?«

»Bitte.«

»Es gibt einen notwendigen und allgemein anerkannten Grundsatz der Rechtsprechung: Nicht die Absicht, sondern nur die ausgeführte Tat ist strafrechtlich relevant. Ich kann mich dabei auf das allgemeine Landrecht für die preußischen Staaten, Teil zwei, Titel zwanzig, die Paragraphen sieben, acht und neun beziehen. Sie verstehen?«

Arndt schüttelte den Kopf. »Nein, ich kann damit nichts anfangen. Übersetzen Sie mir Ihr Juristenwelsch.«

»Nullum crimen sine lege. Kein Urteil ohne Gesetz«, erläuterte Burchardi.

Arndt überlegte. Sein Verteidiger war tatsächlich beschlagen. Aber die anderen hatten nicht geschlafen in all den Jahren. Und schließlich warf man ihm nicht irgendeinen Kaninchendiebstahl vor, sondern Landesverrat, so absurd das auch war.

»Landesverrat?« Burchardi blickte seinen Klienten triumphierend an. »Man kann einem nur Landesverrat an China vorwerfen, wenn er ein Chinese ist, Herr Professor. Und Preuße sind Sie erst seit dem Jahre 1815.«

»Das ist wahr«, sagte Arndt, amüsiert über den Vergleich mit dem Chinesen. »Und dennoch werden sie mir meine gesamten Schriften zerpflücken und zerfetzen und zerreden und mir die Zitate wie Backpfeifen um die Ohren schlagen.«

»Ich kann Ihnen auch die Bibel auslegen, daß Sie meinen, der Teufel habe sie geschrieben.« Burchardi war nicht aus der Fassung zu bringen. »Das einzige Buch, verehrter Professor Arndt, das Ihnen Ärger machen kann, ist Ihr vierter Teil vom ›Geist der Zeit‹.«

»Dazu gibt es eine Kabinettsorder des Königs«, warf er ein.

»Eben«, sagte Burchardi augenzwinkernd. »Und man kann für ein und dieselbe Sache nicht zweimal bestraft werden. Im übrigen hat Ihnen der König dieses Buch inzwischen verziehen, wie aus dem Brief des Oberpräsidenten der Rheinprovinzen, Graf

Solms-Laubach, vom 30. Januar 1819 deutlich hervorgeht. Was also bleibt von der ganzen aufgeblähten Anklage? Nullum. Eine Seifenblase. Ptzzzz!« machte Burchardi fröhlich. »Und zerplatzt ist sie. Man wird Sie freisprechen müssen, Herr Professor, denn man kann Ihnen nichts beweisen.«

Genau das war der Punkt, um den sich Arndt wirklich Kopfzerbrechen machte. »Nein«, sagte er entschieden, »nicht Freispruch mangels Beweises, sondern Freispruch wegen erwiesener Unschuld, das verlange ich!«

Burchardi schwieg. Ihm war klar, daß sich sein Klient mit einem halben Sieg nicht zufriedengab, weil ein Mann wie Arndt mit halben Sachen nie zufrieden war. Er wußte aber auch um die Schwierigkeit, dieses Ergebnis in einem noch nicht einmal anberaumten Prozeß zu erreichen; denn damit wäre die ganze Demagogenverfolgung in ihrer Häßlichkeit, Verlogenheit und niederträchtigen Gesinnung vor den Augen der Welt offenkundig geworden. Dieses Urteil war mit allem juristischem Geschick nicht zu erreichen; denn welches System stellt sich freiwillig an den Pranger?

»Freispruch wegen erwiesener Unschuld!« wiederholte Arndt noch einmal. »Haben wir uns verstanden, Herr Verteidiger?«

»Wir haben. Übrigens, die Studenten sind doch damals, als Ihre Amtsenthebung bekannt wurde, mit einem Fackelzug vor die Universität gezogen, um die Rücknahme der Suspension zu verlangen.«

»Ja«, sagte Arndt, als ob er nicht wüßte, worauf Burchardi hinauswollte. »Ich habe sie nicht dazu aufgefordert.«

»Bei den Verhören hat man auch zwei, drei Lumpen gefunden, mit deren Aufzeichnungen aus Ihren Vorlesungen man Ihnen Fallen stellen will.«

»Das sollen sie nur versuchen! Bin ich für die Blödigkeit von Studenten verantwortlich, die nicht richtig mitschreiben können?«

»Unter denen, die Pereat gerufen haben und Knüppel oder Steine in der Hand hielten, sollen auch Studenten gewesen sein, die in ihrem Hause verkehren.« Burchardi wollte nicht deutlicher werden. Arndt wußte schließlich, wen er meinte.

»Sie haben beide die Universität Bonn verlassen und sind nach Göttingen und Berlin gegangen.«

»Ich weiß«, sagte Burchardi. Dann verabschiedete er sich. Irgendwie, schien Arndt, ging er anders, als er gekommen war.

Nanna hatte Burchardi vom Küchenfenster aus freundlich nachgewinkt und kam dann ins Arbeitszimmer ihres Mannes. »Nun, was hältst du von ihm?«

Arndt war sich noch nicht schlüssig. »Er versucht gewiß sein Bestes. Und er hat das Zeug zu einem sehr guten Verteidiger, Nanna. Aber ich weiß nicht, ob der Sache juristisch beizukommen ist; denn wenn überhaupt ein Urteil gesprochen werden kann, dann nur von der Geschichte und nicht von irgendeinem weltlichen Gericht, das, wie es auch immer zusammengesetzt sein mag, befangen ist von Anfang an.«

Da sagte Nanna mit ihrer schleppenden warmen Stimme: »Bist du Gottes Sohn, so hilf dir selbst.«

Arndt sah sie überrascht an. Solches Wort von ihr? Die Gedanken kreisten um diesen Satz. »Es ist zwar lästerlich, Frau, denn Gottes Sohn bin ich nicht, aber … Ja, der Staatskanzler und der König haben auf alle meine Eingaben und Bitten nicht geantwortet. Die Preußische Staatszeitung schmiert mich aus. Ich werde einen notgedrungenen Bericht schreiben und hoffentlich einen Verleger dafür finden. Brockhaus in Leipzig zum Beispiel, denn Reimer will ich nicht noch mehr in die Sache hineinziehen. Frau Arndt, du bist ein kluges Kind. Was würde ich nur anfangen ohne dich?«

Zu seiner Überraschung kam der Königliche Spezial-Commissarius Hofgerichtsrat Pape auf eine Schrift zurück, die in den vorherigen Untersuchungen nie eine Rolle gespielt hatte. Es ging um die »Glocke der Stunde«, 1812 in Petersburg im Auftrag des kaiserlich russischen Ministeriums, namentlich der Minister Graf Kotschubej, Freiherr vom Stein und Graf Lieven geschrieben. Arndt betonte das, bevor Pape seine erste Frage stellen konnte. Aber der schien ganz offensichtlich auf ein anderes Ziel aus zu sein als sonst. Er wirkte auch irgendwie unsicher.

»Auf Seite 95 dieser Schrift bemerken Sie: Preußen schien

sich einmal glücklich vorgenommen zu haben, für die Schweden mit Gänsespulen zu kämpfen. Erst Beweise mit der Faust, dann mit der Feder, erst nimm, dann entschuldige dich.« Pape blickte unbehaglich auf. War er krank? »Wie konnten Sie sich in dieser Art über Preußen äußern, Euer Wohlgeboren?«

»Mein Urteil deckte sich mit dem vieler über Preußen und die deutschen Regierungen, wonach es besser gewesen wäre, Napoleon von Anfang an mit dem Degen zu begegnen. Im übrigen weiß ich nicht, wie mir diese Meinung nachträglich zur Last gelegt werden kann, da ich damals kein preußischer Untertan war. Ich war Schwede, und die Schrift erschien unter russischer Autorität.«

Der Untersuchungsrichter hob beschwichtigend beide Hände. »Es macht Ihnen niemand einen Vorwurf daraus, daß sie kein gebürtiger Preuße sind, Herr Professor Arndt. Wir verstehen durchaus, daß ein schwedischer Staatsbürger, nun, sagen wir einmal, gewisse Vorbehalte gegen uns Deutsche hatte. Verstehen Sie mich?«

»Nein«, sagte Arndt, »ich verstehe Sie nicht.« Er wußte wirklich nicht, worauf der Hofrat aus war.

Pape versuchte auf andere Weise an sein Ziel zu gelangen und zitierte weitere Stellen aus der vergilbten Schrift, bis Arndt gereizt auffuhr: »Wie lesen Sie meine Bücher, Mann? Sie springen von Zitat zu Zitat wie ein blutsaugerischer Floh, der sich nur dort niederläßt, wo er etwas nach seinem Gusto findet!« Er verließ seinen angewiesenen Platz, stürmte zum Tisch, an dem Pape saß, riß ihm das Buch aus der Hand und sah die fremden Unterstreichungen und hineingekritzelten Bemerkungen. Wie ging man mit seinem Eigentum um! »Wer war das?« donnerte er den Untersuchungsrichter an.

Pape sah sich hilfesuchend nach seinem Assessor und seinem Schreiber um, aber die beiden waren plötzlich ungeheuer beschäftigt. »Glauben Sie, Euer Wohlgeboren, das ist nicht meine Schrift«, sagte er fast kläglich.

Mit Verachtung blickte Arndt auf diesen Mann herab. »Wessen Geschäft besorgen Sie eigentlich, Pape!« Er hatte ihn im Laufe der vielen Monate ertragen gelernt, ja sogar eine gewisse

Sympathie für ihn empfunden. Er war nur ein Werkzeug, noch dazu ein ziemlich unpassendes, denn mit blindem Eifer betrieb er seinen Beruf nicht. Aber was für ein Nichts war er doch!

Arndt tauchte eine Feder in das daneben stehende Tintenfaß, unterstrich eine Passage in seinem Buch, die der eben zitierten folgte, drehte es dann so um, daß Pape lesen konnte, und wartete zähneknirschend.

Der Untersuchungsrichter blickte, nachdem er die bezeichnete Stelle gelesen hatte, unsicher auf. Es schien, daß ihm die Zeilen wirklich unbekannt waren. Offenbar gehörte nur zu seinem Amt, das Angestrichene zu lesen und danach zu urteilen.

Arndt wollte gerade eine weitere Stelle heraussuchen, als sich unerwartet die Tür öffnete, der Gerichtsdiener hereinkam und dem Hofrat etwas zuflüsterte. Der nickte erleichtert, machte seinem Assessor und seinem Schreiber ein Zeichen, die daraufhin den Raum verließen. Arndt blickte den Untersuchungsrichter fragend an. Was bedeutete das?

»Herr Professor«, sagte Pape, erhob sich, kam um den Tisch herum, ging zu Arndt, dem er die Hand reichte, und setzte noch einmal an: »Herr Professor, ich bin erfreut, Sie kennengelernt zu haben. Bitte, verzeihen Sie mir.« Er verneigte sich. Dann ging er schnell zur Tür, öffnete sie, krümmte den Rücken ehrerbietig und sagte: »Exzellenz!«

Der Eintretende übersah den Hofrat geflissentlich, ging mit gewinnendem Lächeln auf Arndt zu, schüttelte dessen Hand, als wären sie gute alte Bekannte. »Pape!« Er drehte sich nicht einmal zu dem Gerufenen um.

»Exzellenz?«

»Lassen Sie uns eine Flasche leichten Weines bringen, wohltemperiert. Und dann stören Sie uns nicht weiter.«

»Sehr wohl, Exzellenz.« Pape entfernte sich, Arndt blieb mit dem Fremden allein.

Es war ein elegant gekleideter Mann, der sich so ungezwungen bewegte, als verkehre er in den höchsten Kreisen. Arndt hatte einen Blick dafür. Aber wer war er?

Mit einer nonchalanten Geste lud der Fremde ihn zum Sitzen ein und nahm nach ihm Platz. Er schlug die Beine lässig übereinander, lächelte, wartete, bis der Gerichtsdiener den Wein eingeschenkt und den Raum wieder verlassen hatte, und begann dann erst zu sprechen. Er hatte eine warme, freundliche, durchaus angenehme Stimme. »Euer Wohlgeboren, verehrter Professor, ich darf Ihnen zunächst meine außerordentliche Hochachtung und meine Sympathie ausdrücken. Ich teile nicht alle Ihre Überzeugungen, doch ich bewundere Ihre Tapferkeit. Freilich, wenn Sie mir die Bemerkung erlauben, Tapferkeit für wen? Aber Sie haben Freunde, vermutlich mehr, als Sie wissen.« Er verzog das Gesicht ein wenig, als täte ihm die folgende Feststellung besonders leid. »Freunde außerhalb des deutschen Bundes mehr als innerhalb.«

»Wer sind Sie?«

Der elegante Herr bedauerte. »Euer Wohlgeboren, ich komme im Auftrag einer hochgestellten, einer sehr hochgestellten Persönlichkeit. Mein Auftrag ist äußerst delikat. Ich bitte um Ihr Verständnis, wenn ich mein Inkognito bewahre. Sie werden mich gleich verstehen.«

»Ich verhandle nicht mit Gespenstern!« Arndt witterte Gefahr. Er wußte nur noch nicht die Richtung, aus der sie kam. Hardenberg? Wittgenstein? Der König?

»Bitte«, sagte der Mann, »hören Sie mich wenigstens an.«

Arndt schwieg.

»Betrachten wir die Dinge, wie sie sind«, begann der Fremde. Das charmante Lächeln war verschwunden. Die Augen blickten klar, gescheit und kalt. Das war Arndt lieber.

»Sie wollen den Prozeß, um in Ihrer Ehre und in Ihren Rechten wiederhergestellt zu werden, weil Sie meinen, unschuldig angeklagt zu sein.«

»Ich bin in keiner Hinsicht schuldig!«

Der Mann nickte. »Die anklagende Behörde ist nicht verpflichtet, es zu einem Prozeß kommen zu lassen, noch dazu einem coram publico, wie Sie es wünschen.«

Arndt war überrascht von der Offenheit. Er erinnerte sich einer Äußerung Oswalds, der genau das befürchtet hatte. »Das kann nicht wahr sein«, sagte er unsicher. Er wußte bereits das Gegenteil.

Der Mann lächelte kalt, aber nicht unfreundlich oder gar zynisch. »Warum nicht, Euer Wohlgeboren! Wenn das Recht des einzelnen gegen die Interessen des Staates steht, zu wessen Gunsten soll sich dann die Schale Justitias neigen?«

»Handelt es sich um das Recht des Staates oder das des Volkes?« fragte Arndt.

Der Mann sah ihn an, wie Realpolitiker Träumer ansehen, verwundert, erstaunt und ein bißchen verärgert.

»Worum geht es bei dem Verfahren eigentlich?« fragte Arndt, als spräche er von einem anderen.

Die Exzellenz war enttäuscht. »Sie wissen, daß es nicht um Ernst Moritz Arndt geht. Der König hat die Verfassungsfrage von der Tagesordnung abgesetzt. Die besondere politische Situation Preußens ließ ihm keine andere Möglichkeit. Was glauben Sie, würde geschehen, wenn Friedrich Wilhelm seinem Land eine Verfassung gäbe?«

Den Nachhilfeunterricht brauchte Arndt nicht. Er wußte durch Eichhorn, der Teilnehmer des Aachener Kongresses gewesen war, wie der Zar von Rußland und der Kaiser von Österreich den König von Preußen in die Klemme genommen hatten. »Machen neuerdings fremde Mächte die Politik in Deutschland?« fragte er herausfordernd. »Er hat es versprochen!«

»Muß ich Ihnen die Landkarte zeigen, um die Situation zu verdeutlichen? Politische Entscheidungen und moralische Kategorien sind im übrigen zwei völlig verschiedene Maßstäbe. Wir können uns nicht gegen die anderen Großmächte auflehnen, von den innenpolitischen Schwierigkeiten abgesehen. Die Souveränität unseres Landes besteht in der Kunst, im europäischen Spannungsfeld existieren zu können. Alles andere, verzeihen Sie, lieber Arndt, gehört ins Land Utopia.« Er sagte das ohne Eifer. »So liegen die Dinge.«

»Würde denn der König«, fragte Arndt, und es war eher ein Spiel, »sein Verfassungsversprechen erfüllen, wenn der Zar plötzlich auf den Gedanken verfiele, eine solche Verfassung für sein Reich zu stiften?«

»Der Zar denkt nicht daran, seine Macht freiwillig zu beschränken.«

»Aber wenn?«

»Über Utopien lohnt es sich nicht zu reden.«

»Ich soll also zu Kreuze kriechen. Ich soll alle Schuld auf mich nehmen, um die Ruhe des Landes nicht zu stören. Ich soll schweigen, wo nur schreien noch hilft?«

»Wer verlangt das?«

Arndt kam sich vor wie im Tollhaus. »Sie«, sagte er, »beziehungsweise die hochgestellte Persönlichkeit, die Sie zu mir geschickt hat.«

Der Mann schüttelte den Kopf. »Nein. Sie können schreien, wie Sie das eben selbst genannt haben, so laut sie wollen. Sie können Ihre Bücher schreiben und Studenten unterrichten, ohne von uns behelligt zu werden. Ja, ich darf sagen, daß Sie sogar unsere Zustimmung dafür haben.«

Arndts Augen weiteten sich. »Aber?«

»Nicht in Preußen.«

Alles hatte er erwartet, diesen Vorschlag nicht. »Ich soll außer Landes gehen?«

»Die Welt ist groß.« Der Mann fand nichts Unbilliges an dem Vorschlag. »Sie nützen der Sache, für die sie kämpfen, kaum, wenn Sie bleiben. Die Untersuchungen gegen Sie können noch Jahre fortgesetzt werden, ohne daß es zu einem Prozeß kommt. Sie waren sehr fleißig, Herr Professor, Sie haben viel geschrieben. Unsere Spezialkommission hat noch längst nicht alles gelesen. Und eines Tages wird sich das ganze Verfahren im Sande verlaufen. Sie haben nicht einmal die Chance, ein Märtyrer zu werden.« Es klang wohlwollend.

»Und im Ausland?«

»Fordern Sie eine ständische Verfassung für Preußen. Warum nicht? Vielleicht stecken Sie den Zaren mit Ihrer Heilslehre an, bei dem Faible, das Alexander für neue Religionen hat ...« Es war nicht ganz klar, gegen wen sich der Spott richtete.

»Ich bin nicht Frau von Krüdener!«

Das amüsierte den anderen sehr. Er lachte. »Dann säße ich gewiß nicht hier. Also, wie denken Sie über meinen Vorschlag?«

»Das ist kein Vorschlag, es ist eine Zumutung«, korrigierte Arndt. »Wer schickt Sie?«

»Das ist unerheblich, glauben Sie mir.«

Hardenberg war die Sache zu heiß geworden und zu unbequem, überlegte Arndt. Er selbst will zwar eine Verfassung, muß sich aber den Zwängen unterordnen und hat an seine Position zu denken. Er ist zu lange im Amt, als daß er es freiwillig aufgeben könnte. Aber er will mir wenigstens die Haut retten, wenn er mir die Ehre schon nicht wiedergeben kann. »Der Staatskanzler«, sagte Arndt geradeheraus.

»Und wenn es nun Fürst Wittgenstein wäre?«

»Fürchtet der neue Chef des Hausdepartements diesen Professor Arndt in Bonn so sehr?«

»Ich habe nicht gesagt, daß er mich geschickt hat. Sie würden, Herr Professor, in jedem anderen Staat nach kurzer Zeit ein Sammelpunkt neuer Ideen sein, also Unruhe stiften. Unruhe in einem anderen Land schafft Preußen größere Bewegungsfreiheit im eigenen. Sie wären uns von Nutzen. Wie Sie es auch wenden, verehrter Freund, es ist ohne jegliche Bedeutung, wer mich zu Ihnen geschickt hat. Für Ihre Sache jedenfalls erreichen Sie hierzulande nichts, für Sie selbst noch weniger. Wir wären Ihnen natürlich behilflich bei der Umsiedlung und würden alle Unkosten decken.«

»Nein«, sagte Arndt mit aller Entschiedenheit. »Nein und abermals nein! Ich habe freien Willens und bei vollem Verstand Preußen zum Vaterland gewählt. Ich bin Preuße aus Überzeugung. Das ist mehr, als wenn ich es von Geburt wäre. Verlasse ich dieses Land, verrate ich meine Überzeugung. Wer bin ich dann? Was bin ich dann? Sagen Sie Ihrem Herrn, und wenn es der König persönlich ist«, ereiferte er sich, »mit mir muß gerechnet werden in Preußen! Ich lasse mich nicht einfach subtrahieren oder addieren. Ich bin keine Null nach irgendeinem Komma! Habe die Ehre!« Damit stand er auf.

Auch der andere erhob sich. »Ich glaube, Sie sind ein Narr, Ernst Moritz Arndt.«

»Vielleicht. Gute Narren sagen die Wahrheit.« Er deutete eine Verbeugung an, übersah die dargereichte Hand und ging stolz hinaus.

All die Jahre, mit langen Pausen freilich, aber immer, wenn er besonders verzweifelt war, hatte er an Johanna geschrieben. Antwort war selten gekommen! Darum ging es ihm auch gar nicht. Johanna war die Erinnerung an die große Zeit des Kampfes, Erinnerung an flammende Hoffnungen, Erinnerung an nie wieder erlebtes Glück. Johanna und diese Zeit waren eins geworden. Das Bild der ehemaligen Geliebten stand für mehr als die unvergeßlichen Umarmungen. Und nun war ein Brief gekommen von ihr. Sie wollte ihn besuchen.

Sie kam nicht seinetwegen an den Rhein, das wußte er. Sie lief ihrem Dieffenbach hinterdrein, der, statt seine Doktorarbeit endlich abzuschließen, verrückt genug war, über Marseille nach Griechenland weiterzureisen, um dort im Kampf gegen die Türken sein Leben aufs Spiel zu setzen. Arndt verachtete Leute, die ihre Enttäuschung über eine unerfüllte Liebe als patriotische Gesinnung verkleidet eitel zur Schau trugen. Gewiß spielte Eifersucht eine Rolle, aber das hätte er nie zugegeben. Was wollte seine Furina mit einem Mann, der elf Jahre jünger war als sie?

Es schmerzte Nanna, zu sehen, wie aufgeregt und erwartungsfroh er der Ankunft dieser Frau entgegenfieberte. Aber sie sah auch, daß er darüber wieder etwas heiterer wurde, denn in den letzten Monaten war seine Gereiztheit fast nicht mehr zu ertragen gewesen. Die Kinder wurden still, wenn er das Zimmer betrat. Die Gäste schwiegen betreten, wenn er freundschaftliche Ratschläge für Feigheit erklärte. Nanna wagte ihn nicht einmal zu bitten, eine Haushilfe wenigstens für Stunden anzustellen, weil er sie angefaucht hatte, sie würde das Geld verschleudern, statt sich ein bißchen zu sputen. Seit der Brief aus Königsberg gekommen war, ließ sich wieder besser mit ihm leben.

Um kein Aufsehen zu erregen, kam Johanna Motherby nicht direkt nach Bonn. Sie stieg im Hotel »Berliner Hof« in Königswinter ab, das Bad Godesberg gegenüber auf der rechten Rheinseite lag und gut zu erreichen war. Mitte Dezember erhielt Arndt ihre Karte mit der Bitte, sie dort zu besuchen.

Die Erinnerung an jenen Morgen in Königsberg stieg wieder in ihm auf, an dem er sie zum ersten Mal gesehen hatte. Er schalt sich einen eitlen Gecken, weil er sich für das Treffen neun Jahre später ebenso sorgfältig kleidete wie damals, das Haar und den Bart ausgiebig bürstete und sich im Spiegel gründlich begaffte.

Gegen zehn Uhr, hatte sie geschrieben. Er ließ eine Kutsche kommen und fuhr so früh wie möglich los. Nanna blickte ihm aus dem Küchenfenster nach, aber sie winkte nicht, wie sie es sonst tat, wenn er das Haus verließ.

Johanna war noch beim Frühstück, als er sie kurz nach neun Uhr überraschte. Als es klopfte, glaubte sie, der Hoteldiener käme. »Entree!« rief sie und trank ihre Schokolade weiter, ohne sich nach dem Eintretenden umzusehen.

»Furina.«

Sie erstarrte. Hundertmal hatte sie sich eingeredet, daß zwischen ihnen nichts mehr sei als ein bißchen wehmütige Erinnerung. Sie hatte, wenn sie zweifeln wollte, sich ihren Abschied vergegenwärtigt. Sie war ganz sicher, daß sie Arndt freundlich, aber mit Gelassenheit, ja sogar mit einer gewissen Überlegenheit begegnen konnte, denn sie wurde trotz ihrer vierzig Jahre von einem neunundzwanzigjährigen Mann geliebt, von dem es bereits in Königsberg hieß, daß er das Talent zu einem hervorragenden Operateur habe. Dennoch erstarrte sie, als Arndt sie anrief.

Sie drehte sich langsam um. »Moritz?« Ihr verlegenes Lächeln verriet sie. »Moritz.«

Er war schnell bei ihr und küßte ihre Hand. »Furina«, sagte er noch einmal. »Daß ich dich wiedersehen darf!«

Er war alt geworden, sein Haar fast grau, die Augen längst nicht mehr von dem Feuer wie damals, das Gesicht bereits von Falten überzogen, der Körper mager und leicht gebeugt, die Haut rissig und fahl. Johanna sah es mit einem einzigen Blick, und sie dachte: das ist aus ihm geworden. Sie war ein bißchen traurig, doch das half ihr über die ersten Minuten des Wiedersehens.

»Möchtest du eine Schokolade trinken? Sie ist noch heiß?« Johanna wollte schon nach einer zweiten Tasse rufen.

»Nein, danke. Ich vertrage keine Schokolade. Mein Magen ist solchen Luxus nicht gewohnt.« Er lächelte ungelenk. Er wollte nicht zugeben, daß ihn seit einiger Zeit Magenbeschwerden quälten, weil er vor ihr nicht als ein alter Mann erscheinen wollte.

Krank ist er also auch, stellte sie fest. »Wie geht es dir, Moritz?« fragte sie besorgt.

»Gut. Und dir? Was macht dein Mann, wie geht es den Kindern?« Floskeln.

»Ich werde mich von Motherby trennen, endgültig. Ich muß Dieffenbach daran hindern, nach Griechenland zu gehen.«

Es war, als sei eine dritte, fremde Person ins Zimmer getreten.

Er nickte steif. »Vielleicht trinke ich doch eine Schokolade, wenn sie nicht zu süß ist.«

Johanna klingelte erleichtert nach dem Diener. »Wie geht es deiner Frau?«

»Sie läßt dich grüßen.« Das hatte sie ihm wirklich aufgetragen. »Sie würde sich freuen, wenn du für ein paar Tage zu uns kämest, Weihnachten vielleicht. Das Haus ist groß. Möchtest du?« Das fiel ihm eben erst ein. Er hätte es nicht gesagt, wenn nicht plötzlich jene Kühle aufgekommen wäre. Er musterte Johanna verstohlen. Das war nicht mehr seine Furina. Die einst kecke Nase glänzte und war knollig geworden. Die früher rosigen Arme hatten inzwischen fast den doppelten Umfang. Der vormals reizende Ansatz eines Doppelkinns hatte sich zu matronenhafter Fülle entwickelt. Arndt war enttäuscht. Nur der Zauber ihrer Augen war geblieben, der Augen, die ihn in Königsberg so fasziniert hatten. Johanna hielt seinem Blick stand, lange, wie träumend. Dann legte sie ihre Hand auf die seine. »Ach, Moritz«, flüsterte sie. »Moritz.«

Beide hatten ihr Erschrecken, ihre Ernüchterung überwunden. Arndt wußte plötzlich auch, daß er seine Vorlesungen über neuere Geschichte, falls er sie je wieder halten durfte, anders anfangen mußte, schlichter und aus der Distanz der Jahre.

»Es geht mir nicht besonders gut«, sagte er. »Sie treiben mich wie einen Hasen im Herbst. Sie wollen mich zur Strecke bringen. Ich bin reif für den Abschuß.« Er verzog dabei das Gesicht zu einem schiefen Grinsen. Die Leichtigkeit, über den ganzen Jammer zu lachen, gelang ihm nicht.

»Ich kann nicht mehr mit Motherby leben«, sagte sie. »Die Kinder sind groß. Sie brauchen mich nicht mehr. Ich muß Dieffenbach daran hindern, sich ins Unglück zu stürzen. Und dann fahre ich zu Elisa nach Münster.«

»Elisa von Ahlefeldt, Lützows Frau?« fragte er.

»Ja. Wir sind Freundinnen geworden, als er in Königsberg stationiert war.«

»Lützow!« Noch einmal die Erinnerung. »Ein tapferer Mann. Irgend jemand hat sein Freikorps die Poesie des Herres genannt. War das Immermann? Ja, Lützow.« Seine Gedanken kreisten. »Er ist zum Generalmajor befördert worden. Stimmt das?«

Bei Erwähnung des Namens Immermann blickte Johanna überrascht auf. Wußte Arndt etwas von der Liaison ihrer Freundin mit dem jungen Dichter? Auf seine Frage antwortete sie: »Lützows Pferde haben es eher erfahren als seine Frau.«

Der Ton ließ ihn aufhorchen. In gleicher Weise hatte sie damals, als sie sich trennten, gesagt: »Deine Geschäfte sind dir wichtiger als meine Liebe.«

»Ich könnte nächste Woche kommen, am Donnerstag vielleicht«, fuhr sie fort. »Deine Frau hat auch wirklich nichts dagegen? Ich meine, weiß sie …?«

»Ja, sie weiß. Gut, Donnerstag nächste Woche. Wir freuen uns. Karl Treu kommt auf Urlaub. Er ist beim Militär.«

Länger durfte er nicht bleiben, mehr trug das eben neugesponnene Netz noch nicht. Er küßte ihr die Hand und verließ dann schnell den Raum. An der Tür begegnete er dem Hoteldiener mit der zweiten Tasse. Jetzt nicht umkehren, sagte er sich beschwörend. Er eilte die Treppe hinab und davon. Draußen empfing ihn ein schneidend kalter Wind, feine Eiskristalle wurden wie Nadeln in sein Gesicht getrieben. Er schlug den Mantelkragen hoch und zog das Barett tief herab. Es war nicht ungefährlich, sich bei solchem Wetter über den Rhein setzen zu lassen. Der Nordwind blies ihm mit aller Wucht entgegen.

Er hätte eine Kutsche nehmen sollen, aber er ging zu Fuß. Schon immer hatte ihm körperliche Anstrengung gutgetan, wenn sein Innerstes in Aufruhr geraten war. Der Wind nahm noch zu und fauchte auf dem Wasser des Flusses. Arndt stemmte sich gegen den Sturm. Tränen liefen ihm vor Anstrengung über die Wangen.

Nach zwei Stunden sah er sein Haus, vierzig Fuß hoch über dem schäumenden Fluß. Seine Festung. Sein Horst im Fels. Der Adler kehrte zurück.

Epilog

Im Sommer 1822 wurden die Verhöre gegen Ernst Moritz Arndt eingestellt, als zuständig für den Prozeß, der nie zustande kam, wurde das Oberlandesgericht in Breslau benannt. Ohne Urteil blieb Arndt seines Amtes enthoben. Die Papiere bekam er nicht zurück. Falls er sich nicht loyal verhielte, wurde ihm angedroht, auch die zweite Hälfte seiner Bezüge zu streichen.

Er blieb in Bonn und wurde im Laufe der Jahre als ein wunderlicher Mann belächelt und heimlich gefürchtet. Nach einer Unzahl von Versuchen, den König oder den Staatskanzler durch ausführliche, im Ton immer dringlichere Bittgesuche umzustimmen, gab er schließlich auf. Er besaß zwei Ziegen, die er selbst molk, Hühner, die Eier legten, einen Garten, in dem guter Kohl gedieh. Und wenn die Bonner sonntags an seinem Haus vor der Stadt vorüber spazierengingen, ließ er sich mitunter einfallen, die Hosen unter einem seiner reich tragenden Apfelbäume herunterzulassen und herausfordernd grinsend den Boden auf die natürlichste Weise zu düngen.

Arndt war nicht das einzige Opfer der üblen Demagogenriecherei, aber eines der bekanntesten. Die Furcht der Herrschenden in Europa, die Gedanken der Französischen Revolution oder die Ideale der Befreiungskriege könnten im Volk weiterleben, wuchs ins Maßlose. Aber diese Maßlosigkeit der Reaktion wurde ihr schließlich zum Verhängnis. Die Zeit der monarchischen Selbstherrlichkeit ging zu Ende, weil die Borgeoisie vor allem in den Städten, den Handelszentren und den Gebieten mit rasch aufblühender Industrie Platz brauchte für ihre Fabriken, unbehinderte Straßen für ihren Handel und neue Märkte für ihre Produkte.

Diese Entwicklung begriff Arndt nicht mehr. Eigensinnig hielt er an seinem Ideal einer konstitutionellen Monarchie fest. In der französischen Julirevolution von 1830 sah er nichts als den welschen Eroberungsgeist. Den Aufstand der Belgier zur Erlangung der staatlichen Selbständigkeit und den Kampf der Polen um die Wiederherstellung ihrer nationalen Souveränität mißdeutete er als wilden Gleichheitsschwindel allzu demokratischer Leute. Den Weg jener, die auf dem Hambacher Fest 1832 ihre Forderung nach einer republikanischen Staatsform erhoben, und der Studenten, die ein Jahr darauf die Bundesversammlung mit dem Sturm auf die Frankfurter Hauptwache überrumpeln wollten, lehnte er entschieden ab. Fortschritt ja, sagte er, aber Umsturz nicht.

Es wurde still um ihn. Im Juni 1831 starb der Reichsfreiherr vom Stein, Gneisenau wenige Wochen danach. Schleiermacher schloß zwei Jahre nach Goethe, 1834, für immer die Augen. Im Sommer desselben Jahres ertrank Arndts Lieblingssohn Gustav Willibald beim Baden im Rhein.

Im Juli 1840 wurde Ernst Moritz Arndt durch eine Kabinettsorder des neuen Königs Friedrich Wilhelm IV. wieder in sein Amt als Professor der Bonner Universität eingesetzt. Die beschlagnahmten Papiere erhielt er zurück. »Glück, du kommst zu spät«, schrieb der müde Mann. Die Studenten feierten ihn mit einem Fackelzug. Es waren die Söhne der Lützower und der Burschenschaftler von damals. Der Senat der Universität wählte ihn zum Rector magnificus. Nur einer stimmte gegen ihn: August Wilhelm von Schlegel.

Die Revolution von 1848 erschütterte die längst morsche Ordnung in Deutschland. Friedrich Wilhelm IV. versprach eine Verfassung. Arndt huldigte der schwarz-rot-goldenen Fahne als dem Zeichen der deutschen Einheit. Zum Abgeordneten der ersten deutschen Nationalversammlung gewählt, hielt er anläßlich deren Eröffnung in der Paulskirche zu Frankfurt am Main eine kurze Ansprache. Stehend sangen die Deputierten ihm zur Ehre das Lied »Was ist des deutschen Vaterland?«

Aber die Verhältnisse, wie sie sich in Deutschland und in Europa entwickelt hatten, der sich zusehends verschärfende Kampf der Klassen, die Entwicklung des Proletariats und die Schriften eines Marx und Engels waren ihm unbegreiflich. Er zog sich endgültig aus dem öffentlichen Leben zurück, als der König von

Preußen die ihm durch das Frankfurter Parlament angetragene Kaiserkrone für Deutschland zurückwies, weil er sie aus den Händen des Volkes nicht entgegennehmen wollte.

Ernst Moritz Arndt wurde alt. Als Siebzigjähriger schrieb er seine Erinnerungen in bewundernswerter geistiger Frische nieder. Seine »Wanderungen und Wandelungen mit dem Reichsfreiherrn Heinrich Karl Friedrich vom Stein« veröffentlichte er 1858. Er starb am 29. Januar 1860, vier Wochen nach seinem neunzigsten Geburtstag, in seinem Haus Lülo in Bonn. Eines seiner letzten Gedichte schloß mit der Strophe:

Du suchst der Dinge Grund – stürz in den Abgrund dich.
Wird da dein Fuß nicht fest, ist nirgends Grund für dich;
Wagst du nicht ritterlich Verzweiflung und Verzagen,
So laß doch lieber ab, nach Gott und Welt zu fragen:
Des Wissens Morgenrot wird nie dem Feigen tagen.

Inhalt

ISBN 3-373-00132-3

1. Auflage 1987
Lizenz-Nr. 400/22/87
LSV 7001
Lektor: Joachim Lindner
Technischer Redakteur: Ingeborg Köhler
Einband: Ellen Willnow
Typographie: Gabriele Matthias
Schrift: Bodoni-Antiqua
Gesamtherstellung: Karl-Marx-Werk Pößneck V 15/30
Best.-Nr. 696 876 2
01120